许苏 著

太阳的味道

文汇出版社

图书在版编目（CIP）数据

太阳的味道／许苏著. —上海：文汇出版社，
2025.1. —ISBN 978-7-5496-4379-0

Ⅰ. I267

中国国家版本馆 CIP 数据核字第 2024BM1943 号

太阳的味道

著　　者／许　苏
责任编辑／徐曙蕾
装帧设计／书香力扬

出版发行／**文匯**出版社

　　　　上海市威海路 755 号

　　　　（邮政编码 200041）

经　　销／全国新华书店
印刷装订／四川科德彩色数码科技有限公司
版　　次／2025 年 1 月第 1 版
印　　次／2025 年 1 月第 1 次印刷
开　　本／787×1092　1/16
字　　数／300 千
印　　张／17.25

ISBN 978-7-5496-4379-0
定　　价／58.00 元

泥土是最美的

许卫国

泗洪许姓家族族谱上，历来有"朴者勤耕凿，智者善诗书"的人生目标。而在当代，这种古训已经不像先前那么分工明确，界限清晰，眼下泗洪许姓文武双全者比比皆是，比如著名作家许辉，以及许必华、许苍竹、许尔兵、许昌良、许昌亮、许昌谋……他们既继承了先人的朴实，也发扬了祖上的智慧，许苏便是其中之一。

许苏科班警察出身，算是行伍，他又是个文人。他的文字没有职业的痕迹，却有历史的踪影；没有公文的刻板枯燥，却有生活的情趣和余味。他的文字具有浓郁醇厚的乡村气息、久别重逢的风土人情、深刻犀利的人性返照。他的文字令我们感到亲切，这是因为他和老百姓一样懂得泥土是最美的。

文人既要有悲悯情怀，又要有批判精神。有了这些，文人就有了人格，就有了责任。我们并不反对那些肉麻的文字，但我们更喜欢像许苏笔下清水出芙蓉、天然去雕饰的文字。这个时代，需要有一个生活的参与者讲生活，需要一个有百姓情怀的人来说百姓。

在养尊处优的环境里来歌颂生活的美好，在四季如春的空调房里喝着奶茶、咖啡来赞美劳动的汗水，在腐尸面前夸奖华丽的外衣和化妆的美颜，这都不是许苏文字中所存在的东西。他追求生活的真实，也力图达到艺术的真实，但也难免存在笔力不够，陷入自然主义泥沼，好在他往往能自拔，也能迷途知返。

在许苏《太阳的味道》这个集子里，人是活的，事情是真的，语言是百姓的，情感也是百姓的，有太阳的味道，有农村太阳的味道，也有城市太阳的味道，那也是农村太阳反射的味道。太阳的味道，实际就是泥土的味道，是太阳热爱泥土的情感散发。

我们看许苏的文章，不要以教科书的定义来衡量它的体裁，也不要用习惯的阅读标准来对照。他的很多文章既可以被称为小说，又可以被称为散文。他的文体是跨界游走的，文字也是率性的。我估计他也和我一样，想写什么就写什么，散漫而为，随意表达，像河流奔腾不息、惊涛拍岸，但也没有过于出格，冲出河堤，方向还是大海。

在许苏大作即将出版之际，我虽有千言万语祝贺的话，但只能极为"吝啬"地归纳为：继续开拓胸襟，走向豁达，允许偏爱，力戒偏执，否定一切和肯定一切对文学写作都是有害的。

许苏的文章只要出现在我眼前，我都是认真看的。看到精彩处，我会自卑、嫉妒，总希望他能写得差一点，连轻蔑、嘲笑、压制的心都有了。我现在发现，凡是曾经轻蔑我的人、嘲笑我的人、压制我的人，都是鼓励我不断前进的恩人，我应该感谢他们，我希望许苏能够接受和享受到这种待遇。

地球上，泥土最美，因为她是万物之母。许苏的文字源自泥土，扎根泥土，也是美的化身。

2023 年 1 月 3 日

目　录
CONTENTS

乡村印记

　　一湾碧水，清波荡漾。西式教堂，高矗入云。联排小墅，黛瓦白墙，中式风范，融入其里，现代元素，囊括其中。中心广场，孩童嬉闹，欢声笑语，随风飘送。亭台小榭之间，大妈们闲谈着话不完的家长里短。推开乡史馆的大门，久远的气息扑面而来，乡贤榜上，浓墨重彩，记述着德高望重的先辈、子孝妻贤的典范、助人为乐的楷模、学有所成的后生、远走他乡的赤子。街坊书舍，窗明几净，静心阅读的文化人，孜孜不倦，徜徉书海。

　　医疗室、棋牌室、养老院，应有尽有，一应俱全，老有所养，学有所教，病有所医。俊男倩女，各得其所；白发垂髫，怡然自乐。平坦无际的原野，一垄一垄的塑料大棚，源源不断地向外输送四季果蔬。

　　冷藏加工机声隆，品牌包装声名扬，品质上乘超一流，订单种植产销旺，绿色有机立潮头。

　　电商一体的农合社，门前整齐地排列着慕名而来的运输车队。农合社里的经济人，乡音味浓，服务周到，各司其职，忙碌有序，全是本地的俊后生。

　　红脸汉子村支书，全村人的掌舵者，说着新词汇，强调着新理念，带领全村人实现新目标。

　　这是记忆中的乡村？是又不是，让人感到熟悉且陌生。还是原来的那片土地，还是原来的那帮农人。三十几年前的乡村，黑白胶片样地铭在记忆里：土墙草舍，零零落落；红墙赤瓦，相参互杂。土贫壤瘠，苗饥草瘦；一年四季，广种薄收。

　　房前屋后，鸡犬相闻，妈妈系着围裙，喂鸡唤鸭，操持家务；晨昏暮霭中，时传父亲悠扬起伏的耕田牛号声。

三十几年，整整一代人的记忆。

不识庐山真面目，只缘身在此山中。土生土长的乡村人，好久没到乡村走走了。

淮上明珠村村旺，湖畔人家户户丰。

新农人，新作为；新思维，新风貌；新时代，新征程；新高度，新农村。

乡亲，乡邻；乡土，乡情；乡思、乡愁。

乡村，从久远走来。朴实无华是您的身影；坚忍不拔是您的品格；荣辱不惊是您的气度；博大宽广是您的情怀。劫难中，您尽其所有，英勇地呵护着您的儿女，让我们的民族得以存续；新时代，您迎难而上，不辱使命，更展现出母亲的坦荡、包容、自信和开放。

乡村，我的家园。

乡村，民族的根。

（2019 年《水韵泗洪》秋季刊）

双桥传奇

老鸹奶奶是我们村不识字的文化人，也是我们村的通讯报道员，更是我们村最权威的村史专家。

双桥街

老鸹奶奶说，我们村原来不叫双桥村，而叫双桥街。双桥街南面的一座石拱桥叫南桥，北面的一座石拱桥叫北桥，两座桥一模一样。双桥街规规整整地坐落在两桥之间，风水很好。

那时，四面八方的生意人：卖牲口的，贩鱼虾的，倒鲜菜的，玩古董的，云集而至。生意人的生意越做越兴隆，摊头越来越有排场，场面越来越红火。双桥街人单靠收地皮费，就够吃够喝够玩的了。后来，街上的年轻人逐渐变得游手好闲，大葱爷爷甚至玩起了扑棱扑棱的鸟笼子。外乡人看了，没有不眼热的。

大葱太太见多识广，在庄上辈分也最高，是双桥街实际上的掌门人。这老头实在看不下去了，找到一帮出头露面的当家人，一合计：双桥人再这样吃浮食，笃定要出败家子，你看呐，南朝古代没有不吃粮的，三百六十行，还是种田这一行，牢靠。

经过密谋，第二天正午，大葱太太领着一帮壮汉，手持棍棒，采取"两头包抄、中间开花"的战术，凶龙样地砸向大街，把南来北往的小贩子打得头破血流，鸡飞狗跳。鱼贩子一跑，丢下的鱼篓子歪在大街上，劈柴样的大鱼活蹦乱跳。生意人来不及提走的坛坛罐罐、摊篷桌凳，该掀掀，该砸砸。买的人和卖的人全跑光了，大葱太太狠狠地说：下回谁再敢来，丢两条人命搁双桥街横着。自此，双桥街一蹶不振，走不远的生意人就分散到崔集、洋井、拽头街，讨生活去了。

对于老鸹奶奶的话，最有力的实证就是庄南面的大庙滩。老鸹奶奶不只一次地惋惜过：要不是双桥街被大葱爷爷带人打散了，一年成邑、两年成郡、三年成都，都有可能。

大庙滩

大庙滩上，灰褐色的瓦砾随手可拾。如果当初香火不旺的话，也不可能有这么多精致的建筑材料。大庙滩上灰砖、青石，几乎散落在前村后邻的家家户户。哪家猪圈的根基不用大庙滩上的砖？哪家房屋打腿不是大庙滩上的石？

广兵家堂屋的东墙角，有块大青石，棱角分明，上面雕刻的花纹有模有样。我们端详来端详去，感觉有点像手扶拖拉机上的柴油机，于是，就地取材扑撸来一些堂灰，在他家东墙上凿个小洞当作面粉机。一个小朋友左手按着大青石，右手假装发动柴油机，嘴里咚咚咚地模仿柴油机启动的声音，其他小朋友一把一把轮流捧着堂灰送进墙上的小洞旦，让土灰瀑布样地飞流直下，以此假装机面。正当我们玩得忘乎所以，广兵家的三奶奶不答应了，挂着拐杖挪着小脚，也不知什么时候到的场，拐棍一扬"咔嚓"一声，不偏不倚拐在了其中一个小朋友的头顶上，挨揍的倒霉蛋"哎哟"一声，吓得大家连滚带爬，四散逃窜。三奶奶嫌我们破坏了她家的东山墙。

那年闹猪瘟，大葱家的一头大肥猪，不吃不喝好几天，兽医该上的药都试过了，一点不见好。大葱家把杀猪屠请到家，就要准备后事了。有人提议说：死马当活马医，能不能请风水先生姜小诚来看看？姜小诚前瞥瞥后转转，包里的罗盘掏都没掏，结论就出来了，这么简单的事情还需要仪器导航吗？赶紧把你家猪槽底下的大青石给换了吧！什么原因不要问。一头肥猪基本上就是一家人年底的所有积蓄，大葱太太二话没说，赶紧拿来挖叉，连三给大青石起了出来。

姜小诚的酒盅还没落下，大肥猪睁开眼睛打了个哈欠，爬墙上壁，要吃要喝了。全家人愁眉大展，喜不自禁。

姜小诚临走时透底说：这块大青石是大庙滩上菩萨面前的供香台，是你家猪能享受的待遇吗？如果迟一点，这头猪的命都保不住，下次家里大番小事，不要到最后才想到我，上次经过你家门口我就想多句嘴的，你不请我又不能主动来，多言多语也不是我们这一行的套数。

大葱大大一贯立场坚定，这回也是服了，连忙点头。大庙滩上的石头都这么灵验，当年的大庙灵不灵，你自己想象吧！不过，青石板泥头拐咕的，姜小诚怎么知道埋在猪槽底下的呢？后来，姜小诚开玩笑说，我就瞎蒙呗，闹着玩——算命打卦，一肚瞎话。

大庙滩是我们村的制高点。冬季天冷夜长，小孩子们精力过剩，有事无事就到大庙滩上嬉闹娱乐。

那年冬天的一个晚上，我们在大庙滩上捉迷藏，小歪头鬼使神差，躲在大庙滩上的一个山芋窖里。我们怎么也找不到他，让他吱一声他也不理。我们以为他回家睡觉了呢，也就陆陆续续都回家了，结果，小歪头一夜也没有回家。家里大人急疯了，到处找。有人提出到东团塘和洋老井用网撒，有人看水面上也没有什么异常，提出反对意见：不要轻易把孩子往坏处想。于是，作罢。

第二天，日出三竿，庄上的二憨子到湖里挖地，一听这山芋窖里怎么有动静呢？大白天还能有人偷山芋吗？伸头一看，还是小歪头在里面。

小歪头到家时脸红扑扑的，就跟喝醉酒似的。家人引火给他烤烤身子，他说：不要不要，昨晚，老和尚给我焐一夜脚。家人要烧饭给他吃，他说：不要不要，老和尚一夜对我供吃供喝，一点也不饿。家里人凑近闻闻，小歪头喘气还真有点淡淡的酒味儿，于是，感激不尽，着急赶三到大庙滩上烧香磕头，表示感谢。

后来，我们问小歪头：你怎不出来呢？他说，我钻进山芋窖，再想往外爬就难了，两脚什么也蹬不到，浑身得不上劲，实在困极了，在山芋窖里，糊里糊涂做一夜梦。

据老鸹奶奶说，大庙最灵验的就是送子观音，方圆几十里路都有人来烧香求子。那年，有一远道而来的中年男人磕头祷告说：菩萨，您要能让我留住孩子，我保证每年都来敬香。老和尚在旁边眯眼掐指，闷噗通插嘴道：施主，你还做过什么恶事没有？中年人磕啼一下，应激反应道：没有啊！我从来没有做过什么伤天害理的事。老和尚把手上的佛珠串子捻成了过山车，雪白的虾须眉，静电吸附般直刺庙顶。稍顿片刻，老和尚缓了口气，以审案犯的口气，毅然决然道：不对吧！施主，你是不是抢过人家什么东西？中年人突然想了起来：我十五六岁时，抢过一对过路母女的一把萝卜缨子，不过，这也不算什么恶事啊！老和尚面容和软：你知道后果有多严重吗？这母女全家第二天就饿死啦。中年人声泪俱下，后悔莫及：能有这么大连锁反应吗？老和尚给他搀扶起来，语重心长道：兵荒马乱，赤地千旦，一口水都能救活一条人命啊！莫以恶小而为之，莫以善小而不为，你好自为之吧！一切造化都在自己手中。中年人后来谨小慎微，乐善好施，最终修得子孙满堂，终身幸福。

大庙的香火是什么时候衰败的，没人知道。大庙是什么时候毁坏的，更没人知道。

洋老井

大庙滩是挖洋老井的土堆起来的，方圆百十米地，它的高单从大庙滩南面洋老井的深，就能体现出来。洋老井不通河不靠沟，下雨下雪更没有余水往里淌，自从我们记事起，洋老井竟从来没有干过。

春天，小麦拔节了，我和二哥到洋老井割猪菜，隐隐约约就看洋老井边上漂着一根镰刀柄粗的洋槐棍子，黄黄的，直直的。我吓得一跳，赶紧喊二哥过来。二哥仔细辨认，确信是一条黄鳝肚底朝上漂在水上晒着呢。二哥鼓起勇气，粪箕往地上一磕，倒掉里面的猪菜，脱了鞋子就跟小鸡踩水样地，轻轻蹚到水里靠近黄鳝。就要靠近时，二哥猛地扬起粪箕使劲一彻，把黄鳝给捞了上来。二哥害怕黄鳝跑掉，把粪箕提离水边远远的。我仔细一看，鳝头就跟拳头一样，大得吓人。我从来没有见过这么大的黄鳝。

黄鳝拿到家里，放在水缸里。一传十，十传百，满庄的人都来看，个个惊奇不已。

小金大哥是我们庄上秀才级人物，可谓上知天文，下知地理，古今中外，无所不知。庄上有长辈开玩笑说，小金你肚脐眼撒尿，比别人高半级。

小葱爷爷临走时，含混不清地交代说：小金啊！大庙滩那些浮雕我还没研究透，你得多下点功夫哟，以后庄上大番小事就指望你了，扶上马送一程，对你我也送不少年了，到此为止吧！我唯一放心不下的，就是还没发现适合接你班的苗子，本来我打算依照规矩，让小葱跟你学手艺的，现在看来不依我算盘了。小金大哥饱含热泪，表态说：大老爹，您放心上路吧！您的真功夫永远不会失传的。

黄鳝太大了，只有小金哥敢吃。

前桥后桥

双桥双桥，一个前桥，一个后桥。前桥没了，只有前桥庄，后来，前桥庄简称前庄。前几天，外地八十多岁的大哥问我前桥庄还在不在，我一时没有反应过来，说没有前桥庄啊，后来想想，他问的应该是前庄。小时候去外奶家，隐约记得从南桥口过河时，垫脚的是几块大青石，后来小河拓宽，大青石也没有了。现在，沿着新铺的道路，新建了一座水泥桥。

以前，每次单独经过南桥口，人们心里都很害怕，总感觉身后跟着人，连脚步声都听清清楚楚，可一回头，什么也没有。老鸹奶奶说，有古器的地方阴气重，刮风下雨，大白天鬼都能让你迷路，遇上极端天气，就看你造化了。

瘸腿大爷没婚没娶，一辈子最头疼的就是看到本庄小伙子结婚。瘸腿大爷唯一爱好就是捣亲（说坏话），女方家再远再偏，他都能找上门说坏话，简直比侦探还"睿智"。当时，家家户户经济条件都很有限，带房儿媳也是要东挪西借，集中力量办大事的，中途出现一点波折，很难承受得起。东西二头，谁家儿子说亲，第一反应就是瞒着他老人家。后来，庄邻在媒人的指导下，提前给女方那头打了预防针：如有挂拐棍的瘸子过来拉坏屎，你们不要给他好样子。女方那头先入为主，提前布防，瘸腿大爷大多事倍功半，铩羽而归。

瘸腿大爷的捣亲事业，心劳日拙，江河日下。小伙子到老丈人家，发现门口烂泥地上有拐棍眼子，说明瘸腿大爷已经亲自来过了。如女方仍能继续保持和平共处，友好往来，说明还是经得起风浪考验的，小伙子定会十分感动，更加珍惜，好好表现。再后来，姑娘小伙子时兴自谈了，瘸腿大爷的市场就萎缩了。有小伙子外出打工，手里有点钱眼界就宽了，心就大了，就不想跟女朋友保持恋爱关系了，自己不好意思开口，特意上门商请瘸腿大爷急他人所急，想他人所想，发扬见义勇为精神，毅然伸出援助之手。小伙子恳求说：老人家，您辛苦一趟，即使不能立竿见影，也能让女孩十分失望。也有想测试女朋友忠诚度的，也请求瘸腿大爷发挥余热，亲自出马。瘸腿大爷知难而退，不为所动：嘿嘿，你们不是撮鬼上吊么，不要糟践我嘞。瘸腿大爷招数用完了，跟不上形势了。

有天夜里，大雪纷飞，瘸腿大爷捣亲回来，路过南桥口，恍惚间，满眼都是瓦屋楼台。大街上，金碧辉煌，车水马龙，瘸腿大爷口干舌燥，浑身来汗，步行几十里好不容易才摸到家门口，再想推门怎么也推不开。推不开，就在门口睡吧。一觉醒来，大天四亮，瘸腿大爷睁眼一看，手推的竟是一块墓碑，自己走的几十里路，竟是绕着几座老坟堆在转圈子。

瘸腿大爷魂都飞了，回到家蒙头盖脸睡几天，一段时间整个人就跟愣子一样。有人说，瘸腿大爷在雪地上转的圈子，比圆规画的还圆，手扶机磕场似的，足有半亩地大，可惜，当时没有航拍技术，如能保留图像资料，一定会是值得人类深入探究的重大课题。当时，由于科学意识不强，竟然没人报请地质队前来勘探，说不准地底下还有铁矿石呢！当然，这都是玩笑话。也有人说，手扶机轱辘打炮，都稳不住把，瘸腿大爷一条腿长一条腿短，不原地打转才怪。仁者见仁，智者见智，不争论。

后桥具体在什么位置，我们这个年龄的人都不大清楚，因为新修水库将其淹没了。我父亲那一辈人，到薛岗上学的路必须经过后桥口，修桥的大青石当时还在。

我们这里方圆几十里没有山，更没有青石，筑庙修桥哪来这么多大青石？我想，当时没有一定的人力、物力、财力是不可能的，双桥村这个地方，曾经确实文明过。

土爹土奶奶

双桥村西边有条河，叫手榴弹河，南头小北头大，河边有块规规整整的大青石，大青石被雕刻成男左女右肩并肩的半身造型，人们都叫它土爹土奶奶。我们上中学时，路过都能看到，没有人搬没有人碰，一段时间歪在路南边，一段时间倒在路北边，自己长腿似的。天黑了，我们有点怕，大白天一个人路过，心里都有点怵。听老人说，哪儿碰，哪儿肿。

有人说，土爹土奶奶是老杨家和老赵家祖上田地的界碑石。能把一块界石雕刻得如此精美，也不是一般普通人家能做到的。不管怎么说，人们对土爹土奶奶的敬畏，是发自内心的，是无来由的，不是虚伪应付和被迫无奈的。现在，各地为了促进旅游产业发展，建了不少庙宇，巴不得立马香火旺盛，但大多适得其反。人，就是这么奇怪的动物，他敬畏的你想不让他敬畏都不行，他不敬畏的，你再装神弄鬼，捧上天他都不屑一顾，甚至嗤之以鼻。

前年，我到金华永康招商，朋友在当地著名景点厕所博物园设宴招待。园子很大，里面的服务也一应俱全。吃过喝过，进口看到出口，临走时你想不留下一点都难，这么好的设施，你不亲自体验一下真是亏大了。博物园里的厕所，少说也有几百年历史了，要是引进我们村的土爹土奶奶放在门口，那一定是相得益彰，底蕴更加深厚，导向更加明确。

几大姓

前几年，双桥村还在，我到小叔家坐坐。小叔年轻时做过联中校长，后来当了多年大队书记，毛笔字钢笔字写得很好，随意打个便条都比现在市面上到处都是的书法家强很多。小叔认为：字写好是应该的，既是自己的颜面，也是对别人的尊重，大头大脸往墙上挂干吗？小叔说，他那一辈人，只要不是大老粗，字写得都不会差。现在的年轻人学历高了，字写得跟鳖爬似的，提起传统文化更是一头雾水，所以，国家提倡国学，不是空穴来风。民国时期，为什么有那么多学贯中西的大师？这值得我们思考。

根据小叔拿出来的家谱，我们许姓人家从朱湖下行台搬来双桥，到我们这一代已经是第九代人了。几千年来，中华民族生生不息，繁荣昌盛，必然具有自身独到的缘由。一个人，一个家庭，一个民族知道往哪里去，却不知从哪里来，仔细想想，是件非常无奈和痛苦的事，只有连接先人的能量，继承他们的理想，发扬他们的精神，汲取他们的智慧，才能更好地发展，才会更加强大。

我们庄地处双桥村中间位置，基本上就许和周两大姓。据说，兄妹俩都姓许，妹妹婆家姓周，迁回来投靠老娘舅家。兄妹分家时，说好了跪地上从两头往中间爬，哥哥在东头爬累了，站起来跑。妹妹老实，爬到太阳偏西，抬头一看哥哥已经到眼面前了。哥哥害怕妹妹反悔，赶紧邀请民工，供吃供喝，连天加夜在地界上扒了一条河。妹妹不过意，说：扒河钱我也出一半吧！哥哥说：行啊。等妹妹知道上当，已经既成事实了。从此，老许家家大业大，人丁兴旺，老周家家业一般，人口也不多，两姓发展很不平衡。这条河，就是我们大队部东面的那条小河。小河由北向南，一年四季河水悠悠，成了东西两头淘米洗菜、浆衣做饭的母亲河。

东头姓蒋的，西头姓杨的，中间姓赵姓孙的，都是老亲世谊，祖祖辈辈亲上加亲，连辈分都不乱。姓杨的最荣耀的一件事，就是过祭灶比其他姓早一天，据说，是大宋皇帝亲自封赏的，杨家将保家卫国，彪炳史册，功不可没。姓蒋的大人小孩基本保持低调，家谱也没敢往上多叙，平时小孩子跟外姓磨仗，也没少挨骂。

开荒拓土的先人远去了，湮灭在历史的洪流中，能留下有限的痕迹已经算不错了。如今，随着新农村建设和土地集约化经营，人们陆陆续续都到镇上买了房子，过上了现代化的生活，双桥村除了在地图上有名无实地存在，仅保留了一个行政村的编制。

以上记述，除了我们亲身经历过的，多数都是老鸹奶奶反复播讲的。老鸹奶奶作古了，带走了双桥村多少往事和传奇？老鸹奶奶的话，虽不能全听，也不能不信。

家乡的小河

谁道人生无再少？门前流水尚能西。我们这里的方言，把小溪叫作小沟，老家门前的小沟真的向西，一直流到西边的小河里。

雨后，门前的小沟哗哗地流淌。在我儿时的眼里，小沟悠悠长长，上游是"遥远"的洋井街，局部陡峭而幽深。夏天，每次母亲叫我到沟南面的菜地里薅葱拔蒜，我都很为难，不仅袖笼里要提前备好两块大小适中的砂礓，以便应对沟南强富大哥家的大灰狗，还要想着怎样越过小沟，水大了过不去，蹚水也是很不方便的事，更何况，沟边小路的细缝中，可能还有弟弟早已布插好的枣树针。枣针尖头朝上，大头夹在裂缝里，一脚踩上去，哎哟一声扎进脚板，揪心地痛。被扎时，赶紧蹲下来，扳着脚板给枣针拔出来，搞不好，断头还在里面。母亲用缝衣针帮我把刺头挑出来，针窝越挑越大，慢慢渗出血来。弟弟不承认这是他干的好事。门西的周大爷到小河边挑水泼菜，也被扎过两次，弟弟实在难以摘到他家菜园里那些红得诱人的西红柿。弟弟喜欢这样的恶作剧，捉弄我同样也是他的乐趣。

小沟虽然给我们带来不便，但也有让我们愉快的时候。有一次，大哥发现小沟里许多鱼虾在苇荡里游动。鱼虾是从西边的小河里逆流而上的。我们打起土坝，把上游的流水隔起来，再到下游打个水坝，两坝之间的水，用面盆戽干。涸泽而渔。不到半个下午，我们逮了满满一盆鱼虾。

庄后的水库，是小河流水的主要来源；门前的小沟，是小河流水的有益补充。

五月，河岸上的槐树林，开满了槐花，一树树洁白的槐花，像天上的云朵，又像夏夜的繁星，槐香飘满了整个村庄。我们拿着竹竿做成的夹子夹槐花。槐花偶尔落进河里，小鱼儿小心谨慎，做贼似的探出头，慢慢地巡过来，一口拖住，猛地一个转身往水底扎去，"啪"的一声尾响，河面上留下一圈悠圆的涟漪。大人们说，鱼儿打花了，忙着产籽呢。鱼儿的举动，惊醒了水边打盹的青蛙。青蛙慌不择路，"咚"的一声跳进了水里，接连来几个陡转弯，自作聪明地沉入了水底。河面旋而天衣无缝，恢复了平静。

夏天，洪水来了，小河就像奔腾的野马。汹涌的河水，看了着实令人害怕，下河就冒犯母亲的大忌，被逮到后总要遭受一顿狠心的咒骂和毒打。

西庄的王表叔，站在桥头，向河水回流处连续不断地撒网。王表叔的网，撒得比粮囤还圆，他那熟练的后摆、蹬腿、松胯、扭腰、送肩、甩臂的动作，连贯协调，一气呵成，潇洒极了。撒网的王表叔，至今雕塑般地印在我的脑海里。鱼网多了，顺便赊给前庄后邻，什么时候给钱，那是大人们的事，弟弟看着鲜活乱蹦的鱼儿，眼巴巴地等着母亲过来称上几斤。

雷雨过后，我们在岸边的槐树林里捡地皮菜。地皮菜其貌不扬，肉叽叽地躺在潮湿的黄泥地上。槐花炒地皮菜，鲜嫩可口。

洪水退去，小河终于安静了下来。柔弱的莲藕好像在跟水草争抢先机，高高地举起浅绿的叶尖，高高地举起粉红的花苞，不几日，一根根、一簇簇茂盛起来，再迅速放大，终于连成大片，稳稳地抢占了地盘。

小孩子们终于可以放心地洗澡了。弟弟总不害羞，光着屁股，一个标准动作，从小桥上扎进河里，潇洒极了，仿佛本来就是河水里游上来似的。我们无拘无束地在小河里嬉戏，耍够了就分头摸鱼。河里有新插的芦苇，顺着芦秆一节一节地往下，几乎每个芦根下，都能摸到草虾。草虾的个头大得吓人，钳子更不消说——出奇地长。草虾得理不饶人，用钳子夹住我们的手，用力都在我们可以忍受范围之内，不太疼。水里的小鱼小虾好像要帮着它草虾哥哥解围，故意跟我们闹腾，争相围攻我们的屁股——麻碌碌地痒。

小猫产仔了，吃点荤腥才好。我和弟弟把纱布铺在水底，每人拽两只角，纱布中间放点碎米。不多会，贪吃的小鱼小虾纷纷赶来。我们四角同时提起，河水滤去，鱼虾乱蹦，赶紧倒进小桶里，再来第二次"诱鱼深入"。这样的方法简单易学，屡试不爽。摘两片荷叶把小鱼小虾包起来，扔进灶膛里烧熟，贪嘴的小猫呜呜地吃。

傍晚，我和弟弟抬水浇菜，站在小桥上，把水桶底朝上往水里一栽，桶里立刻灌满了水，再把水桶拽上来抬到菜园里。泼菜时，小虾米儿在菜叶上蹦跳，晶莹剔透，我们赶紧抓住，放进嘴里咀嚼，味道鲜美。

那时，家家都有竹苇编成的鱼笼。晚上，鸭子归家了，青蛙肆无忌惮、此起彼伏地跟高处的蝉儿纵情对唱，决心一比高下。我们提着鱼笼，踏着星光来到河边，在鱼笼里投放一些碎饼头，轻手轻脚地蹚进小河，挖一把淤泥，把鱼笼压在水底。一夜工夫，笼里滚进了许多贪嘴的泥鳅、草虾和各种小鱼儿。天蒙蒙亮，我们提起鱼笼。河水滤去，鱼笼沉甸甸的，慌乱的鱼虾在鱼笼里直蹦跳。快活的小黄狗不知什么时候也跟来了，站在河边急不可待地摇着尾巴。没有比收获更让人喜悦的了，回来的路上，小黄狗围着我们，直转悠。

秋天，小河里的水，清澈透明，水草悠闲地在水底摇来荡去。傍晚，牛儿们吃得饱饱的，争先恐后地冲到河边，急不可耐地喝水。牛儿丝绸般的脖垂下，咕噜咕噜的水球，连续不断地消失在胃囊里。余晖下，牛儿心满意足地抬起头来，沾满胡须的水珠，晶莹剔透，珍珠般闪亮。水足草饱，牛儿跟着牧童，慢条斯理地踱到河岸上的槐树林里，悠闲地反刍。夜晚，牛儿摇着尾巴，半闭眼眉，或卧或立，若有所思，是在回味河水的甘洌，还是盘算明春的耕种？

母亲说，经霜的河水，人才可以喝的，不然会拉肚子。有时渴急了，我们捧起河水就喝，从来也没拉过肚子。

冬天，河面上结满厚厚的冰，我们寻着红鲤鱼儿砸冰洞，鱼儿躲到哪儿，我们就砸到哪儿，直到它们游到水深处躲得无影无踪。我们在冰面上戏耍，把鹅鸭撵得扑棱着翅膀，咯嘎咯嘎地滑倒，乱作一团。

小时候，我曾循着河岸，向小河的下游逡去，向南转而向西，我真想知道小河的尽头到底在哪儿。离家很远了，我担心迷路，最终没有探索的勇气。长大了，我才知道，小河的尽头是古汴河，古汴河的尽头是烟波浩渺的洪泽湖，洪泽湖的尽头，该是那点点吴山和瓜洲古渡吧？记得，唐代大诗人白居易曾途经汴水，挥毫写下了千古名篇：

长相思·汴水流

> 汴水流，泗水流，流到瓜州古渡头。吴山点点愁。
> 思悠悠，恨悠悠，恨到归时方始休。明月人倚楼。

　　曾几何时，小河变浅了，河水里满满的青苔，鱼虾似乎绝迹，小河俨然变成了一潭死水。小河苍老了，再也没有当年的活力了。

　　家乡的小河，无私地滋养了一代又一代人。我们却恩将仇报，无情地污染了小河，让她不堪重负，忧郁而哀伤。我们攫取得太多了，真的愧对小河！

　　近年来，县委县政府大力开展新农村建设，村庄建起了污水处理厂，生活污水悉数净化，小河得以清淤拓宽，河岸栽植了茂密的生态林。小河，不仅"能西"，而且"再少"。如今的小河早已恢复了她原有的清澈、原有的活力、原有的生机，呈现出一派欣欣向荣、朝气蓬勃的景象。

　　家乡的母亲河，以崭新的姿态，汇入了滚滚向前的新时代。

（2019 年 8 月 4 日"西部散文选刊"公众号）

小河梢里的红鲤鱼

天转暖了，风吹得麦苗一浪一浪的。

周六下午不上学。母亲一边收拾饭桌上的碗筷，一边给我和二哥打气：趁放假多割点猪草，给小猪肥膘顶起来，年底磅猪，给你们每人买双解放鞋。

我家一年卖一头猪，收入都在两三百块钱。母亲常说，喂猪是零钱聚整钱。全家来年的烟火油盐都压在一头肥猪身上了，肥猪一年的伙食都压在我们弟俩身上了——全靠我们下地割猪草，七个芽、水盘菜、灿草都是猪的最爱。

前有哥哥后有弟弟，新鞋子几乎轮不到我，不过，新鞋子的味道倒是闻过，扑鼻的橡胶味儿，就连夜里下床小便，都要偷偷趿上哥哥的新鞋子，体验一下。

下午，我和二哥带上镰刀，各自背着自己的粪箕往后湖地去，半路上正好遇上侄儿广华，广华比我大，比二哥小，是我们最要好的玩伴。

割猪草并不辛苦，同伴越多越热闹，每个人的粪箕割满了，往河塘里一揣，把镰刀当锚一样插在水边的软泥上，粪箕就不会漂离岸边了，剩下的时间都自由活动，想怎么疯就怎么疯。割猪草最常做的游戏就是掺老堆，每人拃一大把猪草放在一起，堆头越大越刺激，在堆草中间插一把镰刀，就像桅杆一样作为目标，然后在远近适中的地方划一条直线，大家猜拳，谁赢谁站在线后用镰刀往堆草上扔，谁把镰刀扔倒了，这堆猪草就归谁。一局一局下来，直到尽兴。游戏结束，舰船样的粪箕浮在水面上早已变得满实实沉甸甸的了，好像长出了不少猪草似的，先前还是软嗒嗒蔫叽叽的猪草，经水浸泡早已变得鲜喷喷支棱棱，我们将其称作长猪草。

春暖花开，赤脚踩在细沙一样的软土上，暖融融的，感觉特舒服。麦苗没有起节，踩倒了，一夜过后再爬起来。麦田里的七个芽，贴着地皮疯长，棵大鲜嫩不扎手。等麦苗起节，七个芽跟着就打花骨朵了，叶子上长满了刺，不要说猪不敢吃，我们手也不敢碰。

风暖了，土松了，河里的水还凉吗？我翻过小田埂来到三队和四队交界处的小河梢里试试，脚还没沾到水呢，哗啦一声，一条红鲤鱼尾巴一甩，快速地钻进了水草里。我大声喊道：二哥！二哥！红鲤鱼，红鲤鱼……广华扔下镰刀循声蹿了过来，二哥几乎同时伸过头来：哪儿？哪儿？我急切地指着一团水草：就在这里，就在这里。河水缸口大一团浑浊，似乎在为我作证。小河梢成 U 字形，把一头堵上就行了。我们赶紧卷起裤脚跳进水里，就近挖起淤泥堆成泥坝，不多一会儿，就把围口给封上了。

瓮中之鳖，看来这条鱼是跑不掉了。二哥卷起裤脚到里面蹚了好几圈，感觉还在。万一趁我们打坝子时偷偷溜出去了呢？在就好，我们兴致勃勃。二哥指示我说：死心吗？还不赶快回家拿盆。

涸泽而渔，最好也最笨也是最常用的办法。有一年夏天，大水过后，我家门前的小沟里还在缓缓地淌水，大哥发现沟梢头里有鱼，打起坝子刮水，结果，大鱼小虾整整逮了一瓷盆。母亲时不时提起话头表扬呢。

我赤脚飞奔，从锅台上抽出瓷盆，极速地返回。好在母亲不在家，真要是被母亲发现，左盘右问的，说不准坏了我们的大事。

我气吁吁地返回，二哥和广华已经把泥坝整好了，万事俱备，只欠水盆。

我们轮流用盆往外戽水，河梢里的水渐渐少了，沟底的水草失去了水的浮力，伏倒在淤泥上，红鲤鱼的尾巴不时拍打甩动，溅起泥浆。二哥在沟边不远处挖了一个水坑，把先逮到的鱼虾集中放进去。二哥和广华合力将红鲤鱼请了上来。红鲤鱼的劲儿真不小，进了坑，小鱼小虾就不得安身了。正当我们打扫战场接近尾声的时候，广华大喊，坝子倒了！坝子倒了！里面的水少了，外面的压力就大了。我们三人一齐站到水坝里侧，我挖你捧地封堵缺口。缺口先是裂了一道细缝，外面的清水顺着裂缝不住地往里灌，随着裂缝的加大，外边的压力似乎也在增加，最终外水倾巢而入。剩下的鱼虾一起欢腾——终于得救了。

我们愣愣地看着溃坝，半天的工夫半途而废了。老半天，二哥回过神来，拍拍屁股说，分鱼吧！红鲤鱼是我先发现的，归我比较合理。二哥大大方方地说，我们弟俩只要一条红鲤鱼吧！剩下的都归广华。广华很高兴，说，正好我家老母猪产仔，有小鱼小虾吃了！前几天，我妈还让我去洋井街买螃蟹喂猪的呢，老母猪可喜欢吃螃蟹了，呱嗒呱嗒两嘴丫冒黄，连猪盆都舔得干干净净。

夕阳西下，二哥一人背着两个粪箕，我挺着肚皮端瓷盆，瓷盆里的红鲤鱼不时躁动，喷得我满脸是水。广华背着鱼虾，腥水顺着粪箕的隙缝，淅淅沥沥地渗下来，滴滴答答地打在他的后裤腿上。

我家猪圈里的大黑猪，一见我们弟俩回来，迫不及待地迎过来，凶龙样地叫着，直往我们跟前挣，刚挣两步就被拴绳的前蹄顿了回去。你忍着吧！红鲤鱼是不会给你吃的！我盯着红鲤鱼指甲大的鳞片打趣地说。

厢房屋里，烟雾缭绕，呱嗒呱嗒的风箱声老远就能听得到，母亲正做晚饭呢。我们弟俩刚到家，母亲问道：怎么现在才回来？还不赶快喂猪！猪肚皮都贴脊梁骨上啦！

我们弟俩你望我，我看你，扑通一声心掉进了凉水里——两个粪箕空空如也。今晚猪吃什么？只顾逮鱼，把正事给忘了。

我砰咚丢下瓷盆。红鲤鱼蹦到地上，没命样地翻滚打挺，碰得盆沿砰砰作响。

我们弟俩赶紧捡起镰刀背起粪箕，一前一后，头缩起来往后湖地跑，背上的粪箕砸在屁股上一颠一颠的。妈妈追了两步，手上的火叉环丁零作响，火叉头被火烧得赤彤彤的，就跟荧光棒似的：小和尚，小猪要是饿细肠子，我一火叉给你们烙了！

星星闪着讥笑的眼神。晚风呼呼作响，麦苗一浪翻过一浪，似乎都在幸灾乐祸。

小河堤上，我和二哥瞥瞥四周无人，一头钻进了小林场的刺槐林里，呼哧呼哧撸着槐树叶子，鲜嫩的槐叶也是我家大黑猪的最爱。

带姑姑

　　大年初七带姑姑，是我们这里的风俗。弟弟害怕初七下雨雪，天刚麻擦亮，就跑出门外看天气了。

　　姑姑家屋后是条宽畅的大河。河岸上长满了刺槐树，蜿蜒地呵护着大河，绵延到很远很远的地方。姑姑家的小表哥，比我大月份，憨头憨脑的样子，喜欢带着我们到河堤上玩。

　　树杈间，乌黑油亮的山喜鹊，蹦来跳去，叽叽喳喳地叫个不停。拖船由远而近，起初由一个小黑点，慢慢变成一条大长龙，然后拖着黑烟"突突"地消失在我们的视线里，那溅起的浪花拍打在岸边，哗哗地响。春天，河堤上槐花随风飘舞，飞雪一般，香彻心脾。平时，我们很少去姑姑家，一来路远，二来家里农活多，压得我们小孩子喘不过气来。就是表哥偶尔过来一回，和我们疯玩一个晚上，第二天就意犹未尽地赶回云了。临走时，表哥点将似的权威，指着我和弟弟：今年你去！明年你去！

　　那年初七，开春特别早，太阳暖盈盈地照射着大地上的残雪，微风里似乎带着一些青草的气息了，天边的柳树飘着淡淡的绿色。我和弟弟去带姑姑了。母亲把我们领到路头，一边替我们整理衣襟，一边交代我们路上不要贪玩。母亲说，到你姑姑家，要守着礼节，吃饭时万万不要贪嘴讨嫌，大人吃菜你就吃菜，大人放筷子你就放筷子，不要让你姑姑踏面子。弟弟似乎担心母亲给我们拽回去，忙不迭地点头。

　　路边的小河里，小鱼儿懒洋洋地漂在冰层下晒太阳。我们捡起石块，扑通扑通地扔过去。小鱼们尾巴一甩，哧溜一下，没了踪影。

边走边玩，到姑姑家已经晌午了。

老远，就见姑姑笑呵呵地迎在马路上。姑姑撩起围裙搓着手问，咋现在才到呢？我都站门口望几遍了。姑姑家的厢房屋里，烟飘雾绕，香气扑鼻，先前出锅的"八大碗"，早已顿在饭锅里温着了。

吃饭前，表哥急呼呼地领着我们到大河边看船，似乎大船成了他的资本。姑姑说，缺心眼怎的？吃完饭再去，你家旺哥早就到了。我心里咯噔一下，怎每次都有家旺？

姑姑家的堂屋里，拥满了人，都是年长的大人。我能认识的就那个家旺，姑父家的远房侄子。每年到姑姑家，吃饭都有他，我隐隐感觉到，他是姑姑家房族里混得最有头面的人。

开席了，大人们你推我让，不肯坐上席，最后，照例由家旺坐。我和弟弟年纪虽小，但远来为客，就坐家旺旁边。这时，表哥已经失去"点将"的威风，根本没有上桌的资格，蹲在锅门边上，磨磨唧唧地盼着桌上撤下的剩碗羹。

大人们聊去年的收成，聊开春的希望。不多会儿，家旺包了场。家旺酒量大，话也多。弟弟淡忘了母亲的交代，眼睛盯着他喜欢吃的酥肉团，直愣神儿。我也巴不得抛开那些繁琐的规矩，海吃海喝，吃完饭跟着表哥到家后去看船。

表哥鬼鬼祟祟，站在门口向我们招手，示意我们快点跟他出去。我和弟弟光顾吃饭，没理睬他。靠门坐着的姑父，回脸发现表哥，没少给他冷脸色，打发要饭似的撵他走远点。我能觉察表哥内心说不出的失落。

家旺似乎看穿了弟弟的心思，插广告似的岔开话题，直夸我懂礼节。家旺边夸边给我和弟弟碗里每人夹一块白瓢肉（肥肉）。家旺说，看看！俩小孩多懂事，碗里的菜不吃完，就是不夹盆里的菜。是的，母亲也曾不止一次地说过，小孩子吃饭要斯文，自己碗里的菜吃完了，再夹脸面前碗碟里的菜，不然人家会说贪嘴，缺教养。弟弟不声不响地瞅着碗里的白瓢肉，心走神儿。我恨不得把碗里的白瓢肉夹回去，可又不敢。哪有回菜的道理？弟弟吭哧吭哧老半天，突然，眼泪汪汪直要吐。白瓢肉还担在弟弟的碗口上，估计弟弟尝了一口，漾的。姑父怕扫客人的兴，眼角瞄着家旺，见家旺没有什么明确示意，这才慌忙给弟弟拉出门去。家旺酒兴不减，手掌筷子直吆唤：来！来！吃菜，小孩子，肥肉腻的，别管他。厢房屋里，姑姑锅上锅下正忙着，哐啷一声丢下锅铲，慌忙出来打圆场。姑姑说，天气冷，路上着凉了。

好一会儿，弟弟缓过气来，跟着表哥站门口，对我招手挤眼，示意我出去。我瞅了瞅家旺，没理会，继续蔫在桌上，心不在焉地听着家旺天高地远地侃。酒宴早该结束了，可家旺和靠门坐的那个老头较起劲来，酒喝得越多，话越多。

太阳的余晖把姑姑家厢房屋的影子拉得出奇的长，家旺晕乎乎地站起身来，长长地打了个哈欠。大家这才相互道别，依依散去。

总算挨到了散席，我跺跺早已发麻的脚，一味溜跑出门外。

姑姑家的这顿盛宴，我一点也没吃饱。家旺关照我的那块白瓢肉，我没吃却也漾得想吐。席间，我瞟瞟家旺，趁其不备云在桌子底下，让姑姑家的小黑狗代劳了。

姑姑家里农活重，很少有时间回娘家。每年，都是表哥跟着我们回一趟，以示礼节。临行时，姑姑也像母亲交代我一样，交代表哥。姑姑还没交代完，我们已经跑远了。路上，我们玩得更疯，惹得村庄里的大花狗，宠着一帮小崽子，呼哧呼哧地追着我们昂昂叫。

我们长大了，姑姑也老了，姑姑终于可以回娘家住上一阵子了。当着姑姑的面，我们聊起家旺，聊起姑姑家的白瓢肉。

对于家旺，姑姑一脸的自豪：你说家旺？人家可是村长呦！"沾亲三分顾"，那年月，家旺对咱没少照应！

提起白瓢肉，姑姑脸一拉，肩头一耸，就跟生气的样子：还不是姑姑家穷？那白瓢肉呀，半生不熟的，垫个碗底，凑个份子，做个样子图好看呗！来年开春呀，还指望用它卤点油来除锅锈呢。老半天，姑姑忽地较起真来：嗯，我说有一年初七，咋无来由地少了一片白瓢肉呢！小猫小狗都被我打不敢沾家了。

（2019 年 10 月 13 日 "中乡美文化" 公众号）

斗 狗

　　小时候，觊觎邻家菜园里的瓜果，房前屋后捉个迷藏，前庄后院看个杂耍，最害怕的就是有些人家的狗。不管白天黑夜，简单叫唤几声，足以让人胆寒，于是，不知不觉和狗结下了怨恨。斗狗，贯穿了我整个童年，直至后来我到城里读高中，好像才有个了断。

　　富强大哥家住庄南头，房屋紧邻我家小菜园。最可恨的是他家的大灰狗。大灰狗体格健硕，既坏又狠，每次，我和弟弟到菜园里拔个萝卜薅棵葱的，都被它的厉叫吓得一身冷汗。偶尔，我们也在离开菜园，确信自身安全之后，远远地扔去几个砖头瓦块回敬它，可大灰狗竟露出白森森的乱牙，扑咬地上翻滚的砖块，把嘴里的砖块咬得"咯咯"响。我们有限的还击，不但不能根本解决问题，更激起它对我们的仇视。

　　报复的机会总算到了。一天中午，堂侄广兵手里拿块饼，边吃边跑，气吁吁地跑来告诉我说，大灰狗被它家人关在厢房屋里了，刚才亲眼看到的，而且大人下湖干活了，家里一个人也没有。

　　机不可失。我急忙召集弟弟实地勘察，大灰狗确实被关在厢房屋里，从葵花秆扎的栅栏门外，可以看得清清楚楚，而且栅栏门是绳子系好的，大灰狗也没有从屋里窜出来的可能。我们捡起地上的砖头、石块、瓦片，从栅栏门外，炮弹般地冲向不可一世的大灰狗。刚开始，大灰狗在屋里窜来窜去，跳上跳下，露出白牙，扑咬射进屋里的炮弹，做出想从缝当里钻出来还击的架势。不一会儿，大灰狗终于招架不住我们近乎饱和的攻击了，被劈头盖脸的砖块袭击得威风扫地，完全失去了往日的凶悍，躲在墙角瑟瑟发抖，嘴里断断续续地发出"呜呜"的哀鸣声。

我胆子小，最先撤出了战斗。后来，据弟弟经常的说法，富强大哥家的大灰狗这次亏大了，下嘴唇渗出了血，很有可能还伤到几颗牙。关键的一砖头，也就是伤及嘴唇的这一下，就是他冲的。

大灰狗是否真的受伤，伤口具体部位在哪，伤势到底严重到何种程度，伤情到底由谁形成，功劳具体该记在谁头上，由于当时现场混乱，我不便下结论，至今仍是个谜。为此，当时弟弟和广兵，争论了好长时间，在我不断的调停下，叔侄俩才没至于闹翻。

事后，大灰狗还是不依不饶，丝毫也没有悔过自新的表现，对我们的仇视依然如故，甚至变本加厉。弟弟和广兵总结了一下，不可能是我们攻击的力度不够，导致大灰狗对我们更加仇恨，很可能是富强大嫂，为此不点名地骂了我们，助长了大灰狗的威风，否则，大灰狗绝对不敢这么张狂。

后来，我们和大灰狗之间的战斗，基本都是零星的遭遇。谁也没有奢望大灰狗能够悔过自新，我们寄希望于贩狗的侉子来收拾它。

每次，北方的侉子过来收狗，我们都积极给他们提供线索，谎称富强大哥家准备卖狗了。我们把侉子带到富强大哥家屋后，悄悄躲在了后面。侉子很激动，以为赚钱机会到了，拖着长长的钢钳，兴冲冲地上门，自讨个没趣。谁说我家卖狗的？富强大哥两口子又气又急，狠狠发泄了一通。侉子没收到狗，更没讨到什么好样子。大灰狗对侉子既恨又怕，也仗着人势，乘机和侉子车笼里的狗们一起叫庋，里应外合，进行抗议。我们躲得远远的，看着侉子灰溜溜的熊样，觉得非常好笑。没有家鬼害不死家人！富强大嫂知道我们想借狗贩子的手来除掉她家的大灰狗，故意赌气似的，偏偏不卖，对我们更是没有好脸色。

门西旁三叔家的大花狗，眼珠、眼圈和脊背都是黑的，眼眉上边各长一个白点，看人恶狠狠的，也不是个好东西。虽然每年都产一窝小狗崽，可距离我家太近，不便抱养。大花狗经常带头咬我们家的小羊羔。即使这样，我们也不便打它，因为三叔一贯崇尚养狗。更主要的是，三叔的儿子林杰，也就是外号叫大皮轱辘的那一个和我们处得非常好，他经常参加我们的队伍，打击别人家的狗，有时我甚至让他带队。据林杰说，他家的大花狗不仅祖上可能沾点狼的血统，而且大花狗自己也是有功的。有一年，小偷到庄子里偷羊，被大花狗第一个发现，小偷被大花狗咬了几口，最终被人们抓住了，所以，三叔更视大花狗为掌上明珠。

打狗也要看主人的，不能因为贪图一时畅快，伤了和气。虽然我们经常看大花狗不顺眼，但碍于林杰的情面，一时也不好动手。

炎热的夏天，树梢打起了盹，强忠大哥家建了新瓦房，搬家到后排住了。整个院落十几间老房子，房门锁着，撂在那儿空洞洞、阴森森的，晚上我们无论如何是不敢去的，只有白天偶尔进去捣个马蜂窝什么的。也不知什么时候，这个院落变成了大花狗一家老小避暑纳凉的好去处。大花狗得寸进尺，经常带着小狗崽们，顺着门边上留给老母鸡出入的门洞，钻到堂屋里，舒舒服服地睡起觉来。

不便强攻就智取，不能明打就暗算吧！一天中午，我们瞅准了机会，狠狠地教训了大花狗一家。当时，大花狗一家老小，在堂屋里睡得舒舒坦坦，被广兵从门缝里发现个正着。大家迅速行动，一起动手，搬来门口的砖块、土坯，把门洞堵得严严实实。

我们因为有了其他娱乐项目，谁也没有在意大花狗一家在我们视线中消失；谁也没有在意三叔一家，东西二头在找狗；谁也没有在意，大花狗一家在屋里是怎样哀鸣和呻吟；谁也没有在意大花狗一家，艰难地度过了多少个忍饥挨饿的白天黑夜。反正，大家把大花狗一家惨遭关押的事给忘了。

据说，后来是被三婶发现的。那段时间，三婶老感觉夜里有人在呜呜咽咽地哭，声音时断时续，悠悠长长。到底从哪里来的哭声？没人知道。难道是闹鬼了吗？不会的。晚上，三婶吓得早早关门睡觉。

在满庄老人的指导下，三婶在解放大花狗一家之前，为了防止大花狗一家饿疯了，跑出来咬人，先从窗户里扔进了许多好吃的，等大花狗一家吃饱了，才敢把它们放出来。

按理，大难不死，必有后福，可从此以后，大花狗却伤了不少元气，憔悴了许多，衰老了许多，再也没有以前那样尖戾地嚎叫了。有时，大花狗低着头，看人的眼神也怯懦了。

至于大花狗什么时候离开人世，怎么离开人世的，谁也没有在意。反正，在和大花狗的斗争中，我们是绝对的胜利者。这回，功劳应当明明确确地记在侄儿广兵的头上了。

三叔最终也不知道，这次是谁出手整了他家的大花狗。等到这件事真正解密，三叔早已过世。林杰知道了这件事，我们已经一起长大成人，同在一个小城里工作了，他和当初一样，也没有在意这件事。

斗狗，我们有时是被动的，更多是主动发起的。儿时，我们把斗狗作为一个主要的娱乐项目。不管在月光清冷的夜晚，还是酷热难当的中午，偶生斗狗的兴致，马上来了精神，立刻行动起来。

根据我当时的意见，梁圩、崔集两个庄上的狗，应当狠狠教训。每次我去外婆家，路过梁圩、崔集，它们都对我那么凶狠，让我平添了几分窝囊。人在屋檐下，不得不低头。每次，我袖口里都准备一些大小适中的石块和瓦片，但因害怕惹是生非，都没有发起还击。后来，终因路途较远，没有组织专门力量，前去征讨。

童年，在和狗们的争斗中，受到了不少惊吓，但也平添了许多乐趣。至于还和其他哪些狗结下了梁子，还打击过邻庄哪家什么类型的狗，大多已经记不清了，反正还有很多。

看电影

洋井街又要放电影了，听说是《奇袭白虎团》。放过晚学，匆匆下湖割了猪草，晚饭也没顾得上吃，急呼呼地邀了几个小伙伴，前去赶场子了。

洋井街在我们村的东北方向，走大路要先向东再向北，相当于走了一个直角三角形的两边，大路是石子路，有点远；走小路相当于走了个斜边，小路近，是土路，要翻过几条旱沟，穿过一个乱葬岗子。

刚走到后麦场，西北方向泛起了雨云，黑沉沉的云头变幻成各种模样，低低地压了过来。我们的小头头明成，斜着眼睛吊了老半会儿向，说：不去了，咱就在社场藏一会儿猫猫就回家吃饭吧。我说，片子已经在我们庄上放过了，藏过猫猫就去找你爷爷讲古事。广兵馋唠唠地说，走呗！走呗！《七七（奇袭）白虎团》我还没看过呢！去年来我们庄上放，我刚好去我外奶奶家了。明成比我们大两岁，人缘也好，我们都习惯听他的。明成望望天，定定决心道：好吧！走！

我们一行九个人，一阵风样地顺着小路往洋井街包抄过去。

到了乱葬岗子，恰巧一阵鬼旋风夹带着草叶直挺挺旋了过来，吓得我一身鸡皮疙瘩，赶紧蒙上眼睛跟着他们一起趴到沟底下躲着。风歪过去了，不祥预感压在心头。夕阳的余晖里，直挺挺地挂了三条龙柱子，咕嘟嘟地往天上抽水，水到半空变成了乌云，犁土块样地往我们头顶上挤过来。是不是要出事？我犹豫着对明成说，回去吧？明成依依不舍地说，就要到了。好吧！我们发疯一样地往洋井跑。弟弟比我小三岁，有点跟不上趟，我拽着他的手一起往前跑。就在离洋井一里远这样，我们隐约看到了挂起来的电影布。电影布坚强地挂在黑云底下，显得更加洁白，像磁铁一样地吸引着我们。此时，稀稀朗朗的大雨点顺着风势，斜侧着打在我们的脸上。我们侧着脸，眯着眼睛往前冲。

电影场在胡村长家大门口。

胡村长家的前屋，锅里滋滋啦啦地飘出香味。胡村长老婆刘裁缝，手掌锅铲着急地敲着锅边，反反复复地叨咕：我说，过几天，等三顺过生日再放，老和尚等不及了，这下可好，天塌了还放你奶孙电影？堂屋里，放映员小薛已经开始猜拳，较起劲来了，讲酒经的声音高一阵低一阵的。我们缩着头，站在胡村长家前屋的屋檐下，等着。突然，胡村长老婆一盆饭水从窗户里泼了出来，我们还没来得及吓着，天上的大雨就跟瓢浇一样倒了下来。

一顿饭都吃不安，小薛嘴里骂骂咧咧地嚼着肉块，一身酒气地蹿了出来，躲着风侧着脸跑到电影布下，猴子爬竿一样地解开挂电影布的棉绳子。电影布扯到一半，竹竿架子顽强地倒了下来。小薛被风甩出了好几米，切头蚱蜢样地拖拽着电影布往胡村长家屋里钻。胡村长手上拿着筷子，站门口迎着小薛，大背头刚伸出门就被狂风给掀乱了。不知是可惜了一场招待酒，也不知是浪费了电影之前的讲话稿，胡村长气狠狠地骂老天爷。见小薛钻进屋，胡村长转身发现屋檐下企鹅样地站着一排孩子，恶狠狠地训斥道：滚！

随着胡村长一声令下，我们燕子样地钻进了雨幕。

雨打得睁不开眼。我一手挽着弟弟，不知谁又挽了我的另一只手。暴雨中，我们听不到任何人说话，只听到接连不断的炸雷声，只知道跟着感觉啪嗒啪嗒地往前跑。平时走的石子路穿鞋都嫌硌脚，此时，一点感觉不到脚疼。一阵急雨浇下来，浑身鸡皮疙瘩，雨滴稍慢，浑身由里往外冒汗。跑着跑着，感觉平地上的水淹到脚脖子了，跑着跑着，感觉路上的水漫到小腿肚了，跑呀跑呀，水到大腿根了。耳朵灌上水，炸雷声听不到了。眼睛睁不开了，却能看到闪电一来，满天雪亮。闪电过后，一片漆黑。眼睛看不见啦！不要紧，相互拉着往前跑，感觉我们就像一排顶浪扑棱的水鸭子。

麦场不是麦场，变成一片平平整整的大水塘了。

也不知怎么到家的，一点感觉都没有，全凭本能。母亲愣在门檐下等着呢，压根不相信自己活蹦乱跳的孩子还能活着回来。母亲抱起一床棉被没头没脸地把我们弟俩给裹了起来。后面的事，我就不知道了：我们睡着了。

后来的事，都是听大人说的，估计是用瞎编的故事来吓唬我们。

我母亲披着雨衣找到明成家。明成母亲急得牙股不听使唤了：明成爷爷早早就出门找去了，估摸都跑到洋井街上了。嗨了！嗨了！今天小孩要走小路，再有十个也被大水冲水库里去了！我母亲站在明成家门前，眼看洪水已经漫到腿肚深了，失语一样地叫着，任凭雨水抽打着自己。

半夜里，雨停了，遍地水汪也滑了下去。

全庄只少明成爷爷一个人。大人们拿叉带锹，提着马灯连夜找。明成爷爷临出门时披在身上的蓑衣找到了，搭在后麦场的牛槽沿上。奇怪。这蓑衣里侧干干的，似乎还带着体温，这人到哪里去了呢？志政表叔说，唉！我夜里在北湖网鱼，心想，发这么大水，鱼能少吗？得要发点水财了。哪不承想，"咚"的一声，鱼撞网了，我起网倒进桶里，"咚"的一声，鱼又撞网了，我又起网倒进桶里。天麻擦亮，上岸一看，妈呀！桶里正好十八只小孩鞋子，连个鱼鳞也没有。明成母亲一眼就认出有明成的松紧口鞋，急切切地问道：他表叔，你还网到老头烟袋没？志政表叔着急地抖擞着双手：看他婶子这话说的，哪有烟袋不沉水底的？我有多大本事能网到烟袋？

天亮了，终于找到了。明成爷爷躺在乱葬岗里的槐树权上，呼呼大睡，连衣服都没湿。恰在这时，洋井街胡村长家门口电线杆上的大喇叭里，随风飘来了轻快的音乐声，断断续续的：哎！……哎！……山也笑水也笑，形势无限好呀！噔哒噔哒噔哒嘀，噔哒噔哒噔哒嘀……大伙儿心情高兴，正听兴头上，歌声戛然而止，随后传来胡村长特有的普通话，撇腔拐调的：同志们！同志们！一方有难八方支援，我们一定要把这九个孩子找回来。志政表叔没好气地说，去去！赶紧的，让胡村长不要瞎咯嗒了，哪壶不开提哪壶。

过了好几天，明成爷爷的真魂终于入鞘了。明成爷爷啪嗒着老烟袋，慢条斯理道：那天晚上，我去洋井街找小明成，刚走到后麦场，蓑衣就湿透了，比背两块石头还重，我感觉不对劲，干脆给卸下来晾在牛槽邦上。我顺着小斜路蹬到乱葬岗子，就看那鱼啊！一阵挨着一阵，摇头摆尾从我眼前经过，就跟阅兵样地整齐，就差没喊一二一了。我正看得出神，大宝媳妇就跟水蛇样地游出水来说，哎哟！我大爷现在上哪去啊？我细看看，乖乖！这不是跳东团塘淹死的大宝媳妇么？还是穿着活世的花棉袄。我汗毛支棱着，浑身发冷，又不好抹晚辈的面子，壮着胆子搭话说，我找明成的呀！大宝媳妇说，大爷，来我家躲躲雨吧！我哪来那闲工夫？恨不得插翅膀飞回来，我连说，不啦不啦！我还有十年阳寿呢！大宝媳妇客气了不得，伸手就来拽我。水哗哗地从身边流过，我感觉脚底直打滑，眼看就趿不住步了，一着急，猴子样地爬上了大槐树。

明成爷爷说得有鼻有眼的。我们知道，明成爷爷肚子里的故事神兮兮的，比石榴籽还多。

有时，明成爷爷二五唠叨道：晚上还能到处看电影啦？我们后怕得牙股打颤，说，不看了，不看了，再也不去外庄看电影了。

明成爷爷腮帮瘪鼓瘪鼓地吮吸着长烟袋，心满意足地笑了。

十几年后，明成爷爷去世。临死前，老爷子舌根僵硬，含混不清地交代道：我枕头底有十六元私房钱，留丧事上放一场《七七白虎团》吧，让孩子们好好闹腾闹腾。

此时，电影早就不稀罕了，我们早也不闹腾了——我们长大了。但在明成爷爷的眼里，我们还是孩子。

（2018 年 12 月 12 日 "淮河文艺" 公众号）

刘豁耳朵

大集体时，我们老家把看庄稼称作看青。刘豁耳朵算是看青名将了，周围团转没有不知道他的，小孩子们更是闻风丧胆。不是他人狠，而是他那半边失去了耳郭的耳根子光秃秃的，使人后背发凉。

刘豁耳朵得以声名大振，跟老表爹有一定关系。老表爹也算是村级名流了，负责给全村老少剃头理发，拿长年工分，阴天不少晴天不长。老表爹挑着两头都不热的剃头担子，悠哉游哉，时常在村里转悠，转到人多的地方想停就停下来，不想停就继续转悠，头发长的接大人似的，自动上前打招呼，至于老表爹停不停，碰他高兴，高兴就停，不高兴你自己跟他走，到老表爹停下来的树荫底聚齐，按顺序一个一个理。没闲空的，你就等下回吧，至于下回什么时候来，也碰老表爹高兴，老表爹的"铁饭碗"揹在队长手里，只要队长满意就足够了。老表爹不提供热水，需要光胡子的，自己回家端。

一天，刘豁耳朵头剃到一半，在场看热闹的小孩子想看又不敢看，挤挤抗抗朝前拥，出出溜溜往边让。老表爹突发奇想说，乖！给豁耳朵这边头发剃短点，还能吓唬小孩嘞！正准备光胡子的生产队长顿受启发，焐在脸上的湿毛巾一揭，纵起身来，擦擦腮帮上的肥皂沫说，好！我正划拉合适人选看青呢。老表爹多少也是半个吃"公家"饭的，服从是必须的，找理由迎合领导还没机会呢，笑笑说，这能费多大事嗅？咔嚓咔嚓，老表爹手上的剃头刀子一个猛子扎到头发根，恨不得斩草除根，连毛囊都给端了。刘豁耳朵连躲带让两手捂耳门，已经来不及了，老表爹的刀头已经扎下去了，黑棉花样的一团挑落在地。刘豁耳朵嘴跟叫机子似的，连三哀求队长：表叔，我还没成家呢，能不能让我考虑一段时间？生产队长驴脸一呱嗒，老半天不来气：批斗会好长时间没开了吧？刘豁耳朵龟孙子似的告饶：我服从……服从……说着，把豁耳朵这边脸主动往剃头刀子这边调整，好让老表爹掌推子这边膀子得式子用力。刘豁耳朵试图用眼神哀求老表爹刀下留发。老表爹奸笑笑，眼皮耷拉着，假装没看见。天赐良机，哪天有这表现机会？老表爹毫不含糊，立场坚定地落实了老队长的意图。当时，电影上的英雄人物清一色高大全，反动分子基本都是矮瘦丑，就是领导不作要求，老表爹也不会把刘豁耳朵的头剃好哪儿去，这点觉悟还是有的。

老表爹大刀阔斧，修理一番，光天化日之下的刘豁耳朵怪模怪样，半边脸有耳没朵，无遮无挡，关键部位圆溜溜，空荡荡，皱巴巴，滑淋淋，明叽叽，亮晃晃，人不怒自威。

刘豁耳朵被"上岗"了，多少有点不好意思，背着屎粪箕到庄稼地头转转，哪不承想，小孩子就跟燕子飞似的，老半天不敢沾边。真有这么高威信？刘豁耳朵自己也没想到。不几天，有群众担心说，闷扑通从大黍地里钻出来，不要说孩子，胆子不大的小妇女，不死也掉魂。凡事适可而止，是不是威力太大了？老队长考虑到下半夜，心底也有点后怕，万一吓死人怎么办？于是，趁着广播会，在大喇叭里公开告诫说，看青力度不能再加大了，凡事要走群众路线，注意工作方法。老队长话里有话，嘴上说是防止出事，其实多少有点推卸责任，给自己留后路的意思。刘豁耳朵也不是蠢人，讨好卖乖说，我表叔，我有数，你看我整天装疯卖傻的？不憨不愣，一心数。轻松自在，旱涝保收，看青这份美差，来之不易啊！就是毁容也值了。

据说，刘豁耳朵小时候，是家里出名的"肉头户"，方圆十里八里都知道。

解放初，新生的人民政府加大了剿匪力度，洪泽湖匪首老魏三等残匪势力饥肠辘辘，惶惶不安，度日如年，不得不龟缩在洪泽湖上随处流荡。一天，狗急跳墙的老魏三遣派手下干将，趁着月黑风高之夜，悄悄潜入我们村，偷偷抱走了熟睡中的刘豁耳朵。

半夜三更，孩子哪去了呢？一家人急疯了。惶恐之际，老魏三捎书一封：限三日内送三百大洋到湖边小船上赎人，不得报官，否则性命不保。按理说，孩子有了下落，问题不是太大，无非花钱消灾，财去人安，偏偏刘豁耳朵父亲视钱如命，奇抠无比。老头子思来想去，游移不定，一时舍不得三百大洋。听说有一年午收，老头子半夜三更烧了一大锅稀饭，照人影子，落落大方地对长工们说，尽饱喝，喝饱有劲好干活。伙计们晕头耷脑起了床，也没说什么，个个肚子喝得跟牢盆似的，粗布裤带松到不能再松。到田里，大家你来我去，到处找地方小便。眼看就要到梅雨季节了，一上午活都被耽误，老头子后悔莫及。

老太婆恨不得一下子给儿子赎回来，呱呱啦啦说，抠出人命，就安心了。正当刘豁耳朵家四处托亲拜友找人说情时，站井沿等水喝的老魏三残忍地割下了孩子的一只耳朵，包在荷叶里派人送来，说：一天增加十块大洋，缺一不可。刘豁耳朵母亲一见儿子的耳朵还带着体温，号啕大哭：老和尚唉，钱是你亲爹吗？一家人慌了手脚。大洋抓在手上，拧来拧去拧出水来，老头子最终桌子一拍，忍痛割爱，把钱包在破被套里，又把被套裹在烂草捆里，自己亲自背着，再派一贴心伙计远远跟着，乖乖送去。万一三百大洋有什么闪失，老头子一恼二气，也就一头栽洪泽湖里，跟钱去了。孩子抱到家，老头子气不打一处来，好像是孩子故意跟土匪跑了似的，晚上，心里还在崴窝：是不是还能讲点价？老太婆骂道：再讲价，两边耳朵都没有啦，怎没给你老日的耳朵割去的嗳！正说着郎中到了，扒扒眼，搭脉一试说，此孩无大碍，日后有冲首，好好喂养；另，每日取桑叶七片烧水冲洗患处，用艾草烧灰敷之。郎中不但分文不取，还倒贴十两银子，以示祝贺。老头子大喜过望。刘豁耳朵从此留下半边耳朵和一生传奇。

人尽其才，才尽其用。刘豁耳朵因祸得福，仅凭半边豁耳，轻松吃上了轻快饭，不动不摇拿上了长年工分，脱产干部似的。刘豁耳朵看护的庄稼，不受人为糟蹋，长势良好，没有损失，颗粒归仓，正所谓本人舒心，群众宽心，领导放心。

一天，公社李委员下来蹲点，一听说安排刘豁耳朵看青，脸都吓黄了：唉?! 经谁同意的？青是随便哪个都能看的吗？阶级斗争还要不要搞了？还有没有一点政治觉悟！安排地主富农掌管要害？出了事情谁负责？站得高，看得远。一级干部一级水平。李委员的训斥，不是没有道理。看青，少说也相当于现在的综合执法，可以说是代表一级组织，对集体经济实质上行使管理、监督、守护等权力。人选没有公心，集体经济就会遭受损失和破坏，素质不够过硬，确实无法胜任。队长辩解说，嘿嘿，他为人还不错。李委员眼珠一瞪：不能看表面！随时可能复辟。刘豁耳朵岗位刚调整，庄稼地就看不住了，猪狗牛羊动辄窜到地里糟蹋庄稼，小孩子们更是肆无忌惮，带头作乱，偷抢扒拿，蓄意破坏。

庄上几位倒了油瓶不扶的、伸手不拿四两的、吃这顿不问下一顿的懒汉，正摩拳擦掌，准备竞争上岗呢。自以为地球离自己不转的"累不倒"，备好了看青行头，静等着队长三顾茅庐呢：不请上门，我还不去呢。李委员屁股刚离板凳，刘豁耳朵又恢复原职了。人才库里的懒汉们，大失所望，一片唏嘘。

改革的春风悄然兴起，部分农村率先实行了联产承包责任制，随后，土地公开承包到户了。

吃惯了轻松饭的刘豁耳朵，只得下岗再就业，风里来雨里去，起早贪黑骑着自行车到洪泽湖底贩小鱼。不几年，第一家盖起了红瓦房。

已经退休的李委员，离岗不离心，人走茶不凉，路过我们村，趁着在位时的惯性，指着刘豁耳朵家的新房子，指导工作说：不出所料吧？说复辟就复辟，剥削阶级的思想死灰复燃哪！阶级斗争已经到了非抓不……阔论还没讲深讲透，老百姓已经下地干活去了，谁有闲工夫听这些？曲高和寡。李委员无奈地摇了摇头，车子一喇走人了：奶孙子的，我也回家锄地喽！迟一迟儿媳妇就甩脸色。李委员一辈子教育群众嫌富爱贫，到头来自己一分钱掉地沾八面灰，巴不得钱印子都给抠起来；经常教导他人安定团结，却时时处处在别人眼里树敌，恨不得天天搞阶级斗争；把"奋勇前进"挂在嘴上，自己思想上的倒车挡，一时半会儿还真的摘不下来。

鱼市上，人来人往，熙熙攘攘。年近不惑的刘豁耳朵留起了大包头，略有卷曲的长发，飘逸洒脱，给半边耳洞遮得严严实实，整个人就跟换魂似的精神，不认识他的人根本不知道他就是大名鼎鼎的看青专业户刘豁耳朵。小妇女说，来他摊子上买鱼，秤头高，价钱还不贵。

一天，李委员挤挤抗抗，杵到鱼摊跟前：刘豁耳朵，嗯，最近生意不错吧？刘豁耳朵抬眼一看，一时没认出来。当官时间长了的人几乎都有这通病，在位时对你多看一眼就算是照顾，就因为占着职位，不帮你一点小忙你都得表示"心情"，否则你就是忘恩负义，你就是过河拆桥，有严重的形成偏执人格，唯我独尊，你咳嗽一声都算冒犯，一辈子不做好事，所有人都欠他人情债，永远也还不清。刘豁耳朵这种有眼无珠的行径，简直就是大逆不道。李委员有点愠怒又有点酸辣辣地说，连我都不认识啦？！我公社李委员。天上掉下个"大干部"，刘豁耳朵突然返回大集体似的，顿时矮了半截身子，咔嚓一声秤盘丢下，本能地站起身来，哈着腰两手直抖擞：李委员，呵呵，李委员。我年轻时，精力都消耗在你们村啦！生意不错吧？李委员像访贫问苦又像视察经济，像城市管理又像依法收税。不错，呵呵，不错嗳！刘豁耳朵的胆怯，无形中拔高了李委员的气势。李委员舒口长气，居高临下地说，当年我在职时不顾影响，担责任给你罩着，现在想起来都后怕，直接就是路线问题么。刘豁耳朵纳闷：你哪天关照过我的？不是三天两头要割资本主义尾巴么？真要像你当初要求的那样，我的脊椎骨都被挖脱节了，哪还有什么尾巴？心里想的跟嘴上说的肯定不能一样，刘豁耳朵连连说，是的是的，李委员，我们现在还想着您回来发挥余热！李委员谦虚谨慎、戒骄戒躁地笑了笑：唉！情况你是知道的，生产队那么多人，整天绑在一起耗着，坐吃山空，我心急呀！正反两方面典型，不抓几个肯定交代不过去，抓革命促生产么，有不到之处谅解啊，都是为了工作。是的是的。刘豁耳朵似懂非懂，公鸭似的点头。人不可能长久停留在工作状态，李委员自有苦衷，话锋一转，回到了现实：我现在变成家庭妇男了，老太婆半身不遂，长期卧床，家里家外，鸡毛蒜皮都指望我，你明天给我从湖底带几斤活鱼来，越大越好，小孙子营养不良。刘豁耳朵哪天直来直去跟这么大领导打过交道？巴结还来不及呢，下台干部也是干部：好的好的。李委员给自己长期坚持的阶级立场，一股脑儿地抛到了九霄云外，一点也不担心阶级敌人亡我之心不死，在鱼腹里下毒，处心积虑谋害他家未来的接班人。

　　前庄后邻的小混混基本都是刘豁耳朵吓大的，习惯成自然，一个个从心里往外怵着，从不给他惹麻烦。工商税务心话，刘豁耳朵你来头不小啊？小混混都让你三分，我们干吗出头露面做坏人头？水过地皮湿，象征性地收点钱了事。识时务者为俊杰，分不清大小头了，还在道上混什么？人情不做白不做。

黑白两道无招无扰，刘豁耳朵老不欺少不哄，诚实守信，生意做得风生水起。后来，刘豁耳朵破天荒地娶了媳妇，小日子过得云蒸霞蔚。

（2020 年 6 月 29 日 "新锐散文" 公众号）

装

那年夏天，我在北湖六队的豇豆地里割草。草割得差不多了，有人提议摘点豇豆烧老窑，也就是在田埂或沟边上挖个小洞，划拉点干叶，点燃，再放点花生、玉米、青豆支在火上烤，熟了大家一起吃。青青黄黄的豇豆烧熟了，又香又面，十分诱人。

豇豆正摘着，突然有人大喊一声：刘豁耳朵来了。大家四散奔逃。

刘豁耳朵在我们老家可是看青名将，十里八里没有不知道的，小孩子们更是闻风丧胆，不是他人狠，而是他那失去了半边耳郭的耳洞光秃秃的，让人后背发凉。

听到喊声，我背起粪箕爬起就跑。就要出地界了，我不由自主地"哎呀"一声瘫倒在地，脚底板钻心疼，扒过一看，脚掌心一个大窟窿，血流如注。我说我脚踩玉米纤上了（玉米收割后，根部以上的刀口）。二哥吓坏了，让我背上粪箕，扶着我瘸捣碓地往家撤退。小朋友们都跑光了，也没见刘豁耳朵的人影儿。谣言不仅坏事，也能害人。到家门口，我母亲正在烧饭，见我脸色蜡黄，瓷盆一撂，背起我就往大队医疗室跑。到医疗室见门锁着，二哥赶紧跑到赤脚医生我小娘家喊人。我小娘正在当门地看报纸，当时全村有资格看报纸的本来就没几个，有资格看报纸的女同志更是寥寥无几，这是待遇也是地位和身份。知识分子理论学习，是你普通人随意打扰的吗？我小娘慢腾腾放下报纸，心话小孩子破皮蹭肉多大事，慌什么？好像是故意显示一下职业素质，我小娘不紧不慢地跟在二哥后面，走到跟前一看不得了了，完全超出她的技术范围。我小娘着急慌忙地掏出一串象征着身份、权力和地位的公家钥匙，紧张得老半天也不知选哪一把开锁。要不是看在自家侄儿的分上，她肯定建议转院。关键时刻，责任心比技术管用，我小娘拿出医疗室仅有的药水瓶罐，棉花球沾上药水，在我的脚心擦来抹去，并让我闭上眼睛配合工作。我小娘自己眼睛也闭上了，用镊子在洞里捏来搅去，我疼得咬牙切齿，冷汗淋漓，整条腿恨不得缩进肚子里。二哥见我大喊悲叫，估计后果不轻，越发担心母亲事后追责，于是戴罪立功般地急于表现，杀猪屠似的给我摁个结实。母亲心疼得拖鼻涕淌眼泪的，双手抱着我的脚脖，嘴里不住地咒骂。老半天，我小娘镊子口往大板凳上敲敲，说：看看，怪不得淌这么多血嘛，玉米纤子掏出来了。所谓玉米纤子，也就是玉米割过，留在地上的根部，尖斜的刀锋，锐利无比。手术做完了，我小娘交代说，不要沾水，防止感染，三天来换一次药。包上洁白的纱布，伤口热辣辣地疼，我心里莫名地荣耀，好似战场归来的功臣——可以不干家务了，哪天享受过这样待遇？这不就相当于疗养吗？

放牛割猪草的任务不以人的意志为转移，平摊到二哥和我弟弟头上。刮风下雨，猪喊羊叫，听着让人熬心。我母亲鞭打快牛，忍不住数落他们弟俩。我就跟无事人似的，指手画脚，批评帮腔。正所谓做事越多，责任越大，挨批评越多。家穷不养闲人。不久，我母亲安排我在家看门和做饭。看门做饭还好，尤其折磨人的是看粮食。粮食摊在场上，饥不择食的小鸡小鸭小羊动辄上来偷袭，连打盹的机会都没有，有时，你刚犯迷糊，它们就上来了，鬼子进村似的悄无声息，及时发现还好，偷偷抹掉它们留下的痕迹。要是被我母亲发现，轻则咒骂，重则巴掌耳刮伺候。弟弟妹妹发现，笃定检举揭发，甚至诬陷造谣，借母亲之手发泄私愤，求得心理平衡。

每次到医疗室换药，我小娘都用双氧水进行消毒，双氧水刚接触伤口，咕嘟嘟冒沫。我小娘用镊子捏着干棉花擦干，扔掉再换一块潮的，往里面透透，疼得我龇牙咧嘴。我小娘说：看你嘘的！敷点土霉素粉，包上纱布就结束了。最后一次，我小娘说：下次不要来了，结疤了。我说：还疼呢，一到晚上里面就热辣辣的，一跳一跳地疼，睡着了都能疼醒。我小娘骂道：就躲懒在行！也能瞒掉我？不是已经封口了吗，该干活干活。

重心放在脚掌外侧，左腿多承担一点，我一点一点，一瘸一拐，活动范围逐渐扩大。母亲对我的责骂此时已成了常态。我巴不得立马恢复正常，好腿好脚，利利索索分担家务，该下地下地，该干活干活，该割草割草，该放牛放牛，我受够了这样的特殊待遇。

最难受的就是扯草，平时还好点，尤其是家里来亲戚，我母亲说：赶紧去场上扯草。弟弟突噜一声，麻雀一样飞跑了，我想躲也没有那么利索，只好乖乖背起粪箕，抓紧落实。晴天还好，阴天下雨，你还没动手，草堆根下的癞蛤蟆四散奔逃，吓人不轻。虽然长在农村，但我天生害怕蛤蟆，感觉比蛇还可怕。也不知咋的，你越赶它，它越往你面前跳，示威似的。我喜欢摸鱼，有时一把攥住蛤蟆，恨不得连指头都给甩掉了，就因为害怕摸到蛤蟆，迫不得已放弃了这一爱好。

下湖割草，回来背着几十斤重的粪箕，走起路来更加吃力，粪箕上的柳条把子直往肉里抠，用镰刀柄子从前面插进空当，把重量分担到左肩上，这样感觉好受些，但移来移去，必须落实到脚上，此时的伤疤钻心样地痛，数着脚步，从一数到一百，从一百倒数到一，离家还有里把路，数到五百还没到家，放下歇歇，背起来再继续从头开始数。到了家门口，半蹲着，粪箕往下一撂，龇牙咧嘴。此时，体力已经到极限了，又饿又渴，赶紧端碗吃饭，饭碗一丢赶紧上学——学校的预备铃已经响过好一会儿了。踮着脚往学校跑，好在没迟到，粗气还在喘着呢，老师进教室了，虎着冷脸：下面检查背书。赶紧头缩着，老师布置背书的事早忘脑窝后去了，浑身来汗。谁会谁不会，老师一眼所过，越是缩头，越是提你。

漫长的夏天终于过去了。

秋天是收获的季节，肥猪添膘了，母牛下犊子了，羊羔会撒欢了。水牛迈着沉稳的步伐，漫游在田野里，舌头肆意地撩嚼高举种子的杂草，不时哞哞叫唤。

猪是家畜里不讲卫生的贵族，主人再忙也要给它端吃捧喝，伺候到位，稍有不足便要吃要喝，嚯嚯叫唤，拼命往家主跟前挣扎，上访告状似的，带着旋环的拴腿绳勒进肉里，也在所不惜。

改革的春风悄然兴起，生产队背着李委员，暗暗实行了联产承包责任制，我家分到了三行山芋沟。母亲安排说：三和尚，后湖山芋秧能割了，挨排挨尽一沟割，省着点，不要割花了。我一天一趟，背着山芋叶子，脚掌一翘一扭，几里路来回。母亲说：小和尚是能装，都多长时间了，还翘翘扭扭干什么？最近老感觉伤口里奇痒难耐，我把鞋子脱下来，扒给母亲看。母亲说：不是好好的吗？早就封口了。仔细看看还真留下一个不太规则的斜疤。感觉伤口旁边有点发胀，稍微向外突出一点，糊糊浓浓，熟透的瓜脐一样，我随手一挤，"噗嗤"一声脓血涌出——裹带一块玉米纤子。一家人吓了一大跳，都围过来看个究竟。我母亲心疼道：三和尚还真不是装的了，怪不得天天走路瘸捣碓的嘛，大黍纤子卯在里面能不疼吗？我说：一到晚上里面就一跳一跳疼，针挖似的，发热发痒。我母亲呵呵笑：不是装的，不是装的。

我也在想，不能再不好了，昨天过路的外庄人还嘀咕呢：这孩子年龄这么小，怎就跟半身不遂样的呢？也不抓紧去医院看看，耽误时间长了，就麻烦喽。

事后，我母亲庆幸说：不是你小娘抟出来一块，估计你一条腿早废喽。住在我家后排的堂哥也是的，踏小沟时，一脚踩在大行针上。我小娘好不容易给拔出来，过了几个月还嫌脚疼，庄上人都说他躲懒，带到县医院一拍片，针尖断在里面了。我母亲说：不是你小娘提议到大医院检查，针尖随血走，转移到心脏就出人命喽！不管怎么说，我小娘医术就是好。

乡镇医院率先改制的第二年，新强哥喝错了药，人人都说没救了，我小娘让灌肥皂水冲肠胃，一块香皂没够兑半桶凉水的，手扶机加足油门往医院跑，跑一路灌一路，到乡里，医生说不是半桶肥皂水起作用，坐飞机来都迟了。结账时，主治医生十分潇洒，大款似的举着三根指头一翻一覆说，六千六百六。新强哥几天没吃，本来就有气无力，一听就跟电击样地来精神，大声抗议道：我哪里喝药的?! 就是吓唬吓唬人呗。主治医师佯佯不采地说，到哪都是一样消费。原来，患者悄然成了顾客，医院成了企业，院长成了老板。有老人担心说，再不死就死不起喽，火葬场也承包了。年轻人宽慰道：死不起就不死，多过几年。住院八天，一季小麦泡了汤，新强哥服降了，直摆手：现在的医院只认钱，比紫马蝎子还毒。一贯省吃俭用的新强嫂割肉似的，忍不住骂道：装嗨！上万斤小麦作梗出去了吧？不装不家败，接着装！新强哥自知背理，耷拉着头，除了干活还是干活，一天到晚长在地里。

再后来改革力度不断加大，农村医疗室也公开对外承包。我小娘掌管十几年的一嘟噜钥匙，宣告失效。不过，我小娘的工作责任心是远近出了名的，前庄后邻的，经常提起：那时候的赤脚医生真好，多会叫多会到，箱子一背就上门，现在的医生啊都要像她那样，老百姓也不会花这么多冤枉钱了，动辄让你化验拍片，动辄开一大摞药，拼哪家似的，一个比一个出手重。

（2020 年 6 月 9 日 "潮头文学" 公众号）

八月十五杀猪忙

　　早饭后，我母亲对我祖父说，他爷爷，您明儿到跩头跟他大姑说一声，就说八月半头我家杀猪，过节就不要买肉了。祖父迷迷糊糊，趴饭桌边打盹，手上的烟袋窝早就凉火了，一听这话，猛吸两口，嘴堵烟袋尾巴上，绳勒似的：呃！好好！

　　遇上做人情的事，谁不高兴去？祖父跟手就把消息捎到了我大姑家，比发电报还及时。送过节礼、赴奶糖宴、出份子钱，我祖父比谁都跑在前面。好在祖父没有从政，真要是当官，非常适合在扶贫办或民政局工作。

　　农历八月十四下午，我表哥小戴，全权大使一样代表我大姑，一蹿一蹦，急匆匆赶了过来，专门过来提猪肉的。

　　杀猪是件大事。

　　杀猪屠赵铜锣，睫毛奇长，几乎完全挡住了眼球，满脸找不出一个"怕"字，腮拐上指甲大的一颗黑毛痣，非同一般。我们称呼他老表爹。

　　老表爹总揽全村杀猪事务，说难听点就是垄断，一般人家没有特殊情况，即使你家亲舅舅在食品站当站长，也不能过来主刀，这是老表爹的领地。帮有帮规，犯忌讳的事，莫说屠宰界人士会自行抵制，前庄后邻的，主家自己也抹不开情面去另请他人。

　　十三晚上，我父亲从小店里买了两包好烟，上门到前赵庄老表爹家商请。老表爹抽根烟说，嗯！是我当的家，中秋节就你家杀猪，本来五乱子家也准备杀的，我说，赶什么热闹？你家喂到过年再说吧！两家弄冲突了，肉销不出去，一操两家干。我父亲将两包烟直往老表爹裤兜里塞。老表爹打架样地不要，眉毛锁紧紧的：你看你看，哪个对哪个呀？没塞两下，老表爹就把"心意"收下了：好吧！好吧！事情就这么定了。好好好！我父亲感恩戴德，满意而归。

十四下午，太阳偏西，老表爹猪梃挑着后背上的大木桶，一晃三摇，如约而至。

生产队长家辉哥嘿嘿笑着，敞着嘴里的金牙，早就到场了——相当于非正式大支，根据实际需要，具体负责传达、指挥、落实老表爹的口令。

家辉哥见老表爹到了，赶紧安排我母亲烧水。实际也不需要安排，我母亲早就扯好了黄豆秸堆在墙角，随时可以塞进锅底，点火烧水。

头天晚上，我母亲给猪盆里多加点剩饭，敲着猪盆边，眼泪涔涔地给大黑猪喂顿饱食，说人命似的：大黑呀！上天言好事，下界保平安，多吃点壮壮脚力，到阎王老爷跟前报个到，早点投胎，多发几家。我父亲眉毛磕瘆：怎把肥猪当灶王爷待呢？！我母亲辩解道：是的唉！还不是不识字吗？要是识字，能受你这么多污毒罪吗？

猪圈内墙上，我父亲年上亲自掌笔书写的对联还贴着呢：槽头兴旺，家家幸福；六畜平安，事事顺心；横批：吃好睡好。

左邻右舍，大人小孩，帮忙的，不请自到：动嘴的动嘴；动手的动手；端水的端水；递盆的递盆；不瞅眼色的，实在找不到活，就看热闹；碍事绊脚的，到一边站。

不多一会儿，厢房屋里烟雾缭绕，一锅一锅滚烫的开水倒进了门外的大木桶。大木桶口，云遮雾绕，热气腾腾。

小孩子从大人下半截身挤到前面，巴不得立马拿到猪泡泡（膀胱），吹上气，当球玩。

老表来了，不早不迟，一切刚刚开始，老表就恨来晚了，慌慌张张挤进了人群。

我母亲跟我奶奶打招呼说，他奶奶，晚饭就不要叫小戴吃了，到我家一起吃点肉。奶奶说，那好嗨，这孩子太瘦了，也该进点油水补补了。

老表玩得更疯了，心想，晚上有肉吃喽。

老表爹像鬼子进村，又似谋杀案主犯，蹑手蹑脚，悄悄钻进我家敞篷猪圈里，趁猪熟睡之机，伸手一把拽住后腿。大黑猪还没来得及哼出声呢，帮忙的比当年的敌后武工队还麻溜，三四个人一拥而上，按头的按头，摁腿的摁腿，递绳的递绳，三下五除二捆了个结实，真是比刑警队抓人还专业。

大黑猪被抬出猪圈，只有歪地上哼哼的份了。哼哼也是不被允许的，老表爹拿出一根细麻绳，趁猪张嘴嚎叫的工夫，从嘴尖到腮牙根，在猪嘴两颌上下绕了几圈，绳头一拖，扎紧紧的。大黑猪连呻吟的自由都没了，只好噗噗地喘粗气，要哼从鼻孔里哼。

老表爹从提包里掏出一把寒光闪闪的杀猪刀，在缸口上吱吱两下，象征性地荡荡，扎到案板上立着，然后悠闲地捋着黑痣上的长毛，点根烟，慢条斯理地抽烟，静等厢房屋里开水烧足了，再动刀。

水烧差不多了，众人齐心协力，把大黑猪搭上我家饭桌临时代替的案板。老表爹膝盖跪在猪脸上，摁住猪头，噗呲一刀，直达要害。大黑猪"嗷"的一声哀号，下脖间热血喷涌。家辉哥拽着猪耳朵，两眼一闭，表情比服毒自杀还痛苦。我父亲担心糟蹋了猪血，背着脸给瓷盆往跟前推推。妇女小孩就跟做了亏心事一样，捂头遮鼻子的，胆子小的起反一样，转过身来，撒腿就跑。我母亲脸都黄了，愣在厢房屋里，抄围裙擦手，老半天听不见家辉哥指挥：二舅妈，二舅妈，猪血倒热水锅里紧紧，放点盐放点碱面子。

大黑猪的生命体征呈阶梯状消逝，直至永恒。永恒也是暂时的，下边还有程序。

大黑猪的情绪，绝对稳定了。老表爹解开捆猪绳，在后蹄上部接近关节处开个口子，长长的猪梃长驱而入，变换着方向来回几趟透透（穿插），老表爹嘴里鼓足了气，紧贴刚才的开口处，用力吹气。外甥是舅舅家的狗，老表爹吹累了，家辉哥自告奋勇，接着吹。老表爹一根烟抽过，大黑猪肥大了不少，拿起棒槌在猪身上挨排擂擂（槌擂）。经过老表爹和家辉哥两人连续作业，大黑猪体内的气压接近甚至超过他们两人输出的气压了，四肢呈放射状自然伸直，脖子上的刀口有点撒气，不住地往外冒血沫子。不能再吹了，老表爹找来细麻绳给吹气口扎上。

在众人的帮助下，老表爹把滴尽最后一滴血的大黑猪抬进了大木桶，连续几个翻身。可怜的大黑猪，浑身舒展，一荡一晃，好像是在尽情地享受着一生中唯一一次舒舒服服的热水澡，任由老表爹用带气泡的黑块石和半边卷的洋铁皮在它身上来回搓刮。不多会，大黑猪换了身打扮：变白了，利索了，漂亮了。

家辉哥开玩笑说，老姨爹您要改行到澡堂搓澡，连师傅都不要认，完全可以自学成才。老表爹感觉自己被降级使用似的，头也不抬：乖，刮毛都不在话下，不要说搓澡了，去！端盆清水来给我洗手。

开膛破肚了。大肥猪重新搭回案板上，老表爹尖刀下去，从脖子一直划到后裆，比墨兜弹线还要直。案板上随刀放出一股热烘烘的闷骚味儿，老表爹已经习惯了，就跟无事人样。不多会儿，老表爹大气不轻样的，猪泡泡往小孩窝里一撂，说：拿去玩吧！猪泡泡差点撂在小表哥的脑门上。一群小孩比馋猫反应还快，忽隆一声围上去，抢着就跑。

猪泡泡吹上气，臊烘烘的，灌上一把玉米粒，一摇哗哗作响，拿到沙土上反复搓揉，不断吹气，越揉越大，大到不能再大为止，终于可以抛着玩、踢着玩了。

家辉哥的任务是负责把猪肉销完，挨门逐户喊人来打肉。其实，也不需要喊，一家一户，当家人早就到场了。

月亮升起来了，老表爹带来的汽灯揣足了气，嗞嗞作响，灯光刺得大人小孩眯缝着眼睛，对面不敢认人。家辉哥嘴里的两颗金牙，跟通电一样，一讲话就打火。老表爹把肥猪沿着脊骨劈成两盖，分别挂在树丫上，掌灯给村民分肉。

汽灯下，大人们头挨头，脸碰脸，带着干笑，吵吵嚷嚷，想让老表爹手下留情，好割点肥肉回家卤油。家辉哥反其道而行之，说，带点瘦的，带点瘦的，你家小孩吃壮饭，肉量还是不错的！

大伙都笑了：还能依嘴吃吗？依嘴吃，一顿也不够，嘴是无底洞啊！

老表爹手上的尖刀，看似留情却也有数，一长条下来恰到好处，既符合你家的人口数量和经济实力，也尽量给主家多卖点猪肉。毕竟对于主家来说，肉剩多了也不好处理啊。

小爽哥老实本分，老表爹手上的秤头在我父亲心理能够承受的范围内，稍微留高一点，在此基础上，又不大不小地饶他一块肉渣，让小爽哥心满意足，嘿嘿直笑。小金哥聪明计较，老表爹故意把刀头留宽宽的，吓得小金哥连忙告饶：要不了，要不了，打这么多肉吃顶过年，也吃不了啊。家辉哥火上浇油：他家肉头户，多割一点。老表爹笑了，其实，他割下的肉也还是恰到好处。

苦小奶奶挪着小脚，早就到了，鼻涕眼泪一大把，硬往老表爹跟前挤：我小心哟！割斤把给我，够我一年蘸油絮子，挠挠锅就行了！昨晚，下窝猫馋扒心，趁我不注意，一下给油絮子衔跑了，等我找到已经嚼碎了。我做饭不要油，锅不生锈就行了。家辉哥连说，苦外奶奶，没有您事，您回去吧！苦小奶奶抹一把眼泪说，小乖乖，我早就来啦！图热闹的，小乖乖哟，我托你福了。

鬼小二不早不迟，估计猪肉不靠头不靠尾，也卖到中间部位了：来来！四口人的。他好校秤，出了名的，老表爹早有耳闻，故意不搭理他。趁鬼小二一慢眼，老表爹的秤盘哗啦一声落地：二斤四两！鬼小二正要质疑，老表爹狠实实地，跟手饶他一块大骨头。老表爹哈哈一笑：鬼小二哎！二斤四两高高的，不怕你提上省政府校秤，只多不少。鬼小二心满意足，连说：好好好！老表爹，我还能不相信你吗。

鬼小二回到家，秤杆都拧细了，连骨头二斤四两高高的。你再会找后账，总不能说肉骨头不算斤重吧？高手！高手！鬼小二哑巴吃黄连，有嘴不对外人说，只在内心里懊恼。

每次下刀之前，家辉哥都准确报出买肉人家的人口数，供老表爹参考。老表爹以刀头为导向，以秤杆子为准则，结合各家具体情况，综合考量，精准施策，力求公平公正，合情合理。

老表爹秤砣一落，斤重价钱一口报，脑子运行比计算器还快。小队会计强忠大哥负责记账，一丝不苟，毫厘不差，板板正正，明明白白。强忠大哥在庄上相当于公证处，经他手就是宇宙真理，经得起历史考验，不存在错误，也不需要质疑。

我父亲屋里屋外，没事找事做，实在找不到事就散烟，说一些无关紧要的话。这些客套话，往大处理解相当于外交部的辞令，往小处理解就是可有可无，没有实质内容，但可以起到润滑人际关系的效果。

肉卖完了，老表爹捋捋黑痣上的一撮长毛，点根烟，坐下来喘口气。

剩下的头头脑脑、碎碎砟砟，家辉哥按照惯例，大手一挥，吩咐说，老姨爹您给砍砍剁剁，分成几下，二舅您明天给那几家五保户送去，刚才苦外奶奶来，就是怕我给她老人家忘了的，账由我结，年底队里给你多称几斤细粮，还不行吗？行行行！我父亲感激不尽。强忠大哥沾口唾沫，一页一页地翻着账本，递国书样地交给我父亲：不多不少，二百一十九斤四两，八毛钱一斤，总共一百七十五块五毛二分，下边就没有我事情了。

讲讲说说，我小叔嘴含香烟，手丫夹烟，端着书记的架子到了，也还是模仿李委员蹲点开会的腔调：这个，啊？酒就不喝了嘛！这个，啊？勤俭节约嘛！这个，啊？浑身是宝嘛！这个，啊？大力养猪嘛！这个，啊？放电影时，我还是要强调的嘛！

半盆熟猪血子还没完全冷透，我母亲已经端送去了，不然，关键时刻，我小叔也不会出场架势。

厢房里香味扑鼻，满庄都能闻到，我母亲炒好了猪心、猪肝、猪血、猪腰子，连肚肺汤都烧好了。我母亲提前盛了一大碗米饭，米饭上垒了好几块猪肉，端去给我祖父：他爷爷，您早早吃过睡吧！明儿还要下湖收黄豆呢。我祖父绳勒似的：呃！呃！

我母亲整理好饭桌，各人各自按照自己的官职和辈分落座。酒瓶拿过来，你一杯我一杯，慢条斯理地喝。外甥是舅舅家的狗，酒桌上，家辉哥照例挨骂。大人们借着酒兴，谈家长里短，谈耕种拉打，谈收成年景，话题随着酒兴越来越大，谈着谈着，不注意就跨越了国界。桌上每个人都成了"常委"，个个都是"政治家"。

我祖父忍不住捧着老烟袋，假装无事人样，转到桌子跟前，打招呼说：你们累一天了，吃好喝好，我睡了！我母亲心话，这老头睡就睡是了，还来给信的吗？赶紧拉场说，他爷爷，他爷爷，你赶紧回去睡吧！天不早了，明儿还要干活呢。我爷爷内心早就不耐烦了，吸口烟，表面上不紧不慢，笑呵呵地说，我哪天耽误干活的？从来不睡懒觉。酒桌上，除了我父亲气呼呼地不吱声，其他人都站起来，给我祖父让到上席。恭敬不如从命，我祖父早就盼着从命的，顺势落座，饶有兴致地参与了晚宴活动。

我小叔酒偏高，把刚才的话题拽回来，谈着谈着，不注意就包了场。我小叔居高临下，总揽世界全局。

　　小孩子的疯劲，早就过了，人也饿了，都想回家睡觉了。

　　我母亲害怕我们围着桌子转，影响大人们的喝酒情趣，赶鸭子似的撵着我们说，小孩到外边玩去，等大人吃过饭再回来。都下半夜了，还能到哪去玩？疲劳的时候，床是最好的去处，睡觉是最好的娱乐。

　　半夜里，月光如水，秋虫唧唧。醉醺醺的老表爹，猪梃挑着脊背上的大木桶，外加算作报酬的四只猪蹄一副大肠，以及配而不配的一袋猪毛，沿着茫茫的田间小道，穿行在薄薄的雾霭中。

　　嘀个啷嘀当，老表爹哼着格滴滴的民间小调，回家跟老表奶奶邀功去了。

　　我母亲疑猜说，他老表爹不要走南乱岗子给鬼迷住？我父亲眼一翻道：没有王法了！小鬼不是没长眼，你火焰低他就欺，你火焰高他就怕，他表爹这辈子怕过什么的？

　　我母亲经常说，喂猪就是零钱聚总钱。一头猪，就是一个家庭一年的零用钱。天刚亮，日子宽裕的小爽哥把钱递来了。我父亲不知是真客气还是假客气，直摆手说，急什么，我也不等钱用呢。小爽哥说，我表叔你拿着，乘我现在手头有钱，哪天手上转不过弯来，再来你家借。小爽哥还没转过身，我母亲就抱怨说，老和尚脑子坏了，昨天连吃盐都是赊的，怎不等钱用？我父亲脸一摞：听风就是雨，我不过嘴上说说，你就当真了。小金哥拖到来年春：我二叔啊！今年手头紧，干脆午季新大黍下来，随行就市提几斤给你算喽！我母亲客气地说：不急，不急，哪天给不一样啊？你早早给，也就被我们顺手花掉了，干脆等小孩暑假开学再说吧！鬼小二计较一辈子，给自己身体都计较坏了，看上去弱不禁风，似像天灾，实则人祸。我父亲说，算了算了！小二你有就给，没有就算了。有有有！哪家撑门头都要面子，人穷志不短哪。

　　第二天，也就是中秋节。母亲还往猪盆里倒食呢，但大黑已经不在了。母亲眼泪涔涔，心里空落落的。地球离谁都转，小鸡小鹅小羊小狗少了个分肥的，格外来精神，一窝蜂样地围上去，争相进食。

　　我醒来感觉肚子空空，这才想起昨晚没有吃饭。昨夜，我们玩累了，困极了，一个个疲惫地趴在床上，不知不觉睡着了。母亲恍然大悟：哎呀！你表哥小戴，昨晚也没吃吧？母亲到我奶奶跟前检讨说，昨晚忙忘了，没喊小戴吃饭。我奶奶很惊讶：真的吗？怪不得半夜回来歪我脚头，翻身打滚，唉声叹气嘛，一夜也没安稳。我母亲说，那赶紧起来走后边吃早饭吧！奶奶说，已经起早走啦！早饭都没吃，拽不住要走人。我母亲说，猪肉还没提去呀？奶奶疑猜说，这小和尚，人小鬼大，还能真生气了吗？我祖父烟袋窝朝门槛石上一磕：嗯?！猪肉嗯？我送去。

中秋节一整天，我祖父忙着给我姑姑家送猪肉，急行军似的赶路，脚板磨出血泡来了。他老人家觉得这样，才有成就感。一个人一个性格，假设我祖父当年有幸报考公务员，只适合应急、民政、工会等岗位，做一些救灾、访贫、送温暖的事，纪检、监察等得罪人的活，他老人家最容易渎职。

晚上，圆圆的月亮假装成太阳，慢慢攀上了树梢。祖父带着我大姑家那头最新消息赶了回来，也还是绳勒一样不适合搞地下工作的说话方式：呃！我到跐头，呃！小戴还在跪着呢，呃！他大姑疑猜他给猪肉弄丢了，家里净等着猪肉过节，呃！朝死里打！我祖父咕噜一声，咽下糖饼，呃！小戴昨晌就没怎么吃，呃！今早到家，脸都饿黄了。

（2019 年 10 月 25 日 "今日作家" 公众号）

拾　粪

拾粪也是技术活

冬天的黎明，寒风猎猎，华强爷爷耕地的号子，悠远嘹亮，九曲回肠，最富吸引力。

全庄拾粪的孩子多数要随着耕牛屁股后边转了。牛在使劲时，脖颈耿直，身体前倾，四肢用力，最容易大小便，说屎滚尿流也不为过分，不过这时的牛粪滴滴拉拉，不成体统。孩子们一拥而上，武抢凉夺，最终人人有粪。趁着华强爷爷们吸袋烟的工夫，耕牛们屁股一沉，噗通噗通，贡献一泡。如此热气腾腾，有模有样，真是碰上"牛屎运"了。如果大家都要想到一块，好事不会都能被你一人摊上。收获寥寥，回家要挨揍的。

有聪明的，另辟蹊径，到旁边抄滑地里拾先前遗留下来的牛粪。此时的牛粪，冰山一角半遮半掩地埋在松土里，类似于脉矿，需要你具备李四光的眼力，沿着矿脉慢慢扒，或许收获会很大。

拾粪一般都是分头行动，亲兄弟也不愿聚在一块：一来容易发现更多目标；二来避免不必要竞争。放牛割草，大家拢在一起，相互照应，劳动娱乐两不误，唯独拾粪则要甘于寂寞，最好像特种兵一栏，沿着沟沿河滩田头渠埂，地毯式搜索。

偶尔前面不远处银光闪闪，出于好奇，忍不住趋近看看，真心期望是块金子，真心期待像童话书里说的那样，获得宝物，伥近前一看，不过是块阳光照射下的玻璃片。虽然失望，有梦总是好的，人在任何时候都要有梦想。

老人们勤劳加上本来就睡不着觉，不等鸡叫就叼着烟袋起床了，寒风中冷霜挂在眉须上，童话书看多了，真以为是圣诞老人呢。母亲一大早给我们喊起来，让我们去拾粪。时间久了，形成了早睡早起的习惯，即使母亲不叫我们，也会起来，背着粪箕带着小锹，家前茅后，大田野地拾粪。老人们是我们永远的榜样。

晨霜里，新拉的牛粪、猪粪、狗粪很是显眼，赶上去，一手推着粪箕把子让粪箕往前倾着，成迎合状，一手持锹轻刮地面，略带微土稳勾粪便。随后，膀子手腕协同，果断一提，锹刬咔嚓一声碰在箕把上，小锹戛然而停，屎粪沿着惯性不偏不倚落到粪箕里。必要时，照此重复两次，算是找零。整个动作看似简单，要想连贯利落，也非锦衣玉食者所能做到的。

陈旧的粪便盖在霜下，因不太接地气，霜色相对较重，要想发现就需要经验了——拾粪也是技术活啊！"驴屎蛋上下霜"这句话，没有比拾粪人理解得更透彻了，驴屎蛋上的霜最浓。

幸运的，遇上一泡黄牛粪，早上任务基本就算完成。若更有幸，碰上一泡丰盛的水牛粪，回家要受表扬了。

老喂牛

牛在饮水时，大小便的概率最大。少数拾粪战线上的"老同志"，鸡没叫就起床了，背着屎粪箕，自作聪明地守在汪塘边，静等着老喂牛出来饮牛，趁他牵牛回屋时打个时间差，勾上几泡。

据说，县委书记在全县三干会上脱稿表扬过老喂牛，因其作风过硬，坚持真理，同时，兼带掌管生产队粮仓大印。印版上，阴刻着斗底大一个"公"字，看了让人不来由地心生敬畏。

现在，能保留下来的印版，都被纪委搜集认定为文物，放进廉政博物馆里去了。我有一回做梦，梦见老喂牛掌管的这一块印版，制作精良，品相完好，经领导特批，直接认定为"镇馆之宝"，结合其个人事迹介绍，展放在廉政博物馆的显著位置。馆内，场景设置图文并茂，震人心魄。单位组织参观，有人当场泪奔，有人两股颤颤。有关系不错的，悄悄抵抵：注意形象。于是，有人立马清醒过来：啊？我表演过头了？还有人嘀咕：哟，我没进去啊？好事。一块普通印版比测谎仪还灵验，俨然成了贪官克星、防腐利器。平时，除了老鼠，任何人动一粒粮食，必经老喂牛本人同意。

一天晚上，突传地震，老喂牛精腚喇叉，单身只影，抱着光滑滑的仓印蹿进树林，连老婆孩子都不顾了。老婆又气又急，骂道：你家做懒外做勤，以后就跟棺材板子过吧。老喂牛正好借坡下驴，一头扑进牛屋里报效集体，直到分产到户才勉强愿意归家。时间久了，老婆也适应了，心话，吃也去了喝也去了，还拿长年工分，脱产干部也不过如此，上哪找这头绪？何况家里也不稀罕这样的名誉主席。

据说，老喂牛也曾遭遇诚信挑战。那年，生产队收完小麦，老军人"三指头"拃开手掌往粮仓上一摁，说：再好的仓印也是人掌握的，全世界能模仿我的有几个？大伙儿纷纷屈起指头复制他的掌印，结果都因局部过深，宣告失败。

老喂牛发现管理上存在如此漏洞，一手牵牛一手提着铁锨，每一趟都随身携带粪箕。牛屁股还没沉下来，屎粪箕就抵近牛后了，简直无缝对接，滴滴归公。发现有零星喷溅的，立马铲到汪里喂鱼。谁还等？除非拿出守株待兔的耐心。临走，"老同志"们无奈道：明天再来吧，今早又是白跑战士，全世界少有这样坏蛋。不会算命也会猜，老喂牛可能也听到了，铁锨靠门后哐当一声，回敬道：扳倒树捉老鸹！等啊，继续等——两下不明不暗，较起劲来了。

生产队牛屋前的大粪坑，及时注水漫泡，二十四小时探头式监管，任何人不得妄动。

老喂牛的先进事迹和典型经验正有可能开拍电影时，突然，风向大变，一夜之间，无数个"万元户"粉墨登场，一切向钱看，老喂牛的势头暂时被压了下去。当然这都是后话。

二哥的捷径

日出三竿，该收获的也收获了，不该收获的，再努力也徒劳，到处都被人转过了，你重走长征路，又有多大意义？明天再说吧！一日之计在于晨。

不起早的拾粪人，被笑话为：要饭摸不到门。

二哥比我大三岁，每次一起出门，回来收获总比我多，有时甚至多得离谱。吃饭时，仗着这点底气，二哥时不时做贼似的瞟瞟我父亲专享的玉米饼。我母亲不大不小恰到好处地掰一块给他，是制止也是奖励。我连望一眼的勇气都没有，稀里呼噜，喝点稀饭，打发肚皮了事，赶紧上学吧！

上课铃响过两遍了，喘嘘嘘跑到学校门口，顿时一身冷汗，死的心都有了：老师手拿教棒，判官样地堵在教室门口，一个一个检查背书呢。早上眼一睁起来拾粪，有几个会背的？老师不管那些，老套数：会背的进去上课，不会背的照头一棍，手抱头的再饶一棍。有时本来会背，吓得嘴打结巴，也同样留在外面，继续努力。还有的本来不会背，一棍敲开窍了，老师这边进教室那边他打报告说：我会背了。老师心想，还想调戏我？将信将疑地让他背，结果磕磕碰碰真会背了。谁说那时候不重视教育？放在现在，都是真正的素质教育。

班主任杨老师家庭人口多负担重，拾粪比我们积极，屎粪箕正常背到学校，上下班途中随时随地拾粪，他带的班级成绩第一，就是自己不擅长考试，十几年民办教师转不了正。后来，他一度被列为上访头子。老年人总结道：杨先生心实，不知道给自己留个回马枪，肚里有两字都教给孩子了，考试哪还行？杨老师摇摇头，苦笑笑：我有时间都拾粪了。

二哥前脚到家，后脚老喂牛就跟到了。老喂牛对我母亲说：我说他二婶，我怕有人偷粪，电影《跟踪追击》放到床边地我都没看，这几天上冻，你家二子磨磨遢遢，老是到我粪坑里偷粪，我都发现不少次了，今天我可是脚跟脚撵来的哟，看看，鲜乍乍牛粪倒在你家猪坑里，还沾着料草呢。我母亲也感觉不对劲，粪坑里牛粪硬邦邦的，跟榨油机里刚压出来的黄豆饼似的，除了生产队里的大粪池，哪儿去拾成分这么单一的粪？母亲捡起棒槌就打。二哥膀子护头一溜烟跑掉了。事实胜于雄辩，解释毫无意义。

从此，二哥在家充当先进个人的资格，在我面前倒掉了。

学校的厕所

初中时流行看小说《人生》，记忆最深的是高加林到县城掏粪，与邻村村民打架，可见粪肥对于当时农业生产的重要性。好在高加林还有资格掏粪，还有底气打架，我们村离县城几十里地，连挤粪槽的机会都排不上。县城的大粪坑，是我们能随便动的吗？那是蔬菜大队集体承包的，掏上来打成屎饼子，摆在陵园东门口晒干卖钱了。人家站街头子，不消说靠街十里富，起码也是吃供销粮的，我们算老几？哪个生产队有权打扫县城的一个厕所，那就一定发大财了。

打扫我们学校的厕所，由书记——我小叔亲自安排，哪个生产队先进哪个掏，哪个生产队种香瓜哪个掏。我小叔大背头梳着，凡事凭派头就能压住阵脚。村长坚决拥护，一边吃着香瓜一边帮腔，声音呜呜啊啊，含混不清：咔嚓，好钢用在刃上，嘎吱嘎吱，大粪煨在根上，不经我们同意，嘎吱，任何人不得乱表态，嘎吱嘎吱，发现有偷粪的，咔嚓，直接拉去游街，嘎吱嘎吱……有一回，我小叔外出学习一个月，没人有权安排掏粪了，直接导致粪坑漫帮，小学生们男女平等，进出厕所都得踩着砖头跳舞。校长干搓手做不了主，围着厕所转圈子。

农家子弟比较单纯，一心想着拾粪，心怀"刘巧珍"的年龄来得比较迟，更不会遇上"刘巧珍"，即便拾粪撞上女同学也无所谓。她们做家务，不是端屎就是倒尿盆，不是喂猪就是打狗，形象也不比男生高大到哪儿去。真正的农家人，从来不会以拾粪为丑。农民是最真诚的踏实的善良的知足的有责任心的社会群体，他们感恩山川大地，感恩阳光雨露，甚至感恩他们自己喂养的牲口。农家人朴实无华，隐忍坚定，是真正的民族脊梁。

粪坑、粪堆

猪是粪肥的发酵大师，两寸金莲一脚到底，一年四季吃喝拉撒都在粪坑里。杂草、草木灰、牛羊马粪甚至打扫院子的灰土等各种成分，经它加入自己的屎尿，踩踏、中和、发酵、灭活、分解，都将脱胎换骨，破产重组，变得更具肥力。

粪坑微干，父亲逮鱼似的套上雨靴，拿过铁锨吐了口唾沫，算是下决心，也是润滑一下掌心，由浅入深，一锨一锨地把粪肥从坑里甩上来，顺手堆积在粪坑边上。挖完粪坑，父亲喘口气，挑几桶水来倒进坑里，再用铁锹蘸水给粪堆整理得油光水滑，有模有样。生活环境有了改善，大黑猪兴奋不已，蹿进水里，这里忼忼那里踩踩，不注意来个甩头摇耳，喷你一身脏水。粪坑一年要挖上好多次，粪肥一次一次积累加高，粪堆越发高大威武。

父亲挖粪坑，母亲常在一旁叨咕，算是参与也是鼓劲，母亲心满意足道：没有比咱家大黑猪更作圈的了！这看似批评，但何尝不是对大黑猪功劳的认可？

华强哥堪称我们庄拾粪专业户，一年四季，坚持不懈。早上，天刚蒙蒙亮，华强哥挑着粪担，走出村庄。上课时，我们经常从教室的窗户里看到他挑着沉沉的粪担回来。他走得很远，仅凭我们的想象，难以估计他到底走多远。暑假放牛，华强哥往来穿梭于各大牛群之间，有时不声不响地转到我们面前，再不知不觉地赶到下一帮牛群。华强哥的粪担子，归来满筐，走起路来竹扁担不软不硬，"吱哏"作响。劳动是光荣的。如今，华强哥老了，他年轻时在夕阳下晨曦里薄雾中挑粪的身姿，牢牢地印刻在我的记忆里。

华强哥家的大粪堆，要比普通人家大上好几倍。干天露燥时，不懂事的小孩子们你推我搡，还在上面做抢山头游戏呢。老岳父到他家看门头那天，围着山包样的大粪堆，翻来覆去端详了好几圈，当着人中场，下决定似的摘下油拉拉的黄军帽，拢了拢想象中的浓发说：中中中。门口粪堆高大，是家境殷实的象征。

会计老宋

年底，生产队基本没什么农活。午后，会计老宋突然敲响上工铃，喊道：缴粪肥了！

从东到西，一家一家来。妇女们伸着懒腰放下针线活，提着布兜扛着扁担，嘻嘻哈哈地赶过来。男人们不情愿地拍打着身上的烟味，从麻将场鬼牌屋里露出头来，陆陆续续上工。男女老少，挨家挨户齐粪。粪肥一担一担地过秤，累计成总重量，再根据成色评等级，折算成工分。三个人负责上肥。

粪筐上满后，两个抬筐的脚跟一踮，老宋手上的大秤杆子向上一翘，秤砣哗啦一声控在手上，眨眼之间斤重出来了。等在一边的，男挑女抬，赶紧运走。紧接着再称下一泡。

有脑子呆板的人家，惜肥如金，多少有点不放心的意思，脸红脖粗，犹疑道：到底多重啊？筐没离地嘛。抬筐的脚跟故意踮高高的稳稳的，老宋指着筐底，表情夸张道：看看，离地了吧？然后，仔仔细细地拧着秤砣直至秤杆水平，表演似的一五一十、十五二十地念出声——还是原来的重量。巴叫鬼子、搂粗腿的帮腔说：一点没错，一点没错。主家无话可说，心诚口服。

老宋逮着理由似的自夸说：几十年会计也不知指望什么吃的！龟腰虫附和着说：一把好手！一把好手！老宋举例，加固道：那年，生产队起鱼，拉到街上卖，鱼摊子铺开来才发现秤弄丢了。忙中出错，真是急死人了。我袖口一撸，双手掐起一条大鱼举过头顶说不称也卖，只多不少，包你拎到省政府校秤！到底城里人贪小便宜的多，手举钞票，吵吵嚷嚷围上来。有的本来没打算买鱼，临时起意买点回家腌着，留到年招待人。捡大的卖，尾巴靠腮的剔一边去，螺蛳鱼头动尾巴摇的，这边经我手那边斤重就报出来了。小气鬼以为讨着大便宜了，急呼呼的，扭过屁股就到小摊上校秤，结果不多不少，不能因为没讨巧就找后账吧？闷屁筛糠。小妇女一路喜滋滋的，鱼提到家一校秤，发现不多不少，脸都黄了。老宋补充道：人是活的，秤是死的，我手勾眼秤心是砣。扯了半天，还是回到粪上，顺竿爬的除了佩服还是佩服：呵呵，二斤小鱼，屎都被你估淌了。

为了能让老宋秤砣往前拧拧，称个好斤重，头脑活络的提前买好香烟，关键时拿出来散散。老宋收到的香烟，泛滥成灾，耳后、手丫到处夹烟。生产队长家辉哥玩笑说：老宋你是粪齐一季、烟抽一年哪！老宋赶紧轻攘细拢，把香烟装进口袋，呵呵笑道：嘿嘿，哪里呀？只要过夏不是夹火就是上霉，嘿嘿，人家一片好心，你不接着也得罪人。那时候，香烟带屁股的不多，零星有根把，老宋要拣出来招待亲家了。明明舍不得抽，偏说是抽剩下的，新亲上门，面子比里子重要啊。

通往麦田的路上，人来人往，彩旗猎猎。号子哼成了小调，闲了半个冬天的懒瘦鬼们舒展了筋骨，腿脚比上级来人检查时跑得还快。寒风中，大伙争先恐后，热火朝天，画面堪比大寨。粪肥由远及近倒在麦田里，一堆一堆，棋盘样的横平竖直。

劳动不仅创造财富，也创造快乐，创造美感。粪肥孕育着丰收，也铺垫着来年的光景。经过一个冬天的冷冻，粪肥变得异常酥软。春季来临，播撒开来，一场雨过后，麦苗得着仙气一般拔节。

弟弟的切身体验

大集体时的冬天，一家看一家，散放牲畜成风，生产队里的小牛犊子，也是散放的。不吃白不吃，吃了也白吃，大多数牲畜成了夜行动物。

吃腻了干草的猪羊牛驴嚼茶馓似的吃着冻僵的麦苗，心满意足，不仅换了口味，促进消化，还有效地补充了维生素。食欲不振的老黄狗笃信中医，也懂得啃点青苗，调理调理脾胃。老喂牛老婆拍着自家饱墩墩的羊肚皮，说了一句劳动人民智慧结晶的话：年前麦苗，牲口踏踏吃吃，不仅不会减产，还防冻保湿嗳！话音未落，羊拉稀了。邻居看笑话说：讨巧卖乖，真是活该。家禽家畜们吃得饱拉得多。一夜过后，家前茅后，大田麦地，到处都是粪便，于是，催生了农家人拾粪的活计。

包产到户了，寸土寸金，庄稼种到家门口，家家户户牲口得到了有效管理——糟蹋邻居庄稼的人是会被责骂的。不久，农业初步实现了机械化，耕牛完成了历史使命，悲壮地退出了属于自己的舞台。

我上初中了，屎粪箕顺延交给弟弟。母亲对弟弟唠叨说：哥哥都上初中了，你也不小了，拾粪去！弟弟打着哈欠，别别扭扭地背上粪箕，家前茅后，不情愿地转了几圈，空箕而返。你酸腿懒肓病啦？面对母亲的责骂，弟弟百口莫辩：哪有粪拾？有事没事拨拉人不安。是啊！没有粪你也得拾，无用功你也得做。理论上说，是农家不养闲，拔高点看，是有点形式主义的成分。不过，农家的形式主义倒也没什么不好，起码让你养成早睡早起、吃苦耐劳的好习惯。再说，背着粪箕转转，体验体验生活，影响你高大形象了，还是小你官职了？四肢不勤，五谷不丰。闲着也是闲着，就当锻炼身体呗。

如今，弟弟从教多年，常以过来人的身份自居，搞得自己跟老革命似的：

拾过粪的人，不管将来干什么，一定最务实，最会说老百姓听得懂的话，最没有官架子，最会为老百姓着想；可能的话，没有条件创造条件也要让孩子去劳动，最好去拾粪；只知岁月静好，不懂负重前行，当前教育最大的缺陷就是孩子脱离实践，对生活缺乏感悟。

弟弟上了初中，拾粪事业无人跟进。不知不觉，整个村庄也都没人拾粪了，不散牲口，哪来的粪拾？不知不觉，化肥占据了农业生产的主导，有机肥、土杂肥可有可无了。

现在，经常搞环境大整治，猪圈牛棚都成了污染源，养殖大户三天两头被通报挨罚款。羊毛出在羊身上，三折腾两折腾，老百姓吃不起肉了。猪粪牛粪几千年来都是上等的肥料，怎么今天突然就污染环境了呢？怎没人敢说化肥厂磷肥厂是污染源的？看来，得好好研究研究了。吃软饭的"砖家"嘴无遮无拦，可信度能有多高？说不准他自己就是最大的污染源。

以前，虽然很穷，但吃的喝的样样环保，到现在都能算得上真正的"特供""绿色食品""无公害"。一度蹿红的农家乐，千方百计，试图找回原来的感觉，但实在名不副实，怎么也恢复不了原汁原味，仅剩个招牌吸引眼球而已。

（2021 年 3 月 11 日 "新锐散文"公众号）

双桥小学印记

入　学

　　小学一年级时，杨珍老师是我们甲班的班主任，按辈分我该叫她表姐。

　　上学那天，每个新同学怀里抱个小板凳站在操场上由老师整队，从高到低排成一排。有心细的家长搓根麻绳拴在板凳腿上，一边背书包一边挎板凳，上前线似的。陈伏江校长站在队前，让我们一二一二地报数，然后让报一的往前站一步，几次都失败了，总有不识数的，不该站出来的站出来，该站出来的不站出来。陈老师挥舞着手上的小柳条，指指点点，做出要敲脑瓜的样子，但迟迟没有落下。越是着急越是出错，陈老师调查研究似的，皱着眉头随机抽问几个小同学：你几岁了？属什么的？叫什么名字？有的把属相报成了年龄，有的甚至根本没起学名。问来问去，竟没一个对答如流的。本家的一个兄弟，后来跟我邻座，个头不小，以不变应万变，问什么都回答：团头！后来传为笑谈，以至于长大说亲都受影响。其实，"团头"是他诨名。烈日炎炎之下，老师们不得不隔一个拉一个，站在前排的为甲班，后排的为乙班。

　　杨老师高高的个子，浓密的黑发编成两根粗粗的辫子，浓眉毛，大眼睛，不过，眼皮是单的，不怒自威。杨老师领着我们，到最东边的一间教室门口，继续站队排座位。乙班的班主任赵友侠老师，脑勺后面支棱着两个韭菜把子，说话轻言慢语，和蔼可亲，我该叫她表姑。入学前，我听母亲聊天说：巴不得分到杨珍手底，该打打该管管，小孩子不给规矩，不成方圆。但我内心揣着自己的小算盘，暗暗祈盼着分到赵老师班上，好延续自己散打逍遥的好日子。

　　班级排座位，也是从高到矮按次序，高的先进去，坐后面，矮的后进去，坐前排。

　　我排在从前数第四排靠北墙第一个，心里感觉就跟进笼子似的，既新鲜又紧张，想逃学又不敢。入学前的暑假里，为了发泄对上学的抵触情绪，我们几个趁学校没人，故意把羊群赶进教室，让它们在里面撒尿拉屎，想不到自己还要整天坐在山羊拉撒的地方，我越想越感觉鼻子痒痒的，隐隐约约闻到了一股圈臊味儿。散打逍遥的日子结束了，硬生生地进入了另一个世界，整个上午我都在教室里卖愣，我恨不得赶紧放学回家。女生们进花轿似的，咿咿哒哒哭鼻子。有胆小的不敢上厕所，尿了裤子，刻意坐在板凳上偷偷给焐干，估计回家也是不敢说的。

　　好不容易熬到放学，大牢里放出来一样冲出门外，恨不得一下子回到家里。母亲劈头盖脸问道：到底在哪个手底？我遭灾似的咕哝道：杨老师。母亲笑笑说：好！你表姐教小孩有严恶，要是在你表姑手底，我还不放心呢。

校　舍

　　低年级教室在操场北面，坐北向南，清一色的泥墙草顶，没有统一装门，无遮无挡。教室里黑洞洞的，南墙北墙上共有三个等腰三角形窗户，窗口内置两根木棍横竖交叉成十字形，以防有人爬进爬出。后山墙上沿着北墙角裂个大缝，宽敞处几乎可以伸进拳头，靠近裂缝隐隐约约可以听到乙班声音，上学早的"调皮蛋"时常透过墙缝和乙班"通电话"。座位是实心的，用烂泥垒砌而成，以人为本，从前往后略有加高，以适立人的身高需求。

　　学校中间的操场，到处都是阴雨天老牛吃草留下的牛蹄印，东西两头各有一个木头做的篮板架，颜色灰乎乎的，看不清到底是什么木头做的。篮板架很牢固，不怕风刮，就怕老牛抗痒。

　　操场西面，一排东西向的中年级教室，条件稍好一点，统一安装了竹笆门。位子是土坯做的，比我们高半个档次，底下带位洞可以放书，脚也可以自由自在地伸在座位下面。等我们升到三年级时，门边就下沉了，关放都要往上戗着，以防刮地，否则，违规操作，你推不开也关不上。

操场南面，一排五间门朝南的红瓦房：东头两间老师办公室，中间一间陈老师的宿舍兼办公室，西头两间毕业班教室。门窗桌椅清一色实木打造，统一涂上红漆，当时，能有这样的学习和办公条件，简直就是天堂日子了。

瓦房落成那天，村支书我小叔双手叉腰，明面上对陈校长鼓劲加压，其实是揽功邀人情：老陈啊，你鸟枪换炮过上神仙日子了，你看我大队部，咧咧歪歪，透风合亮，后墙上戗十几根木棒，还是人受罪啊！双桥小学教学上不去，我可不好向组织上交代了！

整　顿

开学没几天，杨老师开始整顿秩序了。

首先是禁止下河洗澡。膀子一伸，杨老师就知道了，皮肤被水泡过的明显发亮，指甲划一下就知道了，露出白痕的说明刚洗过澡。杨老师专用的小教棒按头一下，轮到谁谁头上起疙瘩，捂着头皮到教室门外站。不几天，没人敢下河了。

"大扁脸"穿他母亲的偏襟褂子，褂子上嘟嘟噜噜地缀着补丁，看似旗袍，似又肥大，应是长衫吧？底下还赤脚，斯文不足，不伦不类，四不像。一天，杨老师治理"精腚虫"，看谁没穿裤子。大扁脸知道情况不妙，头缩起来趴在位子上，假装无事人样。杨老师给大扁脸后襟一提，里面连裤头都没穿，气得照光腚上两树条子，提着耳朵往门外送。大扁脸"哎哟"一声叫唤，疼得龇牙咧嘴，箭一样地射出门外，好在没一头栽在地上，否则鼻子眼就更不是地方了。从此，大扁脸衣着上讲究了不少。紧接着，打击"赤脚大仙"，谁赤脚谁到门外罚站。最后一招，收拾"厚"脸皮的。杨老师说：人穷水也贵吗？脸有十二个墙根厚，鼻屎眼屎咕嘟起来，丢人不丢人呀？

"治理"一人，规范全班，强制入轨是必须的。"精腚虫""赤脚大仙""厚脸皮"相继消失，班级呈现出井然有序的良好局面。每天早上，我们套套数数催大人帮着洗脸。有父母邋遢的，说：脸上有什么，天天洗？到哪儿见高客了吗？有些家长想得太过复杂，以为儿子天天催着要洗脸，穿着开始讲究，是在学校谈恋爱了呢——不费吹灰之力，孩子终身大事有了眉目，心底喜不自禁，表面上却谦虚谨慎地说：嘿嘿，知道要好了嘛。

上课了，语文前半部是学拼音，"啊喔哦咿唔吁"，大家觉得很好玩。数学就不太好学了，第一关就是封面后的黑体字伟人语录，数学老师要求必须背诵，我印象有"戒骄戒躁"一句，三"戒"两"戒"嘴就打哆嗦了，更主要是不理解什么意思。不会背的，不是刷鼻子就是拎到前面罚站。有同学吓得不敢来上学了，陈校长不得不一家一家上门"请"。

听说，乙班还有某同学上课期间给赵老师打报告说：报告赵老师，我回家滴（吃）口奶再来！全班同学哄堂大笑，以致后来传为佳话。赵老师和颜悦色地批假说：路上跑慢点，不要跌跤。

驴　桩

虽不璀璨却很夺目的，就是蹲在最后一排北墙角的大个子男生，趴在位子上鸵鸟抱窝似的吓人，坐着都比别人高。后来才知道，他是西庄老表叔的儿子，外号叫"驴桩"，意思是个子高，可以拴驴了。他比我哥早一届，已经留四个一年级了。

当时，学校低年级普遍流行一种体罚叫刷鼻子：食指弯曲，第二关节镰刀状横在鼻梁上，从上往下用力刷。遇上心狠手重的，从脑门起步，滑过眉间，刷压鼻梁，砸碰嘴唇，锤抵胸脯，每一下都干净利落，嘟咚有声。这样的人长大适合当刽子手，深受杨老师重用。赵老师那班则轻体罚重引导，刷鼻子多由女生象征性地执行，女孩子心慈手软，轻描淡写，几乎跟现在的形式主义相媲美，水过地皮湿，走个程序。有脸厚的男生鼻子被刮完了，扑哧笑出声来。还有心思早、脸皮厚的男生，巴不得某某女生专门来刮鼻子呢，惩罚变成了享受和待遇。我们班上偶尔也有咧嘴笑的，杨老师站在讲台上，监斩似的：重刷！马上叫你水笑。我们班有个"小地主"，家庭成分偏高，平时受人欺辱，心理上自觉矮人一等，多少有点仇视社会的意思。自从他接受指派给人刷鼻子就翻了身，看你顺眼的手下留情，敷衍了事，看你不顺眼的，必定加大力度：你等着哪天倒霉吧，至少让你鼻子疼几天。驴桩因学习不力，成绩较差，差不多鼻梁都被"小地主"刨平了。有时，他还会弯下腰来，主动配合小地主开展工作。

我们上三年级时，驴桩还在一年级，因为实在升学无望，资格又太老，被学校规劝退学，光荣务农，直接享受生产队整劳力待遇。临走时，驴桩妈妈有点不愿意，站在教室门口呱呱啦啦，打理叫花子似的：走吧走吧，上厕所分清男女就行了，识那么多字能压饿吗？稀罕不轻样的，书念不念也不打紧，这么多年屁股都磨出茧子了，学到什么真本事的？赵老师轻言慢语打圆场道：这孩子基础还是不错的，就是考试不行，茶壶煮饺子倒不出来。

陈老师自觉没有带好学生，欠债似的有愧，头缩在屋里不方便出来，对着教案自言自语道：就是石头，也该焐出小鸡来了呀？

娱　乐

不多久，熟悉环境了，同学们一个个鲜活起来。老师再严，想完全管住学生也是不可能的，老虎还打盹呢。

下课铃一响，我们就蹿出了教室，踢毽子的踢毽子，摔花牌的摔花牌，斗鸡的斗鸡，嬉戏打闹，各擅其能，农村的野孩子，山猫野叫，快乐起点低。屋檐下，不知不觉聚集了不少人，三三两两，后背靠墙就挤了起来，两方对抗就成了"挤冒油"。挤呀！挤呀！挤冒油啊！大家一齐喊，较齐劲，贴着墙，两边往中间挤，挤冒出来的再回到两边继续挤。上课铃响了，我们意犹未尽地回到教室，心还在外面。"家无主，扫帚舞"，老师偶尔迟到或缺课，教室就成了自由的天堂，我们不知不觉就拥到黑板底下继续挤，先是暗暗较劲，后是肆无忌惮。暑假里被雨水浸泡过的泥墙，被我们的脊背磨得光溜溜、脏兮兮的。吵闹声传得老远，以致邻班的老师过来制止，但效果不佳。杨老师老远就知道我们在干什么了，采取突然袭击的办法，猛然跨进教室，小树条没头没脸地挥舞过来，吓得我们抱头鼠窜，连滚带爬地回到座位上；还有的慌不择路，座位坐错了也不敢调整，就这么憋着。

阴雨天总该消停了吧？其实，阴雨天活动更是多彩。

我们从东边小河堤上挖来黄泥，和面一样和到不软不硬，捏成醋盏样的小圆炮，口朝下往地上一摔，啪啦一声爆响，底朝天冲个洞洞，大家轮流摔，谁的洞洞大声音响，谁赢；同时冲两个洞洞的叫双炮，一般不多见。

有一天，也不知是谁最先兴起了泥位子，大家争先恐后，从后面公路边上捧来黄沙，从东边河堤上挖来黄泥，大家一个看一个都泥起了位子，本来还算整齐的座位被私有化地改造成了疆界分明高低起伏的"自留地"。同学们热火朝天，进进出出，做大事样地忙个不停：有搬运泥沙的；有到处找碗碴的；有蘸着吐沫打磨抛光的；有为了划清界限在讨价还价的，甚至还有引发肢体冲突的……女同学和体力弱的男生倒了霉，平时宽敞的座位被得寸进尺的邻座挤得无地自容。我的位子，怎么个泥法当然由团头代劳，我当仁不让地担当起了指挥设计的角色。正当我们大功即将告成、欣赏着劳动成果时，杨老师提着菜刀跨进教室，每个座位上乒乒乓乓砍两刀，从前到后无一幸免。全班同学面面相觑，呆若木鸡。杨老师砍累了，脸也气黄了，喘呼呼地走到讲台前说：人小鬼大，放学之前谁要不给我恢复原样，一个一个等着倒霉吧！

第二天课间，陈老师面色冷峻地来到我们班，举起掉丫卷口的菜刀，晃了晃，审案子样地追问道：昨天有谁到我厨房拿刀砍东西的？透新一把菜刀就这么报废了。

团　头

在物资匮乏的年代，小孩子千方百计要找吃的——自救是人的本能。

我邻座的本家兄弟"团头"，个头不小，成绩一般，作业和考试基本以我为蓝本，依葫芦画瓢。偶尔，考试分数甚至比我还高，我不会的，他就博采众家之长，抄别人的了。这种"弯道超车"模式，实在让人难以容忍。更令我难堪的是，他妈妈哪壶不开提哪壶，动辄在我母亲面前提点挑线：他二婶子，你家三子考多少分啊？听说还不如我家团头嗫。这不比检举揭发还要人命吗？一段时间下来，我母亲对我冷言热语，要打要捶。好在我及时采取了"闭关"政策，致使他作业满篇叉叉，打分一落千丈。团头妈妈的反应比温度计还精确：他二婶子，前段时间俺家团头成绩直线下降，被我狠狠打一顿，最近又上来了，跟你家三子比还差一截子。团头自觉犯忌，告饶说：我以后都听你的还不行吗？从此，我让他干吗就干吗，多少有点类似于领导身边的小跟班。

团头有个绿色的铅笔刀，刀口可开可折，用棉绳拴在纽扣眼上，借给谁用不借给谁用，全部要给我请示汇报。周围有铅笔断了的，急得淌眼泪也没用，除非服从我指派。经过我的安排，这个铅笔刀后来逐渐变得商业化了，谁要是想用，就得带点吃的来，如梅干菜啦、山芋干、剩饼头，只要课间能吃就可以。再后来，就形成了乱摊派，安排大家轮流带吃的。一天，有一女同学忘带，便哭了起来。杨老师经过审问，查明真相，批评团头说：你得饿病了吗？那个年头，小孩子不得饿病的不多，团头低头不语。杨老师勒令团头打扫卫生一个星期。好事，团头立场坚定，经得起考验，没有把我交代出来，否则我也免不了被家校联手，严加管束。

升到二年级了，团头老哥不幸留级，我突然失去了依靠，经常被新同学欺负，心里空荡荡的。

督导员

转眼就要期中考试了，乡里准备派人下来督导。杨老师安排说：最近大家衣服勤洗着，头发不要长得跟贼样，脸上古漆好好洗洗，不要蓬头垢面，丢人现眼。有不知父母甘苦的同学趁机来带私货，要挟家长给他买新鞋做新衣服，不达目的不罢休。

督导组终于来了，一行四五个人，有男有女。陈校长把他们带到我们教室，班长训练有素地喊：立正！我们齐刷刷地站起来，看上去阵容还蛮强大的，其实都训练无数次了。有个穿中山装的，一看就是大领导，大家推推拥拥，让他代表上级发表重要讲话。

中山装言没出口，疤眼皮电带一般，率先启动，跟随讲话的语气和节奏，打拍子似的闪动着，讲话快则眨眼快，讲话慢则眨眼慢，讲话停顿则眨眼停顿，遣词用句卡了壳，疤眼皮和白眼珠同时上翻，顿在那里作检索状，其形其状其机其理，如影随形，高度联动，十分契合，真的类似于后来收音机上的音量指示灯。我疑猜：音量指示灯就是受到他眼皮眨动节奏的启发才发明的，专利发明起码应该有他干股才对，否则就是不尊重首创，不尊重知识，不尊重人才。中山装因为特征明显，对于他说的话，我标点符号都能记得。高考前，我恨不得有这样的老师来教我，我盯着他的眼皮，就不会走神，就算患上神经衰弱，也不会忘记他的讲课。"一寸光阴一寸金，寸金难买寸光阴""少壮不努力，老大徒伤悲""黑发不知勤学早，白首方悔读书迟"，中山装主要就是强调时间金贵，引导我们开好头起好步，珍惜青春，努力学习，报效祖国。

放学到家，我母亲迎头问我：你二表哥今天来学校给你们上课的吧？我问：哪个表哥？母亲说：就是梁圩二疤眼呀。我恍然不敢相信：乡里派来的大干部，怎么可能跟我家是亲戚？

如今，二表哥早已光荣退休，现在和我时有往来。老表哥回忆说：那年我还没转正呢，头天下午接的通知，抽我到双桥小学督导，我哪有时间准备？连夜借了一套中山装，哪不承想第二天天气陡热，脱吧？里面只穿背心见不得人，不脱又受不了，中午到家差点中暑。老表哥当时在我眼里，简直就是天庭下派的钦差，虽然疤眼，但疤得恰如其分，美轮美奂，说虽疤犹荣也不为过。老表哥鼓励我们的话，我至今记忆犹新。

听　写

杨老师在讲台上读课文，我们在座位上听写。作业交上去之后，恰巧我一个人全对了。杨老师点评之后，把我的作业本翻开让大家都看看，然后从前到后逐个送到每一个同学面前看一眼，看过之后就用手将作业本按头轻轻扇上一下，个别躲避及时的，还会被补上一小棍。看到前面同学被打，我心里暗自庆幸，甚至有点幸灾乐祸。轮到我面前时，杨老师可能气坏了，说：你也看看！我还没来得及看呢，头上就被一击，我本能地躲避，杨老师跟手一棍，不偏不倚打在耳朵上，我感觉耳朵碎了一地，本能地捂住，抬起膀子护住头，以防遭受连续打击。后面的同学，防备越是充分，杨老师的打击力度越大。人人过关，公平公正。吃亏最大的就是我，不仅无辜挨打，经济上还受损失——作业本回到我手上，已经散架了。

在外打掉牙，回家之前都要咽到肚里，脸被老师打肿了，也得装个胖子，但今天例外，哪有该表扬还挨打的？典型的冤假错案嘛。放学到家，我委屈地跟母亲汇报说：今天被杨老师打了。母亲问：因为什么的？我抱着请求翻案的想法申诉了一番。母亲扒扒我耳朵，心疼地说：嗯，肿得不轻。我诉苦道：耳朵一上午都热辣辣的，嗡嗡响，听话都不清楚。老半天，母亲也没吱声，我正想趁机提出请假几天的要求，母亲开口了，表情很严肃：下次长点记性，你要经常写对作业，老师还能打你吗？早打早开窍，不打不开窍。唉！水平再高的逻辑大师也辩不过不讲逻辑的人，在母亲的潜意识里，老师打学生，天经地义。任何前提条件的推导，结论都是该打。我气呼呼地背起粪箕，下地干活了。

一天下午，杨老师从我家门前的马路上经过，母亲端着簸箕在捡粮食，跟杨老师打招呼说：他表姐坐坐，喝口茶。这不是引"狼"入室么？我头都炸了，扭头就跑。老半天，估计杨老师已经走了，提心吊胆、拐弯抹角地回到家：杨老师真的走了。也许，杨老师连坐都没坐。我母亲说：我跟你表姐打过招呼了，不听话，照狠砸。我苦胆着脸，能嘴犯犟道：让不让人活啦？一天到晚就知道打打打。

逃　学

一个学年不知不觉就过去了。暑假过后，好多同学都不来了。陈校长挨门逐户劝，但收效甚微，家长推辞说：小孩能接手了，家里离不掉人。

我坐在教室里，看着辍学的同学悠闲地坐在牛背上，徐疾自如，悠哉游哉，心思早就不在学习上了。他们向我们变鬼脸，学牛叫，勾引我们逃学。我羡慕得不得了：你们潇洒了，我们却关在笼子里。人在里面，心在外面，自由的日子诱惑太大了。

不几天，我悄然逃学，结果被我母亲发现，又被一顿暴打。

回到学校，两个班的孩子们合到一起，凑成一个大班。班主任也换了，换成了赵有礼老师。赵老师严慈相济，博学多识，风趣健谈，肚子里的故事比石榴籽还多，动辄侃上一段，让你脑清神醒。语文老师蒋明红，讲课就跟锄地一般，跟手就耢第二交，后一句压前一句，步步为营，一节课相当于别人两节，学生想记不住都难。印象最深的就是他讲解《关向应》一课：晃晃柱子牢不牢，哎，晃晃柱子牢不牢；摸摸被子潮不潮，哎，摸摸被子潮不潮；不摆架子，哎，不摆架子；关心伤员，哎，关心伤员。

一见陈老师来教唱歌，同学们激动了不得，哪班上音乐课，全校学生的心就飞到哪班，歌声飘出校园，路边放牛的踮着脚顺拍子，牛蹿庄稼地里去了，也不知道。

一段时间下来，我感觉赵有礼老师和蒋明红老师都很亲切，在学校里还有陈老师经常教唱歌，于是安心上学。学校有学校的乐趣。

老　师

陈老师是唯一的师范生，除了体育，语文、数学、音乐都能教，我们兄妹五个毕业照上都有他。陈老师一照相就穿中山装，几十年不变，老家那边还以为泗洪这边四季如春呢。其实，还不是生活条件所限？

除了陈老师，所有老师都是半教半农，上课之前大多在田里劳作，锄头镰刀往教室门口一放，课本一掏就上课了，吃没吃饭，真的不好说呢。

蒋明和老师、蒋建强老师，都是非常敬业、非常优秀的好校长，几乎一生都奉献给了乡村教育事业。

铁打营盘流水兵。杨珍老师随军到了外地，学校少了一个认真负责的好老师。赵友侠老师出嫁到了另外一个村子。学校的两个女教师都走了，家长们时常念叨着她们。另外几个兢兢业业认真负责且不善考试的老师，一个个抵职的抵职，转行的转行，下岗的下岗。

赵有礼老师，不幸英年早逝，早早离我们而去。

我老表外号愣大国子，二年级带过我语文，教书很认真，唯独不擅长笔试，几次转正机会都残忍错过，最后只好光荣下岗。表姐家孩子结婚，我回家出礼，遇上老表。老表还是当年的模样，一点没变。老表说，你还能认识我啦？我说，我怎么不认识你？你还教过我语文呢。老表说，我现在神仙日子了，民办教师虽然没有转正，但也补发部分退休金，乡里领导对我非常尊重。各得其所吧，老表有粗无细，行侠仗义，在农村也是个人物。

那年，我到双沟出差，镇长潇洒帅气，一看就是军人出身，听口音我们是同乡，于是邀我到他家坐坐，刚进门就发现女主人还是杨老师。我说：杨老师，您好！杨老师辨认了老半天，认出我来，叫出我的名字说：你兄妹几个都在我手底读的一年级，是老表婶钦点的呀。当我再次称呼她杨老师时，她不好意思地笑笑：就叫我表姐好了，什么杨老师，我就在村里代过几年课。

杨珍表姐在我眼里，永远都是我的老师，而且是至高无上的启蒙老师。

如今，大扁脸在外地做工程，手头也宽绰多了，潮毛巾往头上一掇，抹把汗说：有空回家给小学时的老师都叫着，在一起吃顿饭，聚聚。是的，今年是第三十六个教师节，我们最不该淡忘的就是小学时的民办教师，在贫困潦倒的年代，是他们不计得失，奉献青春，挑起了农村义务教育的担子。

到这个年龄，我们真该深情地向他们道一声：老师，您辛苦了。

（2021 年 8 月 31 日 "新锐散文" 公众号）

撑旱船

春节之前，四叔也不知什么时候买来了毛竹、彩纸、红布和线穗，一头扎进队屋里，一门心思扎他的旱船花挑。一个月以后，鲜枝活叶的花挑、真船等大的旱船就做好了。

大年初一早上，全村人早早吃完早饭，围拢在队屋门口，伸长脖颈踮起脚，眼巴巴地往院门口望。喤喤喤，咚咚咚，一帮锣鼓终于在四叔小铜锣的撩拨之下，轰然启动了。锣鼓的轰鸣声，昭告着新年旱船花挑的隆重开演，宣告着春天大门的轰然洞开。

四叔左手食指尖上的小铜锣似掉非掉，似落非落，恰到好处。四叔右手不轻不重地捏着锣槌，有节奏地敲打着，左手指尖一跳一跳地挑着罗圈，若即若离，让小铜锣欲掉不能，不掉还休。不过，四叔的强项是擂鼓，只是关键时候、关键场合，四叔才亲自操鼓。四叔敲锣，锣就是旱船帮子的灵魂；四叔敲鼓，鼓就是旱船帮子的重点；四叔用他浑身的击打技巧，领动着旱船花挑的一举一动。

四叔何止是旱船的灵魂？四叔是全村干群的文化灵魂，没有四叔就没有旱船，没有旱船这年还怎么过？

锣鼓急雨般地加快了节奏。大队院门吱呀一声敞开了，家辉哥脸上涂着浓浓的油彩，手里领着大头弯曲的竹篙，第一个探出头来。外甥是舅舅家的狗，家辉哥自小长在舅舅庄里，想正经也难，正是撑旱船撮笑话的角儿。旱船由两个妇女一前一后钻在里面驾着，小心翼翼地从院子里渡出来。旱船后面，紧跟着四个妇女，每人挑着一个鲜艳的花挑。装老太太的鬼小三，摇头晃脑地断后压阵，一副济公打扮：黑巾裹头，偏襟蓝褂，左臂挎篮，右手持扇。鬼小三跨着太空步，进三步退两步，脖颈好像提前装上了带遥控的弹簧，精确地踩着四叔的鼓点子。

男女老少本能地往旱船跟前挤，都想占着个好位置。家辉哥把船篙左高右低地横在胸前，就跟孙悟空要在地上画圈子一样，右手拽着船帮，把船头昂得就像一头扬鞭奋蹄的骏马。

打场子了。不知四叔什么时候换成了擂鼓的角色。

鬼小三有节奏地扇动着手里的破扇子，老叫驴样地尥蹶子。坐在前面的孩子直往后崴。场子渐渐扩大起来，人群变得舒朗多了。不知不觉，四叔的锣鼓处于恰到好处的位置，既不在场子里，也不在场子外，处在场子边缘的切点上。场子打多大，行不行，全在四叔的鼓点子上掌握着，场子打到位了，四叔的鼓点子会自动给出个信号。

旱船随着四叔的鼓点，晕头转向地撑入了激流险滩，家辉哥的船篙耍龙样地在半空中顺成了"8"字线。旱船在家辉哥的前后左右，或快或慢地调头转向，一会儿昂头翘尾，一会儿左摇右摆，就像历经了千滩万壑。鬼小三子，犹如济公转世，船舵样地跟在后面，旱船搁浅时肩扛手推，使尽吃奶的劲配合家辉哥往前拥。旱船突然前行，鬼小三一头抢地，栽了个狗喳屎。家辉哥和鬼小三扮演着老头老太的角色，蜻蜓点水一般，不时地穿插一些小段子，逗得全场笑声迭起。

最羡慕小德子打钱杆（农村地方戏中的一种打击响器）了。所谓钱杆，就是在大枣粗的竹竿上顺着竹丝挖上一个个长长的细缝，每个细缝里用铁丝串上两个铜钱。钱杆一摇就会发出金属撞击的细碎声。现在，钱杆已经批量生产了，广场上的大爷大妈几乎人手一根，可当时并不这么普及。小德子打钱杆循环有序，从左肩到左臂到左腰到左跨到左腿，然后从右腿往上，有序进行。演到高潮时，小德子"啪"地一个旱地拔葱，跳得足足米把高，在空中突然定格，然后自由落体，钱杆舞得啪啪响。小德子简直就像一条跃出水面的龙门鱼，摇头摆尾，洒脱自如。

不知不觉，四叔的"小翻点"转换成了舒缓的"游船调"，二胡吱呀一声拉出了声，旱船跟着鼓点驶入了风和日丽、春和景明的"开阔水域"。担花挑的燕翅样地靠在了旱船的两边，走三退二地扭起了秧歌。演员们齐声唱了起来。调子基本变化不大，都是地方特色，但歌词年年有变，都是结合时事政策和农村新时期的生产形势写的。

麦场上的旱船要累了，秧歌也扭出汗了，演员们放下行头喘口气。紧接着就是说唱节目《大丰收》《四个老汉》，讴歌党的好政策，歌颂劳动场面和丰收的喜悦。

四叔的锣鼓轰鸣般地响了起来。最后的节目"大联欢"到了，所有演员全部上场，给大家拜年。坐在地上的小孩腰腿也麻木了，留恋地爬起身，后面的观众躁动不安，发起了最后的疯狂，拼了命地往里挤……

周末，我带孩子到公园散步，老远听着锣鼓耳熟，近前一看：四叔的原班人马。四叔的旱船花挑，随着城市化的发展，几年前就进城了。

（2019 年《宿迁日报》B3 版）

走外婆

　　昏黄的煤油灯下，妈妈坐床边上给我补裤子。迷迷糊糊中，听妈妈说："明天星期天，不要你下地干活。"我心头一喜。"你去带你外婆来过两天。"妈妈紧接着说。我针扎似的欠起身："就我一个人去？"妈妈点点头。"不能叫哥去吗？"我的心口就跟砖摔样地一沉。"你哥去西南地收花生！""我不去！"妈妈以为我又要偷懒，竖起巴掌要打我。"我也去外婆家！"弟弟一轱辘从被窝里翻过身，屁股撅老高。妈妈对弟弟说："你跑不动！"我真想让弟弟跟我一起去，可弟弟太小，路上会成为我的累赘。我咕哝道："梁圩庄狗好咬人……"妈妈来气了："不招风不惹草，狗咬你干吗？"我知道妈妈规矩紧，向来说一不二，再说，小孩子的心事，跟大人也讲不清楚，我只好不吭声了。

　　外婆家住刘西嘴村，妈妈说过，离我家正好十二里。去外婆家的路，我知道怎么走，顺着我家西边的土路往南一直走，经过南桥口、梁圩庄和崔集街，跟着大人我都走过不知多少趟了，只是从没单独去过。

　　我家往南二里地，是南桥口。说是南桥口，其实没有桥，只剩几垛黑黝黝的桥墩石。每次经过南桥口，我都很害怕，总感觉身后跟着人，连脚步声都听清清楚楚的，可一回头，什么也没有。外婆说过，有古器的地方阴气重，刮风下雨，大白天鬼都能让你迷路，遇上雾阴天，就看你造化了。

　　南桥口往南二里远，是梁圩庄。梁圩狗多，遇上带崽的，龇牙咧嘴，让你浑身酥冷。每次我都准备趁手的砂礓，袖笼里藏着，过了庄就回头给它几下。

梁圩南边四里远，是崔集街。

过崔集，再翻过大寨渠，就能隐隐约约看到路边的黑松林了。松林的尽头，顺着庄后向西拐一段路，就是外婆家的巷口子，巷子东边就是外婆家。

一整夜我都没睡踏实，脑子一直在想事，害怕路上惹什么麻烦。

一大早，天灰蒙蒙的，妈妈盛满满一碗山芋稀饭端给我："吃饱饭好跑路，早去早回。"我知道，妈妈别的不担心，就怕我两头不照影子。

刚出门，妈妈又喊我回来，我以为不让我去了呢。妈妈扯起晾绳上的小褂子，没头没脑地朝我的后背上抽。妈妈说："不管穷富都不能邋遢，做人总得体面些。"妈妈手里的衣服在半空中来回划着弧线，抽得我脊背上的灰尘扬老高。我害怕纽扣垫着头，拱起腰，乌龟样地往前伸长脖颈。妈妈找来大木梳子，到水缸里沾沾水，给我梳头。齿子断了一半的木梳，划得我头皮疼。我难为情地说："不梳了！"妈妈一揉："真叫屈！"我吓得不敢吭声。后脑勺的头发乱成疙瘩，妈妈用中指和食指插进我的头皮和梳子中间夹着，两相用力地拽，疼得我嗷嗷叫。最后，妈妈整整我前后衣襟，满意地说："去吧！"我出了门，内心就跟上杀场似的悲壮。

妈妈昨晚补在我右膝盖上的大补丁，明叽叽地扎眼。妈妈早就说过，等明年磅猪，给我做件新衣服，但要我好好割草喂猪才行。

走到南桥口，零零散散的人到田地里干活，我紧紧地跟着他们，一点都不害怕。小溪边上，指甲大的小毛蟹见了人，慌得不成样子，直往水里钻，其实根本没人理会它们。

奶奶说南桥口原来有座石拱桥，雕龙刻凤，桥孔就跟神仙洞似的，后来被拆了。油光水滑的青石板被人搬回家砌墙角了。

一节地远，就见梁圩庄的路边上，站着五六个小孩，那个高个子手里还挂着一根木制的"红缨枪"，就跟是电影里放哨的小英雄"嘎子"样。我赶紧手背屁后丢掉砂礓，假装自己人，以免引起他们的误会。这几个狗不吃的，比狗还难对付。近前，我心里打鼓，不来由地发怵，老驴过木桥似的往前走，弄不好，他们揍我鼻青脸肿，屁股上再补几块紫呕呕的砂礓印子，也不是没有可能。在他们眼里，没准我就是电影里的大坏蛋。其实，他们才是把持城门的"皇军"，我是正规的"八路"。好汉不吃眼前亏。走到跟前，我轻咳一声，装作落落大方的样子。他们似乎早有准备地审视着我。我一边走一边偷偷地瞟着他们，在马路宽度许可的范围内，最大限度地与他们保持一定距离。突然，高个子端起红缨枪对我抖了抖，问："到哪去的?!"我假装没听见，加快脚步。"黄脓鼻涕"狐疑地盯着我："嗯? 老家伙!"我拖着眼皮不吭声，此刻，就恨自己腿脚不灵便。本来就不跟脚的松紧口鞋这时就更不架势了。就要通过"关卡"时，我忍不住撒腿就跑，紧接着，就听一阵讥笑和谩骂。"冲啊!"高个子一声令下。我身后即刻传来急促的杂七杂八的脚步声。不好！"鬼子"动手了。我一回头，就见他们跟浪鸭子样地追上来，还着急慌张地，一边追击一边寻找地上的砂礓。我昂起头，甩开膀子，拼了命地向前冲。砂礓和土块擦着我的头皮，密集地飞过来，落在地上"啪啪"作响，顺着惯性一蹦老高地翻滚着……

一口气跑了几节地，我感觉后面没动静了，气喘吁吁地歇下来："兔崽子，再撵呐!"我狠狠地回头望望。他们早已不见了踪影。

几里路下来，我都没有释怀，转念一想："当八路的，哪有不危险的? 比起电影上，这算什么? 真是个胆小鬼。哼! 等他们到双桥再说——那个'黄脓鼻涕'在我们庄看电影时，好像被我哥揍过。"

巧了，崔集街不逢集。赶上逢集人多，我只好脑瓜顶着大人的屁股往前走了，什么风景都看不到。不过，崔集街是长市集，不逢集也有人。我整了整衣襟，挺起腰杆往街里走。

街边上的小炭炉子慢悠悠地烧，好像永远都不会熄灭。炉顶上咕咕噗气的小茶壶，亮兮兮的，说不出讲不出的洋气。卖油条的布帐篷用四根棍子撑起来，布棚中间耷拉下来就跟怀崽的水牛肚底一样。炸油条的老头胖实实地围着大围裙，手里的长筷子焦糊了大半节，翻来覆去地翻动着锅里的嫩油条。油锅里冒着气泡泡，只几个翻身，那油条就黄亮亮地诱人……白皙的小伙子坐在冰棍箱后，手里的圆竹节子摇得"嘎嘎"叫，就像夏天老槐树上的知了，震得人耳鼓疼。

供销店杵在街中心，店门也最大。柜台里的营业员不是聊天就是打毛衣，顾客进门，连眼皮都不抬，爱理不搭的。妈妈对我说过，要是祖坟埋在福地，端上了公家碗，二话不说就讨个站柜台的儿媳妇，风不挠头雨不打脸的。我倒想，倒站门也不找这样的媳妇！上牌榜的亲，都拉不上划子，那阴沉沉的脸，就跟死人抬上门样地沉。

崔集街清一色门对门的红瓦房，在我眼里，就跟大城市一样。不过，老鸹奶奶早前不止一次地说过，咱们祖上才是真正的"街华子"。老鸹奶奶说咱们庄原来不叫双桥庄，而叫双桥街，比崔集街大多了。双桥街南面一座石拱桥，叫南桥，北面一座石拱桥，叫北桥，两座桥一模一样。双桥街规规整整地坐落在两桥之间，风水不是一般的好。

午饭前，终于赶到了外婆家。

菜园里，外婆在拔萝卜，抬眼见了我，一脸惊喜："小鬼佬，就你自己来的?"我点点头："嗯嗯。妈妈让我来带您去我家过两天。"外婆走过来摸着我头说："长高喽，眼看能帮手了。"过会儿，外婆小声问我："你家口粮够吃的?"我心头一紧，害怕外婆不跟我走，路上一个人又要历险，赶紧保证说："够吃的！够吃的！妈妈叫您一定去的。"外婆说："吃过饭再说吧。"

午饭时，表嫂就跟炫她讲卫生似的，手里的抹布擦得碗口"咯吱咯吱"响，我盯着黑乎乎的抹布，怯生生地说："我碗不擦。""哪有吃饭不擦碗的?"表哥嗓门高，张口就跟吵架似的。我低着头犯难。表嫂咯咯笑出声来，露出雪白的牙齿，抄起锅里的饭勺对我头上样了一下："我能把你头砸漏了！""小鬼佬，讨饭背调料壶，穷讲究不少。"外婆转过话头，"你奶奶也这鬼样子，就觉着自己是街华子，有意无意笑评咱乡下人。还孬咱刘西嘴庄背道呢，你双桥庄前后都洼涝。蛤蟆撒泡尿，人都进不去。""喊！啥街华子?"表哥一百个不屑，吹胡子瞪眼睛地接话茬，就跟要打架似的。"晚辈不要插嘴。"外婆对表哥挤挤眼。表嫂"幸灾乐祸"地抿嘴笑。我见表哥火气一下斜我父亲身上了，正好顺坡下驴，不做声张。

午饭吃的是萝卜丝煮面条，汤里漂一层油星子。开始，我嘴唇尽可能地不沾碗边，不过，几口下肚也就淡忘了那块抹布。面条香喷喷的，比我家里油水足多了。吃饭时，外婆问我："你妈叫来带我的?"我忙点头："嗯嗯。我妈妈说想您了。"外婆幸福地瞟着表嫂，用眼神征求答案。"谁会耽误奶奶走闺女啊！"表嫂就跟不情愿的样子。外婆笑了："年龄不饶人呐！到哪都吃闲饭。""就怕小鬼佬嫌您脏呦。"表嫂拿我开涮。外婆虎脸朝我："怠慢丁点，我捣你家锅底。"

放下碗，我催着外婆上路。外婆说："等我拾掇拾掇。"外婆终于答应走了，我悬着的心就要着地了。

临出门，外婆从晾绳上扒出一块崭新的花羊肚毛巾，抖了抖顶在头上，就要锁门忽又推开。我心头一惊，以为外婆变卦了呢。外婆示意我跟她到里屋，拍拍盛满小麦的土瓮子，挤挤眼，伸直除大拇指以外的四个指头，晃了晃，神叨叨地说："今年够吃的呦，不须刮你家的。"

表哥、表嫂下地干活，和我们一起走到屋后就往西拐了。临走时，表嫂"生事"说："小鬼佬再假干净，下回就不要来了。"我感觉得罪了表嫂，理亏，耷着眼皮不搭话。见表哥、表嫂走远了，外婆嗷嗷嘴说："这小丫头过日子，一把好手呦！"

出了外婆庄，我的心就像黑松林里叽叽喳喳的小麻雀，轻松自由。我远远地跑在外婆的前面。茵茵的路肩上，我蹑手蹑脚地逮蚂蚱、抓蛐蛐、捏蜻蜓。等外婆走近了，再远远地跑到前面去。

路边，已经分产到户的水稻田，一眼望不到边。稻穗已灌满了浆，眼看就要低头了。轻手轻脚的白鹭，就像跟谁赌气似的，盯着浅沟里的小鱼儿，一瞅老半天。最讨厌的就是沟边的小青蛙，老远就咕呱咕呱地叫个不停，刚听到脚步声，扑通一下，扎进水沟里，失急慌张地来几个不规则的转折，钻淤泥里去了。其实，青蛙在水里的行踪，人看得清清楚楚，游到哪儿水就浑到哪儿，所谓的隐藏，自欺欺人罢了。我捡起砂礓，扑通扑通地冲到水里，恨不得正中青蛙的头脑瓜。

"走亲戚？"崔集街上的老头老太，瞧着外婆眼熟，不停地打招呼。外婆笑着直点头："走闺女，走闺女。"外婆舒心的样子，仿佛走闺女才是天底下最幸福的事儿。

崔集街北头，外婆坐水塘边歇着，望望近处没人，从褂子内层的口袋里掏出一个手巾叠子，左三层右三层地解开来，捏出五分钱硬币，大大方方地说："买冰棍吃去！""好。"我刚伸手去接，外婆挤了挤眼，捏硬币的手在半空中晃了晃，神秘地说："扒手多，招眼就被偷去了。衣裳划破几层，你都不知道。"我接过钱，想了想，嬉皮笑脸地说："买油条呗！"外婆脸一沉，转而又笑了："不年不冬，干吗要吃油条？小孩子自小贪嘴，成人必会败家。"估计外婆嫌油条太贵。我害怕连冰棍也吃不上了，一溜烟跑回冰棍箱前。冰棍买回来，我让外婆尝了一口。外婆眉毛皱着："冰棍放棉胎里，怎会凉啊？"

我敢打赌：外婆之前没吃过冰棍。

妈妈说，外婆小时候，家境很富裕，出门都是伙计牵着马走的。外婆是个见过世面的人。庄上红白喜事，有哪些风俗忌讳，从来都讨教她。有一年，一户殷实的人家娶媳妇，八丈锅里煮着满满的一锅大米饭，咕嘟咕嘟刚开锅，这才发现米汤干了，水不够。厨子顿时慌了手脚，袖口一撸，舀瓢凉水就要往锅里添。外婆一看急眼了，说，凉水一浇就结生，赶紧用别的锅烧开水，水烧开了再浇进米锅。厨子听了外婆的话，只半个时辰，香喷喷的白米饭出锅了。庄邻都夸外婆是把好手。

经过梁圩，"嘎子"们都不知到哪儿疯了。就是他们在，我也不怕，只要有外婆在，他们是不敢放肆的。几条不识时务的土狗子，呜呜嘤嘤，当差似的跟着我们。我一弯腰，假装要捡石块的样子，吓得它们一个急转身，跑远远的。此时的外婆，在我的眼里，再也不是一个裹着小脚，连过马路也要雷锋叔叔搀扶的老大娘了，恰像是头扎毛巾、脚打绑腿的武工队，不过，腰里还缺把盒子枪。

梁圩北面的土路上，外婆让我坐路边歇着，自己一个人挪到玉米地里，就像查看牛口样地撕开一棒玉米包衣，看了看。外婆回到路上，气喘吁吁地举起除大拇指以外的四个手指头，晃了晃："好收成呦！"

对于外婆说的这些，我丁点不感兴趣，我的心思早已飞回村里的小伙伴那儿去了，巴不得一下到家。

到了南桥口，我向后撤了撤，一跃跨过了小溪，回脸望着外婆。外婆坐到地上，小心翼翼地滑下河坡……

"外婆！外婆！"弟弟从北坡西头屁股狼烟地跑过来，惊喜地叫着外婆。我抬头一看，我父亲吃力地挑着满担花生。妈妈和我哥哥，还有小葱他们，男女老少，挑的挑，背的背，一阵阵地沿着河北堤，蜿蜒地走了过来。

夕阳把暖洋洋的红霞尽情地洒向大地。西南湖收获归来的人们背着阳光，恰像一尊移动的雕塑。我和外婆气喘吁吁地攀上了北坡，人们已经陆陆续续地来到了我们跟前。"走闺女哟?"人们放下担子，擦着汗水，歇息着，你一言我一语地跟外婆打招呼。这么多的人，也不知该跟谁搭腔了，外婆喘息着，忙不迭地点头。外婆举起除拇指以外的四个指头样了样，笑声里夹带轻咳："好年景哟!"

"包产到户了，谁还惜力气啊! 使劲干，就会有收成。"大伙儿笑着说。

外婆弓下腰来，欢喜地搂着弟弟。弟弟顺势伸出指头，较真地数着外婆嘴里孤零零的牙齿，咕哝道："一二三四五，上山打老虎!"

大伙儿笑得前俯后仰。

我的舅舅

舅舅比我母亲大十五岁，在我很小的时候，舅舅得了肺结核，不久就去世了。

每次到羊毛嘴湿地去，我总会想起我的舅舅和我的母亲。

母亲在世时，常给我讲述这样的往事：风雨交加的芦苇荡里，舅舅挑着担子带着他年幼的妹妹，艰难地穿行在羊毛嘴湿地弯曲而泥泞的小路上，说是路，其实也不是路，只是人走多了，在苇荡间、草地上踩成了印记。走在这条雨水冲刷的小道上，不能有半点偏差，迷失了方向，就再也回不来了。

回家要走上半天的工夫，我的外婆等不及了，拖着尖尖的小脚，从家里走出来迎接她的两个宝贝儿女。外婆担心她的两个孩子会迷路。外婆不能失去他们，否则，在这个世界上，外婆再也没有自己的骨肉了。外婆一辈子生了十一个孩子，大大小小，活下来的只有舅舅和我母亲。

在那个饥荒的年代里，羊毛嘴湿地是穷人最后的粮仓，是穷人绝望中的希望。舅舅带着我的母亲到那里挑野菜，挖莲藕，摸鱼虾。外婆一家的活路，就靠舅舅肩上的那根扁担和我母亲背上的那个箩筐。

在我的记忆里，舅舅高高的，壮壮的，能吃苦。

对舅舅相貌，我有些模糊了，只觉得我二哥有些像舅舅，性格也相像。舅舅是我母亲的主心骨。舅舅健在时，母亲有什么事总是跟舅舅商量。

冬天，舅舅总是要过来带我的母亲和我们兄妹一起到他家过上一段时间。表哥有时也一起跟过来，舅舅挑着箩筐，箩筐里一头坐着我弟弟，一头坐着我妹妹。表哥把我撮在肩上扛着，表哥的耳朵就是我的方向盘，一会向左一会向右，随心所欲。表哥耳朵被我揪痛了，生气地把我丢在地上，独自赶路。我磨蹭着不想自己走。母亲总是不给我好脸色，前面的舅舅远远地放下箩筐等着我。我的脚板走得抽筋。我多羡慕弟弟妹妹呵，我多想钻进舅舅的箩筐里，聆听舅舅那根扁担有节奏的轻柔的"咯吱咯吱"的声响啊！表哥也还是似懂事非懂事的年龄，捡起路边的石头扑通一声扔进沟里。我赶紧追上表哥，希望有大鱼漂出水面。表哥往前走一段路，再扔一块石头，吸引我追上去。

母亲和我们的到来，给外婆带来欢乐，也给全庄的人带来欢乐。庄邻是那样的好客，好像遇到什么喜事似的，纷纷围拢到外婆家的院子里，向母亲问长问短，母亲也总是忙不迭地教我记住他们各自的称谓。我从小就不够乖巧，什么几舅舅、几舅妈、几外公、几外婆的，我从不轻易开口称呼他们，由此，也时常遭到外婆的责怪。在我窘迫为难的时候，舅舅总是乐呵呵地摸摸我的头。我知道舅舅帮我解围了，舅舅从不为难我。

在大人们当中，我的心里只有我的舅舅。

大人们散去，我跟年龄相仿的同伴混熟了，金宝子、银宝子、小石头、尿罐子、金坛子，也不管是几舅舅还是几表弟、几表哥、几表侄儿，一律公平地相互称呼乳名。和他们在一起，我才能感受到无拘无束的畅快。

家里的事多，母亲不能久留娘家，回家总要偷偷地背着我。等我知道了，一切都晚了，心里有一种突然被母亲抛弃的孤独感。长大了，我才知道，只有把我放在外婆家，母亲肩上的担子才会轻些，因为母亲还要照顾好我的弟弟和妹妹。

我从舅舅家房屋西面的巷口，独自跑到屋后，面朝我家的方向号啕大哭。哭累了，就呆呆地遥望那天际落日的余晖；呆呆地遥望那白雪皑皑的原野；呆呆地遥望那弯曲悠远的通向我家的土路。我知道，路的尽头，就是我的家。我多么期盼舅舅能够尽快送我回家啊！可舅舅一次次地把我拽了回去。舅舅劝我吃饭，劝我不要想家。

母亲回家了，我特别依恋舅舅。

晚上，我睡在舅舅的怀里，舅舅把我这边的被子裹得严严的，舅舅弯起腿，为我营造了一个温暖的小世界，我在舅舅的被窝里，高兴地爬出爬进，十分快活。在我忘形的时候，屁股上冷不丁会遭到外婆的掌击。无论我怎样调皮，舅舅可从不打我。

舅舅帮生产队里喂牛，在铡草料的时候，偶尔可以捡到一些豆粒，舅舅聚在口袋里带回来，放在锅底下的火灰中烧熟，再一粒一粒送到我的嘴里。豆粒的余香，至今储存在我的记忆里。

舅舅家门前有条大沟。冬天，水面上结满冰冻，鸭子老鹅走在上面小心翼翼却腿脚打颤。我和同伴们捞起冻块沿着冰面刃去，冻块飞奔而去碰触鹅鸭们的腿脚，将它们击倒在冰面上。鹅鸭们冻僵的脚蹼乱蹬一气，却很难再站立起来。我们看着鹅鸭们滑稽笨拙的样子，感觉十分可笑。一天，我无意中冲断了邻家的鹅腿，是舅舅帮我解围才算有个了断，否则，我又要领教外婆巴掌的厉害了。

舅舅五十几岁时，不幸感染了肺结核，要是现在也不算什么大病，补充营养，打一个月链霉素点滴就痊愈了。但在当时，只要你患上肺结核是必死无疑的，除非你有条件买到进口药，这对于一个农民家庭来说不是比登天还难？在那个年代，高干才能买到进口药。

舅舅油灯一样，就要干枯了，临死时，提出要看看我们兄妹。是我父亲带我们去的，天很冷，赶到舅舅家时，舅舅已经躺在地铺上很难说话了。舅舅脸色蜡黄，嗷嗷发不出话来，连抬头的力气都没有了。我很害怕，母亲把我拽到舅舅铺前，让舅舅看了一眼，我就跑掉了。这哪是我的舅舅？我哭着闹着要回家，后来父亲把我带回了家。这是我最后一次见到舅舅。

母亲常常思念她的哥哥，我常常想起我的舅舅，母亲流泪，我也很难过。

如今，假如舅舅仍然健在，已是八十几岁的老人了。

洪泽湖，依旧那样风姿绰约，依旧那样年轻而富有活力。是湿地养活了我的舅舅和我的母亲，是洪泽湖滋养了我们一代又一代人。

湿地归来，愈加思念我的舅舅，愈加思念我的母亲。

我和弟弟曾打算，沿着当年舅舅和我母亲走过的路，步行到外婆的村庄，再步行到羊毛嘴湿地，用我们的身心来感受舅舅和我母亲经历过的不易、艰辛和苦难。以此，怀念我的舅舅，怀念我的母亲。

表　哥

　　表哥患了胃癌，追随早他而逝的儿子走了，带着对他年仅九岁的孙子的眷恋，带着对他辛勤劳作的农田的眷恋，带着他对人世间的眷恋。

　　表哥走在初秋，也走在他自己人生的初秋，表哥走时 53 岁。

　　表哥是我母亲唯一的侄子，很小就失去了母亲。在表哥还未成人的时候，我的舅舅也去世了。表哥是跟着我的外婆长大的。表哥成家后不久，我的外婆去世了，所以，我的母亲是表哥长辈中最亲的人。

　　表哥比我大十几岁，上高中时常到我家来。母亲对她娘家这个唯一继承香火的侄子也倍加疼爱。记得，表哥的学习成绩非常出色，那个年代，农家的孩子成绩再好也没有用，上大学要靠推荐才行的。尽管如此，母亲常常交代我们像表哥那样，好好读书，拿出像样的成绩来。

　　表哥成家后，很少来我家，一般只在春节过后。按照农村的风俗，表哥要过来带我母亲回娘家，尽管我母亲几乎不会回去，但无论刮风下雨，表哥总要过来，从不短礼。

　　记得，表哥年少时，经常跟着我舅舅，来我家带我们去他家过几天。路上，表哥扛过我，背过我，打过我，也骂过我。表哥教我打水漂，带我捉蚱蜢，也说他学校里的新鲜事。表哥把皇帝叫作"朝廷"，给我讲神话故事。我从表哥嘴里知道什么叫金口玉言，点石成金。表哥的知识面很宽，学习成绩超好。如果赶上高考，表哥一定比我强十倍。

　　我工作之后，和表哥来往的机会就很少了。只是偶尔接到表哥的电话，大多是表哥的庄邻遇到一些麻烦事儿，向我咨询一下。表哥很自觉，也很理解我，从不强求我做什么为难的事情。虽然表哥家里不是很宽裕，但表哥从不向我们伸手。在农村，表哥属于人穷志不短的那类人。

母亲在世的时候，我时常从母亲那里听到表哥的消息。母亲去世后，我和表哥的来往就更少了。

两年前，我请朋友吃饭，在饭店门口正好遇到表哥。表哥看到我显得很惊喜，我能感觉到，表哥在这个人来车往的城市里，能遇到自己的熟人，已经不容易了，更何况是自己的表弟呢？我问表哥有什么事情，表哥说自己在外地打工，现在年龄大了，在外诸多不便，现在家里农活不多，想来城里打个短工，赚点零花钱。

我让表哥和我进去一起吃饭，表哥马上显得局促不安，无论如何也不肯。我知道表哥很有自尊，绝对不会跟我进去吃饭的，也许表哥生来就不适合这样的场合。表哥推辞说，晚上还要赶回家，家里还有些农活要赶着做。表哥跟我告辞，匆匆消失在熙熙攘攘的人群里。

表哥头发已经花白，走路也不再硬朗，人也消瘦了许多。表哥再也没有年轻时的朝气了。在我的记忆里，表哥曾是一个聪敏而上进的少年。

我的心里，一半是浓浓的亲情，一半是必须的应酬。我真想找个小饭店，要两杯薄酒，炒两碟素菜，自由自在地和表哥吃顿饭，好好聊聊，我们聊童年，我们聊长辈，我们聊孩子，我们聊表哥感兴趣的收成，我们聊共同感兴趣的神话，好吗？但为了生存，我们都身不由己，都在努力顺应各自的角色。

我们兄弟之间，心里竟这样隔膜，因为这件事，我难过了好长时间。

尽管这个城市里矗立着一座又一座高楼大厦，却没有表哥的立足之地。我常想，人活着也真的很无奈。表哥该是一个有知识、有文化的农民，他用尽一生的辛劳试图改变自己的命运，可他的命运也没有什么改变。

表哥病重的时候，我和二哥去看过两次。

第一次去，表哥还能走，一般流食还能吃下去，只是人消瘦了许多，脸色灰黄，仿佛一阵风就能把他刮倒。看得出来，表哥自己还是抱着很大生存希望的，表哥硬撑着身体帮助表嫂干些力所能及的农活，表哥家有二十几亩的农田，指望表嫂一个人也实在太难了。

表哥和我们都希望在他的身上能够出现奇迹和例外。我们劝他想开点，不要想得太多。临走时，表嫂拿出一个药盒子，问我城里是否还能买到这样的药。我仔细看了一下，典型的三无产品，粗制滥造，是明显的假货。我问表嫂多少钱一盒，表嫂说五六百元。我和二哥都劝他们不要乱买这些药。但我又害怕表哥失望，我答应回来上网查一下。

第二次去看望表哥，表哥已经躺倒了，永远也不能站起来了，就像夕阳西下羸病残卧的老牛。可是，表哥的头脑一点也没有糊涂，表哥还是惦记着他的农田，惦记着他的孙子，惦记着他家今后的生计。

临走时，表哥突然问我是否帮他上网查到了他那盒治疗癌症的"特效药"。我一时哑然，竟不知如何回答。

我不知怎样回答表哥，我难道可以直言那是骗子的假药？我难道忍心断绝表哥一线求生的希望？我只好承担自己的失职，独自承受表哥内心对我的责备了。

表哥来到这个世界，生活在社会的最底层，表哥所经受的苦难和屈辱还少么？想不到，表哥在即将离开这个人世间的时候，还要继续为这个世界里的骗子贡献最后的血汗钱！

我不得不承认，自己是个没有责任心的人。

我知道，和表哥见面已经没有下回了。假借接电话的时机，我出门离别了表哥。我不忍看到表哥那求生的眼神，我不忍看到表哥因我道别而伤怀。

我没有去表哥的丧礼。许多送别亲人的场面，我都选择了逃避，我真的难以忍受送别亲人的心痛。

表哥，就像路边的小草，没有一点所谓惊天动地的壮举，没有给这个世界留下太多的印记，但表哥却是用他坚实的双脚，一步一步地走完了自己的人生。表哥的生命中，有他自己的信念；有他自己的坚毅；有他自己的尊严。这，也许就是农民的本色吧。

表哥，你安息吧！离开这个世界，你就没有了苦难；离开这个世界，你就不再需要操劳了。表哥，你安息吧！但愿在属于你自己的世界里，无忧无虑，幸福安康！

殷红的西红柿

我们庄上三四十户人家，门前大多勉强扎个小菜园子，菜园里种的几乎都是青菜、豆角、辣椒、土豆，没有一样能当水果生吃的。菜园的栅栏一般都是秫秸、葵杆扎成。庄东庄西只有两家园子很不一般——东头的喜华家和庄西的五保户学志爷爷家。

喜华爹因为疝气不能干重活，在家种园，他家地头小沟挖深深的，一年四季不断水，随时汲取。喜华爹擅长种香瓜，传说十米开外就能断出生熟。喜华爹整天在园子里扭来跳去，害怕失脚踩着瓜纽枝藤。香瓜上市时，喜华爹摸摸这瓜拍拍那瓜就是舍不得下手，比闺女出嫁还要心疼。我们远远地看，比馋猫还要馋。

庄子的西头是一条自北向南的小河，小河悠悠长长，清澈见底，只在发水时洪水才没日没夜地奔咆着。小河是村民们淘米、洗衣、饮牛、泼菜、居家过日子的主要水源。学志爷爷老两口年龄太大，不方便到生产队里干农活，菜园子得天独厚地紧挨小河，恰好因地制宜种园子。学志爷爷以种西红柿见长，老人家经手打理过的西红柿，不仅产量可以翻几番，而且果子又红又大，就像暗地里抹了催红素和膨大剂一样。

两家园子一东一西，争奇斗艳，物产丰富，不仅盛产西红柿、香瓜，还兼带黄瓜、茄子。园子的栅栏规格，也明显高于普通人家——基本都是粗硬的葵杆甚至带刺的枣枝扎成。栅栏坚固高爽，一来可以防范家禽家畜，更主要是防范孩子们偷盗瓜果。

学志爷爷的菜园子，紧靠他家门口，菜园南边的马路是我们每天上学的必经之地。每次路过，我都忍不住往园子里瞅瞅：黄瓜结纽了吗？香瓜开花了没？这些看似与我们无关却与我们相关，都是我们关注的焦点。我们越是关注，学志爷爷就越是紧张，越是紧张就越是生气。有时，学志奶奶见附近没有大人，就挥着手杖赶鸡撵狗地咒骂我们。趁着人多势众，趁着老太太不注意，我们也会忍不住往菜园里回敬几个砂礓石块，抽身便跑。人单势孤时，禁不住打怵，强壮胆子溜溜啾啾往前走，待快要经过时，撒腿就跑，就像做了什么亏心事似的，害怕学志奶奶闷唰给我们一棍。

我们几乎成了学志奶奶的眼中钉，不来由地，我们就和学志爷爷、学志奶奶敌对起来了。

收获时节，学志爷爷站在园子里，挑来拣去，精心地摘下瓜果，装在精致的菜篮子里，挑到集市上兜卖。学志爷爷肩上柔韧的竹扁担吱呀作响，篮子里的西红柿、紫茄子水灵灵地诱人，学志奶奶尽心尽职地坐在园子门口，寸步不离。为了发泄心中的不满，我们趁学志爷爷到河边挑水泼菜的时间，摘下枣树针子，尖头朝上插在学志爷爷必经之路的裂缝里。学志爷爷眼睛不好，每次我们都希望他能哎哟一声放下水桶，蹲下身来拔除脚心的树针，可我们每次都很失望——学志爷爷的脚掌皮太厚了。学志奶奶发现了我们的小九九，阴沉着脸，恨不得一口吃了我们，老人家用最解气的语言来咒骂我们，但又怕我们的父母听了伤和气，只好把声音压得低低的。学志奶奶没有正眼瞧我们，两眼一瞅一瞥的样子，很是让人害怕。

夏天的午后，我们顺着栅栏边上捏蜻蜓，骤然发现学志爷爷家的园子里，红了好多西红柿。吃过晚饭，我在弟弟和侄儿广兵面前提及此事。弟弟吸溜着口水心动地说，偷又偷不到。我趁热打铁鼓动说，我已经看过了，从马路边上翻进他家的玉米地里，顺着墒沟往北爬，然后扒开他家园子南栅栏就能摘到西红柿了。弟弟眼睛一亮说，是吗？忽而又暗淡地疑问道，学志爷爷哪天不是看得紧紧的？我说，他们在门口看不见南面的呀！弟弟动心了，可还是不敢行动，我担心弟弟泄气，说，我给你们望风，广兵和你一起去，行了吧？广兵口水早就忍不住了，说："好！我跟你一起去。"弟弟和广兵趁着夜色，乘着星光，小心翼翼地翻过了栅栏，跳进园子南面的玉米地里……估计一切顺利了吧？不多会，就听弟弟哎哟一声，紧跟着，传来学志爷爷和学志奶奶高声的咒骂：小短命鬼……哪家小焦尾巴？我吓得撒腿就跑，到了家里也不敢大气，偷偷摸摸爬上床，躺下了。不多会，弟弟也悄然而归，轻手轻脚地爬上床，拽过被子在我的脚头躺下。老半天，弟弟样准了，对我屁股上狠狠踹了一脚。心虚还是怎的？我也没敢还他一脚。我把头蒙在单被里，稀里糊涂做了一夜梦，害怕学志奶奶拄着拐棍找上门来。第二天，侄儿广兵早早摸到我们的床边地来：小叔的手刚沾到西红柿，学志爷爷的拐棍啪嗒一下，不偏不倚砸到小叔的头顶上……我俩爬起就跑。我和广兵一起扒看弟弟的头顶，真是的，弟弟头顶上，西红柿纽大的一个包块，都渗血啦，殷红殷红的，而且包块上的毛发好像也掉了，明晃晃的头皮。二哥得意说，没有那弯肚子，就不要吃那弯镰刀。我问二哥，弟弟包疙瘩上毛怎会少呢？二哥神秘兮兮地说，你不知道啦，学志爷爷的拐棍头上是戴树针的，在接触头皮的一刹那，学志爷爷手腕一抖，就把头毛给拧掉了。弟弟感觉塌面子，一言不发，愤愤地瞅着我，满肚子怨恨。

秋天就要到了，月亮也明朗起来，眼看一年都吃不到西红柿了，我们也没觉得少些什么，逮鱼摸虾捉迷藏，洗澡惹狗撵鸭子，照样快乐。不过，吃永远都是我们交流的主题。弟弟总是抱怨学志爷爷家的西红柿怎样难吃，广兵时常炫耀在外婆家怎样敞开胃口大吃香瓜。

月亮就要升起来了。正是农家开饭的时间，喜华爹罗圈着腿，趔趔趄趄提来半篮头香瓜到我家说，他婶婶在家吗？我母亲赶紧让板凳。喜华爹气喘吁吁地：不坐了，香瓜就要败园了，我挨家送一点，给孩子们尝尝。母亲感激不尽，连说，他三大叔，留着提上街卖钱嗨？您身体又不好，烟火油盐全指望那点园子。喜华爹长喘一口气说，明年园子我就不种了，精力也不足了，白天黑夜看园，伤神！这不，我好不容易选个大黄瓜留明年做种的，白天我不敢离人，饭都捞不到吃，晚上凉床放在瓜秧上睡，看看！到底被你家二子给扛走了！立马，父亲眼珠都快瞪出来了，判官似的。二哥嘴里的饭刚咽到嗓门眼：我没偷！喜华爹咳嗽两声，笑了：还狡辩？满庄孩子，谁能干这事还能瞒掉我？整天走来跑去，瞅着我那条瓜种，当我没有数？小孩子，尾巴没翘，我就知道拉什么屎啦！喜华爹话没落音，二哥饭碗嘭咚一声丢下，撒腿跑出家门……母亲的捶衣棒刚好拿到手上。正说着，广兵咔嚓咔嚓地啃着香瓜，欢龙样地闯进门来，差点跟二哥撞个满怀，一看喜华爹在，扭头跑掉了。估计，喜华爹先到他家去过了。不多会儿，学志奶奶拄着拐杖挪着小脚也来了，气吁吁的：他婶子，送点西红柿给你家小鬼郎子尝尝，一庄孩子都有份，我们老公俩年龄大了，实在劳不了，慢慢眼，园栅栏就被这些小鬼扒坏了，栅栏一坏，小鸡小羊跟手就滚进来，专吃菜心……

从此，学志爷爷家喜华爹家的菜园子泯然于众，里面再也没有一样值得我们稀罕的东西了，学志奶奶的眼神再也没有那么多的仇视，老人家乖乖小肉挂嘴边上，和我奶奶一样慈祥。

学志爷爷手头上的零钱也不活泛了，喜华爹饭桌上香味诱人的油煎糊塌饼，也吃不上了。公社李委员竖起大拇指夸奖我们说：资本主义的尾巴被你们几个小鬼给割断了。

（2019 年 3 月 "花开文学网"）

记得那年防震时

迹　象

1976 年注定是个多事之年。这一年，敬爱的周总理不幸逝世，唐山发生特级大地震。这年，我九岁，弟弟六岁。

广播里传来总理逝世的那天早上，天气阴沉，白雾徘徊，树枝上的冰凌纷纷下落。我母亲说，天妈咩，总理去世了，今后的日子怎么过啊！中午，报纸送到了。我父亲有气无力地坐在屋檐下，手捧报纸看了一遍又一遍，六神无主，唉声叹气。大娘识字不多，连说，他二叔你读嗨？父亲心烦意乱地说，总理去世了。大娘问，莫不是人家造谣？说什么我也不信总理逝世。父亲把报纸上经过放大的戴着黑框的照片递给大娘看看。大娘仍然不相信说，我就是不信呢。

紧接着，大队组织群众在学校开追悼会。广播里，哀乐低回，举国上下，各界群众都沉浸在无比的悲痛之中。大队组织的追悼会上，庄严肃穆，群众臂戴黑纱，心情沉痛。书记我小叔由于劳累和悲伤，报纸上的悼词读到一半就读不下去了，当场晕倒，别人扶着，走出了会场。

不几天，我奶奶也不幸去世。我大伯几百里路骑着自行车赶了回来。我姑姑前脚还没抹过墙角呢，哭声就到了：亲妈妈，你怎不等我的？我母亲劝说道，他大姑，该尽的孝都尽过了，做子女的问心无愧就行了，世上还有比你更孝顺的吗？姑姑也不搭话。亲戚朋友都来了。我母亲鼻涕眼泪一大把，哭过喊过，眼泪一抹，安慰说：都七十六岁了，也能死着了，喜丧。

一天早上，我大娘跑到我家门口说，他二娘，不得了啦，你听小黄雀怎么叫的？我母亲被大娘拽着，跑到芦苇地边上，耳朵支棱着，就听小鸟叫道：天掉地上去了，天掉地上去了。我大娘说，我不是侃空的吧？我母亲慌得不能行，连说，这怎么弄呢？总理走了，天塌下来了，今后日子还怎么过啊？

　　这年夏天，突然传来唐山大地震的消息。全国各地人心惶惶，谣传遍地。

　　大娘说，北乡我娘家那头一个小孩在路边割草，就有一条狼偷偷跑到他背后，一口咬住脖颈，转身往大黍地拖，恰好被大人看见了，拿叉带锨撵，好不容易给狼撵跑了，小孩丢了下来，一捂鼻子，哪还有气啊？大娘讲得有鼻子有眼的，我们越发害怕，但又不得不下地割草。

　　母亲交代说，不要单溜，小孩跟小孩，到哪都一阵子。有时，我们正在割草，突然就有人喊，狼来了。大家背起粪箕，四散而逃，屁颠屁颠，草撒一路，回头才发现是恶作剧。

功名哥

　　父亲做生产队会计，也兼职地震宣传员，到公社专门接受了培训。父亲对照内部文件，郑重其事地宣传说，我们正处在郯庐断裂带上，大家平时要多留心鸡鹅鸭子，包括猫狗老鼠，一旦出现异常现象，要及时向组织报告。

　　西庄功名哥家庭成分偏高，带有立功赎罪的心态和故意讨好的意思，犹豫着提问说：我表叔，什么叫郯庐断裂带？我父亲误以为功名哥故意在出他洋相，支吾半天，没好气地反问道：你连这都不懂？有本事你到公社问，我宣传，你只当耳旁风，早看出你不想跟领导保持一致了，你这时候公然跳出来跟人民为敌，简直就是痴心妄想！想让人民吃二遍苦，受二茬罪，是坚决不可能的！父亲大义凛然，义正词严。功名哥一看马屁拍反了，问题已经升格到了政治高度，只好不懂装懂，连三点头说，好的好的，我表叔，我表叔，我听你的呢。

　　有天夜里，功名哥气吁吁地跑到我家报告说，我表叔，我家门口小沟里漂一层气泡呢，我父亲赶紧起身跟他过去察看，一路上又加入了不少干部群众。小沟里确实不少泡沫，但水面平静，水温适度。我父亲当场以专家的口吻给予了否定。有所为才有所位。这段时间，我父亲的威信陡增，全村男女老少对我父亲都比以前尊敬和客气了许多。

紧接着，功名哥立功心切，惊惊乍乍地，又来报告了几次反常情况。一个人革命的精力和耐心是有限度的，我父亲的积极性和警惕性也被折腾得差不多了，警告说："功名啊！造谣生事可是犯法的，公社不知强调多少次了，公安胡特派那边就缺这方面典型啊。"功名哥从此再也没有发现什么反常迹象。

防震指挥部设在我小叔家。小叔几乎进入一级战备状态，整天趴在话筒跟前，不是拍拍就是摸摸，随时准备发号施令。我小叔即使自己蒙头睡觉，也绝不让别人松懈片刻。

小叔家堂屋宝书台的后墙上，沉实实地挂着四节挂面筒样的干电池。阶级斗争的动向是必须牢牢把握的，小叔呜呜响地摇通了电话：喂！胡特派吗？有空开三轮来我这转转，最近可能有阶级敌人刻意造谣，给组织上添麻烦，唱对台戏啊。电话那头，胡特派爽快地答应道：好的好的，等天把过去，有什么新情况吗？好的好的，不过老许啊，丑话说在前头，小公鸡就不要多杀了，注意影响嘛！

功名哥至此安分守己，积极性再高，也不敢轻举妄动了。

过了好久，胡特派还是没有过来，估计把事情忙忘了。我小叔语重心长地说："功名啊，你上天冲撞领导跟组织对抗的事，我按人民内部矛盾给你消化了，严格来讲，这都是违反原则的，你可要安心搞好生产，虚心接受改造啊，阶级敌人妄图变天复辟，搞破坏活动，是不可能得逞的。"功名哥感激涕零，简直就要下跪了，恨不得现在就钻床底，把小叔家的尿壶端倒了。

防震棚

晚上，家家户户跟准备跑反一样，全部都在门口或社场上睡觉。

我小叔在大喇叭里传达上级指示：防震工作必须坚持长期作战，家家都要搭建防震棚子，男女老少一律在棚子里过夜。

所谓防震棚子，就是先用木棍搭起框架，再用秫秸立起来，一头埋在地上形成围墙，顶棚用塑料布或麦草缮盖一下就成了。一家老少几代人钻在棚子里，毕竟不太方便。小孩子可就高兴了，比搬进新家还兴奋。

学校的课堂上，语文老师主动突出了英雄刘文学、刘学保誓死保卫人民财产的教育意义，煞有介事地教育我们提高警惕，严防阶级敌人的破坏活动。我们深受感动，巴不得隐藏起来的阶级敌人现在就来投毒破坏，好把他们斩草除根，彻底消灭。就是立马跟敌人同归于尽，都嫌迟了。

家家户户准备了一些冬瓜、南瓜放在床底，水缸里倒满了水。听说，发生地震时，河里的水井里的水都是有毒的。

晚上，母亲有时叫我们到堂屋里拿东西，但谁都不愿意去，害怕这时突然发生地震，跑不掉。大白天，每次进屋都会感觉后墙上的伟人像，随时可能大喝一声：地震来啦！一次，弟弟端着饭碗进堂屋，我大喊一声：地震来啦！弟弟转脸往外跑，扑通一声绊倒在门槛上，小木碗滚出门外老远，人趴在门槛上起不来，老半天才知道连滚带爬往外跑。

天气转凉了。防震棚子逐渐抵御不了寒风的袭击，胆子大的人家也借口各种理由，慢慢搬进屋子里。生活渐渐转入了平静。"少年不识愁滋味"，小孩子们就知道图热闹，还巴不得来一场地震，闹腾闹腾呢。

人都有疲劳的时候，小叔的指挥部连我小婶也指挥不动了。

（2019 年 7 月 26 日 "洪城美文" 公众号）

农家孩子的嘴头食

一

在贫困的年代，小孩子是永远吃不饱的动物。我们庄上有几棵果树，到现在，我闭着眼睛都能数得过来。

小葱家住我家西边隔两家，在庄子前排中间位置，地基最高，即使下大雨也能迅速排去，门前从来没有烂泥。他家除了宽敞的堂屋，还有对面厢房，拉上墙头形成院子——庭院深深。堂屋门到院门，用侧立的灰砖铺设成笔直的砖路，我们这里叫砖场，砖场中间呈弧状隆起，边口再用灰砖镶嵌，非常精致。从他家院门向里望，整个院落既讲究又严谨，甚至有点壮观。我工作后，到紫禁城旅游，立刻联想到他家的院子，那是我小时候见过的最好的农家院落了。他家祖上很有钱，经过一代一代的累积和沉淀，逐步形成良好的家风，生活习惯、行为举止、为人处世明显有别于普通人家。按当时的标准评定，他家成分肯定不会太好，但全庄人继续沿袭以往的观念，从心底仰视他家。小葱爷爷是我们庄上德高望重的老长辈。老人家虽然年龄大了，不能干重活，但人很勤快，整天在家抹抹扫扫，家里家外因此十分整洁。尤其引起小孩重视的，是他家院门外边一左一右各有一棵盆口粗的大梨树，这在农村是十分罕见的。

沾衣欲湿杏花雨，吹面不寒杨柳风。春天来了，小孩子们卸下背了一个冬天的棉铠棉甲，精神倍增，活力四射。小葱家门口的两棵梨树，一夜之间白花带露，娇艳欲滴，花儿引来了嗡嗡的蜜蜂，也磁铁一样吸引着我们的眼球。一场雨过，梨花凋谢，豌豆大的梨籽隐约可见，又是一场春雨后，梨子如葡萄般大了。不知不觉夏天到了，梨子有鸡蛋那么大了。缺少诗意的农家子弟太过务实，只重视结果，跟多愁善感的文人墨客恰好相反。

母亲经常让我去小葱家借水桶。

他家人比较仔细，水桶一般都是口朝下靠在背阴的墙根下。可能是房屋太好，环境太过整洁，进他家院门我感觉心虚，感觉拘束，我巴不得提起水桶就往门外跑。儿童的专注力，有时只有三秒。出了院门就是另一种情境，我被他家梨树上的梨子深深地吸引住了，似乎他家梨子长势如何，我比他家人还关心，眼睛滴溜溜地盯着树上。小孩子的心思自以为隐蔽，其实根本逃不过大人的法眼。偏离主题的眼神，太过专注，小葱爷爷咳嗽一声。声音虽然不大，于我来说却犹晴天霹雳，立马让我回归现实。

机会终于来了，也是量变到质变的一天，我去他家还桶，见他家院门敞开，院里院外一个人影也没有，我轻手轻脚地放下水桶，像电影里的侦察员一样，迅速扫视一圈，确信无人后果断决策，以迅雷不及掩耳之势蹿出门外，一个漂亮的纵身攀上树杈，连柄带叶揪了一个下来。恰在此刻，小葱爷爷一声断喝，神兵天降一般举着拐棍，挡住我的去路。

虽非恩将仇报，却也很不地道，如何面对德高望重的长者？借人家的桶还偷人家的梨，真是不图下回了。母亲再逼我去他家借水桶，怎么我也不去了——实在拉不下面子。如果当时有监控，人家肯定会认为我练过，否则不可能有这般身手，其实人的潜能是巨大的，关键是能否激发。魔高一尺，道高一丈。我也在怀疑，老爷子该不会是刻意来个欲擒故纵吧？

全庄小孩，"心怀不轨"的不只我一个。小葱爷爷手里抱着拐棍，一天接近二十四小时值守。梨子不值钱，关键是一口气。俗话说，人老如顽童。你越想偷，他看得越紧，两下就跟暗自较劲似的。小葱爷爷赢了。到现在我们也不知他家梨子品质如何，是酸的还是甜的。

老爷子神仙一般鹤发银须，八十六岁，无疾而终。小葱妈妈也没有那精力接手了，无奈道：老爷子在世时，一错眼，树上几个梨疙瘩就进这些小孩肚子里去了。不知不觉，梨树消失了。如有画家，以老人家看梨为题材，画出画来，肯定是一幅绝美的乡村名画。

二

成华家住我家直后边，抹过我家东巷口就到他家门口了。他家院门外，一左一右两棵枣树，院子里有棵更大的枣树，根底足有二盆口粗，三棵树年年硕果累累。成华老父亲是个沉得住气的人，不声不响，很有长者风度。老人家夏天穿着大褂，冬天披着棉袍，整天就在他家门楼底下坐着。

春天的枣树不像梨树，发芽迟开花迟。我们都替它着急，害怕它们今年说好了不再发芽，让我们没有枣子吃。迟归迟，该来还是要来的，枣树发芽和开花似乎故意赶在同一时间，淡绿色的枣花圆圆的，单个雪花那么大，纷纷扬扬，潇潇而下，正所谓乱花渐欲迷人眼。走买过去，忙碌的农人眼睛都睁不开，小孩子好奇，抬头往树上看，细碎的枣花恰好打着眼皮，算不上疼，痒痒的。

一场雷雨，地上落满瘪枣，细细长长，不酸不甜，捡起来可以吃。老人看了制止说，会消化不良的！其实，那个年龄那样嘴馋的孩子，有消化的就不错了，哪有消化不良的道理？就是铁做的枣子，也能给它消化掉。风风雨雨，又是几个毒日头，树上的枣子终于耐不住寂寞了，朝阳的半边开始红了，越往上越红，似乎故意给采摘的人类增加难度，从而显得自己尊贵。大大小小的枝杈就像临产的孕妇一样难以支撑。满庄的孩子们再也耐不住性子了，一个个跃跃欲试。成华父亲成了财富外露的财主，压力山大，吃饭上厕所的空子都没有了。神仙也有打盹的时候，成华父亲稍稍离步，小孩子们就用准备好的砂礓坷头，直冲树冠。一时间，砂礓坷头连珠炮一样穿过枣树茂密的枝叶。随着沙沙声响，枣叶随风飘落，枣子瓢撒一般落到地上，欢蹦乱跳。小孩子们迫不及待地追着捡拾，慌慌张张地装进口袋。砂礓坷头碰到树杈弹回地上，甚至落到他家院子里。成华母亲听到声响，吓得要命，唉呀一声追出门来。小孩子们四散奔逃。不一会儿，另一帮孩子转悠到树底，坐享其成，心安理得地清扫战场。跑掉的一拨孩子，一口袋砂礓坷头换来满口袋油亮的红枣，收获不小。其实，成华父亲也就是在门口而已，只是小孩子心虚，误认为人家是在看，枣子没成熟糟蹋了可惜。枣子熟透了，成华母亲也没少给庄上的小孩吃。

吃枣子是有讲究的，先吃最小的最不甜的，最后吃大的红的甜的。成华家的枣子个个都甜，全庄大大小小的孩子，没有没吃过他家枣子的。我高中毕业，回来发现他家枣树没了，心里感觉挺失落的。

学志爷爷家住庄西头，靠近小河东岸，门口大马路离他家有五六十米远，紧贴马路北边是自留地，再往北是他家和明强哥家连起来的菜园子，菜园子篱笆扎得老高，小孩子根本爬不过去，我们到他家门口转悠，还真不好意思说是路过。靠山吃山，靠水吃水。学志爷爷没有亲生儿女，眼神不好，老两口过日子，经济来源全靠他家门口的菜园子，紧靠门口的三棵大枣树也是经济来源的重要组成部分。他家没有院子，没有厢房，就连烧饭的草锅都是趴地灶，不像普通人家的锅灶上下两层：锅在上头，灰在底下，火在中间。人家的烟囱在屋顶，他家的烟囱从半山墙上伸出来，把墙都燎糊了，我们多少有点少见多怪。他家的枣子又红又大，比成华家的枣树品种还要优质。吃到他家的枣子难度就大了，没有勇敢的精神和智慧是不可能的。枣子成熟了，学志爷爷仔仔细细地敲下来，拿到街上去卖点零钱用。

学志爷爷和学志奶奶都有拐棍，粗细适中，长短趁手，老两口坐在门口板凳上，轮流值班，真可谓一夫当关，万无一失。

收获的季节到了。一天，学志爷爷拿着小木棍，踩着长凳子仰面朝天，聚精会神地打枣子。板凳一头的筷篮里装满了枣子，枣子聚到一块，相互反光，更加油亮，就跟红油缸里刚提上来似的。收获的心情无比喜悦。学志爷爷家打枣子的消息不胫而走，没人请没人叫，不知不觉我们都到场了，世间真的存在心有灵犀么？开始时，我们远远地站着看着，不知不觉慢慢往前挤了。偶尔有崩到脚面前的枣子，立马捡起来，非常庆幸地装进口袋里。慢慢地，观看的姿势不规范了，有人开始躲在东边文斌家院门口的墙根下偷偷看了，再慢慢地，大家安分不下去了，不知不觉摆出一副馋猫蓄势、择机前扑的架势了。凡事都要有个出头的。关键时刻，侄儿广兵轻手轻脚地跑上前去，老滋老味地从篮子里捧了一捧跑回来。万事开头难，开了头就好办了。大家一拥而上，每人捧了一捧。还有做鬼害不死人的，跑到凳子跟前不敢伸手，又折回头来看的。也不知哪个倒霉蛋，哗啦一声，给学志爷爷的篮子碰翻了，枣子撒了一地。啊?!动抢了?学志爷爷终于从劳动中惊醒过来,举着拐杖满庄追打我们。偷和没偷都说不清了,大家四散而逃。红红的枣子,滴啦撒了半个村庄。

平时,学志爷爷的骂,我们是害怕的,但招惹学志爷爷的骂,内心里又是很享受的。小孩子就是喜欢恶作剧,在不断寻求的刺激中释放自己的破坏欲。在被打被骂中成长,心理才是健全的,蜜罐里的孩子大多是玻璃心。弟弟和广兵偷摘学志爷爷家的西红柿,二哥偷喜华家香瓜的事,已经在《殷红的西红柿》里写过了,这里不再重复。

明强哥在公社上班,他家屋后有两棵青皮树,叶子很大,树干笔直,和主人一样在农村是很洋气的。明强哥家的小院里种过几棵葡萄,架在门楼下边,只见葡萄青没见葡萄熟,没长熟就被他家小孩吃掉了,我们只有去他家借东西才能偷看几眼。他家要么院门关着,要么家里有人。

三

俗话说,偷瓜不算贼,逮到一顿搐。意思是瓜瓠梨枣是小孩子的嘴头食,即便偷了也跟道德品质沾不上边,打一顿教训教训是可以的。

生产队把看护青苗叫看青,一般选派大家公认的认真负责的老年人最合适。一是老年人不能干重活,二是老年人比较认真负责。我祖父看青是最负责任的,看瓜就更不要说了,尤其是对自家人更是不讲情面。当时,我们很不理解,对自家人怎么比对外边人还狠的呢?现在想想也是情有可原,值得理解:老人家年龄大了,又不能干重活,不认真负责,怎能赢得大家公认?

看瓜至少两个人,二十四小时轮流值班。偷瓜靠单打独斗是成不了气候的,有组织、有分工、有计划,才会有收获。

生产队先后选过三块瓜地。一块是在水库旁边的土老门,三面环水,地是生产队长家辉哥亲自选定的:只要守住东边的陆路,就万无一失了。但实践证明这是错误的。夏天,我们在水库西边的田地里割草,草割得差不多了,任务基本完成人也就轻松了,闲来无事干吗呢?偷瓜呗。派两个人在水库大堤上望着，看瓜的人如果在水边转悠就按兵不动，如果在东边庵棚子里就立马跳进水库，游泳过去摘瓜，看瓜人刚刚追出庵棚，赶紧跳进水库游泳返回。胜利果实人人有份，大家分着吃。看瓜老人多不擅长游泳，只能站在水边骂一会儿了事，骂久了，担心队长听到抱怨他们无能，说不准明年就要轮岗换人了呢，得不偿失，牙打掉了往肚里咽吧。白天还好，夜里就更难了，水陆并进，防不胜防，顾此失彼，腹背受敌。看瓜老头夜晚休息不好，白天精神不足，唉！干哪行都有哪行的难呐。

我六爷爷民国时做过乡长，据说，年轻时出生入死，危难之时显身手，从日本人的炮楼上跳了下来，才脱离险境。一个正科级干部，乡镇都能管好，一块瓜地看不住吗？年龄大了，稍微活动活动就咳嗽唠喘，六爷爷看瓜，不少人是不看好的。六爷爷要为自己争口气。六爷爷眼神好，老远就能看清人，老人家虽然追不上打不着，但擅长事后算账。

晚上，正攥吃饭时，六爷爷背着小粪箕到你家门口。全家人都央求六爷爷一起吃。六爷爷坐下，老半天点根烟，不紧不慢：我吃过了。大人问：六叔什么事啊？又是老半天，六爷爷说：唉，不讲了，讲都能给你气死，今天大中午，你家小子带一窝小孩，蹿到瓜地……话没落音，有人紧张起来，饭碗一推准备要跑了。嫌疑人暴露了，案子还要查吗？多余的话就不说了，大人赔礼道歉，小孩子眼泪哗哗，低头认错。有性急的家长，现场就要动粗，六爷爷摆摆手，示意道：不能打，你当我面打孩子，我还能跳住步吗？家长耐住性子。六爷爷说：偷几个瓜无所谓，种瓜就是留给小孩吃的，关键是瓜秧都踩得翻目眨眼的，你看我粪箕头里大大小小的瓜妞子，多可惜啊！六爷爷走后，天下就是家长的了，打不打看你态度。六爷爷这一招特别灵验，既溯及既往，又防患未然，即使找错了人，也让你百口莫辩，你越不承认，父母越说你嘴犟，打得越狠。父母冤枉你，打错你，还能为过吗？由于过分听信六爷爷的指证，家家都有不同程度的冤假错案。平时，看似弱势的父母，越是遇上有外人掺和的事下手越重，以此赢得左邻右舍的佩服。六爷爷说得有根有据、合情合理，各家家长逐步形成共识，对自家小孩严加管束，加上六爷爷瓜地防范有力，一段时间，基本上形成了齐抓共管、标本兼治的良好局面。我祖父更厉害，只要发现有自家孙子参与其中，直接一脚到底，越级动打。小孩子在狗都嫌弃的年龄，改不掉本性，上有政策，下有对策，我们只参与策划，不参与行动，风险反而减少，分配战果时，不会少吃一口。

再好的措施都有不灵的时候，正所谓真理也是有条件的，六爷爷这一套措施，对本庄内部有效，对外庄孩子就不灵验了。不少本庄孩子为了规避风险，跟外庄孩子联合行动了。

种瓜是需要轮作的，生产队第二块瓜地选在北湖底的公墓地西边。瓜地里零星散落着坟墓。队长家辉哥口水都笑出来了：这下看瓜省心了，小孩子晚上不敢来偷瓜，家家再多讲点鬼故事，吓唬吓唬。实践证明，家辉哥的决策也是错误的。

大中午时，烈日当空，我们受到抗战影片的启发，充分利用地形优势，排成纵队，精光赤脚，弯腰撅腚，游龙一样顺着老墓夹挡往瓜地进发。都能听到看瓜老头聊天的声音了，他们却浑然不觉，尤其是听到他们一边吃瓜一边谈论这瓜好吃那瓜酸甜，更激发了我们志在必得的决心和意志，心想：我要能有机会看瓜就好了，想吃就吃，不想吃就不吃。瓜地边界弯弯曲曲，南北一里多长，老从同一个地方攻击效果肯定打折，我们或南或北，或中间或两头，随机出击。晴天不行，就选择下雨天，雨大了对面看不见人，看瓜老头刚钻进瓜棚，我们就蹿了出来，搞得他们咬牙切齿，哀叹不已：瓜地怎想起来选这鬼地方？不是自找麻烦吗，一天到晚，都被这些小孩刺挠死了。

第三块瓜地选在东大地，地势高，周边不种高秆作物，我祖父还搭起了吊脚棚，居高临下，一望无际，这下小孩没有招了吧？智者千虑，必有一失。东边二队的黄麻越来越高了，和我们队的瓜地仅一沟之隔，不仅我们会从黄麻地摸进瓜田，二队小孩比我们还过分。

看瓜和偷瓜是同一个矛盾的两个方面，有偷瓜的肯定会有看瓜的，没有偷瓜的看瓜的不就下岗了吗？相互对立，彼此成就，不要过分就好。有时，小孩偷瓜被发现，看瓜老头不追不狠，和颜悦色道：赶忙走吧，回头人家看到。这样的老人，多有风范哪。

四

菜园边上的熟苦瓜，种子多瓤子甜，也很好吃。何首乌的果实，我们叫大瓢瓢，剥去脆皮，瓤子也可以吃。

黄豆地里的灯笼果、香喇叭、紫端端，都是农家孩子身体成长所需营养的有益补充。有时，跟着大人去湖地里锄地，故意给它们留着，等果实成熟了，再来摘。在我们眼里，它们不在杂草名单的范围内。

灯笼果圆圆的，猫眼大小，外面裹有一层薄薄的包衣，熟透了呈淡黄色半透明状，果实内芝麻粒大的种子看得清清楚楚，吃起来又酸又香，别有风味，现在水果店里有卖的，只是不像自然熟，味道不足。

香喇叭一根藤上结很多，藤叶上有毛，不扎手但让人感觉有点不舒服，果实鹌鹑蛋大，不熟是青色的，味苦，熟透了是淡黄色的，闻起来很香，吃多了烧嘴，火大。

荒草地、坟头上，枸杞最多，果实红红的，十分诱人，摘下来放进嘴里一嚼，淡淡的辣。现在说是大补，当时不知道是好东西，不敢吃。我们都叫它狗奶针子或鬼辣椒子。

紫端端房前屋后，粪坑边上都有，果实豌豆粒大，不熟是青色，熟了是紫色，一根柄上结好多，味道也很好。现在想想，不洗就吃有点不卫生，但当时从来没听说有吃拉肚的。

农家的孩子不娇贵，也娇贵不起。

在野地里放羊割草，看到刚长不大点的桃树、杏树，高兴了不得，小心翼翼地连根挖起，带回来栽在院子里，幻想着它能尽快长大，结出桃子杏子，但很少成功，不是被太阳晒焦了，就是被牛羊给吃了、大人干活给踩了，美好的愿望总是容易破灭。一次又一次，小孩子需要幻想，需要实验，需要探索，需要挫折，需要经历，需要失败。

大集体时，母亲在大田里干活，偶尔带点野果子回来，很让我们激动。我父亲没有这个心，没有带过果子回来，可能父亲做会计，不需要到地里干活，没有这个机会吧！

五

　　包产到户后，家家门口都有菜园，想吃摘就是了，房前屋后的果树早已成了标配，成了风景。这时的瓜瓠梨枣，怎不如以前好吃了呢？大田里的野果子更是没人问津了。吃鱼吃肉，也不如以前香了。是不是多了，就不稀罕了呢？如今的新农村，西瓜基地、大枣基地、黄桃基地，随处可见，优质的农产品随时发往世界各地，农民们央求你：尝尝，尝尝，做个广告！此时，就怕你没肚子盛了。

　　小葱爷爷、学志爷爷、我祖父、我六爷爷、成华父母、我父母，一个一个陆陆续续都走了。乡村也变化了，悠久的农业文明即将被现代城乡文明所取代。社会在进步，时代在发展。故乡的人、故乡的事，储存在我的记忆里，历久弥新。我深深地怀念远去的长者，深深地怀念消逝的故乡。

（2023 年 10 月 20 日 "新锐散文" 公众号）

瞎子张

　　瞎子张一个人住东河埂上，山门小庵两檐到地，为了向地下要高度，室内比门外低一挖叉深。葵花秆扎的笆帘门，一拉关上，再一拉敞开，看上去游刃有余，方便自如。独锅灶离床不远，坐床上手一伸稳住锅台，另一手撑床边，正好方便站起来。做饭时，堆在锅门口的烧草，往床底推推，正好后背依床边烧锅。这样的房间，不能不说条件有限，设计合理。

　　没事时，瞎子张一个人坐床边上，拿两块月牙形的小钢板捏在指间，叮叮当当，尝试着唱两句大书，没人教没人指点，跟着感觉走，全凭自悟。庄上有不会换位思考的人说，真是个蠢瞎子，一年到头，没听他唱过什么真正的书。自学成才你得能看懂书啊，瞎子张视力为零，完全做不到，太难了。瞎子张唱的书，完全自己创作，不存在侵占别人版权问题。

　　小孩子是瞎子张第一批听众。瞎子张高兴时，叮叮当当来一段，问：哈哈，我唱得怎么样啊？好！好！再来一段，接着往下唱！小孩子听风就是雨，高兴得直鼓掌，有热闹看就行了，哪里管什么孬好？瞎子张一激动，自己也不知道下一段怎么唱了。

　　有时，孩子们疯够了，感觉无聊，就让瞎子张来一段。瞎子张也有心烦的时候，再说，一个老男人是你小孩子呼来喝去，随便指使的吗？太有辱人格了，瞎子张大声呵斥道：滚！小孩子一溜烟跑掉了，不多会悄悄返回，口袋里装满了砂礓坷头，连珠炮似的往瞎子张的屋里冲。房间小，纵深短，回旋余地不大，瞎子张又气又急又怕又恨，赶紧缩到锅门和床边之间的夹当里，头也不敢露。啪啪啪！瞎子张开始反击了，手上的探路棍直往笆门上打，吓得小孩撒腿就跑。瞎子张恨不得也像正常人一样，蹿出门外，好好教训教训这帮龟孙子，但是他不敢，砂礓坷头太密集了，万一冲到头上可不是闹着玩的，还有，你看不见路，怎么往外冲？一头撞墙上树上不是亏大了吗。小孩子就是能杠胜，精力过剩，土话说就是疯把的，一晚上来来回回折腾好几次。瞎子张迷迷糊糊就要睡着了，笆帘门又是一阵啪啪响。已经是第六次疾风暴雨了，小野种又发起了进攻，每次都是出其不意，砂礓坷头雨点子似的。瞎子张又是破口大骂。你不骂还好点，越骂小孩子感觉越刺激，他们要的就是这效果，你假装睡着了，他就无趣了。

有疾风暴雨，也有风和日丽。

模仿是小孩子们的天性。瞎子张家门前，一个小孩子右手拿根探路棍，左手牵根导盲棍，领着后面大一点的孩子。大孩子眯着眼睛假装瞎子，手上的两片碗碴随着手腕有节奏地颠动，叮当作响。跟在后面助阵的一大群小孩，欢蹦乱跳，嘻嘻哈哈。后面假装瞎子的大孩子，叮叮当当地唱了一段。唱完了，前面小的开口道：张大爷，给点山芋干吧！帮帮忙。这样拙劣的模仿，伤害不大，侮辱性极强。瞎子张看家的本领都被这帮孩子学到手了，气得破口大骂。小孩子哈哈散去。

大人下湖干活了，小孩子在家，相互之间做游戏，轮流模仿瞎子张，这家到那家要饭。假扮瞎子张的说：给点吧！可怜可怜。假扮自家大人的孩子，赶紧给门关上，连声打发道：没有没有，自家早饭还没吃呢。有的家长看了感觉好笑，图吉利的父母就不高兴了：小和尚，好的不学，学拉唠子倒在行，下坡跑东西。

孟母三迁不是凭空杜撰，有家长数落瞎子张说，小孩都跟你学坏了。瞎子张无可奈何地笑笑，不便接茬。

农闲时，瞎子张走村串户，要点粗粮，嘴也在外，身也在外，山芋干、玉米、高粱，兼容并收，来者不拒，大不了背回来筛筛簸簸，一切问题都不是问题，或者干脆直接机成面粉，营养更加全面。讨到都是结余的，瞎子张的日子过得上顿连接下顿，不用愁。

平时，带他外出的都是老寒腿，别人想带也没那机会。

牛明家住大庙滩东边，靠洋老井最近。老鸹奶奶说，也不怪小牛明家穷，富不靠庙，穷不靠井，两条都被他家占上了。寒冬腊月，牛明家穷得连裤子都没有了，牛明妈没办法，托人给东河埝的瞎子张带话，说想让牛明搀着他出去要饭，家里的锅已经几天不冒热气了。

瞎子张想照顾牛明家，可又怕得罪老寒腿，犹豫到后半夜，终于定下决心说：好吧！今年冬天就让小牛明带吧，先试用，带得好就常年带，带不好随时让老寒腿恢复原职。带瞎子张出去要饭，似乎成了热点岗位，牛明妈感激不尽，人前人后里给老寒腿不知赔了多少次不是。好在老寒腿不往心里去，整天在外跑来跑去腿也受不了。老寒腿大气地说，我早就不稀罕这份差事了，生产队已经把我列为五保户报到公社，就等着李委员签字了。是不是顾面子，吃不到葡萄说葡萄酸？不好说。

眼看就要过年了，牛明领着瞎子张在外转悠了几个月空着两手回来了。老鸹奶奶很是吃惊：粮食呢？瞎子张眨巴着两眼，笑笑。牛明也没吱声。过了几天，瞎子张夸赞说，牛明不孬，能领路能打狗，能帮我背口袋，关键时还能帮我卖粮食，半年的收获都折成钱装在我身上了。老鸹奶奶恍然大悟，羡慕了不得：乖乖，小牛明半年下来又白又胖了！瞎子张呵呵一笑：树挪死人挪活，上家饭没吃完，下一家饭就卡碗里去了，稀饭疙瘩面条随机的，能朝哪瘦？一天三顿，顿顿管饱。

眼看牛明就到张罗亲事的年龄了，老鸹奶奶着急道：牛明妈，不是我说你，今年寒天还能让牛明领瞎子吗？混长了你吃儿不要孙子了，名声出去，媳妇到哪找？

牛明是老大，家里这么穷，弟弟妹妹还要念书呢。牛明妈妈顾不了那么多了，人穷志短哪，把眼前日子糊过去才是硬道理。

牛明继续带瞎子张。瞎子张大书唱得也不错，但主要以门头词为主，实际上也就是到门口说说喜话，讨人欢心。经济条件不错的乡村，想留瞎子张住下来安倒身唱几晚上，瞎子张肚里内容他自己有数。第三天，打死都要走了，肚里没货，再不走唱不出来了。有生产队产生误解，以为瞎子张嫌报酬低，要加倍给付。瞎子张更是着急：家里有事，家里有事。牛明暗暗替他着急。那几年流行岳飞传，刘兰芳说得绘声绘色，一集接一集，大人小孩着迷一样，一家收音机围满村人。牛明感觉自己的风口期到了。

集体化稍微有所松动，大家眼看就能吃饱肚子了，人民群众对文化艺术的需求变得十分急迫。春节时，生产队让瞎子张在牛屋里唱，屋里暖和，不冷不饿，再有大书听，不是神仙日子吗？其他生产队有人过来赶场子了。夏天，大人孩子吃过晚饭，急急忙忙扛着芦席往麦场一铺，静等着瞎子张来一段子。母鸡下蛋也得吃点粮食啊，瞎子张肚里没有货了，打个哈欠推辞说，回去睡喽，困了。这时，又有不懂换位思考的人开玩笑说，你两眼眯着，不是天天睡吗，哪来的困处？瞎子张百口莫辩，心话：难道人困了仅仅是眼困吗？是不是没有眼睛就一辈子不困了呢？睡着了是眼眯着，眼眯着就代表睡着了？真是的。

春节刚过，离出正月还有半个月呢，北边侉子就上门了，大鼓、快板、二胡轮流过来，有时，还有手拿木头刻制的苍龙在手里摇着，到哪家门口都能根据人的年龄性别家庭情况，顺口编一套喜话，让你心花怒放。你方唱罢我登场，不知情头理顺的，还到瞎子张的小庵门口唱呢。瞎子张坐不住了，更有点不耐烦说：我们还没出去呢，明天就上路。哟，遇上同行了，北边侉子一惊，碰上高压线似的，呵呵直笑：理解万岁，理解万岁。

据瞎子张说，农闲时，北乡侉子家家都出门要饭，一个儿子一根棍，棍越多越好找媳妇。几个儿子分头行动，年底会合，几年下来就够盖几间瓦房的了。儿子说亲，老丈人过来看门头，第一反应是看门口粪堆，越大越好，然后就是看门后靠几根要饭棍，棍越多越满意，要饭棍能磨油滑滑亮光光的才好呢，说明工龄长，资历老，底子厚，当下有保障，将来有前景。

一大早，瞎子张招呼说，牛明啊，今年我们往高邮去，那边人又有钱又大气。牛明犹豫半天说，我不去了。瞎子张咯噔一下，老半天说不出话来：他撂挑子了，葫芦里卖的什么药，还能有头绪了吗？哟，可能是年上在龙集那天，一条狗咬着他了，要到医院上胶布，我没有同意，我一辈子被狗咬无数次了，腿上疤瘌摞疤瘌，都要到医院那得多大开销？地球离谁都转。干脆还让老寒腿上岗吧。

据牛明说，瞎子张打狗有一套了，根据狗的叫声，能判断出狗的凶狠程度，所处位置，公狗、母狗还是带窝狗。瞎子张手里的探路棍，就像装上扫描仪似的，一打一个准，专打狗头，有时，即使遇上集体围攻，以一御十也不在话下。

过几天，牛明独领门头自支锅，一个人爽手溜麻去泗县那边单打独斗去了，瞎子张能唱的牛明都会了。所有的收入都是自己独占，没有人来二一分作五。

眼看牛明成大人，社会发展形势越来越好了，牛明妈妈死活不让牛明干这要饭活计了，硬霸着牛明到双沟跟他表叔学木匠。

经济条件好了，家家有吃有喝，再要饭依据就不足了，门口要饭的一笤帚扫似的不见踪影，大家该打工打工，该经商经商，没有人从事这类含金量不高的行当了。一天，有一大包头喇叭裤，提着收录机到我们庄上要饭，收录机里放好的磁带，根据情况，随心所欲，播放时间可长可短，音量可大可小。小孩子们高兴坏了，到哪家门口都跟着，不经主家同意，随意越俎代庖，擅自捧出粮食，换取他多放一会儿。大包头眼看粮食背不动了，主动提出只要钱不要粮食。这时，又有不会换位思考的人说，你收录机都能买起，条件这么好，为什么还来要饭？是啊！一语惊醒痴迷人，所有人家都不给了，家家门口的看家狗齐心协力往他身上扑。小伙子吓得狼狈逃窜，恨不得后腿放在前面跑。

转眼三年下来，牛明砍砍剁剁，样样都会，打什么家具都有鼻子有眼的。一天，牛明到五里江农场他舅舅庄上做木活。舅舅家邻居小表妹陈霞，从三中文艺班毕业回到家，一时闲着没事做，两个都有文艺细胞的年轻人，年龄相仿，眉来眼去，好上了。一夜之间，牛明给小表妹带跑了。此时，农村流行换亲，哥哥不好找对象，妹妹可以嫁到人家互为条件，关键是两家都有需求，有的为了避免尴尬，再逗一家参与进来，叫三捣弯子。为了规避风险，甚至三家六个新人安排在一天结婚，还有小心过度的，新娘没到家，闺女就不让出门，大大增加了媒人的协调难度，只要有一人反悔，其他都得消停。陈霞妈妈眼都哭瞎了：死丫头啊！你哥哥都三十九了，我还指望你给他换个亲呢，你哥哥将就到一家人，将来你好有个娘家走啊！瞎子张听到这事也很气愤：真不是玩意，带我没有兴趣，带自己小表妹积极性怪高的哈。

"自来自去梁上燕，相亲相近水中鸥。"过了几年，牛明一家三口，团团圆圆回来了。生米做成熟饭了，两家人不认也得认了。牛明和陈霞这几年，夫唱妇随，一直在外，《三国演义》《杨家将》《水浒传》信手拈来，业务水平蒸蒸日上。文化和知识一旦结合，很容易产生质的飞跃。

有一天，人们突然发现，牛明和陈霞小两口子上电视了。瞎子张说，上电视有什么稀罕？不是我带他几年，哼哼……又过了一段时间，乡里招聘文化干事，小两口子转身成了乡聘人员，负责文化站文艺工作了。

老鸹奶奶眼都嫉妒青了：乖乖，小牛明混大了，这几年越来越像干部了呢。瞎子张不无骄傲地说，也不看看是谁带的呢，不是我领的路，他能上套？

敬老院里，瞎子张算是有专长的人了。衣食无忧，心情舒畅，年龄大了，该发挥余热才对啊！瞎子张动辄给大伙儿来一段子，很有存在感。逢年过节，领导过来慰问，单位搞个活动，瞎子张更是少不了的主角儿。

敬老院离文化站不远，牛明两口子经常带着好吃好喝的来看他，叔叔长叔叔短的。牛明家的小女儿，每逢周末都来敬老院做义工，一口一声张爷爷地叫着，叫得瞎子张心里暖暖的。

瞎子张逢人就炫：牛明站长是我带的第一个大徒弟。瞎子张也为自己感慨：要是年轻时撵上好时代，我也不会混得比牛明差。

是的，人尽其才，才尽其用。时代不同了，人的命运也会不同。

湖畔人家吃水难

在贫困的年代，人穷水也贵。我的老家虽然地处烟波浩渺日出斗金的洪泽湖畔，但二十世纪六七十年代，不仅生活困难，连吃水也成问题。为节约井水，大多数人家都会备有两口水缸，一大一小，大的盛井水做饭，小的盛河水，刷洗抹涝，喂猪饮羊，可见井水的珍贵。

打　井

那年春，县里的打井队终于来了，在我们村团塘东边的高地上搭起了井架。全村人喜不自禁，奔走相告。打井工人们顶着亮丽的安全帽，不分白天黑夜，嗨哟嗨哟地围着井架，推磨转圈子。

生产队安排专人在牛屋里做饭，顿顿猪肉粉条。队长家辉哥手持蓝边碗，从笆斗里狠实实地盛着大米饭，碗卡碗递给工人：同志们！加油干，争取让我们早点吃上自己的砖井水。所谓的砖井，此时已经用水泥涵管替代砌井的砖头了，但称呼上还叫砖井。工人们狼吞虎咽，肉汤泡饭咕噜咕噜往肚里咽，嗓门不带任何阻力。据扒大河的人说，人干重活时吃饭最好不要咀嚼，咀嚼了不压饿，不但浪费粮食，而且使不上劲。团塘西沿的柳树下，洗衣裳的小妇女缺少格局，眼热道：你看，一个一个就跟牢里放出来的样，没鼻没眼吃，这样下去，什么家底够败葬的？嘴是无底洞啊！家辉哥似乎故意跟她们唱反调，碗口咕吱咕吱地刮着笆斗边上的米饭团，忙不迭地朝工人碗里卡，随后龇牙咧嘴地啃着黏在碗边上的白饭粒，大声说：不要着急，下一锅马上就到。

嘴讲不迭，全村唯一算得上胖子的业余厨师大疤癞挑着担子，拉拉拔拔赶了过来：一头水桶盛的猪肉粉条，一头系着笆斗，装着热腾腾的大米饭。大疤癞放下担子舒口气，扯过肩上的毛巾，连鼻带眼地擦着头上的热汗：紧吃紧盛！不要作假！小妇女们割肉似的，棒槌狠狠地捶打石板上的衣服。

工人们不需要加班，也要加班，不加班没有气氛。每天晚上，汽灯通明，亮如白昼，老年人丢掉老花镜，距灯五十米数钱，也不会出现差错。小孩子们挤挤抗抗，远远地看着。大人们评头论足，憧憬未来。

十几天过去了，地底下的沙泥，红一阵白一阵黄一阵，顺着钻口黏稠稠地往外冒，在重力的作用下，掩埋了杂草，沿着旱沟不停地往低处流，一直流进团塘里。中午，骄阳高照。也不知谁说的：白泥可以洗衣服。不多会儿，一传十，十传百。全村男女老少，大人小孩，发扬愚公精神，争先恐后提着竹篮、柳筐、脸盆、木桶、粪箕到井边抢泥。筐实盆满，送到家里倒在墙角再来。村路上，来来回回，络绎不绝。大中午，全村人个个抹成了白胡老头，对面分不清你我。外村人闻风而动，踊跃加入，清理战场。迟来后到的，望塘兴叹，扼腕痛惜。

母亲表扬我说，三和尚有功，家里两年不用买肥皂了。

妇女们蹲在团塘边的石阶上，手持棒槌，悠闲地捶打着白泥浸泡过的冬衣，衣服上的白泥水顺着石缝流到水塘里，小鱼小虾误以为谁家又来淘米，厚着脸皮，争相啄食。有人试探着问，估计还要半个月才能吃上井水吧？咱家新水缸都买好了。有人红着两眼，一瞅一瞥地说，哼！整天吃得跟肥贼样，不多磨几天才怪呢！你看队长家辉腿跑兔子样，比伺候祖老爹还在心。

打井工程即将结束。工头说：家辉啊！这么多天，大家连天加夜，也没少辛苦，还能不喝顿庆功酒吗？家辉哥呵呵一笑：你放心，大米干饭已经做好，猪昨天晚上杀倒了，至少油炒干饭、猪肉粉条紧吃紧盛，头蹄下水都留做下酒菜。工人们顿时来了精神，号子响彻天际。其实，厨师大疤癞早就行动了，斩斩剁剁，七碟八碗，牛屋里已经摆好了。哪里还能找到比这更合理的吃喝理由？星星之火，可以燎原。我一直以为家辉哥是当今公款吃喝的创始人。

打井队拆走设备，工程胜利完工。过了两天，水井终于澄清，井沿上的水泥已经凝固。顺着井口往下看，井水清幽幽地照人影，蓝天白云，尽收井底：一节，两节，三节，一共七节，比西头四队水井多三节涵洞。

头天晚上，家家户户缸底刮干，洗刷干净，静等着到东井挑水做饭了。

一大早，全村男女老少，喜笑颜开，逢集一样赶往井台。第一桶井水提上来，清凉可鉴，家辉哥笑呵呵地舀了一瓢端在手上，很有范地喝了一口，咕噜咽下，紧接着表情扭曲：嗯？家辉哥仿佛不相信自己的嘴巴，又喝一口，表情几近痛苦：这水咋？咋是咸的呀？在场的人哗啦一声脸色大变，一人一口尝尝，个个龇牙咧嘴：这是撒盐了吗？瘸腿大爷的拐棍，临时插在阴天留下的洞眼里立着，单腿弹跳，着急赶三凑过来，喝上一口，摆摆手，一言不发，走了。

天擦黑，家辉哥撺到门上：瘸腿外公，您说到底咋回事？瘸腿大爷又是摆手又是摇头：这底我不能透，你不是发狠要给我拉去批斗的么？家辉哥嘴跟叫机子似的：不要听人造谣，挑拨咱爷俩关系，再说，我说话您也信？我说的和做的，哪天一致过的？家辉哥烟散到最后一根，瘸腿大爷耳郭上、手丫间，到处夹烟，另一只手心满实实地攥着一把。两人太极推掌似的，香烟第三遍掉在地上，瘸腿大爷作出了终审性结论：钻头捣龙眼上去啦！你不见红泥黄泥白泥吗？不出人命算不错了，南面洋老井常年不干，东团塘半人深水却能淹死人，它们都是相通的，估计这井呀可能连通东海。

瘸腿大爷的话当然不能全听，但说来也很蹊跷，东边二队、西边四队，砖井分别离我们不到二里路远，井水都很正常，唯独中间我们队，井水怎就咸到连牲口都不喝的程度呢？

全庄人心碎了。一口井，最终成了摆设。家家户户，继续到四队砖井里挑水。

冬天，北风呼啸，东井口发出呜呜怪叫，让人不寒而栗。夜晚，过路行人鬼追似的加快脚步。瘸腿大爷威信陡增，昼伏夜出，请他看宅选坟的，络绎不绝。

放牛割草路过东井，小孩子们壮着胆子捡起砂礓坷头，扔进井里，咚隆一声回响，感觉十分畅快，有时逮着蛤蟆，随手扔进井里，以示惩罚。夜晚，蛤蟆漂在井里，咕呱咕呱地叫着，通过涵洞拉音，更是让人胆寒。

去年回老家，我顺路到东井看了看，井沿依稀还在，只是井里填满了垃圾，井台也没有记忆中那么高凸了。是人长大了，还是井台变矮了呢？

抬　水

吃水得去西头四队的砖井里挑。单手人家，大人不挑小孩抬。

我父亲做生产队会计，舍小家顾大家，早出晚归，两头不见太阳，一年到头开不完的会，破提包里学不完的文件精神，家里的吃水，都是我和二哥抬。放学到家，二哥扁担一拿，水桶系子一提，就跟降服人似的，比权威还权威：走，抬水！再懒的人都没有拒绝的理由。晚上，母亲干活到家，没有水做饭，责任谁也承担不起。

四队井在我们村的西北角，顺着村后的石子路，往西走二里路才能到。水井紧贴路南边，其余三面被小水沟包围着。小水沟里，得着井边洒落的井水，杂草丰茂。经常会有贪吃的水牛，顺着沟底，啃食沟沿上的水草。东来西去的牛蹄脚，踏破了小水沟里的宁静，小鱼小虾迎着微微流动的浑蹄水，惨淡求生。

四队井水距离井口，四节涵洞。挑水的大人们两脚站在井沿上，水桶系好井绳，顺着井口把水桶放到井里，在桶底即将接触水面时，手腕一抖，桶口即刻侧倒，井水哗哗涌进桶里。井水进桶一定量时，就着井水的浮力向上一提，趁着水桶的重力往下一揣，桶水立马灌满。水提上来倒进大桶，大桶倒满再提满小桶，扁担一搭，就可以顺利走人了。打水时的抖手腕，看似简单，实际是个技术活，水平不高不会趁劲的，桶在井里干转圈子，灌不进水。有些人家为了省心，干脆就在小桶把上常年拴个小铁块，桶到井里主动歪斜，效果立竿见影。

我和二哥当时年龄太小，不敢打水，站在井边等别人帮着。有时，远远看到有人挑着水桶走来，心里怦怦直跳。二哥嘴贵怕求人，提前告诫我：等人到了你就说，麻烦你给我倒桶水哈？我犯难为说：你自己没长嘴吗？非要攀我？弟俩暗地里攀来攀去，眼看人家就要走了，张嘴求人的还是我。有时，弟俩抬着水桶，离井很远，眼看有人在打水，于是拼命奔跑，以致抬着的空桶产生共振，摇摆幅度越来越大，几近把人甩倒。跑得及时，撑着一趟，跑慢了，就得等着下一个人了。下一个人，还不知什么时候来呢。

有些人，你不说话，他也会给你的桶倒满，让你先走，还交代你路上慢一点；有些人小肚鸡肠，你就跪倒给他磕头，他也不一定睬你，自己水桶打满，气呼呼走人。

那时候，时兴搞派别，相互之间搞斗争。本来，前庄后邻，老亲世谊，友好相处，互帮共建，你不斗上边不让，派人来蹲点，说你觉悟不高，立场不坚定，不让你过关。大家一搞派别就不那么友好了，相互之间，奋不顾身，撕开脸皮，恶语相向，互揭老底，疮上搓盐，人性的恶全部激发出来。有的兄弟之间就像仇人一样，相见不相逢，对面不招手。成年人之间的事，我们小孩子不懂，但大人之间的冷暖，我们能感觉得到。

冬天，北风萧瑟，赤地千里，弟俩脸背寒风站在井边等人，不一会身上就凉透了，挑水人来了，动嘴讲话都困难，加上紧张，上下唇直打哆嗦。夏天，烈日当头，浑身冒汗。晚上，心惊胆颤。有时天太晚，弟俩站井沿等得久了，母亲不放心，迎到井边，担心坏人把我们填进井里淹死。

抬水的路上，桶里的水会晃出去，打几根高粱叶子漂着，或提前放个水瓢，这样水就平稳多了。最不情愿的是半路上有人要水喝，嘴对着桶口直接喝，不是怕脏不卫生，而是心疼水的损失。尤其是年龄相仿的放牛娃，一大阵子，一个挨一个，咕噜咕噜喝下来半桶水就下去了，你还不好意思说半个不字。就是人生面不熟的路人，你也不能说不给人家水喝。听说，街上还有卖井水的，一分钱紧喝，在农村会被人笑死：你眼里只认钱了吗？名声传出去，以后说亲都难。

不久，二哥上了高中，和父亲一样早出晚归，两头不见太阳。

我和弟弟抬水。弟弟贪玩，家里没有水吃，母亲只会怪我。由于带着情绪，我常常捉弄弟弟。抬水时，我悄悄把扁担留一段在自己肩后，抬到半路，再偷偷托起扁担，身往后移，这样神不知鬼不觉，水桶离弟弟那头就近了。只要不是太过分，弟弟大多发现不了。凡事有度。有时水桶靠弟弟太近，弟弟发现情况不对，立马情绪激动，甚至现场罢工，迫使我放下水桶，重新决断。弟弟也在纳闷，水桶明明开始时是靠近我这头的，走半路怎就到他那头了呢？弟弟一直以为是我把桶系往他那头挪的，所以，防不胜防，其实根本不是那回事。我信誓旦旦，保证不推桶系，以便更好地隐瞒绝招，等他发现道道，我已经能自己挑水了。所以，说难听点叫行行有弊，说好听点叫实践出真知，就连抬水也能抬出"技术含量"来，不申请专利，申报"非遗"，可惜了。以前，二哥是否这样捉弄过我？不得而知。

我和弟弟经常闹不和。抬水时，我两手抱着扁担撅着屁股给弟弟往前推。弟弟一气之下，凹腰腆肚往后顿，扁担扭来拗去，水桶里的水哗哗往外洒，兄弟俩一副不合作的架势，引来路人笑话。

一天晚上，天已经很黑了，家里一点吃水没有，我吓得一身冷汗，赶紧带着弟弟去抬水。此时，挑水的大人已经很少了。等了很久才有人来，给我们打了一桶水，多么希望这人能跟我们一路回家啊。学校北边的石子路，两边都是庄稼地，路北一片坟茔。弟弟在前面，我在后面，也许是晚上太静，自己的脚步带着回声，越发清晰，此时，总感觉有人在后面追赶，我忍不住向北一望，发现地里有个黑影在走动。走了几步，再一看：人没有了。能到哪去呢？地里没有任何可以躲藏的地方啊。我吓坏了，两手抱着扁担推着弟弟往家跑，弟弟的步幅比我小，跟不上我的脚步，似乎有意在往后打顿。我推着弟弟，一路小跑，到家发现桶里没剩多少水了，将就够做一顿饭的。

夜里，我蒙头盖脸睡到天亮。从此，在我的心里，总相信灵魂的存在。长大了，我经常思考这些问题，总认为人要有敬畏之心，觉得人类应该拥有一座信仰的大厦，来安放自己的灵魂。

夏天的雨季，房前屋后，沟河渠塘，到处是水。挂在晾绳上的棉衣，散发出淡淡的霉味，冬天里留下的脑油味儿越发浓郁。家里经常把水缸磨到院子里等水吃，但无异于杯水车薪。这时候，出去抬水最为难了，赤脚走在路上，石子垫脚，疼痛难忍。家前屋后的泥地里，猪狗牛羊的粪便被雨水冲涮，脏兮兮的样子让人浑身起痒痒疙瘩。

水 桶

渐渐，二哥长高了，自己能挑水了，我得以解脱一阵。家里只有一只水桶。二哥凡事怕求人，如果我不去借桶，就得跟他去抬，这样我不合算，二哥也嫌效率太低。于是，借桶的事，责无旁贷地落到我的头上。

我家西面的小葱家，整天有人，水桶正常靠在东厢房的墙根下。小葱妈妈戴着老花镜，在院子里做针线。我腿坠秤砣一样，走到他家门口，苍蝇钻嗓管里去似的：二姑姑，借你家水桶挑水。谁家不是过日子？可能是借的人太多，导致从内心不想借，但碍于情面又不得不借，二姑姑一声不吭，脸拉得不能再拉了，再拉就变形了。我愣站着。老半天，二姑姑抬起头来，顺着老花镜的上沿看着我说：拿去嗨！意思像是我根本不愿意拿走似的。二姑姑跟手又交代一句：不要跌坏了！嗯，我如获至宝，提着就走。其实，我比二哥还怕求人。有时，壮着胆子趁二姑姑不注意，舍繁就简，直截了当，来个借无影还无踪。久站河边没有不湿脚的，同一方法用多了就不灵验了，还桶时就遭了殃，被二姑姑呱呱啦啦，一顿数落。如此恶性循环，借桶难度更是加大，受难为的还是我。

冬天，寒风刺骨，滴水成冰，井台上像镶了一层光滑的玻璃，稍不注意就会滑倒。我曾亲眼看见，一向喜欢摆谱的四皮子，扑通一声滑倒在地，两只水桶报销一对，身下井水横流，四皮子四爪朝天，一时半会儿爬起不来。水桶毁了，还不知借哪家的呢，估计四皮子到家，吃不了兜着走。

母亲说，居家过日子，锅碗瓢盆，吃喝拉撒，少一样东西都不凑手。

夏天，母亲到戚庄贩梨，赚了一点零钱，狠狠心买了一只小木桶。小木桶里外刷了一层透明漆，油光滑亮，轻盈小巧，全家人高兴坏了，尤其是我，终于结束了出使借桶的"外交生涯"。转眼间，大桶到了退休年龄，底沿下都要烂了，看上去犬牙差互，还好，将就能用，大毛病没有，小毛病不断。大桶三天两头漏水，我挖来不软不硬的黄泥，沿着水桶内底边沿，抹上一圈，基本保证水不浑桶不漏，不过，这也只是权宜之计，治标不治本，临时凑合着吧！

再后来，家里经济条件有了一定的好转，社会生产也有了一点现代化的雏形，我母亲买了一只铁皮桶。铁皮桶不仅外形美观，而且自身重量轻、容量大，极大地提高了挑水的效能。

挑　水

那年冬天，寒风刺骨，雪渣刷刷打脸，人走在路上两脚打滑。二哥一担水到家，上气不接下气。我母亲说，再去给你小叔家挑一担水。二哥也就刚上初中的年龄，有身高却没有和身高匹配的力气，一趟来回几里路，哪里能吃得消？路上，二哥又饿又累，外冷内热，死的心都有了，恨不得一头栽井里，不活了。水挑到小叔家，小叔家水缸满满的。小叔做书记，治安主任民兵营长，哪个不是挑水的料？小叔哼一声，床底尿盆都有人争着倒，挑水这样的好事，能轮到二哥吗？

我主动试着去挑水，自己主动打水。开始，我不敢站在井沿上，只好顺着井口往上拖，时间不长，井绳变毛了。

刚开始挑水，路上歇三歇，渐渐歇两歇，再渐渐歇一歇，最后一鼓作气，挑到家。有一天，水桶狭缝，即使一鼓作气挑到家，桶里的水也漏差不多了，肩上的担子越来越轻，我还以为自己长劲了呢。扁担磨得肩疼，心里数着步数，一步两步，十步二十步，数到一百，从头再数。有时，一直往上数，从石子路往庄上拐，大概在八百步，从石子路到井沿，大概在一千九百步，每次都相差不大。数累了，放下歇歇。

母亲夸我长大了，有劲了，能衬手了。

有一年，我脚掌被玉米纤（砍玉米秆时留在地上的斜口）戳破，鲜血直流。赤脚医生我小婶用碘酒擦擦，上了一个胶布巴子，过段时间真的封了口。但里面老是一跳一跳地疼，尤其是晚上，脚心一阵阵发热，钻心疼。我跟母亲说不能挑水了，要跟弟弟抬。弟弟贪玩，说什么也不肯。我母亲扒扒我的脚心看看说，不是好透了吗?！这小和尚真能装。没过几天，一家人在一起吃饭，我感觉伤疤发痒，在原伤口处一挤，旁边不远处噗的挤出一个小洞，脓血裹着一小块玉米纤破皮而出。我母亲说，这小和尚还不是装的呢，大黍纤戳在里面怎会不疼？玉米纤在我的脚板里拐了一个九十度的弯。

母亲起早带晚在地里干活，生产队活干过，还有自家的菜园地。做饭刷锅，喂猪打狗，家务事大多落在我妹妹的肩上。不当家不知柴米贵。一看妹妹用井水刷锅，我不来由地生气，于是，在母亲跟前告状：看看，又浪费水了。频繁的指责必然引来妹妹的不满，妹妹故意当着我的面，用井水洗碗刷锅。状告久了就不灵了，母亲也没有好样子对我：三和尚不是个好东西，逢三就搅。

脚不疼了，我又能挑水了。

在我们老家有句话，不结婚一辈子都是小孩。有些农家男孩，胡子没长出来就定了亲。成年之后，我经常习惯性地右肩高左肩低，屁股拖着，好像抬水的样子。母亲说，小和尚，犯就那朽势子，以后相亲时不注意着！我抱屈不轻样地说："还不是抬水累的吗？"我母亲说："只有闲骨头疼的，哪有干活累死的？"

二〇一五年，女儿高考结束，我带着孩子有幸和江苏大学体育系主任一行去西北游玩。路上，我们聊起缺水的话题。系主任说，我家住在甘南，大学之前几乎没洗过澡，小时候，母亲找村干部帮忙，还得顺一塑料桶水当伴手礼呢。虽然当年吃水不易，但相比于大西北，我们简直就是身在福中不知福。

如今，村里早已通上了自来水，龙头一拧哗哗淌，再如今，建设新农村，原来的村庄都要拆了。正如作家许卫国先生《远去乡村的符号》所述，砖井、牛屋、村庄、炊烟都成了远去的符号，成了我们这代人的记忆，成了淡淡的乡愁。

（2019 年 12 月 4 日 "海外文学" 公众号）

怀念母校　感恩吾师

芦沟乡不大，所以芦沟中学的学生也不多，同一年级只有甲乙两个班，甲班为快班，乙班为慢班。我们班上有几个社直机关的同学，他们的衣着打扮跟我们从农村小学来的学生比，简直天壤之别、云泥之差。在我们眼里，他们不是人，是神。

我第一次到乡政府所在地的中心小学，是我们双桥小学组织学生到公社参加数学竞赛，当时我四年级，由赵有礼老师带队。能参加公社竞赛，说明成绩还不错，母亲很高兴，早早为我单独做好小锅饭，这样的待遇是不多见的，可见母亲的重视程度。到学校聚齐后，我们跟着赵老师沿着乡间土路往公社步行。想想做老师也真不容易，一个大男人滴滴噜噜领着一帮小孩，跑到中心小学，已经中午了。如有图像资料保存到现在，别人看了，不说是流动版收租院才怪。赵老师安排我们在河堤上的槐树底下等着，自己匆匆忙忙跑到黄台街上买点吃的，估计赵老师是担心我们乱跑，万一掉大河里就不好办了，所以回得很急。我们在河堤上吃的午饭，感觉像是吃的烧饼，挺好吃的；没有水，就喝芦沟中学门口小桥底下的水吧。水是流动的，很清。一簇一簇漂摇的水藻、成群的鱼虾都被我看得清清楚楚。平时在家干活，喝小沟里的水是常事，没有人感觉有什么不妥，更何况是政府所在地的水呢。

中心小学在芦沟中学的南面，都是清一色的红墙红瓦，相比于我们双桥小学的泥墙草顶，这哪里是人间？简直就是仙境啊。激动是不必说了，紧张是必须的。教室窗明几净，人雅室馨，更不需说了，单操场上的杂草也比我们小学高不知几个档次，他们的操场由黑色的煤渣铺就，双桥小学只是布满牛蹄印的草地，他们的校园有大门，不是谁都能随便进的，我们学校就是一敞郎当的放牛场。有不自觉的放牛老头，牵着老牛顺着我们的窗户底走，嘴里还哼哼着小调呢，老师不好多说，学生上课也不得安心。远看，芦沟中学比中心小学还要高出一个档次。

竞赛的题目我忘了，反正过了一段时间分数出来，我考了 56 分，没及格但得奖了。得奖就这么容易吗？从来没听说不及格还能得奖的。奖品是一支红钢笔和一个小本子，钢笔套一拧套上，反过来拧下来，钢笔放在书包里担心漏了，书包上确实有破洞，挂在胸口怕掉了，确实又太惹眼。心理负担太重了，早知道也不得这个奖啊，整天惴惴不安，我都担心能不能继续安心上学了。小本子上有芦沟公社的印章，不说别的，就这一个公章就够我光荣一辈子的了。我拿过来偷偷地端详，获奖词写得太好了，简直比我大哥的字还好，放在鼻子上闻闻，纸墨馨香。我发狠收敛收敛，不能太激动，但心情就像弹簧，越压制，弹力越大。这本子是给我的吗？是不是发错了？公社书记是不是知道我名字了？浮想联翩，我睡不着觉了。

我上中学了，而且是在快班，能和中心小学的学生在一个班级里上课。这待遇还能说不好吗？够你幸福的了，女同学不经意瞭你一眼，这辈子就值了。教室出奇地宽敞，两个人一张红漆课桌，一人一个位洞，你还有什么说的？还有什么理由不好好学习？

芦沟中学与中心小学仅一桥之隔，西面紧邻为民河。河堤上，绿槐成荫，其余三面也是小沟替代围墙，沟内溪水淙淙，鱼虾嬉戏，沟北沟东，水稻成片，夏绿秋黄，平展无际，一派田园风光。早上，我们在河边淘米蒸饭，流动的河水里一群一群的小鱼虾，顺着缕缕米水，一不注意就游进我们的饭盒里贪吃米粒。

我们班的教室在南边第一排最西头，班主任陈老师家住我们教室东边的办公室走廊尽头，最东边带裹拐的那一间。早晨，我们到校早一点，陈老师站门口刷牙，我们都能看得到。陈老师嗓音略带沙哑，个子高高的，皮肤不白，戴着塑料框眼镜。陈老师的课上得好，人也儒雅，没有不想听的理由。陈老师爱人在供销社上班，来来去去从小学西边的河桥上走过，我们坐教室里都能看到。有时，陈老师上课精神有点不足或者缺课，我们隐约感觉陈老师可能又跟爱人吵架了。

我工作之后和陈老师成了邻居。一天，我到陈老师家坐坐，闲聊时，我问陈老师爱人现在哪儿上班。陈老师爱人说，在县废品公司。陈老师幽默的性格一辈子都没有改，语文老师连幽默都不会，你还教什么语文？陈老师笑笑，扶扶眼镜框，慢姿慢调地幽了一默：除了废品公司，还能在哪上班？她人就是废品。作为学生，我笑也不是，不笑也不是。陈老师爱人也习惯了，程序性地数落了他几句，算是正当防卫。夫妻之间，适度贬损，无伤大雅，家庭内部列入文化建设范畴，既活跃气氛，改善情绪，又融洽关系，有百利而无一害，何乐而不为？一本正经，还叫相濡以沫、居家过日子吗？好多夫妻拌嘴，比说相声演小品还经典。

初一数学是杨老师带的。杨老师本芦沟人，跟我小叔是同学。我小叔挺佩服他的，说他超级聪明。我很诧异，还有超过我小叔聪明的人吗？我小叔也是老师，除了教书不行，打牌下棋无人能敌，且远近闻名。杨老师个头不高，声音洪亮，讲课抑扬顿挫，效果奇好。杨老师后来和我一个系统，算是半个同事吧，他做副局长的时候会上台讲话。我们知道，学校里没有杨老师不会捣鼓的东西，什么收录机、房门锁啦，都是小菜一碟。最棒的还是杨老师的板书，粉笔字写得又快又整洁，黑板上的草稿都是工工整整，每次擦了我都感觉可惜。

初二数学是黄老师带的。黄老师也戴着眼镜，眼睛不大，笑起来更是眯成一条缝。讲课时，每遇学生哪一步不懂并提出疑问，黄老师都会习惯性地离讲台远一点，仔细端详着黑板上的算式作检索状，随后眼镜一扶就笑了：这嗷？你早问嗨。有一天上课，天很冷，黄老师正写板书，下边有学生跺脚。黄老师很生气，一回头就开始批评了。全班同学都看着我。我脸红脖粗，无地自容，感觉自己实在太冤枉了，站起来解释说，不是我跺的！黄老师笑了：我又没说是你。我说，那怎么全班人都看着我？黄老师哈哈一笑：那你让我有什么办法？我喜欢听黄老师上的代数课，因为这事，一到黄老师上课，我就犯难。估计黄老师也没把这事放在心上，一段时间下来，我的心理伤害痊愈了，又喜欢黄老师上课了。

芦沟中学能考上师范学校的寥寥无几，偶尔也会有一枝独秀；考上重点高中的人也不多。那时候的学校，对学生真是负责。高中开学时，芦沟中学安排黄老师骑着自行车领着我们到学校报到。雨后的九月，骄阳似火，一路上薄泥烂碴。黄老师骑车领着我们一行到二中报到。黄老师一路上给我们介绍二中以及二中老师的情况，原来，黄老师也是二中毕业的，比我们早几届，是我们的学长。天气很热，车骑得很快，之前，我连县城都没单独来过，骑车也不是强项，穿过体育场和部队营房时，拐来拐去，差点掉队。我们报到后，黄老师算是完成了交接，一脸轻松地挥手和我们告别。我们依依不舍，心也好像跟着黄老师回到了母校。芦沟中学，有我们熟悉的老师，有我们的年少时光，有我们记忆中的一草一木，有和我们一同上晚自习的小学弟，早熟的甚至还有懵懵懂懂的初恋。

有了黄老师这帮年轻人，芦沟中学在我们下一届就彻底打了翻身仗，考上师范学校的虽然不多，但考上重点高中的一大帮人。

后来，我在乡镇工作，黄老师恰好也在。黄老师要请我吃饭，我说，我请您合适。那时，也没有什么禁酒令，我们都喝了不少酒。此时的黄老师，外号叫黄老斜。我感觉挺好玩的，不是有部电影上有个角色叫黄老斜的吗？怎么称呼安在黄老师头上了？黄老师随和的性格没有变，说，喝酒喝酒，不就是个称呼吗，叫什么不一样？之前，我写过一篇小说，没来得及投稿，名字恰好叫《黄老斜》，之后我想来想去，是不是把名字改了呢？后来想想算了，黄老斜也不是黄老师的专利，他又没申请注册，光我知道的就有四个叫黄老斜的了，其中一个还是我的同事，拍电影不要化装，两把盒子斜背着就行了，草帽一戴就是土匪，眼镜一卡就是汉奸。校长挺滑头的，只要跟我们单位相关的事，都安排黄老师来协调。于公于私，我能不当大事办吗？黄老师的安排，不是圣旨，胜似圣旨。现在，黄老师调到教育局了。有一天散步遇上黄老师，我越俎代庖替黄老师惋惜说，您不上课太可惜了，代数教得那么好。黄老师无奈道：做老师，当然上课才有成就感，不是我不想上课，而是一线教学太难了，一个人上课十个人来折腾你，心都折腾碎了，哪还有心思教学？惶惶不可终日。黄老师幽默地笑了笑，补充说，我现在干的就是折腾老师的活——你不折腾有人替你折腾，我折腾是保护性折腾、友情操作，有的人搞形式主义，搞出了成就感；有的人折腾人，折腾出快感来了，变换着方式，一天不折腾出新花样，心里就空落落的。

混到初三，两个班的学生就少多了。农村中学都这样，家庭条件好的，该转到县城转到县城；家庭条件差的，该回家结婚的回家结婚，该出去提小桶的出去提小桶，该外流学手艺的外流学手艺。

农村小伙，结婚生子传宗接代是头等大事，用乡镇的话说就是中心工作。头脑活络的男生，取捷径给女同学带跑了的，大有人在。女生父母可能还有类似于换亲等其他考虑，毕竟资源有限，该挖掘的要充分挖掘才是。闺女撒手了，一切计划只能停留在计划中，闺女不争气有什么办法？女方父母撕心裂肺，鬼哭狼嚎，跑到学校闹腾一气。不闹白不闹，闹了也白闹，闹闹面子上有个交代。男生这头就不一样了，父母心里暗暗高兴，父亲心话，没想到这小子还有这魄力，比我年轻时强多了。母亲明明知道儿子躲在哪儿，偏说不清楚，众人面前，嘴上发狠道：丢人现眼，等回来，我要不给这小和尚刀剁了的。为了遮人耳目，男生父母也到学校要人，其势比女方那头还凶，数落校长跟就小菜似的：你这样能教出什么好学生？男方女方都来要人，老校长为难得就像染色的陀螺，红红绿绿，往哪儿转都有人抽。教育局也不是好惹的主，三天两头，不是检查就是排查，不是评比就是观摩，你不主动树正面典型，那就树你反面典型，蛤蟆撒泡尿都要处理人，一天到晚，除了发文件提要求，就是催着报结果。局长在会上说，谁砸我的锅，我就端谁的碗。男孩女孩到哪去，结果只有天知道，校长死的心都有了。过个年把半年，男女双双把家还。"1+1＝3"，完全超出了老师的授课范围。可怜天下父母心，两家父母为了顾全大局，决定握手言和，干脆两件喜事做一下给办了吧！老校长如释重负，亲自到场祝贺说，加个保险，赶紧给结婚证拿了！男方父母打圆场说，不急不急，年龄还差两岁，等孙子上户口一起办。

学生少了，快慢班也分不成了。学校因地制宜，把甲乙两班整合到一起，加上复读生，一共86人，把伙房东边的大饭厅拾掇成教室，集中上课，省时省力。大饭厅宽敞明亮，上课时，我们一回脸就能看到后墙上并排的两个打菜的窗口。透过窗口，食堂炒菜师傅的一举一动，尽收眼里，食堂里的饭菜，悉数公示。中午，下课铃没响，老师拿着饭盆到食堂打饭，必经我们教室后门。我们深受启发，也早有准备，饭盆放在位洞里，静等下课铃响。刮风下雨，不出教室，屁股一转，立马冲到窗口打菜。天时地利人和都占了，说靠锅先焊，近水楼台，都不算恰当。只可惜，学校不是养老院，学习才是主业。

暑假过后，学校又分来一帮"青椒"。一大帮年轻教师逐渐成了主流，他们精力充沛，能说会唱，给学校带来很大的活力。老校长个头不高，人很精干，爱人刘老师兢兢业业，一丝不苟，带我们初二几何，老两口都是南京下放户。老校长看了年轻人高兴，一激动就纵上了单双杠，动作做得刚劲有力，利落到位。老校长翻单双杠成了学校的一景，自己享受，师生赞叹。受老校长影响，我也因样学样，连拽带撑，单双杠玩了大半辈子，直至左臂拉伤才忍痛放弃。有一年，我到一所学校有事，忍不住翻了两下单杠，结果被学校一位女教师相中，查听我好长时间，我心中暗喜，心话，竟然有人能看上我？可惜，我已结婚了。自古以来，大凡糟心事，责任全在女人，男人体力不行，女人更是难辞其咎，当然我也不能脱俗，如果不是结婚了，我的单杠可能会翻得更利索点。多年后我才知道，老校长还是从体育学校毕业的，专业就是单双杠，怪不得这么厉害呢。

张老师个头不高，脸不大，皮肤白白的，衣着打扮比较讲究，没寒论夏，白衬衣都是一尘不染，淮阴师范专科学校刚毕业就带我们初三数学。

有一天，张老师布置数学题，全班就我一个人做对了，我记得很清楚，就是需要作一条辅助线。快要下课时，张老师转到我座位前，拿过我的课本看了看，问我封面上的名字是谁写的。我说是我大哥写的。我们兄妹几个有个习惯，领回新书都请大哥在封面写上名字、年级和班别，我们自己舍不得乱写。张老师问，你大哥是做什么工作的？我说老农民。张老师点点头。说真话，我大哥的字确实不是一般的好，我们兄妹几个没有一个字比他好的，他也没有练过，不过到我父亲跟前还是差不只一节。父亲读过私塾，受过规范培训，父亲那个年龄的人只要上过学，没有一个写字差的。我大伯做过政府办主任，小叔做过联中校长，我堂哥是大队会计，他们的字一个比一个好。无论在农村还是在街上，我们整个大家庭，不管真实水平怎样，心底都有文化自信。张老师放下课本，问我是新生还是老生，我略带底气地回答说是新生。临走时，张老师对我说，下课到我办公室来一下。

我到张老师办公室，张老师正在改作业，红笔唰唰，流水线似的，不是叉叉就是勾勾，从改作业上就能看出张老师的性格——做事干净利落，从不拖泥带水。张老师感觉站在他面前的应该是我，头也没抬道：还想上高中？怎么可能不想？做梦都想，由于过分紧张或太想上高中，我脱口而出：想啊。考不上高中，意味着回家干活，干农活的滋味我太有体会了。张老师抬起头，抃起一摞作业本放在桌子上爽了几下，爽齐了往桌头一放，仍然面无表情地说，你考不上！我的心一下子掉进了冰窟窿，满脸失望。除非你住校！张老师补充一句。原来还有希望呀，那我得赶紧住校。

我说这段时间来来去去，和我走一阵的同学怎越来越少了呢，原来都住校了，我还以为天冷，缺课了呢。晚上，我跟母亲说了张老师的话，母亲还是一贯的态度，只要我们想念书，砸锅卖铁，在所不惜。第二天，我带着母亲给我的十三块钱，到学校卖饭票的窗口找韩会计交住宿费。韩会计是我们学校的大美女，就是腿有点残疾。韩会计翻了翻账本说，床位满了。我很失望地离开了会计室窗口。

过了一个星期，张老师临下课到我座位前问我住校了没有，我说没有床位了。张老师说，下课跟我来一下。我又到张老师的办公桌前。张老师桌子上的钥匙一拿，就走了。我本能地跟随着，来到张老师的宿舍。张老师住的单间宿舍，靠西墙放着一张木质单人床，床上铺着棉被，靠东墙是一张单人床，床上摆放着张老师平时烧饭的锅碗瓢盆和煤油炉。房间里，飘散着淡淡的雪花膏味儿和淡淡的煤油味儿，挺好闻的。张老师把锅碗往地上拾掇拾掇，说，抬去吧！

住校的只有男生没有女生，三间宿舍大通铺，门留在东头一间，其余两间都是对面窗户，宿舍里只有铺没有床，铺是用砖头沿着墙根围成一圈砌起来的，高达膝盖，宽至两米，铺上覆着麦秸，麦秸之上由学生自己带芦席和被子来铺上。砖铺以外的位置就是走道，可以自由摆放米袋之类的杂物，住校生一般会把自己的米袋放在自己的脚头位置，以示主权。

我趁下课，赶紧喊来弟弟，把小床抬到宿舍。小床到底放在宿舍哪儿合适呢？选来选取，还是东西向放在中间走道靠西头一点最好。大家统一光芒状头朝墙睡，不能靠人家脚头太近，否则，人家上下铺不太方便。

因优质教师有限，大凡普通学校都有一个通病——其他年级扶不起煮不烂，精力都放在毕业班上。眼看初三上学期就要结束，再不抓就来不及了。一天，学校突然发力，政史地语数外理化生，配最齐最强的教师，全速用功。为了出奇制胜，学校根据考试成绩选拔 26 个成绩相对较好的学生组成小班，白天黑夜吃小灶。我有幸成为小班一员。不想回家干活，就好好学吧！当时学校有句口号：只要学不死，就往死里学。

宋老师带我们英语，发音特别纯正。为了练习发音，夜里收录机教他，白天他教我们。我们初一、初二的英语是范老师教的。范老师管不住学生，一堂课 45 分钟，要花 30 分钟来维持秩序。刚开始，范老师一说英语我们就笑。范老师很纳闷，到底笑什么呀？难道犯精神了吗？得笑病了吗？农村的野孩子少见多怪啊，哪天听过英语的？不笑才怪。范老师说，Hello！我们臆想为土话：嗨喽，意思是完蛋了，能不笑嘛。英语：good morning，我们在旁边用汉字注音为：狗毛淋。虽然形象生动，但起步就不地道，怎么可能学好？初中英语厚厚的六册，宋老师带着我们连天加夜往后赶，临到中考才学到第四册。不是宋老师领着我们赶英语，我们连普通高中也考不上。宋老师比我们大不了几岁。有一次吃饭，我站起来敬他酒，宋老师说，以后就不要喊我老师，大家兄弟相称更自然些，你们喊我老师，我就放不开架子了。宋老师还像当年那样爽言快语，脾气一点没改。宋老师很有体育天赋，不仅课上得好，乒乓球、篮球也是拿得起，放得下。

张老师是金童，范老师是玉女。学生作为粉丝，所有人私下里都希望男女偶像之间最好能来个电，发生点小故事什么的。老师不急学生急，有什么用呢？全校上下，齐心协力才能出成绩啊！

乔主任外号乔老爷，教我们物理，板书呈魏碑体，不是一般的好。有一次乘公交车，车上很拥挤，晃来晃去，我看到乔老师，怕他一时认不识我，没好意思主动逗他打招呼。后来，被乔老师一说，我很不好意思。乔老师笑着说，我怎会认不识你？真是的。

不戴眼镜的王老师，比年轻老师成熟很多，教我们化学。跟学生讲话，好像随时都可能要揍你的样子，王老师既严肃又认真，鼻腔好像有点不通气，总是习惯性地发出吭吭的声音，似提醒：好好学习；似催促：抓紧时间；似警告：不要走神。上晚自习时，只要听到王老师的吭吭声，再闹哄的教室都会立马安静下来。王老师上课，手里拿一根电视天线，可长可短，伸缩自如，不注意照头给你一下，学生想开小差都没有那胆量，必须随时随地跟着他的思路走。有一次上课，我不注意把腿跷在凳子上，很不雅观，结果重重地吃了王老师一天线，钻心疼。

陈老师调走后，王老师教我们毕业班语文。王老师英俊潇洒，典型的学者型气质，后来调到县城教高中——专家级语文教师。

学校西屋山头的大河堤，对面就是黄台街，乡政府的大喇叭，清晰可闻。每天吃过午饭，刘兰芳的《杨家将》《岳飞传》准点播放，学生们简直听呆了，饭盒一丢就往河堤上跑，一撮一窝，露猴子似的，耳朵竖起来听。

弟弟读初一，和我一起住校睡一张小床。我初三学习紧张，弟弟早上负责淘米蒸饭盒，中午负责打菜，我们兄弟俩吃一个饭盒里的饭。我现在想起来都很心疼弟弟，记得：弟弟的手，黑乎乎的，虎口和手背皲裂得就要渗血的样子。我们兄弟俩为了节省菜金，排队打菜遇上 5 分钱两勺的白菜豆腐，都会退回来重新排队，等到白菜豆腐卖完了，只有 1 分钱一勺的青菜汤，才打 2 分钱的菜汤泡米饭吃。青菜汤上漂着的，不是油花而是米虫。在芦沟中学的这段求学时光，值得我和弟弟珍藏一辈子。

每次周末回家，母亲都会打听我们兄弟俩在校的学习情况。我检举揭发说，弟弟天天不学习，一到中午就到大河堤上听《岳飞传》。弟弟百口莫辩，每次都要受到母亲的责骂。因为住校，弟弟的成绩突飞猛进。

当时的学校，除了课本，基本上没有什么复习资料。本来我最喜欢的不是数学，记得学校发过一本北京海淀区教育局编写的代数习题集，厚厚的一册。每到晚自习，我就拿出来做习题，逐渐进入状态，以致如痴如醉。数学太美了，只要钻进去就跟浏览殿堂一样。这本书后来传到我弟弟手里，弟弟又交给我妹妹。弟弟以全县前十名的成绩，从初中考上了淮阴师范学校。紧接着，妹妹也从初中考取了淮阴师范学校。当时，农村孩子能上师范学校，成绩都是一流的了，二流的成绩才上重点高中，三流的成绩上普通高中，四流的上职业中学。不过，能上职业中学的人也是上等的成绩了，泗洪不少乡镇长党委书记都是从职业中学毕业的。我们虽然没有上什么名校，但为我们的子女攻读名校打下了坚实的精神铺垫。

美国的校车是最坚固最防撞的，所有正常行驶的车辆都会主动让道，他们有句话：你不知道哪辆校车里，坐着我们国家未来的总统。可见美国对教育的重视。中国虽有一定国情，但学生的未来也不好限量。现在想想，芦沟中学简陋不堪的三间大通铺里，早我们两届住过的有我的老本家、泗洪心脑血管专家许院长，和我同时住过的有著名企业家、泗洪商会的石会长，有全国各地修路架桥建高铁办学校的顾总，有火箭军少将许副军长，洪翔学校特级教师许副校长，以及其他各行各业的科局长、业务骨干，他们在各自的岗位上，为社会作出了不平凡的贡献。

有一次在体育场散步，我提起张老师借床让我住校的事，张老师一脸惊讶地说："哎呀，我一点都不记得了。"看似平常的一件事，却改写了我们兄弟俩一生的境遇——伟大从来都不是装腔作势、大词大语，伟大源于平凡。张老师这样有责任心的老师，才是真正伟大的教育工作者。

清华校长梅贻琦在就职典礼上说："所谓大学者，非谓有大楼之谓也，有大师之谓也。"芦沟中学，作为一所普通不过的乡镇中学，既不是大学，也缺少大楼，更没有大师，却有一支爱岗敬业、无私奉献的教师队伍，他们用自己的汗水，浇灌着乡村的教育。他们的青春，是美的化身，是爱的使者；他们的精神，值得我们记住，值得我们怀念。

我家的大狸猫

　　小时候住在农村，家里喂了一只大狸猫。大狸猫毛色灰灰的，带有条条的虎纹，憨头憨脑，温顺可爱。我们几乎看着大狸猫成长和老去，所以对它记忆犹新。

　　大狸猫到我家的时候还很幼小，一副惶恐不安的架势。放在地上，四爪没来得及站稳，立马遇上了一群强有力的对手——小黄狗和一群小鸡。

　　我家的饭桌下，是它们的主战场。没事的时候，它们相处还说得过去，到进餐时，矛盾就开始激化了。我家的小黄狗没大没小的，很不懂事。小黄狗天生看着小狸猫就不顺眼，恨不得一口将它置于死地。爱子心切的老母鸡为了给孩子们增加营养，歪头瞪眼，不时找理由行粗，动辄在小狸猫的头上没头没脑地啄上几口，痛得小狸猫眯着眼睛，趔趔趄趄地躲避。

　　小狸猫跟小黄狗争吃抢喝占不了上风，只好向我们讨吃要喝。

　　小狸猫发现我们手里拿着好吃的，发现新大陆似的兴奋，两眼直勾勾地望着我们，嘴里"喵喵"地叫唤，用它毛茸茸的尾巴在我们的腿间绕来绕去，以期引起我们的注视。我们扔下一点好吃的，小黄狗伸着灵敏的脑袋，毫不犹豫地冲上来抢食。小黄狗边食边恶狠狠地瞪着小狸猫，嘴里"呜呜"地示威，还"旺旺"地叫唤几声，吓得小狸猫毛发倒竖，缩起头来，无条件让步。小鸡们更是不甘寂寞，争先恐后地扑棱着翅膀，乘势挤上前来，和小黄狗平分秋色。小狸猫只有挨饿的份，孤苦伶仃地待在一边，无奈地甩了甩耳朵。

　　我和弟弟时常贪嘴而不予理会，小狸猫感觉妹妹的同情心远比我俩强得多，于是与妹妹特别亲近。

小狸猫在享受妹妹"帮扶"的时候，非常担心小黄狗趁火打劫，嘴里也学着小黄狗那样，边吃边"呜呜"地示威。小黄狗在妹妹的驱赶下，远远地站着，憨皮厚脸地摇着尾巴，吧嗒吧嗒地舔着舌头，伸鼻竖眼地看着小狸猫嘴边的食物，就是不敢靠前半步。小黄狗企图无望，转而乖巧地求助于我和弟弟，偶尔可以得到我和弟弟各啬的施舍。

春天来了，小狸猫长成了大狸猫，大大的眼睛，粗粗的鼻梁，长长的胡须，圆头圆脑，憨态可掬。大狸猫丰满而标致，就像淳朴厚道的大姑娘。

童心未泯的大狸猫对它周围动态的东西特别感兴趣，没事的时候，经常抓逮自己的尾巴。妹妹用白纸折成小蝴蝶，用墨水点上斑点，再用线系着，提在手里引逗大狸猫捕捉。大狸猫乐此不疲，蹿上跳下，玩耍不停。小黄狗的尾巴也是大狸猫游戏取乐的好工具，时常闹得小黄狗坐卧不宁。

逐渐强势的大狸猫，对小黄狗以往的过错一笔勾销，不予计较。

小黄狗和小鸡们早已安分守己，对大狸猫也另眼相看。它们知道，要是再有过分，大狸猫的勾掌可不是吃素的，抬手就能让它们退避三舍。小黄狗小心翼翼，担心自己那毛茸茸的嘴脸随时遭到大狸猫的掌掴，小鸡们更是不在话下，可是大狸猫却很少动怒，恃强凌弱不是它的本性。

大狸猫练就了一身翻墙爬树的好本领。老鼠不见了踪影，不安好心的黄鼠狼更不敢轻举妄动。老实巴交的老母鸡带着它的孩子们，终于可以安居乐业，过上了夜不闭户的好日子。

有时大狸猫很调皮，抱着我们的手又抓又咬，可总是点到为止，从不伤及我们。

冬天，大狸猫趁我们熟睡的时候，跑到我们的被子上面酣睡，压得我们腿酸脚麻。有时，大狸猫得寸进尺，竟然偷偷钻进我们的被窝里，呼呼大睡。

大狸猫睡起觉来，呼嗨呼嗨地扯呼，简直就是昏天黑地，好像天生就有天下太平、心宽体胖的气度。

大狸猫一次又一次地恋爱，一次又一次地带出一窝又一窝的猫宝宝。大狸猫家族一天天地兴旺起来。时间一天天地过去，孩子们一批批地离开了大狸猫。

大狸猫孤独而忧郁，显得苍老了许多。

妹妹工作后，把大狸猫装在竹篓里，带到离家十几公里外的学校里喂养。

第二年夏天的一个夜晚，天刚下过雨，母亲隐约听到窸窸窣窣的扒门声，母亲连忙打开电灯，放门察看。原来，是大狸猫回来了！大狸猫疲惫不堪，浑身湿漉漉的，不知是热的，还是雨淋的。大狸猫一副委屈的样子，可怜巴巴地趴在母亲的怀里，一动也不动。母亲赶快到厨房给大狸猫做些好吃的。大狸猫实在太疲惫了，昏天黑地沉睡了好几天。

后来，母亲才知道，大狸猫因为跳上桌子吃菜，被妹妹打了一巴掌。哪里经受得了这样的委屈？盛怒之下，大狸猫思乡心切，独自翻山越岭，折返原籍。妹妹发现大狸猫失踪了，正着急地四处寻找呢。

据传，猫是灵物，知道自己什么时候寿终。为了不让主人伤心，总是独自跑到野外等待自己最后时刻的到来。

大狸猫老了，进食很少，时常夜不归宿，有时甚至几天不回。终于有一天，它再也没有回来。

大狸猫消逝了，悄无声息地走了。

母亲很伤心，妹妹很伤心，我和弟弟也很难过。我们全家失去了一位温顺的亲人，失去了一位忠诚的好伙伴。

大狸猫在短暂的一生中用忠诚和友善，赢得了我们的尊重。我们怀念大狸猫，怀念和大狸猫共同走过的那段流金岁月。

（2019 年《向光芒》）

厕所的变迁

我们老家把厕所叫作茅厕，可见当时厕所的简陋。在农村，大多数人家在屋后挖个坑，把小沙缸往地下一埋，用黍秸围成大半圆状的篱笆，半腰上用黍秸夹着，麻绳穿过一道一道地勒紧，大功就算告成了。仔细的人家考虑得长远，请两个人和上墙泥，仔仔细细地垒成方方正正的四面矮墙，靠后墙处留个小门洞，厕所的后面砌个砖槽或埋个稍大一点的沙缸，厕所内砌几块灰砖当粪槽，底部做成斜坡状，利用重力作用的原理，粪便自动滑到外面的粪坑里，不顺利的部分用水冲冲，稍做打扫即可。讲究的人家会更进一步，加个茅草顶子，这样，刮风下雨也就不那么急迫了。年龄大的，肠道不畅，点根老烟，慢条斯理，悠然自得。

农家几乎都有厕所，叫作肥水不流外人田。没有厕所的人家，基本上很难称作一户。门前的猪圈、屋后的茅厕是家庭的标配。猪坑里的积肥交给生产队，换算成工分；屋后的大粪，那可是顶级肥料。家家户户精打细算，借个粪桶，定期抬到自家菜园地里浇菜。

大人们天不亮就起床了，黑漆漆地下田干活，忙过自家菜园地，大天四亮了，再在生产队长的吆喝声中，三三两两地去大集体磨洋工。生产队长呱呱拉拉，批评社员说：一个两个酸腿懒黄病，拿出菜园地十分之一干劲，生产队也不是这收成。

大人骂小孩，常用一句话：吃家饭拉野屎。意思就是不顾家，指望不上。

我们这个年龄，兄弟姐妹比较多，早上起床时间相对集中，蹲厕时间长的，自动就会招来其他兄妹的反感。弟弟比我小三岁，深受父母宠爱，所以敢于调皮也善于调皮。有意无意趁我蹲坑的时机搞点小动作，常常趁我不备，用砂礓、石块从后面往粪缸里冲，恨得我咬牙切齿，迫不及待地提着裤子，出来找他算账。

会看看门道，不会看看热闹。女孩子找对象，出于慎重，到男方家看门头，在当时是必经程序。经验老到的老岳父作为过来人，心底暗暗把门前的猪圈屋后的茅厕列入考核范围。猪圈整洁，茅厕干净，不要说，定为加分项目，闺女嫁过来肯定有好日子过，反之则为落败人家，再好的瓦屋楼台也是暂时的，不稀罕。我在家排行老三，重活有兄长，轻活有弟妹，总不能无所事事吧？于是，清理茅厕自然而然落到我头上，但必须弟弟协助。我的劳动观还是不错的，以脏活累活为荣，以父母眼见为实。弟弟似乎朦朦胧胧知道要好看了，抬着粪桶，遇上门前马路上的女同学，有点不好意思。我却有意让他出丑。

涉及孩子的亲事，都是大事。眼看大哥都快成人了，东西二头的，偶尔有人提亲了。粪缸不满，母亲就要开骂：三和尚好吃懒做，长大了要饭摸不到门。

家里两亩菜园地，一年四季，母亲总能找到该施肥的地方。每次抬粪水，我都要抓住时机捉弄弟弟。弟弟稍有怠慢，我都状告到母亲跟前，因此，弟弟没少受责骂。除此之外，我还略施小计，把抬桶的扁担多留一节在自己的肩后，抬到半路趁弟弟不备，慢慢托起扁担，肩往后移。弟弟不明就里，心想怎么回事啊？明明粪桶是在中间的呀，怎不知不觉就滑到我这头了呢？弟弟以为我在桶系上做手脚，但又感觉我不可能滑得动绳子，百思不得其解。弟弟真是挨了累还不落好。

农村有句俗话：小狗掉茅厕缸里，没鼻没眼的。我没亲眼见过小狗掉进去，不过，小鸡掉进粪缸是经常事。发现及时，挑上来冲一把，太阳底下晒一晒，打一会儿颤，扑棱扑棱翅膀就恢复元气了。

当时，县城公厕不多，泗洲大街叫人民路，东头电影院一个，县委大门东边一个，人民南路上，实小东门北边一个。三个公厕成掎角之势，拱卫着县城最繁华最核心的地段。电影院的那个厕所硬件最差，老远就能闻到骚臭味儿，不过，如果没有味道，农村人一时半会儿还真不敢贸然进入。厚脸皮的人干脆直接堵在厕所门口小便，这就苦了解决大便的人，出来进去跳芭蕾舞似的踩着砖块。砖块也不是太厚道，踩偏一点就可能翻身，一翻身就出你洋相，正所谓一失足成千古恨。武打片流行那阵子，有不少翻厕所墙头溜进去看电影的，没一点功夫，真不行。县委门东那个厕所最高档，应当是全县第一家旱改水的，没人掀闸刀，没人拧开关，隔一段时间哗啦一声冲水，二十四小时不停流，比报时钟还准。读高中那会儿，我常琢磨：这样的设备不算世界一流，也是国内领先吧？后来学物理才知道，也就是皮塞子上扯个蛋，利用水的浮力而已。该厕所一半面向人民路大街，对外开放，一半向内提供给县委大院内部使用。外半部的人总是极尽想象，心话，县委书记要不要上厕所呢？说不准就在隔壁蹲着呢，于是，看似无心，实则凝神静气地倾听里半部的动静。农村人不是迫不得已，基本不敢去这个厕所。

大伯在县政府工作几十年，当时身兼政府办主任。一天，老家来了好几个人，郑重提议说：能不能从城里拉点粪肥回去当肥料？我大伯思虑良久，点根烟，深吸一口，淡淡地笑了笑，最终没有表态。不是大伯不照顾家乡，是粪肥事关县城几万人口的菜篮子啊。

刚工作那会儿，单位不解决住房，我跟大哥一家租房在新一村住。新一村东面是一年四季绿油油的菜地。菜地边上，菜农搭建了一间简易厕所，专门收集粪便，厕所简易到不分男女。街上人普遍起床比较迟。早上，男男女女，陆陆续续，个个表面看似悠闲，内心却又急迫，先来后到，看似随机，实则有序。人到厕外，里面是否有人？不知道。嗯！接头暗号样地"咳嗽"一声，里面如果有人，不论男女都会回应一声"咳嗽"，于是，外面的人触电般转个方向，内紧外松，不远不近地等待着；有幸里面没人回应，则放心大胆，长驱直入。平常上个厕所，搞得就跟地下党接头似的。一看就像机关工作的人，思维比较含蓄，行动比较讲究，远远地站着，假装看手上的报纸，实际上是在瞅准空当，伺机而进。也有夫妻结伴而来的，按照女士优先原则，男人在外大大方方地等待，似站岗放哨，又兼安全保卫。据说有一次，夫妻双方都大意了。女人走了，也不跟丈夫打声招呼。紧接着，又进去一个女的。男人回过神来，以为厕所里还是自己老婆，今天怎恁长时间？实在等待不及了，就在外面开玩笑：嘿嘿，送房鞭都放几挂了，怎还不出来啊？犯痔疮了嘛！里面的女人以为遇上流氓骚扰，不等问题解决，裤子一提，哭哭啼啼跑到派出所报了案。

人流高峰期一般持续到八点左右。该上学的上学，该上班的上班。这时厕所空了，菜农悠闲地挑着粪桶过来，咳不咳嗽已经无所谓了，里面百分之百不会有人。浇水、施肥，一天的劳作开始。肥是农家宝啊！

一九八七年，我到苏州上学，学校附近的一个小镇叫郭巷，厕所建在马路边上，不分男女。矮矮的土墙，蹲着看到头，站着看到腰。当地人不分男女老少，进出自如，街坊邻居相识的，里外还打声招呼。我们北方人思想保守，有点不好意思，扭扭捏捏舒不开身子，总觉得有点放不开。全身不放松，大小便都不顺畅。

县城的厕所随着时代的发展，也在不断地提档升级。南环、北环陆陆续续都建上了厕所，大大方便了县城居民和进城的农民。

一段时间，很多地方把邓公的"一切向前看"错误落实成了"一切向钱看"，纷纷以加强管理为由，出台红头文件。一夜之间，厕所搞得就跟金库似的，统一价格，公开收费。一部分头脑灵活、责任心强、拉得下脸色的中老年人，公然竞标上岗，大头大脸地成了承包经营者。老年人，人来胜，越在人中场越讲真理，人越多越谝本事。你给他整钱，他说找不开；你说没带钱，他说你不想付费；你越急，他越跟你较劲；你发火，他就找到理由跟你缠事了，天王老子说情也不让你进。下班时间一到，厕所即刻停止营业，你再想"消费"，已经来不及了。医院起码还保留个急诊，供人急需吧？厕所却不管这些。厕所所处地段、营业额高低、利润大小，三六九等，各不相同，承包金额也参照调整，拉开梯度。有厕所门上，贴成品对联为：生意兴隆通四海，财源茂盛达三江。陵园东门对过的一间厕所，承包人擅自扩大经营范围，竟改成茶社。老板呼朋唤友，吆三喝四，麻将扑克，一应俱全，后被电台曝光，全市通报。

另据报道：一外地打工小伙，吃坏了肚子，十分内急，不经老汉同意，擅自闯入重地，被老汉径直拖出。小不忍则乱大谋。小伙子一时气盛，买把刀就给老人捅了，直接酿成血案。经媒体反复炒作，形成公共事件，群众反响强烈，各地纷纷终止合同，取消收费。

随着市场经济的发展，粪肥价格也水涨船高，奇货可居。某蔬菜队及时调配人员，专门成立了科技有限责任公司，把掏来的大粪统一集中到往化肥厂去的斜路上，晒干晾透，灭活打包，销售到砀山等地。跑车的大货车司机，一趟酥梨一趟粪肥，两头不空车，赚得满盆满钵。公司老总是我老表，高兴得合不上嘴，整天不是开会就是应付检查，不是应付检查就是协调关系。都日出三竿了，头天晚上的酒精还在发力，老表红头蜀黍似的，丝丝辣辣道：哎，昨晚喝到真酒了，到现在头还疼，哪想喝的？局长临结束跟我卡三壶，好不容易歪到家，一脚门里一脚门外，被你胖嫂子劈头盖脸地骂。以后，天王老子派酒，我也不喝喽！正讲着，老表有点漾胃子，待气喘圆和了，摆摆手：受不了，不是人受罪。公司每位领导都强调自己分管的一摊子如何重要，经费如何紧张，结果公司不几年就倒闭了。男人有钱就作怪，女人作怪就有钱。老表红火时，东倒西歪，家外有家；落败时，因地制宜，返璞归真。人是环境的产物。前几天遇到老表，老表客气了不得：有空到我们单位坐坐，我在东郊看厕所，从总经理到保卫干事都我一个人，一个月两千来块钱，加上退休工资，比在职时还高。

时代在进步，现在的厕所真不比宾馆差。

厕所，是一个地方、一座城市甚至一个国家文明程度的标志，看似无奇，实则事关民生。衣食住行，吃喝拉撒，缺一不可。

当今社会进入了新时代，地方政府相继开展了厕所革命。各地厕所崭新洁净，如宾馆一般舒适可人，仿佛焕发出了新的生机和内涵。绅士一般的人们进进出出，平淡地享受着现代文明，当年如厕的窘迫仿佛根本没有发生过似的。

（2021 年 10 月 12 日"作家地带"公众号）

暑　假

暑假还没正式开始，母亲已经着手给我们开动员会了。母亲说：暑假里，你们好好干活，该放牛放牛，该割草割草，让我腾出空来，贩梨给你们凑学费。

天黑隆隆的，母亲烧好了饭后就和小金哥家的光英，一起拉着平板车，上路了。母亲和光英赶到戚庄梨园，批发一车梨子，拉到亲戚家，拜托亲戚在庄上摊派。梨子的价格肯定比市场价格便宜一些，这才能让负责摊派的人张开嘴。

梨子拉到亲戚庄上，各家各户能买多少，全凭亲戚的面子和一张嘴。如果亲戚在当地混得好吃得开面子大，派得会顺利一些；如果亲戚面子小，派剩下的还要拉到另一个亲戚家，再找人摊派。不过，对于孩子的嘴头食，一般撑得起门头的人家都不抹面子，多少会买一点。下次你家亲戚派东西，别人家也会架势，处庄搁邻居，友好在先。不当家不知柴米贵，庄上的小孩子们恨不得自家多买一点，够吃几天才好呢，多多益善。嘴是无底洞。大人就需要量入为出了，日子要一天一天往前过，寅吃卯粮不是个事啊。有的人家手头没有现钱，会用刚收下来的玉米、高粱等粗粮交换，粮食价格高低无所谓，全凭出面摊派的亲戚说了算。当然，亲戚也不会偏心，公平公正，随行就市，差不多就行了。派剩下的，母亲留一些送给亲戚家，这些都列入损耗，计入成本。辛苦一天下来，到底能赚多少钱，还真不好说呢。有的亲戚自己感觉为难，担心派不下去，会找到庄上有威望的人说，我家亲戚拉来的，请您出面给派派。这时，母亲又会带上一些梨子送给替亲戚出面的人家。

农村当时的摊派，建立在诚实守信、友好往来的基础上，具有平等互惠、互帮共建的性质，与乱摊派乱罚款有本质区别。

三姑姑家住在大楼臧桥。三姑父为人宽厚，行事仗义，具有一定的活动能力。我母亲每年都会拉一车梨子让三姑父帮忙摊派。哪一年去迟了，三姑姑会叨咕：他舅妈今年怎没来的呢？庄上都派三次梨疙瘩了。等我母亲到了，三姑姑高兴了不得：他舅妈，我早就望你来的，昨天还提到你了。除了三姑父帮助派梨，三姑姑还要准备几碟好菜，热热情情招待。家里孩子多农活重，三姑姑不常回娘家，以此来弥补亲情互动的不足。三姑姑不拿我母亲见外，有时往锅门一坐说，他舅妈，你炒菜好吃，我给你凑火。

天气炎热，我母亲拉着板车来回步行几十里，到家时天已经黑透了。母亲又渴又饿。我们赶紧给母亲盛好饭，端到桌子上。母亲一边吃，一边叙述一天的经过，总结一天的得失，感激亲戚的帮忙。一个暑假下来，我家和光英家所有亲戚资源都用完了，梨就不能再派了，总不能连续找人家两趟吧。母亲和光英会拉着梨子，自己到集市上卖，这样效率就不是很高了。

多年后，母亲说，都是朴朴实实农村人，乍在街上卖梨子，遇上熟人实在感觉不好意思，但为了供你们上学，又有什么别的办法呢？一分钱憋死英雄汉。

有时，母亲会用梨子换一些粮食回家，有时也会带一些梨子回来。不过，梨子基本上都是烂的。我和弟弟不谙世事，苦着脸抱怨。母亲说，好的留着卖钱，烂的都被我用刀挖过了，烂梨比好梨子还甜呢。农村有句孬评人的话：头伸跟烂梨样。我感觉真是形象生动。

大集体时，父亲做生产队会计，习惯于组织、指挥，包产到户了，脱离他组织指挥的农家人，家家户户的生产生活都搞得井井有条，估计父亲以及上一级指导层，更是无所作为了。作为家庭妇男，父亲迅速转变角色，虚心接受我母亲的指挥。母亲不在家，父亲主持家务，带领我大哥、二哥一天到晚在地里干活。我和弟弟一个去放牛，一个去放羊，妹妹在家负责后勤保障，看门和喂猪。

夏天，一场雨过，田地就荒了。什么都骗人，庄稼不骗人，锄耨及时，庄稼乌油样地生长，反之连毛胡子一大把，枝黄叶瘦，不仅收成不好，还会被人笑话。父亲带着我大哥、二哥，争分夺秒，越热越往湖地里跑，争取在日头下把庄稼锄一遍，这样不仅能起到松土的效果，也能让杂草死得彻底。

当时，家里有一顶白色硬壳塑料凉帽，比较时髦，有点像越南士兵的头盔，一圈都有帽檐，前面长一点后边短一点，左右两边各有两个气眼，留穿带子用的。刘胖子在街上查车，一身制服，再戴上这样的帽子，十分抖威。最好的装备，总是配给最能打仗的士兵，帽子几乎成了二哥的标配，我们想争也张不开嘴。吃过午饭，太阳拿出最毒的劲头炙烤着大地，决心要让所有的生物向它低头。二哥戴上帽子，伸头向门外望望，随即扛起锄头，定定决心，十分悲壮地冲出门去。此刻，在我的记忆里，二哥赴汤蹈火的身影，无异于当今英勇无畏的消防队员。

晚上，二哥似乎要在母亲面前表功，说，其实大田地里也没有想象的那么热，云一阵风一阵，也就两三点钟那一阵子，不知不觉就过来了，比蹲家里还凉快呢。父亲负责汇报庄稼的长势和存在的问题，并提出初步意见和建议，经母亲同意后，抓紧落实，该买化肥买化肥，该打农药打农药。大哥是有名的"累不倒"，一向担当配角，不挨批评就算不错了。

包产到户时，我家分到一条老黄牛。老黄牛角弯、肚大、头小、屁股尖、尾巴细，缺点基本被它占全了，耕地拉犁只能捎单不能当犋。我家逗邻居合伙耕地，人家大多勉强，不看面子才不会愿意。刚到我家时，老黄牛脊背上一绺一绺的大鞭印，估计也是因工作不力而受到了惩罚。包产到户就不一样了，物有所属，没有一家舍得打牲口的。老黄牛分到我家，真是糠箩跳进了米箩，生活质量明显改善，每天晚上除了饭水之外，甚至还有水泡的黄豆吃。牛和人一样，力气不大的，往往都比较聪明。你去放它，不是你牵着它鼻子走，而是它用鼻子牵着你走，往哪去不往哪去，就跟它自己提前决定好了似的，一定程度上由不得你。你把绳子盘在牛角上，让它和牛群打成一片，在大堤上吃草，它却特立独行，非要搞点特殊化，稍不留神，就神不知鬼不觉地窜进庄稼地里吃庄稼。这样性格的牛，不入牛群，也让你合不了人群。

其实，放牛也是技术活。会放牛的老头，一人牵着两头牛，穿行在杂草丰盛的田间小埂上，大半天牛就吃饱了。老头放的牛，就跟经过培训似的，边界感很强，只吃草不吃庄稼，有时，看到小埂旁边的庄稼地里有可吃的草，舌头一撩就给吃了，丝毫不伤及庄稼。小孩子放牛，只知道往大堤上拦，往大埂上牵，放一天牛肚子还瘪瘪的。也不怪我家的老黄牛投机取巧，动辄往庄稼地里窜。

放羊就不一样了，小伙伴们把羊群往大堤上一撵，远远看着就行了，该玩玩该闹闹，几乎还是大集体模式。

我和弟弟谁放牛谁放羊？职责不明，分工不清。我们弟俩攀来攀去，还是二哥出来拉场。二哥从作业本里撕下一张白纸说，这样吧，抓阄。我和弟弟都觉得这样公平公正。第一天，弟弟抓的阄是牛，第二天还是牛，第三天弟弟不让了，非要看我手里的阄是不是羊，结果，我手里抓的也是牛。弟弟感觉吃了大亏，再也不愿意抓阄了。二哥责怪我太老实：你赶紧给手里的阄给扔了，不就行了吗？还拿在手里当美宝一样。

老黄牛虽然干活不行，但知恩图报，贡献也不小，一年下个小牛犊子，第二年最低能卖一千多元。在我们无微不至的照顾下，老黄牛皮肤变得油光滑亮，毛色纯厚，仿佛年轻了不少。小牛犊子，自由自在，棚里棚外撒欢，高兴时，犹得我们痒痒的，追着我们要吃要喝。

我家的老母羊，每年春天生出一窝小羊，小羊羔们毛色洁白，天真可爱。紧贴我祖父家屋后，堆放着几根粗大的柳树，柳树堆在地上，自动长出新芽。柳树成了小羊羔们天然的游乐场，一个一个蹦上跳下做游戏。我们趴在柳树上，小羊羔踩着我们后背，麻露露的，就跟按摩似的。我们坐起来，小羊羔跳到我们的脊背上，你上我下，争起了山头。有时，小羊羔会顺着我们肩膀，纵身跳到西墙头上，再顺着墙头爬上我爷爷家的屋顶，吃屋顶上的杂草。我爷爷见了，担心屋顶上的缮草被踩乱了，引起漏雨，赶紧拿着竹竿给小羊羔往下赶。小羊羔就跟小孩子似的"人来疯"，你越赶，爬得越高，甚至跳到邻居家的屋顶上。我爷爷恨不得立马把小羊羔煮来吃了。

我妹妹的担子也不轻，喂猪打狗，刷锅洗碗，就这样还被我们天天告状，今天碗没洗干净啦，明天饭烧不及时啦，反正有过没有功。

一年暑假，我无意中发现家里有本厚厚的小说，封面和封底都被撕掉了。看到最后，我恨不得把丢失的书页全都找回来，后来知道书名叫《铁道游击队》。我无意中发现大哥带回来一本《历年高考语文试题集》，封面纯白，内页纸张粗糙不堪，我拿过来做做，再对对答案，感觉不少都能做出来，我很惊讶,考大学是不是没有想象中的那么难?弟弟不声不响,有闲空就溜一边去了。原来,弟弟跟堂侄广兵关系密切,通过广兵神不知鬼不觉地把堂兄强忠大哥收藏的《三国演义》《水浒传》《西游记》《封神榜》逐一借读了一遍。等我发现,后悔已经迟了,怎么吃这么大亏呢?旦知道,无论如何也得沾沾光啊。

夏天雨水多,大雨一下就是老半天,有时到傍晚才能天晴。我们巴不得天天下雨,一直下到天黑,这样,我们就能窝在家里看书下棋做作业了,但猪狗牛羊顿顿都要吃,少一顿都直叫唤,它们的呼声有点像汹涌的民意,发人深省,催人尽职,又类似于战斗的号角,令人向前,催人奋进。

暑假即将结束,收获的季节悄然来临,山芋秧可以喂猪了,切碎了拌上一点玉米面,青的青黄的黄,色香俱全,大黑猪吃了睡睡了吃,忙不迭地添膘,越来越有肥猪的模样了。玉米叶打下来,一捆一捆背到家。老黄牛的嘴里,胀实实的,一咽一个大疙瘩,滑溜溜地填进胃囊里。我母亲说,放开量吃吧,好日子在后头呢!黄豆马上就要收了,营养更丰富的豆秸可以换换口味了。老黄牛顿顿有着落,天天有保障,懒洋洋地享受着初秋的成果。

母亲能吃苦会持家,每顿饭都能变着花样做,让我们吃上可口的饭菜。

母亲像是一个卓越的政治家,让我们做事有目标,生活有奔头;母亲又像是个出色的管理者,让我们人人有分工,个个有劲头;母亲更像是个心理疏导师,让我们人人讲团结,相处有谦让。

晚上,饭桌放在院子里,母亲炒上几碟小菜,让父亲喝上两杯。家人聚在一起,慢条斯理地聊过去聊收成聊未来。有时,西庄大姑姑家的长贵哥,也过来凑两杯,大家天南地北,话就更长了。

开学了,我们兄妹五个分头到学校住校,书费学费住宿费加起来真是个不小的数目,家境虽然不宽裕,但基本有个着落,不像有些人家,陆陆续续就辍学了。母亲鼓励我们说,只要你们想读书,摔锅卖铁也让你们读。除此之外,母亲缝缝补补,量入为出,根据需要给我们适时添置了新衣服新鞋子,让我们劲头十足地读书,尽可能体面地去上学。

母亲对知识的渴求,刻进我们的基因里,母亲对文化人的敬重,融进我们的血液里。认真读书,积极进取,成了我们的家风。

农家亲事

20 世纪 80 年代，人们刚刚填饱了肚皮，未婚男女的亲事作为头等大事，突然提上了日程。小伙子们蠢蠢欲动，姑娘们心生荡漾，老光棍们更是心急如焚，竭尽全力乘上末班车。媒婆们赶上了好时代，一夜之间炙手可热，号称媒八嘴，东家吃到西家，前庄喝到后邻，说媒成了热门专业。此时，媒汉也不甘示弱，张家长李家短地张罗，白天黑夜，这一头那一头，比邮局接线员还忙。

我小舅在部队当兵，回家探亲时，我母亲交代说，趁没退伍，还不赶紧给亲事解决了，人是衣服马是鞍，凤凰脱毛不如鸡，黄棉袄一脱，你指望什么的？我小舅有点不好意思，脸一红说，这次回来，组织上也有这个意思。于是，我母亲前庄后邻托媒，给他张罗亲事。小舅每次过来相亲，必是骑着自行车，衣袖故意卷高高的，把手表露在外面。母亲心细，对我小舅说，下次再来，胸口就不要挂钢笔了，我都跟女方那头实话实说的，其他没有包谈，就讨嫌大字不识一个，要识字，在部队早干起来了。小舅面子没挂住，生气道：我在部队不是也学几个字吗，怎么瞎字不识？

一天下雨，我小舅十几里路，硬是给自行车扛了过来，到我家门口累得雨泼汗流的。我母亲心疼道：下这么多天雨，拉拉拔拔，给车子扛来干吗？我小舅抹抹脸上的汗水，车子一放说：大姐怎这样实在？不是陪衬吗，相亲相亲，光看人的吗？到底部队锻炼人，我母亲恍然大悟：是的，手表、自行车，"三转一响"（手表、自行车、缝纫机、收音机）已经实现一半了。

女方父亲也是部队出身，禁不住表扬说，这么远，全是烂泥路，能给自行车扛来，就凭这一条就有日子过，这孩子真实在。丈母娘犹犹疑疑，意思还想留一手，来个明察暗访啥的。长期习惯于大权独揽小权不放那一套的老头子，在外拙口钝腮，遇事认怂，在家换了个人似的，一言九鼎，不容置疑，凡事不求正确，只求作数，总习惯于老婆孩子服从，眼珠一瞪，没留半点余地：看人一点准线没有，这孩子还需要查听吗？老太婆鼻子一囊：凡事零零碎碎，是你过问的事吗？说归说，做归做，服从是必须的。不多会，老太婆态度一百八十度调头，和风细雨道：我说一个"不"字了吗？看你嘘的，无来由发火，熊脾气到底哪天能改好？

女青年毫无悬念成了我的小舅妈。结婚七天回门，小舅妈到娘家脸拉多长。老头子忍不住问道：小两口闹矛盾了吗？老太婆赶紧给老头支一边去。小舅妈一把鼻涕一把泪，哭得咦咦哒哒的：妈，连吃饭桌子都是借的呀！老太婆脸一寒：多大出息！好腿好脚，还愁吃穿吗？我疑猜多大事呢。

我小舅家是庄上第一家盖洋楼的。

后庄的堂哥，心眼实在，相亲那天，媒人小杨姑交代再交代，新亲面前废话不要乱说。为了防止万一，家里安排堂哥到井沿挑水。女孩子和未来的老岳母看着堂哥一表人才，踏实肯干，把满意强行压在心底。大缸小缸水挑满了，不能总挑水吧？堂哥放下水桶，来到堂屋坐下，二婶担心堂哥乱糁一气，安排说，倒茶去。堂哥来到锅屋提着水壶到当门地。小杨姑随口央女方说，要不要放点糖？女方客气说，不了不了。堂哥一激动，喘粗气说，该喝喝，我在窑厂哪天不喝三四斤糖？女方一听下道子了，一天哪能喝这么多糖，掉糖缸里去了吗？小杨姑连三打圆场：几个人一起喝的，几个人一起喝的，都二五忠实年轻人，一天三四斤糖，不多。

女方愿意留饭，亲事基本上就算定了。二叔到村代销店买酒，一路上嘴里叨咕：达到我心情舒畅，达到我心情舒畅。人进了小店还在叨咕。营业员我小婶问道：买什么？二叔一紧张，说：达到我心情舒畅，达到我心情舒畅。到底买什么，二叔想不起来了。后来，二叔这段被传为佳话，全庄没老没少，遇上高兴事就说：达到我心情舒畅。

家境一般的男青年，以勤劳勇敢取胜，厚着脸皮，隔三岔五到女方家干农活，以此赢得老岳母的首肯：穷没根，富没苗，这孩子干得一手巧活，将来有日子过。闺女相信母亲，有说也没说的，保留意见，服从安排呗。

可怜天下父母心，相貌欠佳脑子混沌的，父母充分挖掘家庭资源，悄然兴起了所谓"换亲"，两家闺女儿子，互为条件，一来一去。顾点面子的避免直截了当，三家联手，相互配合，彼此制约，捣弯子换亲，不过风险很大，有一个环节不争气，出现故障，满盘皆输。为了规避风险，三家往往统一行动，择好日子在同一天举行仪式，彼此之间娶来嫁去，热闹非凡。这样的婚礼想简化都不容易。枝枝节节，有时大支忙昏了头，脑子都不够使的，犯下不少有失水准的低级错误。经验丰富、专门负责在礼仪方面挑刺找碴的老舅爹，不得不放下身段，服从大局，降低标准，主动配合大支工作，给婚礼留下不少缺憾。大部分女青年为了娘家延续香火，都能顾全大局，舍己为人，忍痛割爱放弃自己的心上人，捏鼻子吃苦瓜给自家哥哥、弟弟换亲。也有实在看不上对方，擒死命活反抗无效，一气之下咬牙跟人私奔的，过程中闹出不少事端。当然，这都不是主流，媒妁之言逐渐成了多余，自由恋爱成了时代洪流。

我同学昌松哥，爱情片子一看，把握不住，初二时带跑了昌松嫂。他儿子青出于蓝胜于蓝，初一时带跑了女同学，致使昌松哥三十六七岁就抱上了大头孙子，不了解情况的还以为他家又来个二胎，在前庄后邻成了美谈。

我姑姑的儿子小戴，现在承包工程，家里家外称戴总，和我同一年进的小学，一晃我上了高中，老表还在小学里晃荡，据说一年级蹲了七个。老校长说，让他多蹲几级，基础打牢一点。嘴上虽这么说，其实老校长无非就是想走特色办学道路，在体育方面创出点品牌，以此弥补文化教学方面的不足。有一年春节，我和弟弟一起到老表家带姑姑，只见堂屋后墙上满满当当贴的奖状，不少奖状边角已经遭了虫口，一个一个麻碌碌的洞眼。大姑父不无骄傲地说，每年都拿几张奖状，年年不断。老表像讲解员一样，逐一介绍。我正自惭形秽之际，弟弟嘀咕说，怎全是劳动和体育奖？我眼前一亮，从左到右从上到下，地毯式搜索好几遍，真的没发现一张学习方面的奖状，唯一一张可能与学习成绩沾边的是关于绘画方面的奖状，不过真假存疑，连公章都不怎么清楚，说涉嫌造假也不为过。

二哥工作了，第一站分配到老表学校任教。报到第一天，老表蹿过来帮忙提东西，打扫房间，二哥以为老表也在这个学校教书呢，高兴得不得了。上课铃一响，老表屁颠屁颠往教室跑，事后才知老表在三年级当班长。第二年，二哥做老表班班主任，心想，学校继续让老表这样混下去是严重不负责任的，于是，冒着徇私舞弊的风险，每次考试酌情给老表打六十二分：高了害怕人家查分举报；刚好六十分，似乎太玄乎；不多不少，六十二分正好。于是老表顺利顶到毕业班。老校长眼看留不住人才了，心有不甘地说，毕业就毕业吧！眼一翻就要打老师，黄鼠狼长大了都成精，不要说孩子了。

高二暑假，我爷爷从黄海农场我大伯家回来，第一站到我大姑姑家，回到家老人家十分关切，迫不及待地问我：亲事有着落没？我母亲说，哪有头绪啊？还在念书。我爷爷恨铁不成钢道：小时候看你就不如小戴骨咚，你看人家，没毕业将就到人啦！找上门。我母亲不明原委，问道：怎么将就到人？我爷爷理直气壮地解释说，亲事定下来啦！自谈的。在我爷爷眼里，老表出奇制胜，挖篮就菜，亲事敲定了一辈子就大头着地了，小日子理上套，独轮车不倒往前推，生儿育女传宗接代才是终身大事。我母亲说，小孩子知道什么？自谈自说的。我爷爷转过脸，对我直摆手：你不行！你不行！你看人家小戴，女方那头撵上门啦！嗯，你不行……

高考前，烈日炎炎。同学们一个个夜以继日，压力很大。有一天，和同学在陵园东面的树林里背书，同学书背得正投入：辩证唯物主义认为，辩证唯物主义认为……突然书本一合，顺着小沟底，咻溜一下躲得无影无踪。怎么回事啊？不多会，俩老太太一人背个挎篓到了，里面装着鼓鼓囊囊的慰问品。一老太翻翻挎篓，抱怨儿子说，你看你看，小和尚跑什么的？另一老太打圆场说，孩子还小，不懂事。俩老太太坐等了老一会，摇摇头走了。同学轻手轻脚从树丛里探出头来，心有余悸地说：我妈带我丈母娘来看我的，现在，我哪有心思考虑亲事？怂政治课太抽象，这边背过那边忘，烦死了！上回老太婆就来过一次，煮半篮头鸡蛋，我吃了三个，余下全都转味了，害得我一夜起来三遍，差点拉稀。原来，俩老太黍秸打狼两下怕，各有各的攻防：男方这边心话，万一儿子考不上大学，彩礼肯定翻倍，哪来这么多钱？不如在高考前情势不明的情况下给亲事定了，对方不知深浅，也不会狮子大开口。女方这边心想，高考前不给闺女亲事定了，万一男孩考上大学，别人插足先登，闺女想高攀也迟了。于是，俩老太各怀心事，一拍即合，以慰问名义前来学校，走程序征求一下孩子意见。

上云南成了当时大龄男子的无奈选择。在族人的撮合下，失去老伴多年早已习惯独身的三大叔也蠢蠢欲动，怀揣半年收成，由老汪叔陪着去了大山里。老弟俩有说有笑，跟着媒人坐了三天三夜火车，又坐了两天两夜汽车，再步行一天一夜路程，终于到达了山旮旯。连夜里，三大叔第一回相亲，逮眼就看中了新媳妇：嘿嘿！好好，嘿嘿！好好。新媳妇梨花带雨，含羞而退。

酒足饭饱，老弟俩都累了，倒头就睡，鼾声如雷。半夜里，三大叔做了一个甜甜的美梦：新媳妇扑鼻香味，正给他挠痒痒呢！此时窗外忽嗵一声。老弟俩雷劈一样猛然坐起，呱嗒呱嗒拉灯——电灯早已断电了。老弟俩连滚带爬赶紧摸衣服——除了身上穿的，连鞋子都被人拿走了。江苏人不是孬种，关键时刻老汪叔首先夺门而出，三大叔紧随其后。身后刀棍叮当，一片喊打：逮贼啊！逮贼啊！抓坏蛋喽，抓坏蛋喽！眼看中了埋伏，老弟俩赤身裸体，没命样地狂奔十几里，后面没了人才感觉脚疼。一路上连偷带捡，弄点破衣遮体，两个多月，老弟俩分文没有，也不知怎么摸回来的，到家就跟野人一样，蓬头垢面，胡子拉碴。

家里早已备好了两盘送房鞭，石磨样地摆在一起。破房梁上，裱糊了一层新报纸，静等着新人入房呢。村支书落落大方说：报纸不够再拿，反正我也看不懂。亲帮亲邻帮邻嘛，新人到家请我一顿喜酒就行了。支书娘子嘴一撇：死相，下油锅占干滩子，比卖废品划算多喽，就几张报纸，也好意思让人请一顿。村支书黄大衣一撮眼一翻，开玩笑说，唉？不吃白不吃，人带回来还能支住我刺挠的吗？支书娘子没好气道：阎王爷打盹，被你拖张人皮。

邻居出于好心，反复交代俩娃娃：喊妈妈嚎！喊妈妈嚎！不喊妈妈，看我怎么揍你！灰头土脸的两孩子，眨巴眨巴一对大眼，傻笑笑，期盼着尽快吃到喜糖。庄邻围上门，三大叔低着头直摆手，罪人一样。劫后余生的老汪叔，叹口气，结巴啰唆地说：一季小麦白撂啦，命不丢大山里就不错了。

过了几年，三大叔手头活泛了，直接花钱从人贩子手里买人，未入洞房先进牢房。三大叔当庭诘问法官：我不偷不抢，凭钱买人，人财两空，犯多大法？主审法官军人出身，水平有限，为人正直，气不打一处来，槌子咣当一搧：浑蛋东西！简直不可理喻，押下去！律师心话，清官大老爷都得罪了，我辩护还有什么鸟用？公诉人连喊：等等，等等，公诉书还没读完呢。

女方对闺女说婆家出于弱势心理，一般都比较慎重。有时，老岳父亲自上门，旁敲侧击，面试提问，比考核干部还严，有时甚至拐弯抹角，侧面打听，不亚于现在的明察暗访。

任何事物都有对立面，提亲的人多了，捣亲的人应运而生。一天，一中年男子到我们庄上打探消息，遇上老光棍瘸腿大爷说：你们庄小全子怎么样啊？瘸腿大爷敏感得很，从年龄和话音方面一眼就洞穿了对方的心事。瘸腿大爷呵呵一笑：你让我说他好吧，我想说也找不出，你让我说他坏吧，这前庄后邻的，我怎能干这事？女方父亲连忙递烟：照实说，照实说。瘸腿大爷叹口气：照实说你就回去吧！黍刷把顶个帽子都比他强。女方父亲瞬间石化，老半天叹口气，回去了。小全子考核没及格，不声不响亲事黄了。事情过去个把月了，小全子还扳着指头等回话呢。

瘸腿大爷可能担心后继无人，关键时刻交不了班，或者害怕自己合并不了同类项，一辈子省吃俭用，安分守己，唯独见不得小伙子成家。关键时刻，瘸腿大爷豆浆锅里撒石膏，面粉里面拌沙子，有意无意垫你几句，有时，甚至不辞劳苦，主动出击，乔装打扮，登门拜访。时间久了，前庄后邻的都产生了戒心，瘸腿大爷还没展开行动，媒婆就提前打了预防针：要是有腿瘸的过来拉坏屎，就不要理他，这人一辈子不干好事。

自由恋爱的人越来越多，瘸腿大爷捣亲行动的空间越来越小。瘸腿大爷的捣亲事业，逐渐被时代抛弃。

瘸腿大爷咽气那天，男女老少没有不抹眼泪的：除了这一条讨厌，别的真是找不出毛病，年轻时三岁孩子都没得罪。不盖棺也能定论，瘸腿大爷的捣亲行为，赫然列入了个人档案。

亲事，按照当时的程序和风俗，一旦确定就不可轻易逆转，按后来的话说就是重合同守信誉，没有重大原因或不可抗力，轻易违约，光媒人这一关你就通不过。媒人一手托两家，不偏不倚，公平公正。毁亲，会在经济上遭受损失，在道义上站不住脚，在舆论上也遭受谴责，其后果比违法还严重。远房老表参军前订了亲，后在部队混出点模样，头脑一热，连写几封信到女方家要求告吹。女青年悲痛欲绝，差点闪出人命。老岳母咬牙切齿，表示要决一死战。母女俩不远万里告到部队，部队首长爱兵心切，没有达到预期效果。无奈，闯到老表家门上哭闹，仍不见明确答复，于是，一气之下蹿到屋里，锅碗瓢盆一砸干净，而后扬长而去。门旁邻居见状，不但没有制止，还帮腔说，你毁亲，怎对得起人家？多方压力之下，远房老表拖鼻涕抹眼泪，乖乖就范。结婚那天晚上，新娘进洞房第一句话就是：你想干吗就能干吗了吗？女方完胜。

　　一晃几十年下来，现在，人们生活水平得到很大提高，男女正常交往、自由恋爱，婚丧嫁娶早已不再拘泥于过去的陈规陋俗。信息化时代的今天，婚介早已专业化、商业化了，大街上稍不留心一头就会撞进婚介所。有些婚介机构为了扩大规模，直接和家政服务合并重组。时过境迁，媒婆、媒汉俨然失去了当年神圣的光环和荣耀，牵线搭桥早已成了稀松平常的家政服务。

（2020 年 6 月 7 日 "丝路新散文" 公众号）

至爱无声

　　父亲去世后，我再也见不到父亲了。走在大街上，我多么希望父亲能从熙熙攘攘的人群里走出来，让我看一眼啊！父亲骑着自行车带着自己种植的蔬菜来看我们的情景，镌刻在我的脑海里。

　　一天早上，我和往常一样在陵园里散步，当我走到一个拐弯处时，发现"父亲"背对着我，一下一下地用后背往树干上碰撞，像是在按摩。此时，我非常清楚，这人不可能是我的父亲，但从情感上我感觉这人竟是如此亲切，我越看越像我的父亲——稀疏花白的头发，整洁合体的衣着，我熟悉的后颈脖、后背和体态……不由自主，我静静地往前走，直至近到五六米，我多想抱抱我的"父亲"啊！父亲，我太想您啦！您知道吗？理智提醒我：不可以，绝对不可以。我就这么站着，看着，就这么站着，看着……感谢上苍，时间为我静止了，周围的一切都消失了，这个世界仿佛只有我和"父亲"两个人……理智又在提醒我：赶紧走吧！赶紧走吧！"父亲"一旦回过脸来，你的心就碎了。我泪眼婆娑，在理智一再催促下，一步，两步，一步两步往后退，一直退到"父亲"在我的视线里消失……

　　是父亲借助这位老者在向我呈现吗？父亲，我感谢您的呈现，满足了我见您的心愿，抚慰了我对您的思念。我也感谢这位老者的"协助"，作为晚辈，我祝您健康长寿，幸福安康。

　　父亲给我们的印象是严肃和刻板的。有时，我们兄妹聚会，每每谈起父亲，都会诉说父亲的"不是"。

　　父亲下放后，一直都是做生产队会计，在家的时间不多。父亲不在家，家里就是我们的天下，母亲比较温和，我们尽情地打闹。父亲到了家，我们立马安静下来，吃饭的时候，没有一个敢大声说话的，父亲要是看到我们有什么他看不惯的行为，筷子调过头来，毫无征兆地给我们一下。即使我们眼冒金星，头疼欲裂，也得含着眼泪把饭吃完。

小时候的冬天，我是最怕跟父亲一头睡觉的。睡在父亲的怀里虽很暖和，但会有严重的不自由，不能随意说话，甚至大气也不敢喘，更不要说翻身了。小孩子是很难保持同一姿势睡觉的，但跟父亲睡觉就是不能随意乱动，不管是腿麻还是手麻都得忍着。此时，我内心里盼望着父亲能动一下，或者翻身，我呢趁机搭车翻个身，有时，由于用力过猛翻过了点，就得受着，或者慢慢慢慢做一些回调，调整到位了，再睡。就这，我一不小心也会引起父亲的制止，父亲会抵我一下，让我安稳。

我们渐渐都长大了。大哥、二哥在东头屋里睡，弟弟和妹妹跟父母睡。我一个人在父亲睡过的小床上睡，我自由了，可以自主翻身了。那年冬天，我半夜醒来，鬼使神差地害怕起了当门间后墙上的伟人像来，越想越怕，头蒙在被窝里连呼吸的鼻孔都不敢露。我不知不觉地哭出声来。母亲摸了摸我的脑门，发现没有发烧。我想到母亲的大床上睡，但又不敢说出来，过一会儿又抽泣起来。父亲的忍耐已经到了极限，跳下床，一下把我从被窝里拎出来，巴掌雨点子似的，噼里啪啦，一阵暴打。母亲赶紧过来拉我，父亲提着我的膀子，母亲拽着我的腿，从西房到东房，从东房到西房，来来去去，几个反复，我连吓加疼，已经没有知觉了，后面的事我就不知道了。天下竟然还有被打睡着了的，我就是。母亲抱着我哭了一夜，以为我会死去。第二天醒来，我睁眼看到了太阳，浑身也没感觉有什么疼痛。此时，母亲的身上、我的身上，全部都青紫了，没有一块是好的。后来，听母亲告诉我说，我要死了，她就不活了，娘俩一路去了，死了轻快，活着不易。

长大之后，直至现在，我一直看不得父母打孩子。有时，在大街上看到大人打孩子，我都会不由自主地停下来，劝说几句，尤其是看到爷爷、奶奶打孩子，我都恨不得帮孩子给打回去：你有什么权利打孩子？孩子是你的吗？可是另一面，我却复制了父亲的性格，打起孩子来又是如出一辙的凶狠，也许这就是我们家庭的业力和传承吧。事后，我内心里也会害怕，万一失手打死了孩子怎么办？

也许，父亲也会像我一样，后怕和自责。人在能量耗尽的时候，会本能地爆发，这时候的理智已经被狂躁赶走了。我理解父亲，养活我们不容易，我需要精进，克服自己性格上的不足。

人是时代的产物，父亲的成长经历是苦难和曲折的。

听我母亲说，我曾祖父家境还是挺好的，六个儿子各有自己的性格和能耐。曾祖父兄弟那一支在当地也是非常富足的人家，以致合作社到生产队的牛车都是他家的，还有，从做政府办主任的堂伯和联中校长的堂叔的气质上，都能感知得到，尤其是堂伯，宽心仁厚，为人谦逊，做事严谨，永远是我们学习的好榜样。

我祖父逞强好胜，又加上十赌九输，所以家境越来越差。母亲不止一次地跟我们说，父亲小时候和我大伯一起外出讨饭，早上出门，深夜才到家，一整天下来，连一口吃的都没讨到。冰天雪地，黑夜隆隆，兄弟俩走到后桥口，由于我父亲年纪还小，过桥时，一不小心掉进了冰窟窿，大伯拽着我父亲，拼命往上爬，怎么也爬不上来。我父亲流着眼泪说，哥，你回去吧！我也不想活了。大伯泪如雨下：你不走，我也不回去了，咱弟俩死也死在一起。回到家，父亲身上的破麻袋，已经冻成瓦片了。奶奶趴在锅台上，有气无力。家道中落的祖父，倒驴不倒架子，宁愿歪在锅门哼哼，也不会自己亲自出去讨饭。就这样，祖父还要埋怨我父亲兄弟俩，没有讨到吃的带回来。不过，由于承接祖上的观念，祖父也有他自己的长处：再苦再难，也要让孩子读书。我大伯从黄海农场中学退休，我父亲当兵参加工作，都是源于有文化，就连我姑姑都上过学读过书。姑姑凭良心说：我不识字，没工作，一辈子务农，怪不得别人，一上学我就头疼，一考试我就趴后桥底哭，都被大人打死了，没办法，我就怕念书。有一次，我大伯从黄海农场回来，当着酒桌上，老弟俩又回忆起讨饭这一段经历，一家人哭得泪如雨下，稀里哗啦。

父亲在部队，做事严谨，有板有眼，毛笔字钢笔字写得不是一般的好，所以，一直担任首长的秘书。当时，国家是缺人才的，父亲转业后分配到南京地质局做会计。地质队辛苦，父亲的工作也不轻松，地质工人到哪里，父亲就要每月背着现金送到哪里，给他们发工资。所以，我们的乳名都是我父亲年轻时经常去的地方。说来也巧，我们分别叫什么名字，各家子女就分别到什么地方工作。机缘巧合，想错也错不了。这就是一个家庭的命和运。

该是承蒙父亲的福荫吧？感恩上苍，感恩父亲。

父亲下放时，还有一段故事，我要当作家史告诉我的后人。

在饥荒的岁月，我祖父也不知怎么摸到南京的，祖父对我父亲说，家里饿死人了。我父亲见我祖父骨瘦如柴，心痛不已，赶紧带到食堂吃饭。我父亲买来馒头咸菜和稀饭，端到我祖父跟前，祖父以为可以尽饱吃呢，一顿饭把我父亲一个星期的饭菜票都吃完了，要知道，我父亲一个月才供应26斤粮票啊。祖父在南京过了一个星期，我父亲的同事看不下去了，催促我祖父说，老人家您赶紧回去吧，再不回去您儿子就活不成了。父亲给了我祖父一些路费，让老人家先回来。

祖父走后，我父亲是怎么过来的？父亲头发都饿稀了，上楼办公的劲都没有了。每到吃饭，父亲仅喝一点稀饭打发肚皮。单位的女同事饭量小一些，大家都往我父亲碗里倒一点，我父亲好不容易度过了一个月。家里到底饿到什么程度？父亲惴惴不安，于是想往单位借点钱寄回来，但单位也无能为力，困难是普遍性的，不是哪一个地方的事，再说，哪天又是个头呢？单位同事给我父亲出主意，你可以申请下放，这样可以申领几十块钱的补助费。父亲心想，困难总会过去的，眼前先活下来再说，于是狠了狠心，带着以后有可能再回来工作的侥幸，提出了申请。父亲拿着几十块钱，到南京市场上买了九斤黄豆，裹在背包里带回来。

父亲踏进家门，下巴都惊掉了：房顶上的草被扯下一半，当烧锅草。此时的农村已经饿殍遍野，赤地千里，连树皮都被扒光了。我奶奶趴在锅台上，嘴流口水，我祖父倒在锅门口，意识模糊，我大伯家的小霞姐两眼已经肿合缝了。父亲赶紧放下包裹，从背包里捧出一捧黄豆，煮熟了，一个一个往嘴里送。一家人终于活过来了。我奶奶第一反应就是在锅门刨个坑，把黄豆放进坛子里，埋在地下。我父亲用工作，换回了九斤黄豆，九斤黄豆挽回了一家人的性命。

年景好转了，我祖父不愿意了，好不容易培养出来的儿子怎又变成农民了呢？过了这个村，就没那个店，一切都成了过去式，我父亲还有什么好说的？天下没有后悔药，更何况，鱼和熊掌不可兼得，人命重要还是工作重要？根本没有后悔的理由。祖父因此和我父亲结了半辈子的怨，父子俩对面不相逢，恨不得老死不相往来，不是我母亲从中周旋，可能还会更僵，直到祖父病重从黄海农场我大伯家回来，看到我们一个一个脱离农门，才和我父亲和解。祖父的埋怨，情有可原，可父亲的隐忍，有谁知道？父亲半辈子做农民的艰辛和无奈，有谁体谅？父亲沉默寡言，负重前行，就是对他父亲最好的回答。记得有一年，父亲的同事辗转来到我家，简直不敢认我父亲了，眼前的农民，哪里还是他以前的同事？两人在我家院子里，相拥而立，号啕大哭。天下没有不巴望孩子好的父母，但各有各的难处，换位思考，相互理解吧，两辈人之间的缘分是有限的，好好珍惜才是。

十年河东，十年河西。下放政策落实后，不仅父亲的户口可以解决，而且单位每月还会补发几百块钱的工资，甚至可以解决一个子女的就业问题。人生就像一场梦。九泉之下的祖父知道了，该会有何感想？老人家一辈子耿耿于怀的事，父亲终于可以给他一个交代了。

父亲挺知足的，感恩国家并没有把他忘掉。有一年发洪水，家里虽然还不宽裕，父亲背着我们，悄悄捐了几百块钱，以此表达自己的心意。父亲去世后，工资本里还有四千多块钱的余额。父亲在世的时候，不到万不得已是不怎么动用的，数额虽然不多，却是父亲留给我们的宝贵遗产。

父亲的精神，需要我们去传承，需要我们发扬光大。我们的家风该是好学上进，积极进取，脚踏实地，坚韧不拔。晚辈们没有让我们失望，在各自的岗位上都有不俗的表现。一代人有一代人的担当，我们有责任向我们的后人讲好我们的家庭故事。

三十多年前，父亲送我到苏州上学的情景，历历在目。

火车上拥挤不堪。父亲年轻时，时常乘火车到南方出差，知道怎样占座位。父亲在车厢里打探到镇江下车的乘客，终于，打探到了。父亲紧挨着站在这位旅客旁边。刚到镇江，父亲终于占着了那个座位，父亲让我坐下，他自己站在我的旁边。我几次想换父亲坐下，父亲却没有给我好脸色，甚至有点愠怒。我怕父亲生气，终于没有勇气再让父亲坐下。我的孝心，最终也没有拗过父亲的爱子之心。父亲就这样手里拽着行李，一直站在我的身边。其实，父亲当时已是五十来岁的人了，我的体力远远好过父亲。

到学校天已经擦黑了，正好学校的一辆校车还要到市区接新同学，父亲要跟车到市区，然后连夜赶回家。

我本想让父亲在学校休息一个晚上，第二天再回去，可父亲就是不肯，一再嘱咐我给家里写信。我实在不忍父亲来回的辛劳，却没有一点办法表达我的孝心，于是我在学校门口的小商店里买了两瓶橘子罐头让父亲带着，可父亲无论如何不肯收下。情急之中，加上对自己当下的不满和未来期待的失落，我的泪水泉涌而出。就这样，坐在校车上的父亲徐徐消失在儿子泪眼婆娑的视线里，消失在姑苏古城灰色的黄昏中。

我至今不知父亲回家路上的情况，后来父亲也没有告诉过我。我很是担心父亲回家的路费不够用。一个星期之后，终于收到父亲从家里的来信，我的心踏实了。

父亲平时话少，但心是暖暖的。父爱如山。我在外读书的两年多时间，父亲前前后后给我写了几十封信，我都一直完好地保存着。父亲的信，语言平和，暖我心魄，跟他的外在性格完全不相吻合。父亲的字，笔墨清爽，刚柔相济，令人过目难忘。毕业时，行李实在不好携带，我竟舍不得丢下一床破棉胎，竟把家里写给我的信和不用的书，一起给丢了。孰重孰轻？一目了然，贫穷限制了我的思维。

女儿上幼儿园，因为我们是双职工，没有专人接送孩子。我让父亲跟我们一起生活，负责接送孙女上下学。

父亲在我家好几年，衣服从来都是自己浆洗，接送孩子准时准点，从不让我们担心。我女儿小学三年级，转眼可以独自上学了，父亲也明显苍老了许多，自己要求回老家生活。我们觉得这样也好，和母亲在老家，老俩口也能相互有个照应。父亲回老家之后，我家邻居问道，怎不见老爷子了？我说父亲回乡下去了。邻居打探说，老爷子年轻时，在哪个单位工作？我呵呵一笑，老头子就是个普普通通的农民。邻居以为我在开玩笑，怎么也不相信。

不过，父亲当兵十几年，转业到地方工作，后来下放到老家当农民，一直做生产队会计，分产到户后，我们都在上学，父亲是家里的主要劳动力，吃了不少苦。五十来岁的父亲，学会用牛，学会扬场，学会育秧，学会撒种。父亲虽然辛苦，但做事严谨、讲究卫生的好习惯，一直都没有变。

一句话说久了，就会成为现实。我父亲年轻时，聊天时常说，人的年龄不要太大，免得麻烦子女，活到七十岁就行了。我母亲也跟着附和。结果，我父亲、母亲都是七十岁时去世的。

父亲检查出癌症，断断续续地住院和化疗，为了方便治疗，有时也常到我家生活一段时间。父亲即将走到生命最后时刻的几个月里，我哪儿都不去，必须为父亲送终，这是我天然的责任和义务。

父亲临终的头天晚上，虚弱得已经不能说话，示意我大哥递纸和笔给他，然后颤颤巍巍地写下了二和三。大哥感觉父亲快不行了，估计是让二哥和我尽快到医院去。父亲晚上八点停止了呼吸。我紧紧拽着父亲的手，直到父亲的手变软、变凉。我脑子里没有跟父亲牵手的记忆，我再也不能放过最后的机会了。父亲的指甲在他自己能动时，剪得干干净净，父亲的手和他的性格一样，是最倔强、最精致的手。

我母亲生前曾交代说：你父亲哪天去世了，临走时给假牙拿下来，人走了不能戴着假牙，这是风俗，千万不要忘了。我心头一惊：几十年了，竟然不知父亲和我爷爷一样，整口装的假牙。我母亲说，这老头子就是知趣，一天三次刷牙，连我都不给看见。葬礼过后，妻子还怪罪我：老爷子装的一口假牙，怎从不听你说过？我说，我自己也不知道啊。妻子感慨说，老爷子就是太过知趣，每一件小事，自己都打理得井井有条，就怕麻烦别人。

大爱无言，至爱无声。父亲的话不多，却用自己的身体力行，教我们怎样做事，怎样立身，怎样做人。父亲，我感谢您把我们养大，感谢您教我们坚韧。

父亲走了，我再也没有在他老人家面前尽孝的机会了，这辈子，我们父子的缘分也尽了。梦里，我时常见到父亲，每次都是泪眼婆娑，醒来，我更加怅然。父亲，您在哪里？有时，我谁也不带，独自开车到父母坟上，我以为这样可以找到父母，就像父母活着时一样，可以聊聊天，拉拉家常，可是到了墓地，我实在不能接受父母埋在地下的现实，这里冬冷夏热，风霜雨雪，父母能受得了吗。我失落，无助。我需要倾诉。一段时间，我几年不去给父母烧纸，因为去了我会更难受。我的父亲母亲，你们在哪里？不能让儿子见上一面吗？我想喊出来，又喊不出来。

元月2号，是我父亲的忌日，来自天际的声音，不停地领着我祷告：我要去给父母烧纸，我要去老家，给我的祖父母烧纸，我要跟他们连接，跟他们聊天，我要告诉他们，我们平安，我们幸福，让他们放心，让他们安宁，让他们快乐！

（2024 年 4 月《骆马湖·三角洲》）

我的母亲

　　母亲已经去世两年了。我深深地思念我的母亲。我现在还不相信，母亲已经离开人世。

　　我时常感觉生和死，就像隔着厚厚的一堵墙。这堵墙，有时堵得我喘不过气来。这堵墙的两面，就是两个世界。人，只有在梦里，才能穿越这堵墙，和逝去的亲人相见。我常想，人要是能够永远停留在梦里多好啊！多少次在梦里和母亲相见，多少次在梦中带着热泪醒来……

　　我至今不记得母亲的祭日，因为母亲去世得很突然。当时，我身在千里之外，所以母亲的祭日，在我脑子里，印象就不是那么深刻。

　　潜意识里，我不愿意相信母亲已经离开这个世界，所以我就不太在意母亲的祭日。父亲是去年元月 2 日凌晨去世的。我在父亲的病床边拉着父亲的手，眼看着他老人家离开这个世界的，所以，今世我也不会忘记父亲的祭日。

　　送走亲人离开这个世界，是痛苦的，也是煎熬的，但是子女天经地义的责任。

　　母亲晚年的时候，身体一直不好，看着母亲一日不如一日的身体状况，我曾不止一次地想象我们失去母亲，会是什么样的日子，我会怎样难过，怎样地去面对生活，总不相信这一天会来得这么早，这么突然。

　　母亲去世以来，我的心境一直都是灰色的，除非是在上班，工作很忙。稍有闲空，就很难过。所以，我害怕独处，尤其是周末或阴雨天。

　　2003 年夏天，我新购了一处住房，把母亲从乡下接到城里，让母亲住在马路对过的老房子里。此刻，我才感觉真正完成了一件人生大事。心想，母亲为我们操劳一辈子，总可以让她老人家享享清福了。不想，父母与我们一起生活不到两年，就相继离开了我们。

我在乡下工作，通常下班很迟。每次下班回家，即使已是深夜，我总是习惯先到母亲的住处，悄悄地打开房门，到母亲的房间看看她老人家。偶尔例外，心里总不踏实，因为母亲的身体总是不能让我放下心来。多少次，我把事情想象得很糟，总是害怕母亲哪一天不让我知道就离开这个世界。母亲也常常拿我寻开心，说我上辈子死了母亲，死怕了，所以这辈子特别依恋母亲。

母亲估计，我只要回家，即使很晚，也肯定会过去看望，每次也很少提前休息。可能母亲在等我吧！母亲总是问我是不是很忙，或者说一些提醒要我注意身体、注意安全的话。我也总是习惯接受母亲的叮咛。固然总是这些话题，但我却并不觉得母亲唠叨，因为母亲好多话是对的，我早已习惯了母亲的叮咛，因为，我的工作也确实需要经常提醒。在这个世界上，只有母亲会这样反复叮咛我，我也只能接受母亲一个人这样唠叨的叮咛。

母亲去世两年了，我每次从乡下回来，还是习惯先到母亲原来的住处。侄儿侄女在附近学校读书，晚上，她们在老房子里居住。我要看看他们，心里才踏实。他们是母亲离开这个世界最放心不下的人。在我的眼里，他们是母亲生命的延续。

每到楼下，看到楼上窗子里有光亮，我的心就暖暖的，仿佛母亲还没有离开我们，仿佛母亲还生活在这个小屋里。母亲在厨房里洗碗做饭的身影，已经永远地铭刻在我的脑海里了。

看到窗子漆黑，我才真的相信母亲已经不在人世了。仿佛小屋里的光亮，就是母亲生命的光芒。此刻，我是多么伤感。我多么希冀小屋里的灯光能够永远地亮着啊！一点微弱的光亮，仿佛能够温暖我整个世界。

现在，我时常感到对母亲的内疚。母亲在世的时候，要经常忍受我恶劣的态度，我经常听不进一点点不同的意见，不容忍别人有一点点不接纳我的观点，也包括我的母亲。母亲却总是能够忍气吞声。母亲也常常背着我伤心流泪，但母亲却从来没有当我的面让我下不了台。不知母亲事后是否真能原谅了我的粗鲁。

不知什么原因，妻子却总要与我针锋相对，不依不饶地和我斗气，我也时常火冒三丈，气得头脑涨乎乎的，耳鸣心跳，有时甚至连呼吸都困难，心里就像压上一块石头。

每次遇到这样的场合，母亲总要提醒我的妻子少说两句，让我一点，可妻子却做不到。母亲知道，我过一会儿态度就会好转，就会心平气和地说明自己的观点和理由。不知道什么原因，母亲对父亲却也是针锋相对一辈子，好像一点雅量也没有。我总是习惯总结父亲的过错，其实母亲也有不对的时候。

母亲能够忍让子女，也许源于母爱本能的宽容吧！

我成家那天，下着小雪。傍晚，母亲搀着我侄儿瑞瑞坐公交车从乡下赶到城里，侄儿的脸蛋冻得通红。母亲趁人不备，塞给我 2000 元。我知道，那是父母卖花生的钱，是母亲和父亲在乡下，一点一点从泥土里抠出来的钱啊！我说，妈妈，我有钱，不需要。母亲说，拿着吧，不要让媳妇以后有话说。我知道母亲一辈子很要强。但最终，我还是没有接受母亲给我的钱。其实，我哪里有钱，哪里不需要钱啊！我实在无法继续承受母亲的那份爱了！毕竟，我已经长大了，成家了。

后来，母亲经常从老家过来探望我们，或让父亲过来，捎点自己种植的蔬菜。我们吃上母亲亲手种的蔬菜，真是一种幸福，不仅是因为没有化肥农药，更主要是能够感受到母亲浓浓的爱。

女儿出生以后，母亲经常过来住上几天。看着襁褓中的孙女，母亲经常唠叨我小时候的长相，总是夸我小时候怎么白胖，后来因为"出疹子"，家里条件不好，照看不周，变得消瘦了许多。此时我能看出，母亲好像因此对我怀有许多的内疚和偏爱。我也总是开导母亲说，我现在已经很好了，一般人还不如我壮呢。母亲说，本来你可以再长高一些的。

母亲在我的脑海中，第一次留下清晰的印象，是在县城医院的病房里。长大以后，我才知道母亲患了癌症，在医院做手术。

记得，当时母亲留着短发，躺在病床上挂水，脸色很黄很黄。母亲看到我和弟弟妹妹，连续叫唤我们的乳名。我和弟弟妹妹都怯生生的，没有回答。

母亲流了很多眼泪。

　　我到现在也不知母亲为什么会流泪，也许是因为心痛我们；也许是因为还能够回到人世，为见到自己的孩子而高兴；也许是因为我们的无礼而失望；也许兼而有之。

　　我清楚地记得，是我早已驼背的奶奶，弓着老腰，拄着拐杖，一级一级台阶把我驮到楼上的病房里看望母亲的。那时，奶奶已经是六十几岁的人了。

　　我之所以没有回答母亲的呼唤，是因为我当时还小，母亲住院很长时间，我们离开母亲的照顾很久，对母亲已经变得生疏了。

　　我长大了才知道，母亲当时三十几岁，患上癌症，在县医院做的手术。母亲苏醒后，要见我和弟弟妹妹。是我父亲冒着风雪，跑了三十几里的路程，用平板车把奶奶和我们兄妹三人拉到县城的。

　　母亲很勤劳，很会持家，但在那样的年代、那样艰苦的经济条件下，母亲也常有为难的时候。

　　在我升入小学二年级的时候，学校要收两块四毛钱的书学费，因为我们兄妹五个同时开学，一下子拿出二三十元的学费对于当时的农民家庭，已是一个不小的数字。我的学费是父亲到学校担保，暂时赊欠的。开学一个多月了，家里还是没有钱，班主任也很为难，只好在他上课的时候把我一个人撵到门外站着。

　　在一个天气转凉的早上，因为惧怕班主任向我催要学费的眼神，我没有上学，母亲打我，骂我没出息，父亲也来拖我。我哭着抱住母亲的腿不放。母亲流泪了。父亲因此到学校和班主任吵了一架。

　　后来，也不知什么时候，学费交了。班主任允许我到教室里上课了。不过，每次背书总要提我，别的同学不会可以坐下，唯独我不会背书，往往要站到下课。有时，课前忘记背诵，上课铃一响，吓得一身冷汗。

　　因为养成背书的习惯，不少中小学课本上的内容，至今我还记得很清楚。我常常庆幸地认为，这也许是我语文功底还算不错的原因吧。

　　真不知道，在那样贫困的年代，母亲是怎样把我们兄妹五个，一个一个拉扯长大，又让我们一个一个读书成人的。

　　我不得不佩服母亲的记忆。在大家庭中，不管是老人的忌日，还是孩子的生日，凡是相对重要的日期和事件，母亲都能讲述得清清楚楚。

母亲没有上过一天学，但报纸上常见的字，总能认识不少。我也常觉奇怪。在母亲上了年纪的时候，我在看报时，找出一些简单的字有意考考母亲。母亲乐呵呵地戴上老花镜，认真辨读，仍能认识一些。有时，刚上小学一二年级的女儿，也过来凑凑热闹，搬来书本考奶奶。我问母亲，怎能记住这些字？母亲说年轻时，你父亲经常看报纸，所以，也就跟着认识一些了。

母亲也经常为自己小时候没有读书的条件而懊恼，因此，母亲非常看重我们兄妹五人的学习。我们兄妹能够从贫困的年代、贫困的乡村、贫困的家庭，一个一个走出来，读书上学，参加工作，在各自的岗位上为社会做些贡献，都是母亲重视教育的结果。

农村土地承包后，父母整天辛勤地劳作，家里的经济状况有了很大的改善。

暑假里，母亲经常带着我们一起下田，锄地薅草干农活。母亲让我们相互开展劳动比赛。跟着母亲干活，真是一件既累又苦，却又很愉快的事。母亲一边干活，一边给我们讲故事。母亲能把每一个故事都讲得那么生动，这也是我喜欢写小说的原因。母亲通过一个一个故事，教育我们好好做人，勤劳持家，刻苦学习，立志成人。

母亲鼓励我们放羊放牛，割草喂猪拾庄稼，为开学读书做准备，为家里多攒些钱交学费。在我们开学前，母亲也时常到集市上给我们买双鞋子，做件衣服，鼓励我们好好读书。穿上母亲刚买的新鞋子、新衣服，翻阅溢满墨香的新书，是何等快乐的事啊！

在昏暗的煤油灯下，我们兄妹争相传阅彼此的新书本，用报纸小心翼翼地裹上书皮，心里真有说不出的高兴，恨不得马上飞到教室里上课，恨不得一下子就把书本从头至尾都读透。夜晚，我们的睡梦里，时常带着浓浓的墨香……

我们兄妹五个相继都在同一所中学里读完中学，学校离家十来里，我们每天早出晚归。从大哥读初中，一直到妹妹初中毕业，这十几年时间，无论春夏秋冬，刮风下雨，母亲每天总是起早贪黑，为我们准备早饭，让我们准时到学校上课。

我不知道，母亲自己是怎么准时叫醒自己，为我们做好早饭的。我们只是在酣睡中，听到母亲叫唤"起来吃饭上学吧，东边星已发亮了"。于是，我们慌忙从被窝里爬起来，匆忙吃饭，赶路上学。

有时候，我们放学回家，母亲会问，今天上学迟到没有？我们说没有啊。母亲说，我第一遍起来，东边的星星还没亮，第二遍起来，天已大亮了。我们知道，母亲又要检讨自己了。即使我们偶尔真的迟到了，也从不告诉母亲，免得母亲为此责备自己。

母亲在老家种田，随后到集镇上开店，最后又跟随我到城里居住。母亲走到哪里，哪里的生活就安排得井井有条。母亲生活在哪里，哪里就是我的家。不管走到哪里，只有见到母亲，我们才能真正找到家的感觉。

记忆中，第一次见到母亲，是在白雪皑皑的冬季，是在洁净的医院里。今生今世，告别母亲，也是在白雪皑皑的冬季，也是在洁净的医院里。

到外地出差前一天的晚上，我和二哥一起到医院看望母亲。固然外边天气很冷，病房里却暖暖的，护士帮母亲抽完血就出去了，只有母亲一个人住在那里。我们也没有看出母亲有什么异样。

平时，母亲最喜欢跟我和二哥聊家常。可能难得我和二哥一起陪伴自己吧，那天晚上，母亲情绪很好，脸上也挂满笑容，母亲和我们聊了很长很长时间。

母亲知道我明天要出远门，不断地催促我早点回家休息。大约十一点钟，我回家了，想不到，这一别竟成了和母亲的永别。那天晚上，母亲的音容笑貌，就永远铭刻在我的脑海中。

四天以后，我从千里之外赶到了乡下的老家，母亲已经躺在地铺上，永远离我远去了。我竟不相信地上躺下的是我的母亲！我竟不知道伤心和难过。

在操办母亲葬礼时，我没有落泪，我不相信母亲已经去世。直到安葬好母亲，从墓地回来的路上，我坐在车里，抱着母亲的遗像泪如泉涌。此时，我才真正地感到，母亲只好孤独地留在墓地了；母亲再也不能和我一起回家了；那熟悉而温暖的小屋里，再也见不到母亲了；我再也听不到母亲的叮咛了。

哪怕看到母亲还是躺在病床上忍受病痛的折磨，对于我来说，已是莫大的奢望了。母亲，真的已经离开我们，独自远去了。

如今，母亲永远安眠在那个陌生的地方了。父亲去世后，我也永远失去了尽孝的机会。不知母亲在天之灵，是否还能感受到儿子的孝心？

母亲，留给我们的，是无尽的思念。

母亲的恩情和慈爱，我们要感受一辈子。

母亲，已经走了。母亲留给我们的精神财富，要让我们一代一代地去传承。

母亲啊，安息吧。

（2012 年 9 月 "中国期刊网" 社会人文栏）

侄女小莹

　　侄女小莹在上中学之前，一直是由我母亲带的。我虽在城里工作，但在成家之前基本上都骑自行车早出晚归。我跟着母亲一起在乡下老家生活，所以几乎是看着侄女长大成人。

　　记得，第一次见到侄女是我在外地上学，暑假回家的时候。那天；家里空荡荡的，只有孩子一个人躺在前屋小木床上啼哭。我忙放下行李，趋到床边。看着孩子脸蛋圆圆的，眼睛大大的，鼻子扁扁的，凭直觉我就知道，这孩子该是我的侄女。侄女见我赶来，瞪大了眼睛，停止了啼哭，似乎定要认真地辨认一下自己的叔叔不可。侄女鼻涕、眼泪、躁汗满头满脸都是，让我这个做叔叔的为难得竟不知如何是好。侄女怔怔地望着我老一会儿，突然腿脚乱蹬，哭得更厉害了，好像是在昭告她经受不少委屈似的。

　　母亲大概是到田里劳作了。正当我不知如何伺候小侄女的时候，母亲回来了。母亲见儿子回来，很是高兴，一边拾掇做午饭，一边向我介绍小侄女的情况。母亲说，孩子一生下来，就交由她老人家带的，还比较省心，不怎么哭闹，连名字还没混到呢。

　　经过很长一段时间的讨论研究，经过哥嫂定夺，我们才给侄女起名叫小莹！

　　放假的时候，家里就热闹了，在外地读书的弟弟妹妹都回来了，母亲也仿佛能够从各种劳作中解脱出来，显得轻松了许多，这时，侄女成了家里的"小把戏"，给家人带来无穷的欢乐。

　　暑假里，我和弟弟、妹妹都害怕田里炎炎的烈日，懒得跟母亲下地干活，都各自向母亲表明种种理由，争着在家照看侄女。我们知道，在家照看侄女是件轻快的事情。只要把芦席往地上一铺，把侄女放在席子上坐着，给她几个玩具或什么能吃的，侄女就自己玩了，我们可以静下心来，认认真真地看自己的小说书了。

侄女小时候好像根本就没学会爬，但坐在席子上崴的本领可真厉害。有时，她稍不留神就从席子上崴到地上了，弄得满屁股的灰土。而且，拿到什么都往嘴里送，好像这个世界上什么东西都可以吃，什么东西都要亲自品尝一下才是，有时搞得口水、鼻涕一大把，满脸满嘴脏兮兮的。我们赶紧把她抱回席子上，赶紧拿来毛巾帮她擦嘴洗手，帮她打扫卫生。

在家照看侄女，也不能光顾自己看书，也得花时间逗逗孩子。有一天，我把家里的一面镜子拿给侄女当玩具，不想侄女对镜子产生了浓厚的兴致。侄女好像发现小小的镜框里丰富而又神奇的世界，好像发现小小的镜框里那陌生而又熟悉的自我。正面看一看，摸一摸，高兴地笑了起来，满脸的兴奋，再反面看看，什么都没有，于是又一脸的迷茫和不解。反反复复，她一时搞不明白到底是怎么回事。

侄女刚能站立，就急不可待地要学走了。一开始，她从桌子的一面能抹到另一面，后来，自己学会借助凳子、床边，活动范围逐渐变大起来，可就是不敢放开手脚，独立行走。为了锻炼侄女的胆量和独立行走能力，我们经常让侄女自己靠墙站着，在她不远的地上蹲下来，鼓励侄女自己走过来。刚开始的时候，侄女看上去很紧张，眼睛大大的，牙咬紧紧的，脸憋红红的，好像要下很大决心，才向我们奔扑过来，那笨拙的样子简直就像南极的企鹅。当扑到大人怀里的时候，侄女好像成就了一件壮举似的，高兴地说出一些让我们似懂非懂的话来，还用她那肉乎乎的小手在我们的脸上又掐又扭。

也不记得什么时候，侄女自己能走了。

侄女说话很早，但口齿不怎么清楚。比如，"多"说成"得"，"三"说成"掺"，"四"说成"戏"。全家人经常一起来帮她矫正口型，却总是事倍功半。弟弟、妹妹都是学教育的，应当很专业了吧，但经常被侄女弄得哭笑不得。有时候，我们帮她矫正口型时间长点，侄女不仅继续咬不清字音，还把尾声拖得长长的，或将上下牙齿咬得紧紧的，嘴咧大大的，脸憋得红红的，好像故意来吓唬我们。我们知道，又要以失败而告终了，于是大人们都大笑起来，侄女自己也莫名其妙地跟随我们"嘿嘿"傻笑。

那时，母亲喂养了一群小鸡和一只小黄狗。开始小鸡们也真够霸道的，不仅在饭桌下争抢小黄狗的零食，还啄咬小黄狗的脸部，使小黄狗痛得"嗷嗷"直叫。个别胆大的，还时常趁大人不备，跳起来抢啄侄女手中的零食。经常把侄女欺负得"咩咩"大哭。后来，小黄狗渐渐长大了，时而发起威来，又把小鸡们撵得"咯咯"乱跑。半大的小黄狗，俨然成了侄女的小卫士。

侄女和小黄狗都很好吃。侄女经常零食不离嘴，急得小黄狗摇头摆尾，整天围着侄女转。小黄狗在长期和小鸡们的争斗中，逐步学会了空中截食的绝活。我们将食物向空中一抛，小黄狗迅速判明食物大致的落点，奔跑过去，然后纵身跃起，在半空中将食物劫住，咬在嘴里，然后再大吃起来，让小鸡们几乎得不到半点争抢的机会。

跟侄女和小黄狗捉迷藏，真是件快乐而又有趣的事情，我父亲一贯不苟言笑，这时都笑着做看客。

在前屋门前的晒场上，我将准备好的饼头向远处的空中一抛，小黄狗迅速奔跑过去，侄女正集中注意力观看小黄狗的表演，我便乘此机会，快步跑向院内的厢房或堂屋里，找个隐蔽地方躲藏起来，等侄女反应过来后，小黄狗零食也吃完了，我也藏好了。于是，他们一起跑到院子里来找我。老远就可以听到侄女的笑声和脚步声，小黄狗则跟随侄女，这里瞧瞧，那里瞧瞧，一会摇头摆尾，一会凝神静气，好像要竭尽全力，努力搜寻我的下落。他们要是在我附近搜寻，我就一动不动；要是在离我远的地方寻找，我就叫一声"叽"。这时，侄女和小黄狗一起顺着声音奔跑过来，在我躲藏的附近这里扒扒，那里瞧瞧，当发现我的时候，侄女便"呵呵"大笑起来，搂住我的大腿，对我又拖又拽。小黄狗也抬起两只前腿，扑在我的身上做直立状，嘴里发出"呜呜"的叫声，好像立了什么大功似的，来向我讨吃要喝。

小黄狗跑得快，有时食物扔得不远，我还没来得及藏好，小黄狗就跟到屁股后边了。于是，游戏不得不重新开始。

我是不会连续在前一次被找到的地方躲藏的，但侄女和小黄狗却总是首先直奔我上一次躲藏的地方寻找我。我心里暗笑：这两个也真是实实在在的傻瓜！

　　侄女很懂事，也很淘气。一天，侄女感冒流鼻涕，母亲让她自己擦，侄女干脆两手向后一背，弯下腰，扬起头让小黄狗给她舔鼻涕，小黄狗也不客气，摇头摆尾，"吧嗒吧嗒"舔了起来。母亲又好气又好笑，巴掌竖起来要打她。侄女见奶奶举着巴掌走过来，反而两手扒眼做鬼脸，假装"老妖怪"迎面冲过来吓唬她奶奶，等侄女扑到奶奶的怀里，祖孙俩都笑得前俯后仰。

　　侄女七八岁的时候，庄上的小朋友也就多了，小孩子们一来我家就是一大帮。有时，侄女向她奶奶要一块馒头或饼干分给小朋友，边吃边到邻居家，一玩就是老半天。回来的时候，侄女偶尔还能带点别的东西吃吃呢。现在看来，侄女小时候也就很有人缘了！

　　侄女和她奶奶一样，每天起得很早，就是冬天也一样。早晨，我还在熟睡的时候，侄女就跑到我的床边玩耍。有时，侄女故意用她冰凉的小手摸摸我的头发，捏捏我的鼻子，发现我醒来，嘴里"咩咩"叫着，做鬼脸装"猪八戒"来吓我，侄女见我忍不住发笑，也就呵呵地对我傻笑，然后，亲亲我的面额，逗我开心，要我起床带她玩耍。假如我不想起床，或故意假装不醒，侄女就一手捏住我的鼻孔，一手堵住我的嘴巴，不让我喘气。我也就故意憋气。正当侄女吓得不轻、不知所措的时候，我憋不住呼吸，扑嗤笑出声来。侄女吓得转脸就跑。不多会，侄女见我又睡着了，也就不声不响地走开，自己到一边玩耍去了。

　　后来，我和弟弟、妹妹都相继成家了，回老家的次数也少了。侄女也渐渐长大，上学去了。逢年过节，我们每次回家，侄女就跟小黄狗一样，很远就迎上来，懂事地帮我们提包拿东西。

　　看着孩子快乐、活泼、天真的样子，我们心中都有说不出的高兴。我们兄妹几个，都格外心疼这个由母亲一手带大的小侄女。

　　时光荏苒，仿佛一夜之间，父母相继老去，也仿佛一夜之间，侄女亭亭玉立，长大成人。

侄女是在爷爷、奶奶、爸爸、妈妈、叔叔、姑姑浓浓的关爱中长大的，是个很有爱心的孩子。侄女自己选择了南方的一所医校，形单影只地背着行囊，到大学读书去了。

　　在学校里，侄女品学兼优，聪明且善良。侄女在大学里担任学生会主席，很有人缘。

　　相信，侄女会用自己优异的成绩和浓浓的爱心，来回报这个一路关爱她成长的家庭和社会。

（2019 年 8 月《向光芒》一书）

太阳的味道

春雨刚过，门前的马路上，渐渐长出了路眼。

奶奶舒舒老腰，望了望天上的云朵，打了个长长的哈欠，狠下心似的对我说：孙子，走，跟奶奶种棉去。

奶奶臂弯里挎着小挎篓，挪着小脚走在前面。我扛着奶奶的铁三爪跟着奶奶，往沟南大庙滩去。奶奶早就在大庙滩上开垦了一块三拐六角的拾边地。地里的碎瓦块捡出来，堆到地边上，就跟小坟丘一样。

奶奶刨一铁爪，就让我丢两颗棉籽到土窝窝里。奶奶用下一爪的土掩盖上一窝的棉籽。奶奶一边刨，一边捡拾地里残留的碎瓦块，扔到地埂上。奶奶对我说，眼看都十一二岁的人了，该讲究点体面了，赶明儿讨个花媳妇，给奶奶抱个重孙子。刨了一会儿，奶奶喘吁吁的。我说，奶奶，我刨地您丢棉籽吧！奶奶脸一寒，说，你把握个深浅？奶奶撩起偏襟褂子揩揩额头上的汗，不紧不慢地说，这大庙滩上呀，原来有座庙，香火也盛，后来不知什么原因，一把火给毁了，就留下这垄高土堆。听说，庙里的菩萨灵验着呢，求男得男，求女得女，等明儿孙子长大了，好好将就一家人，我还等着抱重孙子呢。我脸一红，一个趔趄给棉籽儿丢偏了。奶奶蹲下身来，寻了老会儿，给棉籽捡到土窝里。奶奶仰脸笑了笑：哪天我死了，起码棺前再多个提马灯的。

午饭前，奶孙俩终于把棉花种好了。奶奶挂着铁三爪，站地边上舒了口气，发狠似的说，今年就让你爷爷少吃点菜，晒晒牙股子。

过了十来天，奶奶说，孙子，跟我锄棉花去。到大庙滩一看，棉花已经绿油油地长出土来了。微风一吹，嫩绿的棉苗叶子，一摆一摆的，做广播操似的。

雨后的夏天，奶奶顶着湿水的旧毛巾，挪着小脚赶往大庙滩上，给棉花剪枝杈。棉花渐渐长出了沉实实的棉桃来。秋天，棉秸秆报功似的，举着雪白的棉朵朵。

整整收了满满一筛子白棉花，奶奶一粒一粒地理出棉籽，再用弹弓把棉花弹得像雪糕样蓬松。

冬天就要到了。不知什么时候，奶奶早已扯了几尺蓝洋布。奶奶把床上的芦席往当门地上一铺，戴上老花镜，一针一线地给我套棉裤。奶奶先是套好一条棉裤腿，然后再套另一条棉裤腿，最后往一块拼接，整个棉裤模样就出来了。

奶奶连续套了几天，我和弟弟没事就在奶奶的芦席上玩。我巴不得棉裤一下子就套好。

弟弟最喜欢把玩奶奶的老花镜了，老花镜往眼上一卡，东看看西望望，仿佛整个世界都变了模样。

一天，弟弟一不小心，"咔嚓"一下把老花镜的左腿把子给扳断了。奶奶很是着急，说，小和尚，赶紧滚！弟弟吓得一咪溜跑远远的，苦戚戚地望着奶奶，就跟冤枉不轻似的。奶奶点着了煤油灯，迎着亮光把眼镜腿子靠近灯火上烤，等塑料融化了，颤颤巍巍地往一起接。刚接上，又掉了下来。没办法，奶奶找来棉绳临时代替了镜腿。棉绳结成圈儿挂在奶奶的耳郭上，老花镜失去了原先的平衡，斜不梁地耷在奶奶的嘴唇上，看上去真是好笑。奶奶的视线离开针线活，从镜梁上直接看人，更是滑稽。奶奶时不时地抬手推推老花镜，以维持平衡。我和弟弟"噗嗤"笑出声来。我们越是笑，奶奶越是不让我们靠近。奶奶随手抓起身边的竹尺棒，吓唬说，小龟孙，滚远远的！我说，奶奶，您把顶针坠棉绳上不就得了。对呀！奶奶急忙在针线匾里扒出一只旧顶针，往棉绳圈上一串，老花镜立刻恢复了往常的平衡。奶奶笑着从老花镜的横梁上瞅着我说：这龟孙，真还长点脑子。

打那以后，奶奶的老花镜从不丢手，针线活一停就藏了起来，就跟命根子似的，不让我们沾手。

几天下来，棉裤终于套好了，我恨不得马上就穿。奶奶脸一沉：等过年再穿不迟。我捧在手里，爱惜地用脸抚了抚：奶奶的气息，浓浓的；太阳的味道，暖暖的。

终于熬到过年了。我手忙脚乱地换上了奶奶做的新棉裤。母亲说，省着穿，等长高了，再留你弟弟穿。弟弟跟前跟后，眼巴巴地盼着我长高。

我家后面的大水库，西大堤上有个"T"字形的涵洞。夏天，洪水卷着漩涡穿过涵洞，汹涌地奔向远方。冬天，水下去了，涵洞空黝黝的，吓人。

寒假里，我和后庄的小乾他们，一起到后湖底拾草。

小乾挑事说，谁敢从涵洞里爬过去？大家你望我，我望你，谁都不敢吱声。我狠狠心，逞能道：我领头，你们跟我后面，一起爬。小乾说：好！我第二，谁不爬小狗！我吸溜一下鼻涕，撮了撮裤腰，壮着胆子往涵洞口一趴，跟蛤蟆样地爬了进去。小乾头顶我屁股，后面一个接一个地跟了进来。涵洞底被洪水冲刷得一丝土星都没有，只剩一些有棱有角的砂礓。洞内，伸手不见五指，只感觉手掌按在地上，麻露露地疼。我突然想到里面会窜出一条大蛇或黄鼠狼什么的，立刻紧张起来。开弓没有回头箭。小乾顶在我屁股后面催得急，我只好战战兢兢地往前爬。爬了好长一段，我顺着涵洞一转弯，逮眼看到前方有个幽幽的透着亮光的出口。快到头了，有希望就好。我顿时来了精神，"呼啦呼啦"地提高了速度。终于爬到头了，大家陆陆续续钻出了涵口，说不出的兴奋。这时，正巧看树的老头从北边一摇一摆走了过来。小乾抬手一挥，趁热打铁说，鬼子来了，快钻地道！我们赶紧钻进涵洞躲了起来。等老头走远了，我们又从北口返过头来爬到东口。就这样爬过来钻过去，个个爬得浑身大汗。天擦黑了，小乾哎呀一声：我膝盖冒血珠子了！大家这才发现，各自的膝盖上，全都磨出了灰秃秃的棉絮。我的新棉裤，膝盖几乎就要对通了。

晚上到家，躲躲闪闪，也没敢跟我母亲说。第二天，母亲还是发现了，拧着我的耳朵拖出门外，巴掌就跟雨点似的打在我的后脑勺上。母亲冲气头上，一边打一边审犯人一样：刀剁的，在哪疯的？嗯！在哪疯的？住在前面小屋里的奶奶听到动静，弓着老腰挪了出来，一看我膝盖上的棉絮，说：小龟孙才穿几天呐？难不成用牙啃的？奶奶百思不得其解。不屈，该打！奶奶丢下狠话，转身钻小屋里去了。奶奶从没有过这么决绝，丢下我一个人在寒风里，呜呜咽咽地哭。我何尝不难过呢？一条新棉裤，没新时就坏了。过了不多会，奶奶挪着小脚又出来了，一把攥住我的手，狠歹歹地拽到床边地，说：小龟孙，坨被窝里。奶奶戴上老花镜，对着门沿上射进的阳光，穿针引线地给我补棉裤。

细心的奶奶在给我做棉裤时，有心留下了一些棉花和蓝布。补好的棉裤，膝盖上还显得更新了呢。奶奶拍拍我屁股上的灰尘，说，惜着点，从你爷爷牙缝里省出来的。

这条棉裤，我穿了好多年，裤裆扯过好几回，都是让奶奶帮我缝的。

包产到户了，大伙终于过上了好日子，奶奶却永远地走了。

奶奶走后，床头的针线匾里，整齐地叠放着两个棉裤脚。奶奶怕我棉裤短了，随时拿出来给接上。

孤独的爷爷搬到后面队屋里住了，一是可以照顾我家分到的那头老黄牛，二来离开奶奶住过的老房子，免得伤心。

那年冬天，爷爷跟我母亲说，我去他大姑家看看，散散心。母亲理解爷爷的心思，说，您放心去吧！晚上我叫小孩子看门就成了。北风很大，寒冷刺骨，母亲对我爷爷说，干脆等天暖和一点再去吧！爷爷肩负使命似的，执意要走。

爷爷住的队屋是三间大通道。爷爷的床铺在最西头靠北墙，床对面的南墙根拴着我家的老黄牛，老黄牛带着小牛犊。门东的南墙根放着爷爷的大棺材。东山墙上靠的是我家门前小河里收割的一捆一捆的芦苇个子。冲门的北墙根是我爷爷的锅灶台，当门地摆着爷爷的小饭桌。房子的两架木梁上，横担着一根根的长竹竿。

晚上，东北风呜呜地刮着，我和弟弟提着马灯到后面的队屋里看门。

看着爷爷油亮亮的大棺材，我们心里不来由地紧张，只是我和弟弟为了相互壮胆，嘴里不说罢了。小牛犊子的脑瓜"咕咚咕咚"地顶撞着老黄牛的奶帮子，吧嗒吧嗒地吃奶，不时弄出点声响来。爷爷床头土瓮里，装着一只小坛子，坛子里盛着冰糖块，我和弟弟没敢多吃，害怕爷爷回来发现。那天夜里，我们睡得很迟。夜里，我和弟弟头靠头，蒙在被窝里睡得正香，迷迷糊糊中，忽听"噼啪"作响。东山墙上的芦苇已经燃起了熊熊大火。我本能地翻身，跳到床边地上。弟弟几乎同时也跳起身来。烟雾把整个房间清晰地分成上下两个完全不同的世界，就像水杯里倒上了一层柴油，上层是浓密的烟雾，什么也看不见，下层被火烤得透亮。

我弯着腰跑到门跟前，着急慌张地扳掉抵门的草叉，跟手扔在了一边，又把抵门的饭桌掀翻了过去，然后拔掉门闩，把门放开。几乎就在同时，弟弟拉着老黄牛到了当门地。老黄牛眼看东面的大火，打着蹬往西墙角缩。我推着老黄牛的屁股往门外去。当弟弟就要把老黄牛拽到门跟前时，老黄牛猛地窜了出去。我一头失去了重心，趴在了门槛上。小牛犊子孤零零地缩在西墙角，瞪着大眼，一动不动。我连推带抱给拥了出去。

敞开门的老屋，烈火得着更充裕的氧气，噼噼啪啪，烧得更旺了。火光惊动了整个村庄。等我和弟弟回过头来，敞开的东扇门，上角已经燃烧了起来。我犹豫着，里面还有我的棉袄和棉裤。第一个跑到现场的广华父亲，伸手拽住瑟瑟发抖的我和弟弟，说，来不及了，什么都不要拿了，烧就让它烧吧！

大冬天里，我和弟弟都是光着屁股逃出来的。第二天清理火场时，发现土瓮里的小坛子还在，里面的冰糖已经融化了。

母亲含着眼泪，借钱给我们弟俩做新棉衣。给我们套棉衣时，母亲突然明白什么似的：是你奶奶鬼使神差地救了你爷爷，那晚，要搁你爷爷啊，碍腿绊脚的，说不准要出人命，更莫说牵出两头黄牛了。庄邻也都这么议论。

那场火到底是怎么烧起来的，没人报案，也没人查究。农村有句古话：庄事庄了。

到学校，小乾还挺羡慕我的，说，你家怎有钱的？做了一套新棉衣。我干笑笑，什么也不好说。

经过这场火灾，我和弟弟仿佛一下子长成了大人。我们读书都很用心。

成家后不久，女儿天使般地降临了。不知不觉中，母亲也到了慈祥的年龄。女儿的棉衣棉裤，都是我母亲亲手做的。

母亲一个人在老家，自己种棉花，自己买布给孙女做棉衣。从幼儿园到小学，从小学到初中；有蓝花的，有红花的；有背带的，有缩腰的；母亲做了三四套。

女儿上小学时，母亲已经走了。母亲留下了我奶奶的那副缺了左腿的老花镜和叠放在针线匾里的棉裤脚。

寒冬就要到了，天气一天天地转凉。我从阳台上取过女儿的花棉衣。女儿捧在手上，嗅了嗅说：暖暖的，太阳的味道。是啊！我接过来，敷在脸上：浓浓的，奶奶的味道。

奶奶走了，奶奶的光和热还在。我和女儿眼里，泪汪汪的。

（2019 年《分金文学》冬季刊）

手扶机风波

小时候去外奶奶家，在小朋友面前，我自觉比他们见多识广，不为别的，就因我们家后的石子路上，时常可以看到车跑，外奶奶家那边就没有。我给小朋友们一描述，引来一圈羡慕，仿佛我是天外来客。外奶奶也常叨咕：我们这里背道哎，不像你们双桥街。

代课教师都来凑热闹

与象征工业文明的手扶拖拉机近距离接触，还是我们家后石子路上修小桥那会儿。小桥修到一半，停工了，路被挖得高洼不平，下雨天，过路车就比较麻烦了。小桥工地在双桥小学的东北角。一天上午，一辆六匹小手扶掉在了路坑里上不来。只看过猪跑，还没摸过猪屁股呢，我们像发现怪物一样围拢过来，争先恐后，伸手动脚，摸摸也是好的，女生胆小的，站在外围指指戳戳。手扶机往后倒倒，加了几次油门，想往上冲，结果都失败了。司机说，来来！小朋友们学雷锋，都来推一把，帮帮忙。还要你说嘛！哪天能有这机会？一二三，一二三，上来了。司机下车，感激不尽：谢谢！谢谢！回到驾驶座，加足了油门，准备扬长而去。嗯？怎走不动的？又掉坑里去了吗？回头一看，手扶机被我们给拽住了。不要调皮！不要调皮！司机回过脸继续加油门，还是走不动，离合器一拉，嘎吱一声踩脚刹，停车下来撵我们：想死了吗?！我们一下散开，跑远远的。司机又上车，咕嘟嘟嘟冒黑烟，离合一松，还是走不动——拽的人更多了。如此循环好多次，司机来汗更来火，蹿下车来追我们，边追边骂：走开！我一脚能给你们踩死。越骂人越多，几乎全校的孩子都来了。司机顾头不顾腚，顾腚顾不了头，开车就无法揍小孩，揍小孩就无法开车。不多会，上课铃敲了几下，司机心想，这下你们该去上课了吧？干脆熄火，静等着我们离开。等也没用，没有一个回去上课的。赶路要紧，司机继续重复先前动作，此时，竟然发现"大人"也来拽了，个头比他还高，气不打一处来：你大人拽什么的？"大人"说，我想拽！你怎么着？司机立马态度缓和，也不敢胡嚼乱骂了。强龙压不过地头蛇，司机又给手扶机停下来，静以待变。我们都在看，事态就这么僵持着。正在这时，学校唯一正式在编的陈老师，拿着扫帚跑过来，没头没脸对小孩猛抽一气，"大人"也被抽了两下，不但不还手，还龟腰鳖颈往教室里跑，后裉襟耷在屁头上，一扇一扇的。司机一看陈老师中山装穿得利利索索的，连忙敬烟说，谢谢！谢谢！我一看您就是正式老师。陈老师心话，我什么正式老师？一年四季就这一套中山装，除了胳肢窝，其他地方都褪色了，老家人光看照片，还以为泗洪这地方四季如春呢。司机余怒未消，诉苦道：小孩子淘气还好说，连代课教师都来凑热闹，个子跟驴桩样，作为成年人你不是少脑子嘛！陈老师笑笑：哪里是老师？是我们学校一年级学生。司机瞪大眼睛：啊?！陈老师补充道：嘿嘿，都蹲七个一年级了。

年底，班主任还想给"大人"再留一级。陈老师说，前几天我抽他两下，眼翻起来朝着我。黄鼠狼大都成精，莫说人嘛！本来成绩就不好，我们对他也负到责任了，让他基础打牢牢的，同时，在体育方面也给学校多拿几块奖牌。唉！看来不行了，现在知道反噬了，不能再留，万一以后眼一翻，打老师怎么办？

"大人"升到四年级，父母说，识两字够用就行了。"大人"离开书房入洞房，毕业证没拿到，结婚证却领到了。

膝盖渗血了

到芦沟读初中，早出晚归，两头不见太阳，从家到学校沿着家后的石子路往西再折向北，一天来回要走接近二十里路。路上，除了极少数家庭富裕的同学能有自行车骑，大多数的人都走路，骑车的人能顺带你一程还要看关系。最省力的，就是扒手扶机。

初一时，我个头小，只能眼看着初二、初三的大学长"飞车走壁"。

手扶机来了，他们把书包背到不碍事的一边，根据自己的扒车习惯，自动分散到路两边，相互之间拉开一定距离。司机也是心里有数的，一看阵势就知道小孩要扒手扶机了，憨厚的还能给你减点速，老油条就不一样了，老远就加起了油门，向前猛冲。有些旧手扶机，弄巧成拙，猛加油门造成闷缸，声音劈裂无力，速度不升反降，正好被扒个正着；当场熄火的，也不是没有。

"飞虎队"中，个头大的从两边上，一把拽住车帮，助跑一阵保持同速，瞅准时机，两腿一弹，膀子一撑，就腿朝外坐车帮上了。个子小的，车帮高度都到了胸口，没有那优势，只能从后边上，首先助跑，两手拽住车厢，然后蹬腿收腹，脚尖踩住车厢下沿略微突出部分的底板，然后腾出一条腿喇进车厢，身体骑在后帮上，再进另一条腿，这样就算大功告成了。遇上奸猾的司机，猛然刹车，猝不及防一下子就滚车厢里去了，不过也无大碍，最多人受点小罪，车还是扒成了，到车上赶紧找个地方坐着吧。实在没地方，就在车厢里蹲着，最舒坦的就是稳住车厢前面的铁架杆站着，拉风得很。

扒上车的，后来居上，很快超越前面脚踏实地的同学，故意向他们投以狡黠的眼神，自己觉得既落实惠又长脸。

渐渐地，我也学会了扒车，从后面上。上车容易下车难，到了车上就发愁了，到底在哪个地段下呢？上学一般到芦沟桥下，那个地方转弯加上坡，驾驶员不得不减速，放学到小河桥下，速度相对较慢。

有一回在芦沟桥下车，就在我手拽车帮，两腿着地之时，一下跌倒。车上同学大喊，松手！松手！拖行了几米，我两手一松，扑通趴倒，随后，赶紧爬起来，拍拍身上的灰土，强撑脸面往学校去。渐渐地，我感觉两个膝盖钻心样地疼痛，上课时，偷偷低头一看，裤盖部位裤子都拖毛了。上课铃响，人家往教室跑，我溜溜鳅鳅朝厕所去，趁里面没人，撸起裤管一看，两个膝盖都渗出血来了。一切装作无事人吧，不能被同学笑话。课也没听进一句，一天就这么咕咕楚楚过来了。现在，有时开车回老家路过芦沟桥，第一反应就是我曾在此跌过跤，芦沟桥是我人生的一个滑铁卢。

暑假，在家里无意中找到一本厚厚的小说《铁道游击队》，前后页面都撕掉了，看完之后，感慨无限，恨不得把前后丢失的页面都找回来看个究竟，心想，人家为什么这么厉害？连火车都不在话下，我怎这么笨呢？

开学了，来了一批小学弟，不知不觉我又成了他们羡慕的榜样，不知不觉，从侧面上下自如了。初三时，弟弟也上了初中，经常跟我讨教经验，怎么上怎么下，我眉飞色舞，大讲特讲，毫无保留，但对跌跤的事儿绝口不提。

我是一言堂人吗

大队新买的手扶机还没到家，班子就先开会研究驾驶员人选问题了。

晚上，五个班委往煤油灯下一坐，没理起势子，我小叔就开始迷盹了。其余四人谁也不愿意把自己心目中的合适人选最先说出来。大家你攀我、我等你，眼瞪眼坐着。老半天，我小叔催促说，知无不言，充分温嚷（酝酿）。性子急的耐不住了，没等说完自己提议的人选，就被其他三人一致否定了；性子慢的，也不得不吞吞吐吐亮出底牌，结果更是重蹈覆辙，引火烧身。大家再次进入冷场境地。老半天，我小叔打口哈欠，梦呓一般：难道一个双桥街，就找不出一个能开手扶机的了吗？实在不行，后庄孙小宝怎么样啊！大家恍然大悟，异口同声道：好！好！那还用说？没有比你亲表弟更合适的喽！主任打哈欠说，书记你早把谜底兜出来不就得了嘛，灯花都熬豆粒大了，赶紧回家睡觉。我小叔眼一翻：我是一言堂人吗？！散会。

背地里，我小叔总结工作方法说，凡事不要急，你让紫马蝎子互相蜇一气，大公鸡最后出来收场。

每当小表叔跟不上脚步，我小叔就犯嘀咕：你司机干不短时间了吧？过天把研究研究。小表叔忙不迭地告饶：小表哥，高抬贵手，家有千口，主在一人，我听你的。

我小叔眼一翻：去！我是一言堂人吗？

小表叔的个人问题

手扶机到家，噼里啪啦一挂鞭放过，我小叔说，这个啊，车库就建在学校东屋山头吧！出来进去也方便。不几天车库落成了，一顺坡爬头屋，回门朝东，两扇芦巴门，开合自如，钥匙别在小表叔腰里。小表叔没事就擦车，有时甚至和衣而卧住在车库里，放学时，发现小孩顺门缝往里望，都要呵斥一声，仿佛怕人给偷走了似的。

小表叔成了大红人，浑身散发着柴油味，走哪家门口都有人喊他：来这吃！小表叔也客气：不啦不啦不啦！

眼看小表叔年龄不小了，个人问题仍然没有着落，说亲提媒的络绎不绝。小表叔毫不犹豫，一口回绝。家外都干着急，到底他葫芦里卖的什么药？

我们生产队有一家南京下放户，老头说话做事文绉绉的，喝口水都要议论半天，闺女小宁更是出落得亭亭玉立。时间不长，落实政策，小宁姑娘被安排到县百货公司当营业员。一天，大队组织干部到县里开三干会，小表叔拾掇得利利索索，趁干部开会期间来到百货公司柜台前说，我提拔成手扶机驾驶员了！然后，他滔滔不绝，说了许多自己在大队开手扶机的事情。小宁姑娘丈二和尚摸不着头脑，心想这人几十里路来跟我说这事干吗？小表叔感觉效果不够明显，狠狠心，从怀里掏出了收藏几年的定情物——手巾叠子。小宁姑娘不知所措。这时，恰好进来一顶大包头，一甩一甩的。小宁直往大包头怀里钻，就跟表忠心似的。小表叔仔细一看：孬种东西，不是我们庄六乱子吗？六乱子打架根本不是小表叔的对手，有次洗澡，差点被小表叔闷死在河里。鲜花插狗屎上去了。小表叔心想，气气我能给你个孬种肘死。街上可不是撒野地方。

晚上，老头子喝点酒，歪歪扭扭撵上小表叔家门上，说了很多无关紧要的话，突然鼻子一酸，抹把眼泪说，孩子，你勤劳勇敢，踏实肯干，我是知道的，不是政策变化，我家户口上去，我对你是有考虑的！六乱子现在户口也上去了，我是不看好他的，迟早牢里货。小表叔睡被窝里，不甘示弱道：户口能当饭吃吗？老头心话，这孩子怎还不过窍呢？干脆直明道过说，户口不能当饭吃，什么能当饭吃？起码旱涝保收，不动不摇饿不死人。小表叔憋气亡娘也不吱声，心话：这老头是不是来演戏的？

户口不重要什么重要？我小叔听到汇报，哈哈大笑：三十晚吃糖饼，没有套数了嘛，一个天上一个地下，我干到书记，哪天退居二线了，不也还是个泥腿子吗？个人问题抓紧解决，不要痴猫等瞎窟了。

小表叔心死了，后来撵上政策，到云南去带了个媳妇回来。

十年河东转河西。如今，小表叔跟着读研究生的儿子到南京哄孙子了，小喇叭挂裤腰上坠着，音量能大能小，《秦琼打擂》《小寡妇上坟》想听哪段听哪段，实在听腻了，钱杆拖出来蹦一气。小宁大婶两个儿子，一个比一个不成器。小宁大婶下了岗，起早贪黑摆摊子，竹铲敲热鏊子当当响，也还是一口南京话：煎饼，煎饼，南京风味。六乱子中年时做了贼，被公安局抓到，判了十几年。当年承办案件的老公安，已经退居二线，除了钓鱼还是钓鱼，老家离双桥也不远，叙起来还有点拐弯亲，谈到案情，就跟谝本事似的：哎呀！哪知道还有亲戚关系嗨？当年我也年轻，没有多少审案经验，我一巴掌一台电视机，一棍一台手扶机，一脚一个平车轱辘，不到下半夜，被我一个人审干干净净的，一根针都没瞒住。我直以为在这个案子上能立三等功的嗫，哪不犯想都白忙，朱大肚子的强项就是抢功。

性质已经变化

手扶机不仅用于耕种拉打，一段时间，还是农家红白喜事的交通工具。

一天，一辆带新娘的手扶机开过来，车头上簇着红布花，老远就有人看见了：带新娘子的，带新娘子的！吵喜吵喜，不吵不喜。不要指挥，人人都准备好了，保持相互策应的战术站位。手扶机被迫停下来。还要张嘴吗？给几包烟呐！新娘做了亏心事一样，大红被围着缩在车斗里不露头，尽量保持少说话少见人的老套数，不管内心怎样想的，表面上必须装着伤心的样子，表示和娘家依依不舍。司机下来散几磨烟：高高手，高高手，我们是梁圩子的，都前后二庄人。二老表一听是梁圩子的，扑堵来气：不管！手扶机熄火再说，不拿整包不能走！上回我带新娘经过你们庄，抢钱带扒衣裳的。司机遇上难题了，星来小去估计打发不了，转脸跟新娘子商量：还能打开箱子，拿两整包出来呢？新娘也没处理过这难题，心话，早早把烟散光了，到婆家还想进门吗？难关还在后头呢。新娘竟咿咿哒哒哭起来了，肩膀一耸一耸的，伴娘也没了主张。两下就这样僵持着。人越聚越多，司机有点着急，拎起摇把就要发动手扶机。怎么讲唉？二老表眼一翻，上去就夺，哎哟！哎哟！膀子不能动了。所有人都紧张起来，二老表用一只能摆动的手，摆摆说，不管了，不管了！司机可能也感觉用力过猛，连忙让步说，好吧！好吧！整包就整包吧！你说几包？我负责跟新娘商量。二老表继续用能摆动的手摆手说，性质已经变化了，不是给烟不给烟的问题。司机说，能有多大变化呢？还能给我们留在这吗？天都到哪会了？新郎官还急等进洞房呢。二老表说，我病房都进不了，他进什么洞房，进洞房又能睡安稳吗？二老表把受伤一侧的膀子从棉袄袖子里拖出来，说，你看看！不是我装的吧？二老表的肩关节真的好像装了万向轮，任何方向都不存在反关节。无来由闯下大祸，司机立马吓懵了，到处散烟，就是没人接。二老表脸色泛黄，坐在小桥栏上，瘟鸡一样。两下都走不了。太阳偏西，大多数人家吃过晌饭了，主家来了个副大支，类似于常务。副大支逮眼一看，跟二老表还有点亲戚关系，说，我还以为出车祸了呢，没死没伤就好，我骑车一路过来，跌了三跤，到底什么事情哎？二老表再次把只能下垂的膀子拖出来，展览一般：看看，好好膀子就跟面捏的样，一点劲都没有。副大支哈哈大笑：你早讲嗨！我还以为多大事呢，我来给你理。副大支搓搓揉揉，一手按住肩关节，另一手托住膀子往上一送，咔嚓一声，说，好了！二老表好像验收一样，将信将疑，左摇右晃晃，确实完好如初，高兴了不得：哪知你会这手艺？下次脱臼还找你。副大支呵呵一笑：手到擒来，费我什么事嘛！二老表转脸对看热闹的人说，走走！都回家吃饭，前后二庄，亲戚道理，都不要互相为难。司机和副大支忙不迭地散烟：抽一支，抽一支，接着，接着！新娘子扑哧笑出声来，伴娘赶紧拉被给她围着：不要笑不要笑，要讲究一点风俗。

半夜起来上"扬州"

一大早，天黑漆漆的，母亲顾不上说话，背着口袋，急匆匆地拖着我往车库房前跑。我深一脚浅一脚，跑了好长一会儿，才清醒过来。到了学校门口，才知道是坐手扶机去县城的。

进城的愿望就在眼前，但不一定能实现。我们来迟了，拖拉机上早已爬满了人，旁边还站了黑压压的一圈，后面还有闻风而动、陆续赶来的人。母亲也失望起来，不住嘴地责怪我跑得太慢。

天寒地冻，摇响手扶机，也不是一件容易事。小表叔敞着对襟棉袄，露出惹眼的滚轴裤带，又是浇热水，又是火烤，想尽办法给柴油机加热。寒风中，车子还没热，小表叔自己先热起来了，满脸汗珠被火映得一闪一闪。小表叔撅起屁股弯下腰，肩膀抢起来，连摇几圈，手扶机连喘两口粗气，冒点黑烟，一回火又给吸进去了。小表叔不干不净地骂，不知是骂这些争抢乘坐的人，还是骂不争气的手扶机。摇不响就推吧！小表叔一声令下，车上的男女老少全部下车，大伙一起动手，把车子推得比开还快。小表叔嘎吱一声挂挡，发动机咚咚两声冒出黑烟，再来两次，还是不行。继续！惯起来！手扶机突然爆响，主动向前狂奔，烟囱里的黑烟，直冲天际。用力推车的一群人，猝不及防，扑倒在地，不掉牙算万幸了。还没等车子停稳，男男女女发疯似的往车上攀爬。跌倒的，似乎抢不上上车，拼命往车厢里挤。小表叔从驾驶座上蹿下来，对那些往里挤的人，推推搡搡，骂骂咧咧。

我真佩服小表叔，年纪轻轻就具备翻脸不认人、过河就拆桥的能力。

太阳升起来了，没有人愿意放弃，小表叔干脆停车，把油门也关了。手扶机熄火了，所有人都傻了眼。谁去谁不去，谁坐谁不坐，由小表叔钦点。大家都下车，点到谁谁爬上去，否则，小表叔的车就不开了。小表叔表情严肃地从怀里掏出小纸条……听他口气，头天下午进城的名额，就像当兵上大学一样，班子里早就研究好哪几个"确保"了。"确保"过后的机动数字，由小表叔根据情况，根据情况后的有限空缺，小表叔宣布说，你们自己看着办吧，抓紧时间。

有几个妇女，口袋往肩膀头上一撮说，半夜起来上"扬州"，天亮还在锅后头，脸都挤扁了，还有什么坐头？早知道，我们都跑到黄台子了，清冷嚯嚯的，不是怕到街上摸迷门，谁稀罕坐车？不伴老书记，没寒论夏猴车上不下来。

第一个"确保"的张瞎子，家里人反复交代说，到大刘庄路头下来，让他直奔大刘庄去就行了。三婶刚上车就拽着我母亲的后衣襟说，他二娘，我到哪都不识路，到泗洪就指望你了。从始至终，三婶真的撮住我母亲的衣襟一步不离。

车到大刘庄路头，张瞎子被搀下来，小表叔油门一加，车就走了。有人站车上说：朝西走！朝西走！又有人打岔说，人家来回不知多少趟了，你好腿好脚还如他精明？手扶机走远了，就看张瞎子站在原地，犹豫了一会定定向，一奔直往回去了。车上人大喊：走错啦！走错啦！张瞎子害怕人家对他不放心似的，步子放大大的，膀子甩宽宽的，显得十分自信。

现在想想，你就是带上高德地图，如果不能首先作出准确的自我定位，也不一定能摸上正路，更何况一个晕头转向、闭目塞听的盲人？

小石的嘴唇缭三针

平时，手扶机几乎成了我小叔的专座，小孩子摸摸都要遭他呵斥，更不要说坐了。小叔站在车斗里，嘴上含着香烟，两手稳住胸前的车架杆，迎风一吹头发自动向后拢着，看那滩头，威风八面，比阅兵还有范，有人逗他打招呼，还故意假装没听到，摆摆手都算礼贤下士。小叔巴不得路越颠越好，路越颠，车斗响声越大，越是惹人羡慕。晚上，小叔嘴上的香烟，无须弹灰，车一颠风一吹，不用嘴吸，自动发光。

有天傍晚，小叔站在车斗里沿着门口马路，突突突突，往东去了，手扶机已经走很远了，还能听到车斗颠簸发出的哗啷哗啷响。我们心想，一会儿该回来的吧？还不如从家里拿井绳连接起来，一头拴在树上，一头拽在手里，等小叔手扶机经过，绳子一拉，戮他脖子呢！教训一下，让他受受。说干就干，一切准备就绪，为了增强效果，在中间部位厍铁丝代替绳子。张网以待，静等着小叔进笼子了。不知不觉，天黑透了，庄上有人喊小孩回家吃饭了。小叔还没回来，怎么办呢？正犹豫着，叮铃铃叮铃铃，西边过来个骑自行车的，嘴里哼着小调：滴个隆咚呛咚呛，滴个隆咚呛……试试！试试！弟弟绳子一拉，就听哎哟一声惨叫，嘴里的烟火一下弹跳树头高，紧接着，咣当一声自行车倒地，路边菜园栅栏咔嚓折断。救命啊！人栽菜地里去了。事情搞大了，我们赶紧跑掉，悄悄回家，假装无事人样。

不多会儿，侄儿广兵家门口闹起来了，豁牙大伯说，不要说了，我坐当门地都能猜出来，不会离开这几个小龟孙子的，井绳还拴在树上呢！强忠大哥呵斥儿子道：有你吗？广兵说，绳子是我小叔拽的！我家离广兵家也就十来米，我听得清清楚楚。弟弟饭碗一丢，人跑掉了，我也跟脚蹿出了家门。到了屋后，弟弟手掌伸给我摸摸：看看，都缕出血了。我后怕道：攥那么紧干吗？不是说好试试的么？弟弟狡辩说，要不是松手快，我就趴地上去了，一股劲还真不小。门西旁三叔家也开骂了，轮胎被打得嗷嗷直叫。三叔边打边骂，巴掌就跟雨点似的：早晚出事去吃牢饭！

事后才知道，被戳到脖子的人是豁牙大伯家的新女婿，八月半过来送礼的。

小葱妈指着自家菜园，跟我母亲算计间接损失说，他二娘你看看，靠路边栅栏整个倒里边去了，自行车压在栅栏外，人一头栽进菜园地，大白菜踩碎几棵。我母亲伸头一看：一股酒味，菜叶被白酒烧黄一大片，酒瓶渣子碎一地。我母亲说，这些小孩，你不狠狠教育，将来能反天。

事情并没有就此结束。我小叔高度重视，安排小德子说，赶紧弄场电影来放放，放映之前我是要强调事情的，据可靠消息，矛头本来是针对我的！现在能害大队书记，将来就能害县委书记。昨晚，不是小河蚌家留喝酒，我一条老命就整交给这几个孬种了，手扶机窜起来，有什么足尽的？不出人命才怪，还逮小石阴差阳错替我受污毒罪，人在医院睡着，嘴唇缝了三针。

我母亲紧张坏了，带着我们弟俩到小叔家赔罪：他小叔，电影就算了吧？家事家了，坏名声抖搂出去，亲事都难找！我们弟俩罪人一样低头站着，紧张得直抠手指甲。我小叔气不打一处来：如果不是自家人，我就要报案了。我母亲直点头：是的是的。小叔余怒未消：像这样山猫野叫，将来，能就缓到一家人吗！啊？我母亲恨铁不成钢道：自己不争气，打九辈光棍也怨不到父母。老半天，我小叔高抬贵手说，给点规矩，下不为例！

回到家，我母亲感激不尽，气狠狠地教育我们说，小和尚，不是你小叔熟猪蹄往里弯，大牢拐子有你蹲的。

从此，我小叔作了改革，不是脸朝前腿朝外丝车帮上，就是屁股挨屁股，挤在驾驶座上。为安全起见，大阅兵式的拉风架势取消了。

包产到户了，几乎家家户户都买了手扶机。摩托车、自行车，更不在话下。大队的手扶机旧成了一堆废铁。小叔说，绑在树上也摇不响喽。我小叔说，干脆当废铁卖了吧！正好朱大肚子今天来，留做招待费。后来，群众集体上访告到省城，说我小叔大吃大喝，一顿饭吃一辆手扶机。当然，这都是后话。

（2019 年 12 月 "北方散文" 公众号）

自行车二三事

坐 车

记得，第一次坐自行车是我父亲带我去小楼公社的时候。

父亲把我抱起来，侧身放在自行车的横杠上，让我手稳车把，不要乱动。从家到小楼也就二十来里的路程，坐在横杠上，几乎就在父亲的怀抱里，父亲的鼻息，我都能感觉得到。我开始很兴奋，低头看路，唰唰后去，东张西望，田园风光无限。不多会儿，腿麻了，车杠直朝肉里挖。还好，勉强可以忍着。不知不觉，情况复杂了，酸、麻、疼渐渐扩展到腰肩，蔓延到全身。此时，我也不敢告诉父亲，只好咬牙切齿。又颠簸了一阵，谢天谢地，竟没有了感觉。

距离小楼老远，就见几排灰瓦房，气势非凡，到跟前，大伯迎了出来。父亲把我抱下来，放到地上。我就势蹲在地上，紧接着侧身歪倒。父亲当着大伯的面，命令道：起来！此时，我早已不止于咬牙切齿，而是牙关紧闭了。大伯没有置身横杠的切实体验，不解其意地说，医院就在旁边，还能是风刺的吗？父亲雪上加霜，又把我提到车上。

到医院，白墙白门白大褂，我更是一言不发。医生用听诊器在我胸口摩擦来摩擦去，很专业地说，心脏问题不是太大！又犹豫了一会，自言自语道：孩子这么小，偏瘫可能性不大呀，有无家族病史？父亲顿时紧张，指着门口的自行车，主动陈述病情说，早上来还好好的！医生恍然大悟，呲啦一笑：你早说嗨！我也正朝血液循环方面怀疑，自行车坐久了，活动活动就好啦！在场的人都笑了，搞得我很不好意思。大伯是党委书记，医生看在大伯的分上，免费给我捏捏捶捶。

出了医院，父亲仔细一看，我的一根小指头已经被车子小把夹得不能动弹了，责怪说，路上怎不说一声的？我心想，要敢说，要能说，还要你交代吗？临来前，不是说表现不好就送回去的吗？大伯竖起了大拇指，以科级干部的口吻鼓励我说，能干大事！有韧劲！受到大伯的表彰，状况迅速得以缓解，不多会，关节就能活动了。

我在芦沟读初中，从家到学校，单趟徒步十几里，每天早出晚归，两头不见太阳。这时，就有一部分家庭条件不错的同学，骑自行车上学了。顺带捎你一程，都能让你感动好几天，心里老想帮他打菜、蒸饭。有时，骑车的同学从身后赶上来，潇洒地一按车铃：上来！步跑的一回头，赶紧蹿到侧面，一手抓稳后架，助跑两步保持同速，瞅准时机，一弹跳，膀子一撑，不偏不倚坐上去。要是一鼓作气坐上还好，就怕找不到感觉，一而再再而三，蹿跳不自如，动作不协调，几下上不去，此时，不但屁股腰杆刮擦生疼，还差点把人家自行车操下道子，于是，步跑的干脆不好意思地说：你先走吧！我跑跑。这时，就有见眼的同学幸灾乐祸：看看！多笨！人家让你坐，都没那本事，活受什么罪的？

没女同学看到还好，有女同学在场，打光棍的心都有了。

学　车

那时，能正常骑上自行车的，只有公社蹲点的李委员。

李委员的自行车骑到书记我小叔家门口大椿树下，后轮一提，腿拐嘎嘣一折，人就进屋处理公务了。小孩子缩缩退退，溜到车子跟前，轻手轻脚地摇动车脚踏。脚踏往前转，则通过链条带动悬空的后轮一起旋转，往后转则链条和后轮盘脱节，起不到驱动作用，这时后轮盘里则发出"哒哒"的金属声，那声音清脆悦耳，高低缓急，尽在手上。最有趣的还是后轴上的那个彩色扫尘圈，红橙黄绿的塑料毛，随着车轴一起旋转，彩虹样地五颜六色。李委员的自行车不能再亮了，再亮就黑了，皮鞋不能再黑了，再黑就亮了。李委员下车伊始，右手稳把，左手挥来摆去，指指点点，一派大将风度：这个，啊？这个这个，啊？全村老少，你可以认为李委员不懂农事，但绝不能不服李委员的长相和派头。

火车跑得快，全靠车头带。土地承包第一年，我小叔家率先踏上了致富路，凭票第一个购买了自行车。我小叔视自行车为命根子，谁动车先打报告。小叔的规章制度还没正式生效，我小婶就抵制了。晚上，月亮冉冉升起，小婶狠歹歹地说，买车子留看的吗？小孩都走，帮我稳车子！

终于有机会沾我小叔家的自行车了，小孩七手八脚，给自行车推到后场上。小婶人胖个子高，我们一起给自行车稳住，让她先骑上去，然后一起推着自行车往前走，这叫上死车子。众星拱月，小婶左、右、后围满了小孩，胆子也就大起来了，学习效果不错。趁小婶停下来休息之际，我们争相推扶小叔家的自行车，不知不觉就会骑了。开始，左脚站在脚踏上，右脚不断用力蹬地，让车子向前滑行，后来，右腿只身别杠，踩动脚踏向前驱动，再后来，左脚蹬轴，右腿从前面提过大杠，整个人就上车了；紧接着，使足全身的力量，交替踩动脚踏，到这个份上，几乎就算大功告成了。小婶站场边上，擦擦脸上的热汗，感慨道：奶孙子的，小孩三下两下就会了，大人就这么难？

几个月后，小婶进步很大。一天晚上，几圈转下来，小孩子有点喘了，小婶骑在车上，问道：小孩都稳没？实际我们几乎都松手了，嘴上却说：推的，推的。又转几圈，大家连跟上跑都受不了了，一个看一个都退了下来。小婶说，小孩稳好了嚎！我们站老远回答：稳好了！稳好了！小婶一回头连人影都没有，一下慌了钳子，扑通一声栽倒在地，自行车沿着惯性，继续向前，咣当一声倒地——车把歪了，脚拐直了，只有悬起的后轮滴滴哒哒做无用功……小婶跌出了心理障碍，见自行车就发怵：我就想不通，两个轮子，到底怎能站稳的？算了！不学了。

领导干部家属碰上这么大的挠头事，瘸腿大爷想不掺和都难。三句话离不开本行，瘸腿大爷凡事从自己最擅长的迷信角度出发，以长辈的口气责备说，我让你家猪圈盖在上风头，就是不听，自行车学不会了吧？我小婶气不打一处来。瘸腿大爷轻一脚重一脚、一颠一簸，跑得远远的，就地蹲着。

骑 车

读初中时，班上第一个骑车上学的是同学石之伍。崭新的永久牌自行车，往走廊里一放，就连迟到都能赢来同学们羡慕的眼光，老师对他也是客气三分：进来！要是换了其他同学，你站门口喊报告，老师连理都不理，继续讲课，等讲完了一段，才爱理不答地说声：进来！下次迟到就不要来了。放了学，石之伍把书包往车后架上一挂，腿一喇跃上自行车，直奔而去，路上超越步行的女同学，还故意做一段蛇形驱动，车把往左偏，他头往右伸，车把往右偏，他头往左伸，车行的轨迹完全成了无数个 S，更招摇的是放在书包里的小饭盒，颠颠簸簸，小鼓似的发出无节律的"啪啪"声，似乎有意炫耀主人的身份。

读高中时，城里的同学基本都骑车上学，农村的孩子近似于"难民"，统一住校。农村住校的同学，也有骑车来的，自行车明显破旧落伍，且统一停放在宿舍。城里走读的同学，自行车统一停放在教室门口的树底下，成绩怎样不敢说，自行车一辆比一辆时髦。这时，就有黄鼠狼钻磨道假充大尾巴驴，郊区的投亲靠友的"两不像"，自以为高人一等，不良不莠，也把自行车靠在一起。看不起底层的，往往就是最临近底层的，这些人嘴上三句不离"下俚巴"，两句不离"乡巴佬"。到后来，他们委曲求全，百般讨好，越过红线，真的谈了个城里人，老岳母决绝抵制才清楚，自己户口还在"坦桑尼亚"。

有同学，现称余总，大包头喇叭裤，高跟鞋花衬衫，跟人说话正常腿喇自行车上，遇上亲爹都没有下车的意思，遇上女生，大包头一甩一甩的，甩头间隔，分秒不差，几乎可以校钟对表。我们羡慕他潇洒，老师说他"不碌味"，意思就是不稳当，引申为不能吃苦。现如今，英雄不问出处，余总不仅腰缠万贯，在城区置购了三处门面房，生意做得红火——你越是熟人，越收你高价钱，让你哭不得笑不得，讲不出说不出。

周六下午两节课，有同学（现称）顾总，和我同乡，回头递个眼色：走嗷！我狠狠心：走就走吧！缺一节课也无所谓，反正老师也是结巴啰唆，照本宣科，还不如自己看书畅快呢。到了宿舍收拾东西，一看同学昌田（后来成了部队中校）自行车还在，我提点线说，昌田怎还不走的呢？顾总忍不住道：干脆给锁透开，咱俩骑走算啦！我说，嗯！星期一回来，我跟他解释。我们俩车子一推，直奔大门。出了院墙，外面就是自由世界。自行车虽然破旧，毕竟比步跑强一万倍，两人一路有说有笑，顺利到家。更主要的，返校有了保障，轻松自在。

周一，离校门口老远，顾总车子往我手上一交，说，跟昌田说一声，就说你一个人骑的。如果没有一点责任担当，下次谁还跟你合作？我也没好意思推托，心虚气短地接过"烫手山芋"，趁人不备，偷偷停放到原来位置。

中午，中校看到车子两眼一亮，不但没有追究，甚至喜出望外：我上过第二节课，到宿舍一看车子不见了，心想还能被小偷偷去了吗？我一路跑到家，人都吃过晚饭了，一夜咕咕楚楚，也没敢跟大人说。好事你很实在，就是半路扔了，我也不知道。谢谢！谢谢！车子找到就好。

顾总老猫气喘，站一边无事人样。

买　车

庄上第二个买自行车的，是门东旁麻叔家。麻叔家最先买了一台黑白电视机，李委员脑子一热说，老麻你请顿酒，我批你一张自行车条子。一言既出，麻叔狠狠心，起早给大肥猪捆了，哼哼唧唧拖到食品站，一把现买了一辆自行车。"拐磨笑"大伯头顶划圆，呵呵直笑：要饭挂黑漆棍，不配，不配呃哎！瘸腿大爷擅长看风水，凡事都在宅基地和老坟滩子上找因果，在风水学和《易经》上对答案：后乱岗我都瞥色不少趟了，败家子决定就出在这一代！不承想，麻叔人家买自行车是到湾底贩鱼的。不几年，麻叔家盖起了三间大瓦房。上梁那天，拐磨笑大伯头顶划圆，一会儿顺时针，一会儿逆时针，划来划去，嘴里不来词。瘸腿大爷脸红脖粗改了口：不抬杠！不抬杠！你不看后乱岗那条淌水沟，出得顺势吗？

土地承包后的第二年，我家购买了一辆手扶拖拉机，让辛苦大半辈子的老黄牛顺利退居"二线"。老黄牛很自觉，坚持退而不休，每年生产一头小牛犊，借以补偿主人的饲养，每头小牛犊能卖 800 元，当时，也算家中一笔稳定可观的收入了。

手扶机到家之后，一向不太执家的大哥动辄拿起抹布，蘸上机油擦拭，开起来更是小心翼翼，就这也没少被我父亲批评：仔细点，就跟得不到的样！我母亲隔三岔五叨咕：等于就是养老儿子啊！我说，人家都买自行车啦！咱家就跟无事人样。母亲没有好脸色：这小和尚就知道享受，买那东西干吗？一天到晚到处乱窜，摇跟花棒子样！你看西庄强田，自行车骑上青阳，走到大刘庄抽水机站，下坡刹不住闸，一头栽河底去了，不是抢救及时，命就跟车去了。

我父亲在部队做首长秘书时就学会了骑自行车，出来进去，光靠借也确实不方便。二哥在孙园读高中，早出晚归，来回十五六里，也有实际需要。此时，县城大小商店除了紧缺飞鸽、永久、凤凰三家老牌自行车，什么长征、长江、飞鹿、飞马、环球，琳琅满目，货源充足。苏南一些乡镇企业，一拥而上，纷纷山寨，争相克隆。购买自行车，终于提上了家里的议事日程。

高三那年，家里终于买了一辆自行车。

二哥早我一年毕业，预考就被刷了下来，连高考卷子都没摸着。未来的老岳父外号王毒牙，典型的势利眼，哪句话不挖人脑子不说哪句话，在庄上没有一点人味。老岳父哪壶不开提哪壶，一副恨铁不成钢的架势，三天两头逼问：嗳？通知书拿到没？我家闺女可是冲着你能考上大学才同意的！眼看亲事要黄了，二哥做了亏心事一样，闷屁筛糠不冒泡，背地里，在我面前评三倒四说卷子难卷子难。我也在想，没有金刚钻，你揽什么瓷器活？难道就对你一个人难吗？

瞧着停在家里的自行车，我心话，这下，父亲骑过就轮到我了吧？

周末，赶到家里一看，自行车整个变了样：后座架上，二哥用黄电线沿着车架，挨排挨绕了一层保护层。后轴上，父亲一边挂个黑鞋底，怕是给面口袋戳坏了。父亲手把车架，提起后轮往地上颠颠，功成满满地说，看看，柱壮吧？昨天我骑车去机面，一边一蛇皮袋小麦，到洋井才几里路？半路就漏差不多了，蛇皮口袋被后轴给戳坏了。二哥喜不自禁：这下泼皮狠的了。横杠上，妹妹连夜赶织的红色毛线穗子，不长不短地套在上边，乒乓球大的毛线疙瘩，滴了搭卦地坠成一排，迎风一吹，动感十足。妹妹说，图个喜庆。

我一气之下，没好气地说，这哪还是什么自行车？简直就是小毛驴，花里胡哨，俗不可耐。二哥不顾我的感受，继续说，你看到路边有抽水用的塑料管带，剪两截下来，套在脚踏上保护着，既好看又耐磨。正说着，二哥好像突然想起什么要事来：哎对了！我明天骑到派出所上牌打钢印，听说，刘胖子带几个人，专门守在洪桥头和大刘庄抽水机站查自行车。

那年毕业分配，正撞上就业难，在家几个月没事干。有外地同学来信，酸溜溜说，老许你好！你的梦中情人，我们可爱的班花，也还没有编制，赋闲在家期间，不幸被某司机花去。我回信道：镇江陈醋，各地有售；同学情深，感谢代劳；批零兼具，质优价廉；不宜过量，谨防伤身。切切切！又过几个月，终于等到了工作安排，接近一年的工资如数补发。领到工资的第二天，我径直跑到百货公司，用三百六十元购买了一辆完全属于自己的凤凰牌自行车。

查　车

提起刘胖子查车，全县上下，无人不知。

刘胖子蹲树蓬底下，见到街上人就假装看不见，比孬泥还孬，见到带蛇皮口袋的农村人，噘噘嘴，手下人见命似的，一拥而上拦住车头，前后左右，体检一般找毛病，没有尿急出屎来，往死里罚。

早上，刘胖子正在路上查车，屁股后面对讲机响了：喂喂！洞8洞8，请回答！听到听到！有话请讲。回来吧！小金库已经被纪委抄掉了。啊?！刘胖子惶惶如丧家之犬：刚才还在怨恨领导舍不得花钱搞福利的，这下完蛋了。一年下来，夜以继日，风嗖阳晒，阴雨无阻，自行车算是白查了？恰巧，一个憨头憨脑的农村小伙，自行车后面带着老婆孩子来县城看病，牌照手续一样没有，话没说两句，刘胖子嗙当一脚，踩小腹上去了。小伙子当场倒地，脸色发黄，尿淌一裤裆，老婆孩子傻了眼，哭哭闹闹。刘胖子也有点害怕，抬脚驱驱：真能装！人越围越多，眼看就要交通堵塞了，一家三口鬼哭狼嚎，没有一个站起来的。

看来，不问事肯定是不行了。刘胖子赶紧叫来急救车，起步价六百六，不存在讨价还价，物价局核准的。人嗷唧嗷唧拖到医院急诊科，刘胖子将破提包底朝上，倒过来磕磕，零头碎脑加起来，一上午罚款连押金都不够。刘胖子心话，土匪到医院衣裳都不够扒的，老百姓都恨我们吃拿卡要，其实，医院才是做大买卖的，我们算什么？值班医生也是老江湖，扶扶近视老花镜，甩甩钢笔水，心话，正愁年底业绩冲不上，难得今天接到大单，一家三口先住下来再说吧，哗哗哗，开了几十张检查单。刘胖子一帮人楼上楼下，这科室到那中心，抬进抬出，上气不接下气，忙得跟孝子样。

下午三点，检查报告终于出来了：膀胱破裂。刘胖子傻乎乎地问医生：什么叫膀胱？没事我能走了吧？医生没好气地说，你准备坐牢吧！够重伤害的。刘胖子死鸭子嘴硬，表面上嘿嘿一笑：多大事唉！心里却很恼躁：怎想起来捅这马蜂窝的嘞？倒八辈子霉了，好日子不过，牵条贼驴拴门口，当祖老爹服伺，因为公家事情，值得么？我真喝到驴肺汤了吗？下回，工作上不能太较真了，谁讲真理谁倒霉。

刘胖一辈子以查车为抓手，以罚款为己任，以创收为目的，紧跟时代步伐，刻苦钻研业务，自行车查过查摩托，摩托查过查货车，货车查过查小车，乡道查过上省道，省道查过上国道，国道查过上高速。真可谓蒸蒸日上，步步高升，年年翻版，魄力越来越大，口味越查越重，罚款越来越多，依据越来越多。

年底庆功会上，领导拍着他的肩膀，托付后世一样：老刘啊！飞机够不着，火车撵不上，能查的，这辈子你都查过了。经费包干，自收自支，刨一爪吃一爪子，难哪！不过，再难也得谋发展，明年，几百号人吃喝拉撒，还指望你嚓！刘胖嘿嘿一笑：首长您放心，上辈子就是瓦岗寨的，除了罚款，我还能干什么？领导水平就是不一般，当啷一声跟他碰了个满杯：人尽其才，才尽其用嘛！好好干！我要是当县长，你就是交通局长。

到单位报到时，接待我的正是刘胖子，要不要跟他比比谁有狠劲？

（2019 年 12 月 18 日 "北方散文" 公众号）

记忆里的公交车

多年前的那天，生产队长家辉哥突然召开会议，说让家家户户抓紧时间拾砂礓，每人五百斤，沿路堆在庄后的马路边。难道要铺路了吗？基层干部都这德行，该保密的保不住密，不该保密的你越问他越不说。家辉哥吹胡子瞪眼睛的：服从组织，不该问的，坚决不问。这么大的任务大家能不问吗？哟，要通公交车了。老人孩子，全村人炸了锅一样兴奋，背着粪箕、土筐和布兜，房前屋后，田埂地头，到处捡拾砂礓。

老家地处淮北，一望无际的大平原上，没有一座像样的山。所谓梅花山、重岗山，虽有其名却无其实，也就是稍微高一点的土岗而已，称之为山更多是心理安慰。能铺路的硬材只有砂礓。砂礓，也就是土壤中没有完全风化的碎岩块。庄后的为民河，刚开不久，人们从河底挖了不少砂礓上来。堤岸上浅层的砂礓虽已被人们零零碎碎捡拾完了，但深刨一点还是有不少的。此时，人们寻宝样地奔涌而去，掘地三尺，大块大块地捡拾出来，迅速地集中成堆。男女老少抬的抬，担的担，陆陆续续往生产队指定的位置运送。劳力壮的不几天就完成了任务，还有余力的，赶紧帮助亲戚朋友完成任务，资源有限，再迟就捡不到了。

农村人实在，技术活不好说，干活劲还是有的，几天下来，折扁担掉筐底子的不只一家两家。"累不倒"大伯这几天腰扭了，这回，看上去确实不像是装的。"老积极"王宁妈妈带病参战，一时没有开水服药，因陋就简漱点唾沫在嘴里，拧着眉毛把药丸往下咽，不巧黏在了颌顶上，咽不下咳不出，完完整整体验了一回什么叫良药苦口。胜利在望，家辉哥笑呵呵地召集几户

"老大难"，既是鼓劲也像表功道：你们要是再拖后腿就太不像话了，牵涉到子孙后代的大事啊，我好不容易争取来的项目。其实，大家都很清楚，不要说生产队长，就是大队书记也不见得捎得上话。

趁热打铁，生产队里马不停蹄地组织人员，带着锤头，分段包干地砸砂礓，把堆在路边的砂礓砸成尽可能碎的石子儿。一切准备就绪，上级派来了压路机，轰隆轰隆地，把铺在路面上的石子儿压实压平，上面再铺上一层不太黏的红土，马路就算完工了。公社安排来的泥瓦匠，在我们学校对过的路边上，按照男女有别或是来去分明，门朝路砌了两间三面有墙的水泥亭，刮风下雨，好让乘客有个地方避风躲雨啊。连续十几天施工，家辉哥里里外外，忙得就跟晕头燕似的，按现在的话说，就是三陪：上边来的压路工泥瓦工，一天三顿，你酒啊菜的不陪到位，他们根本不出活。

一切就绪，人们翘首以盼。过几天，公交车终于上场了，上午两班，下午两班。每次到了候车亭，公交车司机都会规规矩矩、文明礼貌地按上两声喇叭，提醒乘客上车下站，我们做学生的，上课都心不在焉。"公交车来啦！公交车来啦！"同学们不顾老师的威严，一窝蜂顺着窗户往外看，后面的踮起脚站起来，还有的嫌自己座位不够靠近窗户，跳到泥位子上看。难道我讲课还不如公交车喇叭生动吗？老师脸红脖粗地挥着教棒维护自己的尊严，眼见收效甚微，便顺水推舟停止上课，和同学们一起围观。等公交车走远了，再接着往下讲，记性不好的老师，还不耻下问道：嘿嘿，我刚才讲到哪了？临场经验丰富的老教师就不一样了，虎着脸一个一个提问：我刚才讲到哪了？我看你们认真听没有。

经家辉哥特批，"老积极"王宁妈和"累不倒"大伯可以休假一天，坐公交车到城里散散心，工分照算。两人头摇货郎鼓似的：不去不去，闻景不看景，不买不卖的，去城里干什么，晕头转向摸不到家，怪谁呀？

"过江千尺浪，入竹万竿斜。"东庄的老鸹奶奶，纯天然大嗓门，顶风能听三里路，虽然瞎字不识，但大到国际国内，小到前村后邻，爱谁恨谁分得一清二楚，高兴时爱党爱国爱领袖，气起来恨美恨日恨苏修，加上得罪她的左邻右舍一起骂。政治站位上从没失过手，老鸹奶奶张家长李家短，早上天不亮晚上九十点，人家休息她上班，广播停止她开始，好事坏事都要滚动播出好几天，门旁邻居都被聒成神经衰弱了，她老人家也浑然不觉。公交通车的消息占据了老鸹奶奶头条大半年。老鸹奶奶扬眉吐气了，底气十足了，感觉自己那几个肉疙瘩孙子，成家找媳妇不在话下了。不知不觉，老鸹奶奶悄然在村名后面缀上一个"街"字。一字之加，天壤之别，我们村立马高了大上。我到外婆家，就听我外婆跟我的小伙伴们唠叨说：你们不能跟他比，他们庄上通车了，手一招想到哪到哪，不像我们这里偏僻得要命。我顿时有种人上人的感觉，忍不住绘声绘色地描述起公路上车水马龙的繁华景象。小伙伴们耳朵竖起来听，口水直往下咽。

　　不知什么时候，刮风下雨，公交车就不来了。一来路上有泥，车不好开，二来也没人坐，情有可原。不买不卖的，阴天下雨谁花钱往城里跑？过了一段时间，农忙了，坐车的人更少了，公交车又不来了。坐车的人越少，公交车就越不正常，越不正常就越没人敢等，谁不怕耽误正事呢？不知不觉，公交车就跟大小孩似的，高兴就来，不高兴就不来，三天打鱼两天晒网，即使来了，到站也不一定停车。你越要下车，他趁着惯性越往前开；你越是招手，他越是加油门，就像跟谁赌气似的。

　　可能上级领导也发现类似问题，广播里整天播送售票员李素丽同志的先进事迹，称她是"老人的拐杖、盲人的眼睛、病人的护士、群众的贴心人"。你不引导还好点，你越引导，他们的抗体越强，凡事反着来，这是大锅饭体制所致。

　　一段时间，我在县城读高中。星期天中午，早早吃过饭到候车亭等车，偶尔还能遇上邻村的同学，他们步行几里路，赶过来等车。有时，等到天黑也不见公交车过来，没办法，只好悻悻然回家。母亲问：怎么回来了？我只好如实相告：没等到车。母亲无奈道：半夜起来下扬州，天亮还在锅后头。后来，我们上学的学生就学会了灵活机动，没车就有说有笑往前走，有手扶拖拉机就扒手扶拖拉机，公交车只作为可有可无的选项。有时，公交车终于晃晃悠悠驶过来了，喝醉酒似的，等车的人老远就站到路边招手，公交车好像就要停靠的样子，就在几乎越过候车人时，突然按喇叭，用最大的声响吓退人们，再一脚油门，轰然而去。等车人不但没乘上车还被耍了一遭，站在路心用最解恨的脏话，破口大骂。有时，我们有幸乘上了公交车，眼看着司机玩这一套耍弄下一站的人，也觉得好笑。也有意志坚强的，跟车后追了一阵，才罢休。下车时，乘客担心驾驶员到站不停车，大多会提前，跌跌撞撞挪到驾驶员身边打招呼，求大爷似的：到某某站停一下哈！驾驶员听到听不到都不会有反应。反正，不让你往回跑个二三里路是不会让你下车的。那时的公交车司机，干多干少干好干坏一个样，雷打不动就是那点工资。干部分二十四级，工人分几级不清楚，至少分为全民、集体和临时。当时的驾驶员，起码也算含金量很高的技术工吧！古语说，是草都比地皮高。人家能全心全意为你农村人服务吗？顺顺当当让你上下车，人家还有什么存在感？

公交车不正常了，候车亭也成了羊儿们打闹娱乐的好去处。羊羔们吃饱喝足了，无忧无虑地做起了游戏，里面的水泥条凳成了它们轮流争夺的高地。强势的一方居高临下，高抬前蹄，积蓄势能，适时发起俯冲。劣势的一方巧妙应用太极拳接化法，防守反击，趁势而上。除了骚味难闻，候车亭里里外外到处都是羊屎疙瘩。偶尔，有流浪汉在里面睡个午觉，顺带还能按摩按摩脚心，羊屎蛋要是能有中医疗效就更好了，说不准能给癫痫病治断根。好在一面没墙窗户漏风，否则，流浪汉就选择就地安置了。老水牛皮肤瘙痒，有事无事往拐角处抗。不知不觉，候车亭成了危险建筑，就是狂风暴雨，乘客也不往里去了。

改革开放后，农民们手里有俩钱了，各行各业瞬间滋润起来。公交车连带线路一股脑承包到个人了，县广播电视台公开做广告，恨不得大家都来报名，谁给钱多包给谁，公平公正，坚决杜绝徇私舞弊，弄虚作假。跑公交的基本上还是那帮人，最多扩展几个入股的售票员。

承包人服务态度一百八十度大转弯，好得让你不上车都感觉欠他的。

市场活跃起来，人员和物资流动性也大了。这时的公交车没有不超员的，长途车就不说了，除去油钱、修理费和罚款，赚的就是超员钱。农班车恨不得把人给垒起来，人货混装是正常事。更为严重的是，车上早就满员了，还在街上转悠，售票员头伸在车窗外：走了走了，到哪哪的，赶紧上车！实在挤不上去的，下来助力一把，售票员再挤上来，车门就没法关了。售票员手里攥着一叠整齐的零钱，踮起脚向后喊：往后搬搬，往后搬搬。后面的人带着哭腔：挤出人命了，还往哪搬？地上等车的，售票员还问走不走，人家直摇头，售票员不厌其烦：你这人怎头脑一根筋？先上车再转车啊。候车人背过脸去，不理她了：欺负我几何不好？三角形两边之和大于第三边。

这时的公交车巴不得你带货，少的放在过道上，多的绑到车顶上，货比人票价高。

好不容易等公交车慢慢上路，一车人的正事也耽误差不多了。

查车的交警，重点放在农村进城的手扶拖拉机上，祖仇似的，逮到一辆扣一辆，往死里罚。也有想跑的，交警二话不说，追上去给柴油机火熄了，坐垫底下的摇把一抽，放进执法车里。手扶机立马就范，手扶机车主也瘫痪了：今天一车西瓜钱都交给你了，总不能让我再去借钱吧？眼看罚款交到位了，交警态度也和软了许多，笑着说：下不为例哈。手扶机终于要回来了，无钱一身轻，车主突然感觉肚子饿得不能行，一手领回摇把，一手搓着胸脯上汗水涸透的灰土，服降道：几十亩西瓜烂在地里，我也不来了。对于公交车来说，交警查不查基本上就是摆设。驾驶员自己都感觉不好意思再超载了，手伸驾驶窗外主动跟交警打声招呼。交警一边忙着给另一辆手扶机开罚单，一边表面上不耐烦其实很贴心地摆着夹烟的手示意道：走吧！走吧！有时，上边下来督查，交警还刻意提前通知一声：明天注意了。驾驶员心领神会，直点头：好的好的，还能给你惹麻烦吗，有空聚聚，昨晚就缺你了。

乘客到了下车地点，都被挤得嘴歪眼斜了，老半天缓不过劲来，浑身不使劲舒展舒展，远看还以为半身不遂了呢。不靠车窗的，到了站点，挣脱磁铁一样下了车，仿佛突然置身另一个世界，分不清东南西北，老半天才晕头转向地朝着相反的方向回家，走了好远一段路，啊？不对呀。

拥挤的人流，给小偷带来了繁荣。小偷们犹抱琵琶半遮面，一手拿着凉帽或报纸遮掩着，另一只手鸭子嘴一样往人家口袋里插。被当事人当场发现，还憨皮厚脸地点点头，以示"友好"，同时，对旁观者非常正能量地挤挤眼，意思多谅解。得手时，除了被偷的人蒙在鼓里，周边不少人都看得一清二楚。干哪行有哪行忌讳，这时，要是有不识相的人多句嘴，那就违反了他们的行规，就成了他们的仇敌，很可能招致围攻。工作人员证件丢失的，找码子里人，不出三天，保证归还。谁的线路谁做主。外地扒手遇上燃眉之急，也有流窜过来作案的，但必须和当地同行做好沟通取得许可，救急不救穷。资源有限，时间紧迫，抓紧干活，尽快撤离。公交车售票员诉苦说：干这行的我们都熟悉，低头不见抬头见的，上车连票都不买，你还没说两句，他们还有理：你们吃肉，还不让我们喝汤？

我祖父从我大伯家回来，棉袍口袋里缝了几十元钱，到家一翻钱没了。仔细一看，口袋底侧留下一道手指长的切口。我母亲估猜说：这小偷上辈子不是裁缝就是外科医生，你看，除了棉胎里里外外几层棉布呢，刀口还这么整齐，劁小猪的兽医也没这水平。我母亲就纳闷了：他们怎么知道口袋里有钱的呢？老半天，我祖父解释说：一路上我小心的，到车站我还用手摸一下，硬邦邦的，钱还在。我母亲抱怨道：怪不得的，你这不是明摆着告诉人家口袋里装钱么？我祖父懊恼道：年龄大了，头都不敢露了，小偷见到我们这些人，不是比过年还高兴么。

有农村老大爷送孩子到城里上学，几千元学费缝在裤裆里，看你还好意思下手？不小心伤了机关，少说也够你喝几壶的。

我同学生意做大了，第一个买了私家车。一天，看到熟人在路边等车就想顺带捎着，恰好被公交车线路承包人当场逮个正着，很到位地揍了一顿：你这不是坏我们生意嘛，大半年了，线路承包金还没赚上来呢，你来代缴？我同学自觉理亏：理解理解，回家洗洗睡吧，干哪行都不容易。

现在的人，出行条件大大改善，可开私家车，可骑电瓶车，可骑共享自行车，乘坐公交车只是选项之一。大街上，公交车统一成了大巴，宽敞明亮，正时准点，城乡一体，政府补贴，票价不贵，已然成为城乡一道亮丽的风景。不过，六十岁以上不要票，乘公交的大多是老年人。年轻人大多开私家车，油门一点，方便快捷，想去哪儿去哪儿。逢年过节，大街上开车还不如步行快。年轻人相聚，三步远两步近的，还要开车去，他们说：嘿嘿，就图个阔气。

（2023 年 10 月 7 日"新锐散文"公众号）

戚庄梨园

作协通知周五到戚庄梨园采风，我很高兴。戚庄梨园几乎伴随着我的少年、青年，以及今后的老年。刚挂了作协曲主席电话，恰好接到南京同学的微信，说周五要到泗洪有公务。三十几年的老同学了，大老远到泗洪出差，不陪着，无论如何是说不过去的。

不过，就算不去采风，关于戚庄梨园的文章还是写得出来的，我对它再熟悉不过了。

戚庄梨园和我的母校芦沟中学，仅一水之隔。春天来了，冰雪消融，溪水哗哗南流。午间，我们蜕壳样地脱去厚厚的棉袄，伸拳踢脚，舒展筋骨，争先恐后地跃过小溪，直奔梨园。

忽如一夜春风来，千树万树梨花开。

梨园花海，雪一样地圣洁，仿佛皑皑白雪一夜之间欢笑着跳上枝头，变成了瓣瓣梨花。同班的一位女同学，身材修颀，拖着粗长的辫子，穿着红格子的尖领衫，忸怩着和我们同行。望着我们兴致勃勃，羊羔一样地蹦跳打闹，假装着不屑一顾，又外冷内热地做起了兼职讲解和向导。她家住在梨园里，一排排红色的新瓦房，仙境一般。

从此，这个女孩子时常钻进我的梦里。

初中毕业后，女同学从我的视野里消失了，却钻进了我的心房里。我到县城读高中，来来去去必从梨园穿过，当时，梨园规模很大，马路两边几百亩，上万棵。你方唱罢我登场，四月间，梨园地上的花瓣还没来得及萎去，滩堤上的槐花就开放了，仿佛接力赛一样。槐花花形不及梨花，且个头比梨花小得多，但攀得高，清香悠远，还带着甜味，正所谓各有千秋。

夏天，知了蹲在林荫间，争先恐后、此起彼伏地鸣唱，急不可待地催生着树木和庄稼，去孕育秋天的果实。

梨园里，果实渐渐累累，梨树枝枝杈杈，不堪重负。果农们攀上爬下，忙着搭支建架。

秋天到了，黄澄澄的梨子，散发着淡淡的香甜，阳光照在采摘的梨堆上，晴朗的空气中弥漫着浓郁甘醇的果酒味儿。果农在梨园边上摆摊设点出售自己的劳动成果，无须广告，自由品尝。过完秤，说不准还能再饶你两个，也许顺带会赞扬你两句：我看大哥你怪实在的，下次再来哈！

工作了，每次回家都要为侄儿侄女买点零食，戚庄的梨子当然是最顺路最上乘的选择。

老远，侄女听到我的自行车声，第一个迎出来，扒着我的提包，赧赧地问道：什么唉？什么唉？小侄女拿到梨子，幸福地贴在脸蛋上，嗅吸着，把玩着，珍爱得舍不得吃。小黄狗馋得不知如何是好，垂涎着口水，蹿前跳后地绕着侄女摇尾巴。

几十年的生长，戚庄梨园的梨树渐渐长粗变壮，棵棵根如磐石，干似大磨，枝像穹龙。

随着城市的拓展，梨园面积渐渐缩小，梨园慢慢变成了工业园区，现在残存部分，估计只有原来的四分之一。戚庄梨园就像泗州大街上粗壮的法桐，人类大手一挥，纷纷倒地。后来，时兴大树进城，乡村仅存的一些古树名木惨遭蹂躏。

失去了才知珍惜。戚庄梨园地处东郊，枕河傍水，风景秀丽。有人惋惜说，如果不是乱砍滥伐，戚庄梨园旅游生态价值无法估量，简直就是天然的大公园呐。

冬去春来，年复一年。

听说，女同学嫁到我工作的乡镇。办公室后面，恰是一片梨园，打开窗户仿佛进了花海。转身稍微点击鼠标，就可以查到那位女同学的信息，可是，我从来没想过检索，毕竟咫尺天涯。

记得，本地作家许卫国先生曾说过：钢筋水泥是地球的疤痕。高大林立的建筑、四通八达的道路，未必就是政绩。人类要有敬畏之心。最好的保护就是不要轻易去改变、惊扰和碰触，自然是这样，人类的情感也是这样。这就是古人所说的"无为"？

（2019 年 10 月 20 日"新乡美文化"公众号）

那年我高考

曾看过一篇文章说，第二次世界大战时，苏联红军解放了纳粹德国的一个集中营。好不容易盼来胜利的战俘们却死去了一半，后来查明，战俘们被释放后，因大量摄入蛋白而中毒。

高考的头天晚上，异常闷热，学校郑重其事地改善了我们的伙食。食堂里烧了四个大菜：一条大鱼、一盆猪肉烧豆荚、一盘辣椒炒鸡蛋，好像还有一碟豆腐，规规矩矩地摆放在一排一排由课桌拼成的餐桌上，那阵势看起来真怪壮观的。白白胖胖的师傅们一改往常的态度，卷起裤管，搭着馊味扑鼻的毛巾，汗流浃背地忙乎。平日里，打菜抖手的职业素养消逝得无影无踪。三年来，师傅们抖落了多少勺头里本就稀缺却又让我们见了眼馋的那些肥肉片儿？食堂里的盈余，该是他们亲手抖落出来的吧！

不知是压力过大，还是饱食过量，抑或蛋白中毒，反正谁都睡不着觉。我们面黄饥瘦地光着上身，拍打着陡然扩张的肚皮，海阔天空地聊天。下半夜里，浅浅地睡去。天还没有亮，陆陆续续又醒来了。好多人还是汗流浃背地背书，锲而不舍地演绎着高考前的疯狂。

早上，依然这四个大菜外加煮熟的鸡蛋，不计其数，尽量吃。

大约七点钟，部队来了两辆大卡车，上杀场样地把我们拉到洪中考场。汽车拖着长长的尾尘，迎着朝霞，在大街上狂奔，引来不少行人不明就里地观望。好多人第一次坐卡车，满脸的兴奋，大家嘻嘻哈哈地打闹，路上几乎要把高考的压力暂且抛洒得无影无踪。我工作后，经常要乘这样的卡车，不过，已经不是去高考了，而是送犯人去刑场，我为他们失去生命而难过，替他们丢下亲人而惋惜。

首先考的是语文，语文应该是我的强项，前面的六十分基础题，我很快就做完了，感觉很顺手。作文很关键，有六十分，要求写议论文。我反反复复地审题。考前，语文老师反复强调多次，一定不能跑题。就像撒网一样，过于关注一点，网就撒不开了，我无话可说，不知如何下笔，思维总是不能进入状态。老师说的那种凤头、猪肚、豹尾的论文模式，早已失去了放之四海而皆准的功效。我坐第一排，监考老师反复提醒考生那些注意事项，让我烦躁不安。无话可说也得说，没有感觉也得呻吟，作文总算凑够了800字，抬手看看手表，还剩下整整一个小时。我无事可做，也无可奈何。

后面的考试，我渐渐地找到了感觉。感觉找到了，六门功课也考完了。

历史、地理、政治，感觉几乎能得满分，结果都是85分；数学、英语都是70多分，感觉还可以。我最担心的就是作文，结果语文考了54分。

最后一场考完，已是下午六点多钟了，太阳模糊了自己的轮廓，昏倒在自己经营的桑拿里。大街上，马路软软的，地上的柏油几乎融化了。"喇叭裤"和"大包头"们，暂时失去滋事的激情，不知躲到哪里喘息去了。路边影院的录像厅里，拳来脚去、刀砍斧劈的打斗声，磁石般地吸引了门外好奇的行人，他们恨不得一下子涌进去，享受那悬梁下呼呼转动的电风扇。街面一片繁荣，到处都是卖西瓜的贩子和瓜农们叫卖的吆喝声。

戒备森严的县政府、琳琅满目的商场、熙熙攘攘的车站、杀鸡宰鸭的农贸市场、灰砖灰瓦的影院、青松苍翠的陵园，它们虽很吝啬，不曾施舍我一丝归属的感觉，却也让我那样熟悉，那样仰慕，难道都要再见了吗？

学校对门，麦田里的麦子，都已经收割了。

曾沐浴在和煦的春风里，踏着田埂上的小草读书，偶尔心血来潮，折一根青秸，含放在嘴里，慢慢地咀嚼，甜甜的，品尝春天的味道，憧憬夏季的收获，真惬意。初春的天际，是那样高远，那样碧蓝，那样深邃。放开心灵的翅膀，任理想的风筝飞得很高，很高。

城里的同学们，预考过后都心安理得地回到了家里，专心致志地待业去了。麦田里一片一片地坍伏，真实客观地记录了他们和她们青春的印痕，可是，不谙世事的，愣是坚称自己分不清麦子、韭菜和水稻。农人们收割了庄稼，隐去了她们三年来的踪迹。天真的女孩子们，就这样甘心了吗？

晚上，邻班的老师和学生们正在进行他们最后的"晚宴"，教室里依旧灯火通明，走廊里大家都在吃西瓜。嘴唇吸食流体的声响，此起彼伏，伴随着压抑的咳嗽声，不起抢食泡就好。嘻嘻溜溜，很远就能听到。扔瓜皮的那一个，正好发现匆匆经过的我，一声招呼惊动了坑头啃瓢的班主任，老师招着流淋瓜汁的手，邀我靠近他，嘴里却一时不能发声，好不容易含混其词地吐出夹带瓜种的话来，不小心又被瓜瓢呛了声。趁他咳嗽不止的时机，我自觉地跑远了。但愿那嚼碎的籽粒不要呛入辛勤园丁的肺管里，他们苦战三年，也该好好休整了。

至今，总觉得现在的西瓜比不上那晚的西瓜，随风飘送，沁人心脾。老师吃瓜的影像，清晰地刻录在我的记忆里。

一些同学的书本和成堆的讲义，都换成了香槟和啤酒。没有经济头脑的家伙，失落地躲到教室后面的小河边，含恨焚烧那些无辜的书本。忽明忽暗的火焰，撩拨心头的燥热。教室里空荡荡的，只我一个人，孤独地、毫无心境地准备着明天的行程。

告别了同学，告别了老师，我的心和教室一样，空荡荡的。就要再见了，我的母校；就要再见了，我的老师；就要再见了，我的同学们。我们人生的路，将要走向何方？

早上，恋恋不舍地走出了母校的大门。

大街上，西瓜壳里的绿头苍蝇闹哄哄地贪食。好在没有蛋白中毒，"集中营"里出来的我，形销骨立，面容憔悴。"大包头"们的眼里，我该不会是个收废品的吧？就差一声凄凉的叫唤了。我吃力地推着破旧的自行车，沉重地载着伴我三年的行囊，失落地走向生我养我的那片土地。

母亲忍不住打探：怎样啊？

我摇摇头：不提了。

晚上，我做了一个梦，棉纸信封跟我后来收到的通知书，一模一样。我恨不得直接给撕了。

当年那些事

今年，恰好毕业三十年，有常州的同学相约聚会茅山。同学相见，彼此卸下面罩，从各自扮演的社会角色里尽情地解脱出来，让疲惫的心灵在时光机里努力折腾一回，使不再年轻的自己，狠狠地年轻一回。

当年的"筒子"们，不改秉性，扭腰送胯，冲拳踢腿，尽力展示剩余的活力；"杠篓子"聚到一块，依然还是抬杠，针尖大点的事，争得面红耳赤，不争，哪来的乐趣？"辩塞聋"，撒尿都比人高半级，没有尿挤出屎来，恨不得鸡蛋里剔骨头，没有骨头就捧放大镜，挑血丝：你说一加一等于二，他说，错！等于二点零；"班花"们刚从美容店里钻出来似的，自觉不自觉地拉长了说话的尾音，恨不得嫩出水来。合影是必须的，没有班主任哪成？连袁老师恰好八朵，同学老杨也来掺和：加上我正好九朵！有好事者突然发现当年浓眉黑发英俊潇洒的老杨，已是顶如荒岛，毛发大多降格为胡须，连呼：斑秃！斑秃！打驴惊马，一棍捅了十八家。亦师亦兄的袁老师比我们大不了几岁，赶紧抬手拢拢早就不复存在的头发。迟了！咔嚓，快门按下，抓拍才是最真实的。五十步笑百步的"半包顶"们，不知不觉被山风卸了本相，看上去怪模怪样，滑稽可笑，没有一点处长所长的样子，如梦方醒似的闪到一边，借着接听手机的机会，徒劳无功地挠挠以一当千的毛发，努力恢复原貌，扳回一点残存的颜面。

酒酣耳热之际，同学们打闹揭短，当年的"糗事"历历在目，恍若昨天。谨记此文，聊作纪念。

满　分

夜半三更，突然响起一阵凄厉的铃声。紧急集合了。

一片漆黑中，大家心照不宣地摸索着，胡七乱八地穿衣戴帽，急匆匆跑向操场。还没站好队，袁老师短促有力的口令喊了起来：向右看齐，向右转，跑步走……

暗夜里，星光下，寒风中，以班级为单位，脚步由杂沓到整齐，一队一队往郭巷方向进发。从学校到郭巷，来回五公里，周一到周五，每天早上一趟，也不知跑了多少趟，每一点坑洼都记得清清楚楚。白天，田地里干活的老太太早已对我们熟视无睹，从不多看一眼。夜晚就不一样了，总觉得该深一脚的浅了，该浅一脚的深了，还好，前面有高个子带队。偶尔有马失前蹄的，哎哟一声跌倒，后面顺着惯性压在他们身上，此时，有帽子掉在地上被后面踢飞了的，在地上到处摸：我帽子，我帽子呢？

到郭巷天已微明，我们迎着朝霞原路返回。此时，校园内灯火通明，彭晓春主任带着一帮领导逐个检查，发现问题一一登记在册，纳入期末成绩计算：有没穿袜子的，穿岔只袜子的，只穿一只袜子的；有穿一顺鞋子的；有一脚运动鞋，一脚黑皮鞋的；有戴错了别人帽子撮在头尖上的，有戴了别人帽子形似顶筐的；有头戴大盖帽，上身穿毛衣或运动服的。有女同学，一脚高跟鞋一脚运动鞋，五公里路，长一腿短一脚地坚持了下来，被学校作为反面典型"表扬"；更可笑的是，我们同寝室的一个同学，竟然穿反了裤子，屁股朝前跑了五公里。

曾有师兄"小黑蛋子"，误以为发生地震，扒住阳台栏杆，两腿一蹬就跳下去了，一溜烟跑到宿舍南边的树林里，等了老半天，就听校门外有"一二一"的口令声，这才明白过来是搞紧急集合。小黑蛋一瘸一拐，轻一脚重一脚地追上大部队：站住！等等我！站住！等等我……袁老师没好气地点评说，这家伙，哪里是拖后腿？简直就是拽裤衩嘛！"专家"调侃说，这家伙有种，二楼下去才崴了脚，换了别人，不出人命才怪。

大家回到宿舍，叽叽喳喳，忍不住畅谈自己的心得体会。此时，呼呼大睡的朝锋同学被头一掀，往厕所跑：喊什么喊，半夜三更闹腾什么？专家说，哎?！这小子是不是压根就没起床啊？大家立刻明白过来：原来如此。朝锋同学从厕所回来，睡眼惺忪：啊？紧急集合了？我咋不知道啊！你们竟然没一个喊我。同学们异口同声：哈哈，等着挨训吧！

第二天，袁老师面色严峻地点评道：同学们！大家到校已经一段时间了，昨晚的紧急集合，我们班成绩很不理想。我一直在强调，反复提醒，不要紧张，不要紧张，我们课间也反复演练过，可真正实施起来，还是闹了这么多笑话，真要进入实战，还不知会出现什么样的结果呢！昨晚的录像，拿到社会上放映，人家不以为是还乡团就不错了。在今后的教学中，我们还要穿插讲评，这样的行动，我们今后还要反复搞多次搞，直到大家习以为常。袁老师清理清理嗓门：值得欣慰的是，我们班首次演练，99%的同学多多少少都存在问题，而且都记录在案，唯独年龄最小的朝锋同学得了满分，没发现一点问题。座位上，同学们哈哈大笑。袁老师一头雾水，紧张得苏州话都出来了：呃，讲错了吗？同学们眼泪都笑出来了。此时，只有朝锋同学最冷静，立马站起来维持秩序：笑什么笑！有什么好笑的?！全班同学前俯后仰，笑死人简直不偿命了。

人是最可塑的，经过一段时间的训练，大家基本都能熟练应对，行动自如，每个人几乎都能得满分，前后表现真是云泥之别。

朝锋现在做了领导，分管应急处置。专家说，这家伙心理素质，不分管应急才怪。天道酬勤，其实专家也没屈才，朝锋不仅常年主管政工，还坐上了一把手的交椅。

病　号

学校一天三顿都是米饭，刚开始感觉还好，稍微安顿下来胃子就闹情绪了，时不时泛酸水，但是没办法，人家苏南同学无所谓，甚至打饭时故意多打一点，下午课外活动时间抽空到宿舍，开水一泡，呼呼啦啦就给吃了。要想吃到面食，除非你是病号。食堂里，天天都有病号饭，师傅态度温和，体贴入微，在条件允许的情况下，尽量满足要求，真让病号们感动有加、宾至如归。但病号饭毕竟是病号饭，再好吃也没有人好意思贪恋，人都爱面子，就像现在的贫困户，不到万不得已，谁也不想沾那点光，病号名声上不好听啊：这家伙，怎三六九生病?!

一次周末到市区转悠，我不小心闹了肚子，不时往厕所跑，心里还在盼着，估计就快好了吧？不多会又去厕所，心想天亮就会好了吧？两天下来，不但不见好转，反而越来越重。小时候哪天吃过药的？不都是忍忍就过来了吗？到医院看病总觉得是丑事，一万个不好意思。不几天，头发晕了，腿发软了，走路打晃了，于是，找理由缺课，窝在宿舍里休息，就是不好意思去医院。看着同学们生龙活虎的样子，感觉自己外星人似的融不进去。还能熬不过去了吗？趁人少，偷偷跑到学校医务室，陈述病情羞羞答答，磕磕碰碰。医生说，哎呀！咋早不来，看你都脱水了，赶紧吃药。又一回，大腿根起癣，由小到大，逐步扩展。开始只是夜间痒痒，慢慢白天也痒了。文化课时，手偷偷插在裤兜里，搔搔挠挠还勉强对付，上体育课就不同了，汗水一浸，奇痒无比，一走神，老师批评道：手怎老插裤兜里?! 于是，脸红脖粗，假装无事人样。又于是，趁课外活动时间，逗上要好的同学陪着，到药店里买药，自己给自己诊断，参照说明书，在心里给自己开药，回来之后抹上，今天盼明天好，明天盼后天好。眼看不短时间下来了，不但势头不减，反而得寸进尺，扩大地盘。再于是，一个人做贼似的，跑到医务室转悠，一次是女医生值班，退回来再去，还是女医生，不是明明有个男医生的吗？这两天到哪躲债了吗？实在受不了了，含含糊糊面对女医生叙述病情。女医生说，裤子脱了我看看！于是，半遮半掩露出冰山一角。女医生没好气地，一把扯下我的裤衩：还羞羞答答？眼看都化脓了。女医生刷刷刷，开了药。我得着救命稻草一样拿着就走，到宿舍里趁人不备挤出药膏，狠狠一抹，夜里又加了剂量，第二天就去操场了。

久病不仅成医，还能成医导。有室友出现类似情况，我理论上逮着了机会论述，鼓励他们勇敢就医，实践上，争做好人好事，积极带领他们来到医务室问诊。我巴不得女医生天天值班，好让他们跟我一样，尴尬一回而后快。

医生，无私无畏，光明磊落。在我的心中，堪比恩人，胜于恩人。

搭　车

从学校到市区，单程三十公里，交通不便，来去稍微耽误点时间，就坐不上公交了，只得搭个顺路车。

同学浩子个头高，人长得帅气，又是老乡，所以经常一起来去。我说，浩子！我给你背包，你负责拦车。浩子底气十足：好的。可真正落实起来，缩缩退退，一辆一辆车呼啸而过。我在路边着急，干脆自己上。我几乎就站路当心了，车被逼停下来，简单几句交流，顺利上车。到车上，再跟司机套套近乎，加深一下感情，几乎就算一路顺风。看来，光靠帅气还是没用，还需要胆子大。

一天，我和专家、刘忠一行四人，从市区回来晚了，在路边搭车，先拦一辆货车，副驾上只能坐一个，让刘忠先上。刘忠上车后，天已经擦黑了，我们三个好不容易拦到一辆双排座，一起上了车。半路上，大灯一闪，只见刘忠同学一个人在路边上匆匆疾走。我们呼啸而过。到了学校，我们三人顺利赶上了晚点名，刘忠同学一直跑到下半夜才赶到学校，不仅被老师点名批评，还累得满头大汗。刘忠搭车的事情，被同学们传为佳话，上车不久，车子岔了道，不朝我们学校方向来了，他只好下车步行。由于天黑，一个人也不敢拦车，拦，人家也不停，于是，只好步行，几十里路下来，脚掌磨出血泡了。

一次，我和专家三人有幸搭坐一辆皇冠车，那时算是高级轿车了。专家健谈，坐副驾驶跟司机套近乎，同学在后排突然嗓门生痰，磨叽半天也不知车窗怎么打开，啪嗒一口，痰吐在脚垫上。司机生气了，赶紧停车打理，气得差点不让我们继续搭乘，好在专家近乎套得不错。一路上，司机说了很多怪话，搞得我们羞愧难当，无地自容。

将近毕业，学习相对比较轻松，眼看就要分别了，大家到市区的就比较多了。

朝锋从市区回来晚了，顺利搭乘一辆标致车，心底美滋滋的。车后座上，坐着一位干部模样的败顶男人。败顶男人一路态度和善，和他聊着：小伙子，家是哪里的？朝锋说，苏北的。老半天，败顶男人说，我在苏北待了五六年哪！后来被发配到洪泽农场接受改造呢。到了学校门口，朝锋说，停一下，我到学校了！司机说，我们就是来学校的。标致车缓缓驶进校门，停下来。我们学校的书记、校长和副校长们，早已衣冠楚楚地站在门口，恭候多时了。朝锋车门一开，慌忙钻下车来。校长伸过手来，四掌搭在一起，单方有力。校长感觉：不对啊！哪来的毛头小子？校长眼里有毒，一看就是本校学生，脸色顿时僵冷，气不打一处来——又是搭车的：我强调多少次了，不许搭车、不许搭车，就是不听。校长低声喝问："你哪班的?"朝锋浑身酥软，似有散架之感。

败顶男人慢腾腾地从后座下来。校长赶紧恢复笑脸，前倨后恭，伸出筛耙一样的双手。朝锋见机，逃之夭夭。

校会上，校长语重心长地说，有的同学胆子都大住天了，竟然搭乘我们厅长的专车，你这不是往我鞋壳里撒钉子吗？你书不想念了吗？对于这样的行为，我们发现一起查处一起，坚决下不为例。

不几天，毕业典礼上，中间坐的果然就是那个"败顶男人"。朝锋一阵阵后怕，差点不领毕业证。处长、局长不敢做的事情，他一个未毕业的在校生，就给做了，不怪工作之后，人称"王大胆"。如今朝锋自己做了领导，早已有了自己的专座。

高 手

毕业典礼前，厅领导将亲自到场，观摩汇报表演，为检验教学成果，"王教头"事先邀请了两场散打赛事。

赛场设在足球场上，省防暴队员们个个五大三粗，彪悍有力，他们跃跃欲试，压腿伸胳膊，有的老早就冲起拳来，左一个组合，右一个反击，看阵势就知道来者不善。学校队员们平时看上去还生龙活虎，此时一个个缩手缩脚，比大姑娘还腼腆。王教头感觉面子上过不去，鼓励徒弟们说，活动活动，今天主要打技术。队员们有的抱着篮球，有的连续颠着足球，仿佛个个都不是练散手的，似乎一夜之间都改了行。防暴队员们更是胜券在握，陆陆续续穿戴了头盔、护裆，又是冲拳又是踢腿，就等着这边献丑了。学校这边没有一个敢上的，王教头点了一个中等个子，说，你来！被逼无奈，实在也不能不应场子了，中等个子在众人的簇拥下，扭扭捏捏地穿戴好行头。比赛正式开始，防暴队员连续几个冲拳，恨不得第一个三分钟就将对方拿下。中等个子非常谨慎，基本都是防守。第二场就要结束时，中等个子突然一个边腿，将对方打倒在地。场上一片惊叫。第三场，防暴队员体力不支，基本没有进攻能力，中等个子也没放开手脚。第二个上场的小黑脸，其貌不扬，瘦猴一样，几乎三场三胜，完胜对方。学校一方士气大振，出现了争相上场的态势，王教头的脸色也好看多了。接下来的几轮比赛，大获全胜。不能太让"省领导"没面子，王教头说，这样吧！我们上低一重量级的，打打技术，重在向领导们学习。防暴队员继续完败。临走时，省厅防暴队员们个个摇头晃脑，灰头土脸：就起结过婚就不行了！就起结过婚就不行了！所有责任，归结到女人身上。

第二场比赛，王教头邀请了工人文化宫散手队过来交流，赛场设在礼堂，地上铺了一层红地毯，邀请了专业裁判，规格相对比较正规。几轮下来，学校队被打个完败，出场体重高一级别的队员，也没挽回局面。比赛持续到中午十二点半。技高一筹压死人，看来，没结婚该不行还是不行。

赛后，灰头土脸的散手队员们，拿着饭盆来到食堂窗口。此时，已基本错过了午饭时间，队员们窝一肚子火，没好声没好气地呵斥食堂师傅道：打饭！打饭的正跟老师傅聊天，脸也没转。耳朵聋了吗？队员说。你说谁的？！说你的，怎么着？！打饭的端着菜盆往窗口来：你再说一遍！哎哟？！教训不了别人，揍你不是手到擒来么？你出来！打饭的丢下勺子，围裙一解，呼啦一声从窗子里蹿到了饭厅。这边厢，队员饭盆当啷一丢，一拥而上，三下五除二，拳脚就跟雨点似的。

饭厅里顿时鸡飞狗跳，桌翻凳倒。

不多会，完全安静了下来，横七竖八倒在地上的，不是别人，而是散手队员。剩下两个站着的，嘴跟叫机子似的：老哥！老哥！多大事哎！看你激动的，有话不能慢慢说吗？打饭的两袖一撸：就凭你们这两下也跟我斗？起来吧！瘸腿伤胳膊的赶紧爬起来，强撑面子，掸掸身上的灰，饭也不吃了，相互搀扶着，一瘸一拐到医务室疗伤去了。

王教头训斥说，你们这些家伙，真是有眼无珠，才练几天？人家穿开裆裤就跟我混了，人家父亲是我们学校的退休老师，他抵职到食堂混口饭吃，下班就到文化宫当教练。

听说后来，王教头在公交车上被三个小混混狠狠"教训"了一顿，不过，连王教头脸上的变色镜都没打着。王教头两臂相拢交叉在胸前，头部闪来晃去，就这么躲着，手都没还。三个混混拳脚一阵猛冲。突然其中一个明白过来：赶紧撤，这人是警校教语文的。没错，王教头的主业确实是教语文。事后，王教头说，我反过来教训他们一顿，能证明自己什么？

武术、书法、绘画、经商，混到一定境界，最终殊途同归，心宽了，看淡了，四大皆空，一切都包容得下。经商的恨不得把钱包顶在头尖上，那是因为没赚到钱；当官的浑身都是架子，那是因为官还不够大。人生何尝不是一场修行？正所谓：厚德载物。

回　校

那年出差，坐在车上正迷糊着，抬眼看到学校楼板搭建的围墙，太熟悉了。我连忙示意开车的丛经理减速：慢点慢点，到学校看看！校门口的路改道了，对抱粗的梧桐也被砍伐了，绕了半天找不到正门。我说，今天无论如何到校园里转转。

费了好大功夫，又是扒导航又是问路，丛经理随弯就圆，方向盘一打，校门立刻闪现在眼前。

恰好学校放暑假，校园里空旷寂静。轻按喇叭，门卫正要问明事由，查看证件，丛经理油门一点，如入无人之境。门卫老头紧随车后：唉唉！站住！站住！我心急火燎道：先转一圈再说吧。

学校的教学楼，连钢窗都没换，五层大楼，依然巍峨大气。我们的教室在四楼，晚自习时，不经意向窗外一望，刚才还是黑漆漆的夜空，明晃晃的摩天大楼矗立在眼前，老半天才反应过来，那是长江里的游轮，细看真的在缓缓移动，不多会就消失了。中心广场上，当年还是手臂粗的雪松，现在已是参天大树。后山脚下的几排红瓦房，原来是干部班窄舍，我跟同学王军曾去认过老乡，他们两人一室，自带独立卫生间，比我们八人间宿舍不知要高多少个档次了，就这样还嫌简陋，大喊苦苦苦。废弃的地下靶场，水清可鉴，以前学校偶尔断水，我们都是到这里打水洗衣的。当时，计划是想打造高档靶场的，苦于防水技术不过关，地下部分被水淹没，地上部分也就不了了之，假如放在现在，建再大的地下工程，防水也是小菜一碟。

门卫老头报时钟样地追了上来：站住！站住！我们赶紧钻进车里，继续向前。

宿舍楼还在，外墙粉刷得十分精致，本想进去看看，怎奈已经改成了女生宿舍，外面加了围墙，入口处"闲人免进"四个大字赫然在目，所以不敢随意造次。当年，我们宿舍在一楼，西数第二间。宿舍西边的荷塘里，莲花盛开，岸边的白杨原封没动，出奇地高大。我摸着树皮，百感交集：时光不饶人啊。

礼堂偏处一隅，门楼似乎矮了一截，一点找不出当年挺拔的身姿，仿佛一位久经风霜的老人，在喋喋不休地叙说着自己的陈年旧事。那年放电影，两个"混混"悄然钻了进来，还没来得及逞凶就被打得东倒西歪，俨然是波涛中的一叶小舟，横来竖去完全由不得自己，巴掌耳掴，勾拳踹腿雨点般袭来，抱头护脸逃到门口，眼前一黑晕倒在地，气若游丝。半夜三更，家长鸣冤叫屈哭上门来，老校长刚高靠了副厅，正愁三把火没地方点呢，当场表态说：查！从严处理。那么多学生谁打谁没打？神仙也搞不清。老校长负荆请罪一般，前往医院探视，回到办公室刚端起茶杯，急诊电话就到了：人不行了，已经转到重症监护室。烫嘴的热茶洇到嗓门眼才感觉不对劲，老校长吐也不是咽也不好，茶杯一摔：奶孙子的，哪辈子倒了瞎霉，一天到晚，东边起火西边冒烟，不是这事就是那事，擦不清的泼猴腚！

站住！站住！"报时钟"又追了上来，上气不接下气。

我们俩沿路又浏览了一圈，顺道看了曾经最熟悉的操场，还是当年的老样子，比教学区台出半人高，进出需要爬上几个台阶。变化的就是边上的法桐，变粗变高变大了，无形中拥有了神韵。

回到大门口，保安们早已关门上锁，摆出一副瓮中捉鳖的架势，气噗噗如临大敌道：停停！搞得不得了了！是吧？

我连忙下车，疾步向前，一手拿烟盒一手散烟，一个一个敬烟点火：我是八九级的，出差路过，顺道回母校看看。

呃？领头人上下打量着，全身扫描似的，忽而破怒为笑：老弟你早说嗨！领头人接过香烟沾在唇上，紧接着双掌合拢靠在嘴上，取捷径伸脖点火，深吸一口吐出烟雾：不是外人！不是外人！一路追车的老人家，余怒未消，气还没喘圆和呢，趁住说话的劲，转用商量的口吻抱怨道：唉？起码也打声招呼，油门一点直往里窜。领头人揽过话头：多大事唉，看你嘘的！服从大局是必须的，老人家点根香烟，嘘出一口屈气，解释说：经常有校友过来，我们都是简单登记一下，从没抹过面子，大家都是一家人嘛！我赔着笑脸：老人家，对不起！我就是担心不给进，所以才先斩后奏的。丛经理嘿嘿一笑：没拿自己当外人，才……

告别了门卫，丛经理说，进门时，老头还想拦车，你越是跟他商量，他越是严格，我干脆来个下马威。我也感觉丛经理是在调戏人，玩笑说，老弟，还能不要惹事唛？人家也是按章办事，容易吗？

车子驶出校门，一回脸：校门上几个苍劲有力的金字，在阳光下熠熠生辉。母校，离别你已经整整二十个年头了。

拿起手机一搜索：当年的张老师——北京大学法学院的才子，已经升格为院长；西南政法大学的薛主任，已是业内知名专家、一流学府的特聘教授；一大批奋发有为的老师早已成了教学中坚力量，不少已经走上了领导岗位。

一觉醒来，迷迷糊糊，已近正午，好一会儿才辨清了方向。同学们相拥道别，再约来年。酒精消退，归心似箭。每个人的心，其实早已回到自己的工作岗位了。人啊，把握好自己的角色，人生这台戏，唱顺唱好唱圆满，也不是一件容易的事。

同学安好！

（2020 年 3 月 3 日"北方散文"公众号）

戴总略传

戴总是我大姑姑的儿子，我老表。

小时候，也就是戴总还叫小戴那会儿，到我家走亲戚，正好撵上我家杀猪。以前在农村，杀猪可是一件大事。

门外，大人们忙得不可开交，动嘴的动嘴，动手的动手，帮忙的帮忙。烧水的，端盆的，看热闹的，忙而不乱，各司其职。厢房和门外的大木桶里热气腾腾。小孩子钻人缝里，人前人后地挤，巴不得立马拿到猪泡泡（膀胱），吹上气当气球玩。老表到了，就恨来晚了，凶龙样地加进来。

母亲跟我奶奶说，晚饭就不要叫小戴吃了，到后面（我家）一起吃猪肉，油油肠子。奶奶说，那好嗨，这孩子太瘦了。老表玩得更疯了，心想，晚上吃肉喽。

杀猪屠是前庄的老汪华，我们叫他老表爹。老表爹满头大汗，先捆猪，猪杀倒了，开水也就烧开了，再烫猪，烫过给猪吹气，然后趁热刮猪毛，猪毛刮过开膛破肚，开膛破肚之后，我们才拿到猪泡泡。我们眼巴巴地看着，期待每个环节都能快点。

天黑了，老表爹掌着马灯给村民分肉。大人们头挨头，赔着笑脸，嚷着让老表爹手下留情，好割点肥肉回家卤油。等老表爹忙清了，我们的疯劲早已过了，不知不觉，一个个蔫蔫地，倒头就睡。

第二天早上，我想起昨晚没吃饭。母亲也恍然大悟：小戴昨晚也没吃。母亲就到奶奶面前检讨说，昨晚忙忘了，没喊小戴吃饭。奶奶说，真的噢？怪不得半夜回来，翻身打滚叹气嘛，一夜也没怎么睡安稳。

到现在，提起戴总这一段子，我们都当笑话来涮。

我念小学一年级时，戴总也念一年级，我高中毕业，戴总还在念小学，具体戴总留多少级，他自己也不记得，我们也没算过。

那年春节过后，我去大姑家。大姑父指着墙上的奖状说，喏！这都是你老表得的。我一看，整个东山墙上糊着奖状，还有挤不下的，都连到后墙了。早期的那些奖状，糨糊底子遭了虫咬，连挨连，一个个针尖大的小洞洞。我再细看看那些奖状，大多是体育奖，有长跑、短跑、拔河、举重之类，余下部分是劳动奖，表彰学习成绩的，我看没有。我问大姑父，怎么一张学习奖状都没有？大姑父说，有这些就够了，体力好能干活还要什么？识两个字能写上来自己名字就行了，上厕所也不会摸错。

据说，戴总每次考试都不及格，自从二哥调到戴总就读的小学，状况就改变了。戴总每次考试牢靠六十二分。二哥说，不照顾又不行，给六十分呢，怕人家看出来是照顾的，打高分呢，人家都不相信，干脆每次打六十二分吧。于是，戴总总算拿到了毕业文凭。二哥说，这样自己也不算违反学校规定，能毕业就毕业吧！校长一开始比较自私，总想把戴总留在学校，在体育方面给学校争面子。戴总在学校年龄越来越大了，眼一翻就要打老师，后来，校长发现不好收拾，恨不得让他尽快走人。校长说，黄鼠狼大了都成精，不说是学生？

那几年学校争相搞特色，体育方面就指望戴总撑门面了。

前年，跟大姑父通电话，大姑父说，不能叫小戴了，外边都叫他戴老板了。去年，大姑父又说，再叫戴老板你老表就不理你了，外边都叫戴总了。想必老表的生意，越做越大了。我问大姑父，那以后就喊戴总嗷？大姑父说，你憨唉？还用问？真是的！大姑父没给我好脸色。

有次，我去城北中医院有事，经过三里庄，老远就看到一个敦实实的胖子，手拿蒲扇蹲路边一幢小楼上乘凉，走到跟前一看，原来是戴总。我问，你蹲上边干吗？戴总有点不耐烦道：怎么我蹲上干吗？我说，你租这么好的房子干吗？戴总眉毛拧着，疹瘆瘆地：房子是我盖的。我说，你蹲楼上往老板讨工钱吗？可不能跳楼嚎。正说着，大姑父一盆刷锅水从楼上泼下来，差点浇我头上。我还以为大姑父有意的呢。大姑父一看是我，赶忙让我到屋里坐坐。戴总手抔腰笑了，说，这就是我自己房子，产权证还没下来呢。我说，老表你这一年几级跳，我哪能跟上形势嗨。

原来，戴总拿到文凭之后，先到工地上提小桶，后拿瓦刀，再带工，再后来包清工，以至搞工程，现在，在乡镇搞房地产开发了。

不久前，大姑父也给我来电话，让我费点脑子，给戴总写一篇。大姑父还说，你老表电视已经上过了，能不能上书就指望你了。我问老表什么时候上的电视，大姑父说，不就是去年吗，县里搞文明城创建，你老表开车违章的，交警安排他在电视上发言，号召大家不要闯红灯，后来还象征性地交200块钱罚款呢。不消说，曝光之后，生意比往年顺当多了，知名度也大了。

前天，我说，戴总过来吃饭。戴总说，不了，我在县医院睡着呢。

我急忙跑去看看。戴总躺病床上，手摆蒲扇样：酒不喝了，饭店也不去了。我问咋回事？戴总说，好东西吃猛了，喏！检查单出来三张了，血糖、血脂、血压都高，等会儿各项指标都出来，还不知几高呢？

不知戴总听谁说我要出书，反复跟我商量，让给他弄一篇，哪怕随意刮到一句、一段也行，能单独写一篇最好不过了。

思前想后，还是写写戴总吧！戴总的特长无非就是过去的运动和现在的吃喝。写好了，才想起安装标题，为难半天，干脆就叫《戴总略传》吧。

黄山游

父亲的化验报告星期一才能出来，我们得要等上两天。

父亲已是七十岁的老人了，出门一趟不容易。我就在南京住两天，带父亲转转吧。可南京的景点，父亲都去过。翻开地图，黄山距离南京三百公里，两天正好来回。于是，我们沿着104国道，驱车往黄山去。

到了绩溪，山渐渐多了起来，山路绕来绕去，我们一边打探路线，一边忙着赶路，司机对山路不太适应，弯路转得总不流畅，就像刚入学的小学生，字写得手生。

太阳就要坠入大山里去了，山路越来越险，司机有些急躁，为安全起见，我们打算在路上住宿。

远远的，路边站个小伙，向我们招手，年轻人一听我们到黄山，满脸的兴奋，说他就在黄山的一个宾馆里做服务生，想搭车。看着小伙子一脸的稚气，我们马上答应了下来。于是，我们一起同行。

有小伙儿做向导，晚上到达黄山，不成问题了。我们心里踏实了许多，车轮好像也松快了许多。路上，和年轻人聊得很投缘，夜里十一点多，赶到黄山脚下，按照小伙子的指点，我们找了一家宾馆住下来。小伙子笑呵呵地跟我们道别，我们感觉莫名地失落，好像小伙子本来就是我们的同伴。

人生何处不相逢？我们和小伙子的缘分可能也就这么多吧！

晚上，我迟迟不能入睡，不知父亲能否躲过这一劫。父亲一年前已做过一次手术，医生说，复发的可能性很大。平时，父亲的身体很硬朗，父亲不相信，小小的肿瘤能够将他击垮，能够夺去他的生命。我为父亲担心，也时常宽慰父亲。

深秋的早晨，太阳艳艳地升起，我们乘坐索道登上了丹霞岭。大地氤氲，云雾已矮矮地踩在我们的脚下了。

拿出相机帮父亲照相，可是忘了给相机充电。

从丹霞索道上山，到慈光阁下山要经过光明顶、莲花峰、鳌鱼背、天都峰，大约十八公里的山路，共 5000 多级台阶，只能步行。我买了一根拐杖，递给父亲。山风轻拂着父亲的白发，父亲已经老了。游人们情不自禁地打探父亲的年龄，为父亲竖起了大拇指。

黄山的北海，风景不是一个美字可以形容的。站在险峭的山峰上，抚摸身旁的奇松、怪石，俯瞰云海下缥缈的村庄、大地、城镇，飘然欲仙。

父亲玩得很忘我。

途中，父亲累了，坐在一块大石头上歇息，我拿出相机，想用仅有的那点余电为父亲拍下一张照片，失败了。

迎客松下，排队照相的游客熙熙攘攘，拥挤不堪。我排了很长时间的队，花了十元钱，给父亲照了一张快照。这张照片，保存在我的影集里。

黄山的美景，让我暂时忘却了眼前的现实，稍静下来，我又担心父亲的病情，我的心又揪得紧紧的。在黄山游玩了一天，我的心境，就这样冷冷热热地交替。

父亲的化验结果很不好。虽在我的意料之中，我心中的一线希望就这样湮灭了。我装作轻松的样子，蒙骗父亲。我多么希望父亲能够战胜病魔啊！我不相信，父亲真的会离开我们；我不相信，这么智慧的人类，这样学识渊博的专家，会对米粒大的肿瘤束手无策。

黄山回来之后，父亲慢慢地消瘦，不久，就离开了我们。

第二次到黄山的时候是夏天，我带着我的女儿一起去，同去的还有二哥和我的侄儿侄女。山上淅淅沥沥地下着小雨，时而可见飞流而下的瀑布。山间天气多变。或而白雾弥漫，我们竟不知置身何处，或而大雾飘去，吓人一身冷汗。原来，山道边上，竟是绝壁深渊。

雨天登山，别有一番景致。

沿途寻找父亲走过的足迹，感觉父亲仍和我们一起同行。我努力寻找父亲坐过的那块大石头，然而最终也没有找到。

迎客松前，我拍了许多迎客松的照片，放在我的影集里。迎客松，八百多岁的高龄了，云山雾海里，不知迎来了多少客，又送走了多少人。

傍晚，天放晴了。盘山公路上，中巴车游龙入海似的下山。透过车窗，俯视山下的城镇、乡村和田园，我又一次感受到了大地的苍茫。山涧里，溪水"哗哗"地奔腾，给人一种山洪欲来的紧迫感。从仙境回到人间，回首山巅，天空雾气蒙蒙，不像上一次那样，瓦蓝得那样高远，那样深邃。

今后，不知会不会再游黄山，如果再去的话，心境可能还是那样悲凉。

父亲和我一起出远门就两次，父亲送我去上学，父亲和我游黄山。

父亲和我的缘分尽了，我深深思念我的父亲。生老病死，自然法则。天下没有不散的宴席。人生，何尝不是迎来送往的一个过程呢？

（2019 年 4 月 10 日《宿迁日报》）

父辈的期待

　　侄女就要到南京工业大学上学了。侄儿玩笑说，咱们家已经两个南工的啦！怎么又一个南工学生啊？难道只能南工了吗？

　　我们虽然对南工都不太满足，但侄女上大学这一天，我们已是期盼多年了。早就期盼侄辈们能够早日成人，好让辛苦大半辈子的大哥早些卸下肩上的担子，好好享享清福。

　　九月五日，我和大哥买好车票，准备乘坐大巴车送侄女到南京。二哥说，开我的车去吧，也好带个行李。其实，基本上不需要带什么行李的，录取通知书上早已标明：学校统一配置相关用品。

　　从家到学校一路高速，不到两个小时的车程。

　　我不由得想起三十多年前，父亲送我到苏州上学的情景。那时，侄儿侄女们都还没有出生，我也就是侄女现在这样的年龄。

　　父亲本打算第二天起早带我乘车到县城，然后再转长途车到学校。当时，大伯还在县政府办做主任，正好小车过来接他老人家回去上班，大伯非要让我们跟车到他家住上一个晚上不可，第二天直接乘车到南京，转车至苏州。

　　下午，太阳已经西沉了，天边飘着晚霞，母亲放下手里繁重的农活，流着眼泪送我到村口，交代我及时给家里写信。母亲招着手，消失在大伯轿车的尾尘里，消失在落日的余晖里……我和哥哥、弟弟、妹妹都能够上学读书，参加工作，尽快脱离贫瘠的土地，是父亲和母亲的期待，可等我们真正一个一个离开他们身边的时候，父母又是那样不舍。

　　那时，到南京的车票是五块三毛钱，其中三毛钱是附加费。天还没有亮，父亲和我背着棉被和行李包从大伯家往车站赶。天黑漆漆的，县政府门旁西瓜皮上的绿头苍蝇还没有开始闹腾。父亲背着行李倔强地走在我的前面。大街上特别安静，仿佛只能听到我们父子俩踢踢踏踏的脚步声，天上的星星特别晶亮，仿佛是在讥笑我从来没有出过远门。

长途车站，旅客还很少，只有车站前面卖野饭的大锅，依然亘古不变地冒着热气。几个"大方"的旅客头顶头、碗对碗地围拢在锅边的条桌上，"嘶嘶嗒嗒"，心安理得地吹起热辣的鸭血粉丝汤，脑门上豆粒大的汗珠被锅底闪动的火苗映照得油油地亮。老板娘甩手一盆污水泼在大街上，干渴的沙石地上，顿时泛起了一层白沫，发出了滋滋吸水的声响。

一路颠簸，到马坝吃了两个茶叶蛋算是午饭，下午四点到了南京，接着又转乘火车赶往苏州。

火车上拥挤不堪。父亲年轻时在南京工作过，时常背着现金乘火车到南方的工地上给工人发工资，知道怎样占座位。父亲在车厢里打探到镇江下车的乘客。终于打探到了，父亲紧挨着站在这位旅客旁边。到了镇江，父亲终于占着了那个座位。父亲让我坐下，他自己站在我的身边。我几次想换父亲坐一下，父亲却没有给我好脸色，甚至有点愠怒。我怕父亲生气，终于没有勇气再让父亲坐下了。我的孝心至终也没有拗过父亲的爱子之心。父亲就这样手里拽着行李，一直站在我的身边。其实，父亲当时已是五十几岁的老人了，我的体力远远好过父亲。

火车上本来就拥挤不堪，卖熟食的乘务员不顾旅客的厌烦，不时地推着小车，来回穿梭叫卖，实在让人熬心。父亲以及许多和父亲一样站在走道里的乘客几乎无地容身。估计当时车上卖熟食的已经被承包了，否则，根本不会有这么大的工作热情。靠窗的两个推销员，面红耳赤，旁若无人地猜拳饮酒，他们不时挥手驱赶哄抢他们食物的苍蝇。在这节车厢里，估计也只有那几个大头苍蝇能够影响他们下酒的兴致了。

下了火车已是傍晚，出了车站回脸一望，刚落成的苏州站雍容华贵，宛若身价不菲的贵妇。大约二十年前吧，我又到过一次苏州站，依然没有落伍。十年前再到苏州站，已经建成现代化的高铁站了，不知苏州的老站现在拆了没有？

我们到站前广场上的一个售货亭打探到去学校的公交。店主夫妻俩陀螺似的忙着，根本没工夫搭理我们。好不容易等他们闲着，父亲凑上前去探问。男人好像逮着了什么机会似的，马上提议要我们先买份报纸再如实相告。

　　我至今还记得，女店主的脸抹得就跟蜡纸一样苍白，说话本来就不清楚，嘴里好像又在吃点什么零食，所以，我们更不知道她在嘀咕些什么，也许是用那悦耳的吴语在骂我们吧。父亲又急又气，再问，夫妻俩头摇货郎鼓似的，一百个不知道，后来头也懒得摇了，地下党似的坚决，无论如何，坚不吐实。我想，大约经济发达的地方，人情都冷淡吧！张嘴之劳的事，为什么就不能方便一下远道而来的外乡人？

　　到学校天已经擦黑了，正好学校唯一的一辆校车还要到市区去接新同学，父亲要跟车到市区，然后连夜赶回家。

　　我本想让父亲在学校休息一个晚上，第二天再回去，可父亲就是不肯，却一再嘱咐我给家里写信。我实在不忍父亲的辛劳，却没有一点办法表达我的孝心，于是我在学校商店里买了两瓶橘子罐头让父亲带着，可父亲无论如何不肯收下。情急之中，加上对自己当下的不满和未来期待的失落，我的泪水奔涌而出。就这样，坐在校车上的父亲徐徐消失在儿子泪眼婆娑的视线里，消失在姑苏古城灰色的黄昏中。

　　当时我们八人一间宿舍，教室也是普通而又古朴的灰瓦房，就这样也比家里的土房子好得不知哪里去了。母亲说，好好读书，哪一行业都够你学的，能上学已经不错了。我想，我们这一代人才是国家改革开放的受益者，如果没有高考，我们只有一辈子种地的份。

　　我至今不知父亲回家路上的情况，后来父亲也没有告诉我。我一直担心父亲回家的路费根本就不够。一个星期之后，终于收到父亲的来信，我的心踏实了。

　　南京工业大学的校园依山傍水，绿树成荫，白墙红瓦。现代化的体育馆、图书馆、实验室配备齐全，正是孩子读书研学的好去处。侄女的宿舍，一厅一卫，四人一间，上床下桌，宽敞明亮。中午，我们在学校食堂就餐。学校前后四个餐厅，小炒、面条、糕点，南北风味，一应俱全。侄女却苦着个脸，一百个不满意。我和大哥心里清楚，侄女不是对学校环境不满意，侄女在县城最好的高中最好的班级，三年学费全免，甚至连吃饭都由学校包揽，侄女的理想学校是南京大学。我们做长辈的却已很知足了。临走时，大哥依依不舍。侄女泪眼婆娑，送我们到大门口才肯回去。后来侄女如愿到南京大学读研，现早已通过托福考试，准备到英国留学。

如今，父亲和母亲都已相继去世。三十多年，翻天覆地，沧桑巨变，仿佛一切都是那么遥远；三十几年，物是人非，历历在目，仿佛就在昨天。如今，国家强盛，人民富足，民族崛起。想必，九泉之下的父母，也在含笑为他们的后辈祈福吧！

人，也就这样一辈一辈地传承着。一辈人有一辈人的责任，一辈人有一辈人的期待。父辈就这样，期待着子女的期待，幸福着子女的幸福。

（2018 年 12 月 28 日《宿迁晚报》）

鸡蛋不能随意吃

小时候，家在农村，房前屋后随处可见寻食的小鸡。鸡虽不稀罕，吃鸡蛋可不是件简单的事，用当今的话说属于高消费了。鸡蛋作为当时的奢侈品，不但不能随意吃，就是看别人吃，似乎也不多见。

父亲是一家之主，比较辛苦，经常会吃小锅饭，但也不轻易吃鸡蛋。母亲偶尔会在早上趁我们还没睡醒，在饭勺里煎个鸡蛋端给我父亲吃。母亲以为我们不知道，其实，娇嫩的香味早就钻进我们的鼻孔里了。弟弟最小，不懂得装睡，按捺不住地抬起头来，顺着丝丝缕缕的香味嗅鼻子。父亲吃鸡蛋时，母亲在一旁警戒。母亲一个眼神，鞭子一样无声地抽打过来，弟弟立马安稳了。父亲吃完鸡蛋，母亲接过饭勺拿去厢房，临走时既是告诫我们，也是安慰我父亲，说：小孩长大慢慢吃。

生病时，我也会享有吃鸡蛋的待遇。

夏天，疟疾横行。早上还是精神抖擞，神气活现，午后就不行了，转眼之间嘴唇发紫，头痛欲裂，浑身冷得直打颤，于是，赶紧拉过棉被裹在身上睡上一两个小时，不知不觉，又恢复正常。第二天，又是如此。不是医生胜似医生，我母亲的手比仪器还灵，摸摸脑门说：小和尚还能打摆子了吗？大队赤脚医生是我小婶，听诊器正常挂在脖子上，但没见用过，望闻问切，哪一招都比仪器管用，伸手一摸结论脱口而出，哪像现在的医生，动辄让你检查一圈。现在，炫富的人有，敢在医院门口装腔作势的，没听说过。摆架子的不少，得罪医生的不多。肚大腰圆财大气粗也罢，趾高气扬一言九鼎也罢，也就一张检查单，说让你归零你就归零，说让你现原形你就现原形。估计所有人都不愿意跟医生说再见。我小婶可不是现在的医生，直截了当：疟疾，吃点奎宁丸就好了。棕色大口瓶，底子一翘，哗啦一声倒出药来，小药勺拨拉拨拉，多余的还回去，不多不少的药方纸一包，整个诊疗过程就结束了。小孩子吃药是个大问题，几番折腾还是咽不下去，外面的糖衣化完，就剩下炮弹了，苦不堪言。为了能让我尽快痊愈，尽快履职，我母亲除了督促我按时吃药，还要辅以自己的偏方。一大早，我母亲喊我起床说：到小园地里摘七朵辣椒花七朵茶豆花。我就知道好事终于轮到我了，一骨碌爬起身，动静还不能大，怕惊醒了我弟弟坏了我的好事。关键时刻，弟弟最有杀伤力的一句话就是：嘿嘿，你不吃，我吃！摘辣椒花、茶豆花是有讲究的，不需母亲交代我也知道：一定要是朝阳的带露水的——病人自己亲自摘效果最好。母亲在勺头里滴上两滴素油，放上十四朵小花，再放点盐，打两个鸡蛋，勺子端在火头上燎，嗞嗞作响。鸡蛋还没怎么煎热，我就急不可耐了：不能再煎了，再煎香味就跑光了。不多会儿鸡蛋焦黄，母亲用筷子搅搅，调过勺柄让我自己端着，趁热吃下去。蛋到嘴边我又有点惭愧，感觉自己平时表现不佳，有点对不起这两个鸡蛋。但无论如何，治病是硬道理，鸡蛋还是要吃的。一口咽下，我感觉从舌头到嗓门再到胸腔，依次膏上润滑油般滋润，麻露露的。吃完鸡蛋，我感觉百病消除，恨不得像电影上那些英勇的战士一样，立马投入战斗。

有时，为了能够名正言顺地享受吃鸡蛋的待遇，我真的恨不得再得上一回疟疾。父亲下放回来，一直都是大小队干部，在农村大小也算是面朝外的人了。母亲也很会持家，相对来说日子比左邻右舍过得还好一点，但那时候绝不是我一个人嘴馋，而是全社会普遍的匮乏。现在好多人，还是习惯于叙事的宏大，动辄幻想着回到过去：我年轻时，又怎么怎么……这些人不是心坏就是脑子不好，端着改革开放的饭碗，顶着20世纪六七十年代的脑子。

亲戚家生孩子，前去祝贺的叫送挂面礼，或叫吃喜蛋。一般都是由女同志带着孩子去，偶尔也有男人参与，但会有诸多不便，比如有男人在场，产妇给孩子喂奶能拉下脸来吗？有女同志关心产妇康复情况，产妇能方便说吗？这时候男同志一般会主动回避，让女同志之间有个嘘寒问暖的机会。也有男人不知回避的，人家会说他缺心眼。马路上有说有笑的一行妇女，肩上挑着竹篮子，篮子里装着枝棱棱的馓子，馓子上用红绳子捆着或者盖点红纸的，那一定是送挂面礼的。小时候，母亲带我去送过挂面礼，走了十几里路，我也不嫌累。离亲戚家不远时，一行人心照不宣地停下来歇歇，顺便把篮子里的馓子松一松，这样会显得多一些，面子上好看。卖馓子的也是高手，装篮子时底下早就垫了不少报纸。松馓子是个技术活，手抖紧了会碎，抖松了达不到效果。我呢，也趁机抽一点尝尝，掉到地上的碎馓子，还要问吗？由我负责处理。到亲戚家吃过喝过，临走时按规定还要回赠几个煮熟的红鸡蛋，经济实力强的人家会回赠多一点，经济实力弱的回赠少一点。回赠的喜蛋基本上就是孩子们的专享。染色的鸡蛋对于小孩子们来说，就是珍贵的艺术品。不让满庄小伙伴都看到，不让每个小伙伴都流足了口水，不玩到蛋壳坏了是舍不得吃的。吃喜蛋似乎也要讲点套路：先吃蛋白，后吃蛋黄，蛋白要趁人多时一丁一点，不紧不慢，细细吃；要舔在舌尖上，用门牙咀嚼着吃，要吃出荣耀感来，要吃得其他小朋友矮你一等，羡慕嫉妒恨；要吃得小朋友巴不得他家亲戚立马生孩子，好让他去送挂面礼；蛋黄要尽量保持完整，放进嘴里一口吃下去，最好能噎着点，嗓门带着阻力，显示出满满的丰盛感来。

我慢慢长大了，女同志之间的交流不便在场了。再有送挂面礼的机会，我母亲就带我弟弟去了，母亲担心，我再去会缺心眼。

我家有个大黑鸡，一天下一个蛋，而且从不丢蛋。每天晚上小鸡上宿，我母亲都要逐个抓过来试试，摸摸肚里有没有蛋，有蛋的放进另一个笼子里，第二天下过蛋再放出来。大黑鸡几乎免检，不用单独关押。在我母亲眼里，大黑鸡比奥运冠军地位还高，稀的干的总往它面前撒，等其他小鸡飞奔而来，大黑鸡已经近水楼台，先吃上一阵子了。家里的鸡蛋，都是放在专门一个土瓮子里聚着。聚到一定数量，我母亲就会带到洋井街上去卖，家里平时的零用钱几乎就指望这几只鸡了，烟火油盐都要钱哪。在那个特殊的年代，不仅人活得不容易，就连鸡都有压力，都有任务，肩上都有担子。

俗话说，一天吃一钱，饿不倒炊事员。有一次，我妹妹在家烧饭，利用职务之便悄悄拿个鸡蛋放在饭锅里煮着。鸡蛋还没煮熟，发现大人已经回来了，赶紧把鸡蛋捞出来，趁人不备放回原处。上学前，她再趁人不备拿出来放进书包里带着。到了学校，她发现错拿了一个生蛋，上课时，书上、本子上，里里外外充满了鸡蛋糊糊，十分狼狈。妹妹少不了要挨一顿棒槌。没有家规，不成方圆。我家放鸡蛋的土瓮上只差八个字了：经济重地，请勿靠近。

要分清生蛋熟蛋，还真得要点功夫。我们有时也在琢磨，按现在的话说叫兴趣，叫探索，叫科研，放在大学里就可以申请项目，拿到经费。据说，转得快的、停得慢的是熟蛋，反之，则是生蛋。

有一次，母亲急着去我外婆家，担心我们跟路，开恩似的拿了三个鸡蛋交给我奶奶煮给我们吃。我奶奶没掌握好火候，还没熟就捞出来分给我和弟弟妹妹了。看着我弟弟吧唧吧唧在打理手丫里流淌的蛋黄，我奶奶赶紧说：拿回来，拿回来，我再煮会儿。我和妹妹害怕奶奶骗我们似的，一致摇头，三下五除二，稀里呼噜给消灭了。我感觉半生不熟的鸡蛋好像比熟透的鸡蛋更香更有味儿。我不知道，现在流行的溏心蛋，是不是我奶奶发明的。

高中时，有一次真是放开量吃了回鸡蛋。同学的未来岳母担心未来的女婿未来考上大学不做她未来的女婿，一切都在未来，未来就有变数。老太太沉实实地带了一挎篓煮鸡蛋来。临走时反复交代说，回家锄锄地，还要再来一趟。我同学又羞又恼，吃着骂着，肚子里的气给鸡蛋压下去又冒上来，吃不完就央求同学帮着一起吃。这鸡蛋是鼓劲，是加压，是警示教育。后来，好在我同学没学陈世美，否则，连我们都跟着良心不安。

我在南京上学时，来回路上要十几个小时的车程。中途经过马坝，司机会停下来让乘客到他指定的饭店里吃饭。这家饭店又脏又贵。门里虫蝇飞舞，纱门只具象征意义，非得要说有用，那只能说堵着蚊蝇出不来。桌子上的油灰比进口漆效果还好——永不褪色。服务员桌子没抹两下，上讲究的顾客连忙制止：停停停！还不如不抹干净呢。抹布都黏手——本身就是污染源。假如服务员罢工，反手一甩掇在墙上悬着，打赌都掉不下来。门外的雨水、饭水、腥水混合成的馊水味儿，再结合空气中的油烟味儿，简直成了这家饭店的标配。从车上下来要踩着砖块，跳舞一样才能进去，稍有不慎，一失足成千古恨，鞋子就得漫帮。有一回，我懒得下车，从车窗递一块钱买了五个茶叶蛋，留路上慢慢享用。鸡蛋没吃一半，肚肠子就闹腾起来了，胃子里的酸水直往上泛，嘴里一阵阵蛋酸味儿。躲过张三没躲过李四，估计这家鸡蛋也超过了保质期，还不知回了多少次锅呢。接下来的个把月，嘴里难闻的蛋酸味儿，时时阵阵，经久不息，跟人说话时自觉要离远点儿。

自助餐还没怎么流行那会儿，老家人自我想象说，那不是要上抢了吗？对不起，那是文明场所，进门就是共产主义：食物极大丰富，人人境界高尚，个个各取所需。煎鸡蛋的师傅大白帽子足足半人高：要不要留点溏心？有人不明就里，连说：留留留。端到座位上又嘀咕鸡蛋没煎熟，显得十分老土。还有的人假装自己身份不一般，在营养价值方面有讲究，不紧不慢道：留溏心，七分熟。其实，在这里能任着性子吃鸡蛋的也没几个，这些人除了明面上的职务高、收入高、消费高以外，还有别人不知道的血糖高、血压高、血脂高。

现在，自助餐已经普及到乡镇食堂了。水煮蛋、荷包蛋、茶叶蛋、咸鸭蛋，每天早上蛋蛋都有。

单位组织体检，每次医生都要交代说：胆固醇太高，鸡蛋少吃！我都懒得解释：呵呵，我不吃鸡蛋已经好多年了，除了职务不高，收入不高，消费不高，不该高的都高了。

（2023 年 4 月 18 日 "新锐散文" 公众号）

渔鼓声声校园来

　　大湖岸上，渔鼓伴着浩渺的浪花，或疾或弛，如歌如颂，或起或伏，如泣如诉。半城渔家人，用自己独特的渔鼓，迎接远征亲人的凯旋。此时，这支湖畔子弟兵的最高首长——彭雪枫将军，已经永远倒在了生他养他的土地上。"将军百战死，壮士十年归。"将军用自己的满腔热血，浇洒在他深爱的淮海大地上。

　　半壁河山留战绩，两淮风雨慰忠魂。

　　半城人民用流传千年的渔鼓舞，祭奠亲人，鼓舞士气，怀念英灵，感召后人；战火中的渔鼓舞，尽情表达了中华民族生生不息、誓死抗战的强大决心。

　　大湖渔鼓的传承者——雪枫学校，坐落在古徐国都城所在地，江苏名镇：半城。校园东临烟波浩渺、日出斗金的洪泽湖，西傍风景秀丽、庄严肃穆的雪枫墓园，前身为最早创办于 1938 年的半城小学。抗日战争时期，彭雪枫将军率师进驻，建立淮北抗日根据地。在将军的积极倡导下，淮北军分区党委克服重重困难，创办了著名的"淮北中学"。新中国成立后，人民政府为弘扬彭雪枫将军的办学精神，发展老区的文化教育事业，创办了半城中学。2011年，为实现优势互补，资源共享，更好地适应新时期教育发展的需要，中小学成功合并，更名雪枫学校，成为宿迁市唯一一所以将军名字命名的特色学校。

　　学校秉持民族精神激励人，传统美德感悟人，英雄事迹塑造人，文明底蕴孕育人的办学特质，以雪枫文化、古徐文化、大湖文化为抓手，大力推动学校的文化内涵建设，取得了骄人的教学成果。

江苏卫视的舞台上，光影斑斓，渔鼓声声。雪枫学校的孩子们，或行或立，或俯或抑，如痴如醉，惟妙惟肖，尽情模仿湖畔渔家织网、划船、捕鱼等原生态生活的舞蹈场景，深深震撼了现场的专家和学者。

渔鼓舞，成功申报非物质文化遗产。

清晨，红日东启，喷薄而出。大湖潋滟，波光潋滟。校园里，鲜艳的五星红旗冉冉升起，国歌声中，孩子们面向将军的铜像，肃目伫立，精神饱满地开启了崭新的一天。

栉风沐雨，历经劫难，拥有七十余年办学史的雪枫学校，带着彭雪枫将军的殷殷关怀，带着民族解放的滚滚硝烟，凝结了英雄的气概，传承了革命的基因，融入了大湖的特质。

雪枫学校，绿树成荫，环境宜人，楼舍俨然，设备齐全，拥有阅览室、影像室、实验室、舞蹈室、图书馆、健身馆、校史馆、民俗馆，已然成为宿迁教育战线上的璀璨明珠。

上课时，师严生爱，书声琅琅；课余间，生龙活虎，渔鼓铿锵。

新时代的雪枫学校，扎根红色沃土，肩负革命传承，融入大湖文化，正展现出勃勃生机！

（2020 年《水韵泗洪》夏季刊）

槐　花

　　家住小区二楼，抬眼就能看到楼下的花园，眼看栽了几年的香樟、冬青、白玉兰，一年两年还是病恹恹的，缓不过劲来，我真为它们着急。

　　大楼好盖，绿荫难成。要是它们尽快长成大树多好呀！小区的品位顿时也就起来了。

　　雨后，偶然发现花园里长出一株小刺槐。小叶子黄黄的，柔柔的，嫩嫩的，着实可爱。

　　刺槐，我们这里也叫洋槐树或槐树。我对槐树一向情有独钟，心里高兴得蹦蹦跳，立刻找来一些树枝，插成了围栏，把小槐树列为保护对象，重点呵护。

　　俗话说，槐花十里香。小时候家在农村，湖堤上，马路边，庭院里，房前屋后，到处都是槐树。五月，槐树花开，像蓝天上的云朵、夏夜里的繁星，一片片，一树树，一簇簇，一串串，漫山遍野都是槐花的海洋，到处都是扑鼻的清香。春天是槐花的春天，五月就是槐香的五月。

　　小伙子带着女朋友，骑车走在乡间的槐荫道上，花香扑鼻，蝴蝶伴舞，鸣蝉伴奏，人清气爽，神仙一般飘逸。

　　我家门前的老槐树，据说是爷爷亲手栽植的。几十年过去了，她依然伟岸挺拔，枝杈粗壮，树冠硕大，满树满枝全是白花，几乎看不到什么叶子，枝杈被串串槐花坠得沉甸甸的，就连午后的春风都休想撼动。我们拿着竹竿做成的夹子，爬到树上，仰起头，瞄准了夹住枝头的槐花，不一会就夹一大篮子，背回家里交给母亲把槐花捋下来，放在锅里煮一下，再晾干，吃起来。

这槐花有说不出的清香。剩下的槐叶甜甜的，小羊羔吃起来特顺口。

这些年时兴经济林，好像一夜之间，槐树消失得无影无踪，再也闻不到槐香了。

花园里的小槐树，时常带我回到溢满槐香的童年。

节假日，小学六年级的女儿放下手里繁重的作业，小麻雀似的，蹦蹦跳跳，主动过来帮忙，和我一起为小槐树浇水施肥，除草松土。

女儿从书房里搬来一首唐诗："自小刺头深草里，而今渐觉出蓬蒿。时人不识凌云木，直到凌云始道高。"相信，总有一天小刺槐会长成参天大树。

在我们父女俩精心呵护下，小槐树慢慢长高，我们心里有说不出的高兴。

不知什么时候，"惊动"了楼上的李大爷，老人家血压偏高，很少下楼，却也积极参与我们的行动。李大爷花白头发，白白胖胖，是养花种树的行家。据说，李大爷退休前，是中学语文教师，学养颇深，好像对槐树颇有研究。老人家有文化，爱讲究，懂科学，修枝剪叶，浇水培土，一切按理论办事，半点不得马虎。

李大爷还是不忘自己的老本行，隔三岔五给我们父女俩补课，灌输槐树的特性和喜好。我理论水平不足，时常受到李大爷善意的批评，搞得我手足无措，不知如何是好。女儿腿脚比我勤快，常常得到李大爷热忱的褒扬。

一棵小槐树联结了我们邻里间的情谊，凝聚了我们楼上楼下三代人的心血，俨然成了我们心中的最爱。

李大爷喜欢旅游，几个儿女都在外地，跑的地方特别多。李大爷常说，小区绿化就像腰缠万贯的少妇，日渐时尚，却失去自我，槐树是我们淮河流域自己的树种，种在房前屋后，看起来特亲切。

小槐树知恩图报，生机勃勃，一天天长大，不到两年的工夫就蹿有三四米高，树皮也由灰色转为褐色，鸡蛋粗的树干，形成道道纵纹，树冠初具形态，就像一位潇洒英俊的青春少年，大有壮志凌云的气概。

春天，小槐树早早就放出鲜绿的叶子，一柄一柄散发出淡淡香甜的羽状复叶，煞是好看。夏季，小槐树摇曳在暴风雨中，稚嫩而坚挺。

冬天，天气特别寒冷，李大爷到苏州探视儿子，专门打电话给我说，小槐树成长较快，害怕寒冷，要我用草绳捆绑主干，帮助小槐树安全过冬。我们父女俩不敢怠慢，迅速落实了李大爷的指示。

李大爷回来后，挂在嘴边一句话："小槐树快开花了，到时候，风吹槐花满院香啊！"女儿从没见过槐花，时常天真地仰着脸，向我和李大爷打探槐花的模样。无论我和李大爷怎样描述，槐花在女儿的头脑里总是模糊。李大爷揍着女儿头上的羊角辫，笑呵呵地说："槐花一串一串，就像一盏一盏小灯笼，清雅淡白，素而芳香。要是女孩子摘一朵，扎在羊角辫上，那可香呢！只有聪明漂亮的小姑娘才能戴上槐花。""小槐树为什么还不开花？小槐树真的会开花吗？"女儿一再追问，心里好像还有提不完的疑问。李大爷自信地说："不出两年肯定开花。"女儿好像在听老爷爷讲述《天方夜谭》里的神话，摇着小脑袋，一百个不相信，揍着李大爷的手，要跟李大爷打赌呢。其实，女儿做梦都期盼着，羊角辫上真的能扎上一串香甜的小槐花。

三月里，小区更换了物业。马路也干净了，垃圾清理也及时了，小区环境焕然一新，整洁有序，有很大改观。李大爷好像年轻了许多，心里说不出的高兴，下楼散步更勤了。女儿放学回家，书包没放下，兴冲冲地告诉我，作文《小槐树》入选了作文报。妻子难得高兴，连续几天不再烦我做家务。

五月终于到了，槐花就像羞涩的春姑娘，也许真的就要开了。李大爷一天天数着日子，盼着槐花开放的那一天。

出差刚回来，我正在卫生间里对着镜子刮胡子，李大爷"咚咚"地敲门。我打开房门，老人家气喘吁吁地说："下楼，小槐树打花骨朵了。我昨天傍晚才发现呢。""真的呀！"我还没来得及换鞋子，眼疾手快的女儿一脸惊愕，从书房里冲出来，兔子似的蹿到我的前面，我们爷仨"咚咚"地下楼。

抹过墙角，李大爷、女儿、我，一齐张大了嘴巴，愣住了——小槐树已静静地躺在了水泥路上。三名着装整齐的保安正手舞镰刀，挥汗如雨，呼啦啦地清理花园呢。

我的开车历程

    我没上过驾校，驾照是直接考的。

    当时，社会上小型车辆还不是太普遍，不要说私家车，就是各个基层部门有车的也不多。因工作需要，领导要求中层部门负责人必须有驾照，否则，出事后果自负。平时坐车，我被迫跟驾驶员琢磨车辆的各个部件、各种仪表的功能，尤其是离合、油门、刹车，长的方的椭圆的并排在一起，真让人有点烧脑，万一搞混就出大事了，油门当刹车的，不在少数。平时有空，我带着驾驶员，试着在空旷地带练练车。练来练去，手忙脚乱，总觉得顾此失彼，脑子不够用。

    单位约定的统一到市里考驾照的时间一晃就到了，我对自己的开车水平一点底都没有。离考试还有两个小时，同事们都在阵前磨刀，抓紧练车，我也在场地上练习倒库移库，感觉前几天练得还行，怎么真正到场了脑子就调不过向来了呢？这时，有没带车的同事跟我商量能不能让他练练。我下车说：今天我肯定是考不过去了，你们练吧！我站在一边看他们练。

    上午九点，终于开考了，我号数排在中间，在我前面的纷纷失败。轮到我时，我脑子里一片空白，稀里糊涂地操作，感觉车子扭秧歌似的。就快结束时，油门太小离合松得过猛，车子一下熄了火。完了，我红着脸跳下车来。考官着急道：你把车开出库啊！我赶紧上车，跌跌爬爬给车开离了场地。停好车，我失望地回到考官面前。考官开个纸条给我说：去路试吧！什么？过了？难道车子智能化了，自动完成了规定操作？我醒梦一样，两眼放光。考官见我不相信的样子，又说了一句：快点哪！此时，我脑子已经缓过劲来，害怕考官反悔似的，立马拿过纸条，装成老司机的模样，滥竽充数道：好的！

路试就简单多了，乘胜而上，一带而过。

现实生活中，好多事情都完全出人意料。天下能有这样的好事？这么容易就拿到证了？看着驾驶证上自己的照片，自我感觉顺眼多了。刚拿驾照那段时间，我随身带着驾照，没事就掏出来端详端详，甚至半夜上卫生间，也忍不住拿出来看看。在开车还是一份体面职业的时代，一本驾照意味着可以靠它养家糊口了。当着别人的面，有时故意让人看到，被人羡慕和嫉妒，也是一种境界和享受。据我所知，拿到驾照的同事，比我更不低调、更没涵养的，不少。

有时我也在想，之所以比同事们早点拿到驾照，也许和我开过偏斗三轮有关，那也要估计宽度，提前判断距离的。

世上没有白走的路。

有人说，会开车的人坐车比不会开车的人要紧张若干倍，那我这似会似不会的，要紧张多少倍？会做的总是不如会说的。有时，所有坐车的都在指挥和抱怨一个开车的，甚至从来没摸过方向盘的都忍不住指出开车人的一大堆不足。驾照到手了，我不但没有开车的兴致，甚至连副驾驶位置都不敢坐了，这可能跟我刚工作时做过半年交警有关，那时候我经常接触一些交通事故，血淋淋的场景给我造成了心理障碍。做交警时，我经常做梦自己开车没有脚刹，汽车失速把我惊醒，醒来之后很是庆幸没有造成严重后果。

驾驶员家里不会一点事情没有，偶尔请几天假也是常事。友邻单位的张主任是我同学，个头不高，能量不小，经常过来开我们的车，我反倒笑嘻嘻地和他商量，给我也捎着哈。两个老同学下队有事，有说有笑，轻松自如。张主任经常给我灌输开车的道道和经验，兴致来了，方向盘直往我手里让：你开开看，没你想象的那么难！我避之唯恐不及，烫手山芋似的：算了算了，让我歇歇。张主任在我们单位开了几年车，临调走时我才知道他根本没有驾照，更没学过开车。无证驾驶的公然在有证不会开车的人面前炫车技，传出去都被人笑话。张主任身边的女朋友，我到现在都分不清到底是看中他的人还是看上我们的车。怪不得路越孬，张主任越是加油门，难道是故意拉风？

那时候，公车管理比较松，上下班都可以专车接送。不是迫不得已，我是不会开车的。公车出事的不少，单位也经常通报此类事件，我从不喝酒、很少摸车，这也是领导信任我的一个方面。

一段时间，我也不做基层单位的小头儿了。自己买了一辆私家车，在本地开开还行，但从来不敢出县，我无数次心怀焦虑地想象出县开车的各种难处：车坏了怎么办？轮子打炮了怎么办？怎么把车倒上车位？等等。到现在为止，我一年开车的里程也不到一万公里。刚买车的那两年，每次年审都要缴纳三四千元的罚款。我想，我平时开车还是比较仔细的，也没怎么违章啊，怎么罚款这么多呢？我一起一起调了监控，没有一起是冤枉的。几年下来，我的罚款已经远远超过学、考驾照的费用了。哎！天下没有好走的近路。

一天，我到车管所交罚款，恰好看到张主任排在我前面，手上红彤彤一大把票子也不够交的。张主任一转脸看到我，他乡遇知音似的热情。我忍不住问道：你罚多少？他问我说：你罚多少？老同学大老远的，跑回家乡作贡献，拉动地方经济发展，我挺感动的，再不主动透露我的底牌，也太小家子气了。我说：你猜！张主任举出四根手指头：四百？我说你再加个零。他说四千？我说你再配点零头。张主任哈哈大笑：你猜我多少？四个指头不够用了。张主任又说：我家邻居买了辆新车，三天两头擦，就是不见开，电瓶饿死几块，车捧跟祖老爹似的，私家养辆车，油费、路费、保养费加上罚款，负担不比三座大山轻，买车开车图的就是个面子。我心想，你张主任开个奥迪车，从前面看就跟无人驾驶似的，说到底不也是图个阔气吗？人性都是相通的，自己的错误归咎给别人，别人的成就总结给自己。我俩分析认为，罚款太多的原因应是本地交规太严，不如外地宽松。结论有了不一定有用，切实提高自身驾车水平才是正道。后来，再让我们交罚款就难了。江山代有才人出，各交罚款三两年。扣分学习课上，警官嘱咐说：下次开车注意了！其实，我们心里都有数。老鼠消失了，猫就失业了。

一天，小单位头头开会说：今年大家都很辛苦，你看我瘦得差不多能上山了，脚脖只有鹌鹑蛋粗，一阵风都能给我刮倒啊。大家说：你再喝嗨，一天保持三顿以上，血糖再不控制，小便就扯黏条了。头头说：我找个奔驰商务车，大家一起出去转转，正好也顺带招招商。头头让我找个临时驾驶员帮着开车，结果第二天驾驶员突然说走不了了，家里有事。怎么办？一同事假充大尾巴驴，咬咬牙说：你能不能在我疲劳时，帮我换个手？我羍咬牙说：可以。实际上，出远门我自己到底能不能开车，心里真没有底。我估计，同事到底能不能开，他自己也没有把握。第二天，我们一行顺利出发。出门在外身不由己，虽说我是帮手，可一路上同事们经不住朋友劝酒，天天喝得东倒西歪，上车就呼呼大睡。沿途经过山东、河北、天津、内蒙古、河南，走走停停。来回十余天，行程几千里，车基本上都是我开的。大尾巴驴担心自己车技不行，将计就计，也懒得沾方向盘了，你不让他喝，他都要着喝，说什么喝点酒好休息。这一趟车开的，简直就是我放飞的路试。从此，我出远门开车，再也没有心理障碍了。

有一年，朋友逗我陪他去西安，路上我们轮流开车，再高的悬崖我也不怕了。尤其是回来的路上，12 个小时的车程基本上都是我开，奔驰越野左右超车，一路风驰电掣。随后，我开车去杭州、上海，路上有人跟我聊天，不犯困就行了。

那年，县里成立联合工作组，单位抽我参加。我因会开车、不喝酒，成了香馍馍。他们几个人有一个不喝酒，大家都觉得气氛不够，每人都喝，回来又没人开车。我虽滴酒不沾，却场场必到，成了工作组不可或缺的"人物"。有时我说不去，他们立马着急，说：你来嗨！难道非得领导给你打电话吗？我嘴上很勉强，心里挺舒服的。家人估猜我这段时间混得不错，在领导心里多少有点分量，忍不住在电话旁推波助澜：领导有心叫你，去就去呗，亲近领导也不是坏事，一辈子死不进步，吃亏上当，还不是因为不肯随弯就圆？大家来去自如，经常聚聚，喝个闲酒，闹闹笑话，其乐融融。

后来，代驾上岗了，工作组也解散了。

平时在大街上开车，离路口很远，我条件反射样地做出因应：是红灯就慢一码，晃到跟前恰好是绿灯，一带油门就过去了，免得提前到达，刹车停车再启动；前面是绿灯，我加速跟上，轻点油门，一带而过；根据需要，契合红灯绿灯转换，随机切换路道，尽可能减少红灯等待时间。熟能生巧无须思考，正所谓人车一体，动静有度，游刃有余。少费油，多赶路，省时间，不违章。老司机就是不一样。

如今，大街上车辆拥堵，开车还不如步行方便呢。人们悄然时兴骑自行车了，又健身又环保。早晨上班，时间充裕，我还刻意弯到环城路上绕半圈，不知不觉几年下来，自行车行程有 8 万多公里了。

（2023 年 6 月 15 日 "齐鲁文学" 公众号）

父爱无言

许果，我们好久没有闲聊了，你学习很忙吧！我呢，应酬也多。今天下午你去上学，你妈妈也上班了，家里只剩爸爸一个人。没有你妈妈唠叨，我难得这么清净，所以写了这篇日记。我们都认为，写日记是一种难得的交流方式。日记现在可以看，将来也可以看。

你常问我："爸爸，我小时候长什么样啊？""你好像只心痛瑞瑞哥、莹莹姐，怎么不心疼我呀？"对于你的这些问题，爸爸还真就一次也没有当真回答过你呢。

如果有人问我：你一生最大的收获是什么？我会毫不犹豫地说：我一生最大的收获就是上帝赐予我你这样的一个女儿！把你带到这个世界上，是你妈妈最了不起的功劳。

你来到这个世界时，爸爸在这个城市里竟没有一处安身的地方。你出生那天，你妈妈在医院里忙着生产你，奶奶在门外焦急地等着你的降临，爸爸忙着去租房子。上午十点多，你们母女平安地躺在产房里，爸爸也租好了房子。爸爸和你大伯用平板车，拖几件物什到房子里，就算安了个家。后来，你妈妈和你出院了，才有你们母女暂时立身的地方。

记得你出生那天，天气特别闷热，爸爸骑着除铃铛哪儿都响的自行车，满城转悠租房子，太阳晒得爸爸差点中暑。不过，因为有了你，我们的命运终于有了转折，在你三个月大的时候，我们终于分到了房子，我们终于有了自己的家！

爸爸第一次见到你是在医院的产房里，你红扑扑的小脸，那样让人怜爱，是你一路走来太疲劳吧？你躺在襁褓里呼呼大睡，也不抬眼看看爸爸。记得，你的小手只有爸爸的拇指甲那么大，就像娇嫩的刚蜕壳的小螃蟹。看到女儿的那一刻，爸爸的心就和女儿紧紧地相连在一起了，再也没有分开过。

爸爸那时在城里工作，离家很近，无论上午还是下午，爸爸几乎得空就回家看你，比你妈妈喂奶还勤。爸爸看你圆圆的脑袋、红红的小脸、黑黑的眼睛，你睡在襁褓里懒懒地打着哈欠，爸爸嗅着你散发的奶香。爸爸那么大岁数时才做父亲，你说能不心疼你吗？当然，你也知道跟爸爸惺惺相惜，不时给爸爸一个红扑扑的笑脸，当爸爸抱起你的时候，你用你温暖的小手在爸爸的脸上抓呀挠呀，真让爸爸心花怒放。

在你半岁大的时候，你就知道主动拓展你的世界了。除了睡觉、吃奶，不管中午或晚上，也不管我们吃饭还是睡觉，整天嚷着要出去转悠，指指这里，点点那里，这里看看，那里瞧瞧，睁着小眼看风景。这个世界对于你，一切都是那样的新鲜好奇。你奶奶和你君梅姐抱着你，累得腰酸背痛。

知道吗？除了会叫爸爸妈妈，你会说的第一句话是"八九点"。那时候，家里墙上挂着一个闹钟，我们问你：几点啦？你伸出小手指着闹钟说："八九点。"我们都在笑你，你不明就里地冲着我们憨笑。

你慢慢长大，每一点进步都给爸爸带来惊喜。第一次勇敢地翻身，第一次艰难地爬行，第一次摇晃地站立，第一次迈出歪斜的脚步……

你一岁大的时候，爸爸就到乡下工作了，回家的时间少了很多。听你奶奶说，你老远看到和爸爸穿着一样制服的叔叔就满脸激动，拽着你爹爹往前挣，到跟前发现不是爸爸，就满脸委屈，失望地咧着小嘴要哭鼻子。爸爸回家时，你在爹爹的怀里，一脸的惊讶，伸手蹬脚迎过来，往爸爸怀里挣。爸爸接过来，抱着自己的女儿，爸爸真是世界上最幸福的父亲！

爸爸难得有空在家里带你。爸爸做家务时，用被子枕头把你围在床上坐着，给你几个玩具，你玩得真投入。爸爸看书，女儿自己拿玩具做游戏。爸爸看书累了，就带你做游戏。爸爸把被子撑起来，让你在被窝里"钻山洞"，你好像发现了一个神奇的世界，钻来钻去，乐此不疲，好像真有探险的勇气呢。就这样一个半天，不知不觉就过去了。

那时候的你呀，"真不讲良心"，等你妈妈回家，就再也不理睬爸爸了，甚至懒得抬眼瞟爸爸一眼。你赖在妈妈的怀里不让爸爸抱，正好给你妈妈找个理由不做事，爸爸只好捏着鼻子吃苦瓜，"越俎代庖"做家务。除此之外你还"自私"地不让爸爸碰妈妈。爸爸故意把手搭在你妈妈肩上，你发现了，立马丢下奶头，给爸爸的手推到一边去。

爸爸从南京给你买了100张卡通识字卡，你妈妈说太抽象，爸爸也觉得太抽象了点，就收了起来。那天，你没有新玩具，爸爸无意中拿出来教你，半个上午你全认识了。爸爸觉得真惊讶。你妈妈下班回家，当你妈妈面，你果然全部读出，你妈妈惊讶得不敢相信。爸爸这才知道该教女儿读书识字了。

你学习是从街头开始的。在你四岁之前，你已经认识了街面上所有汉字招牌，爸爸有空就抱你上街认字。你还记得农业银行北面那个店铺里的两张字画吗？上面写着"苟利国家生死以，岂因祸福避趋之""有朋自远方来，不亦乐乎"，你学了几次才读会呢。还记得吗？四中门前的小摊，卖箱上写着"铁板烧，臭豆腐，牙签肉"，三行垒起来写的。我们竖着读成了"铁臭牙，板豆签，烧腐肉"。每次经过，我们感觉特别搞笑，那摆摊的阿姨却一脸茫然，也附和着我们，一起憨笑。

你说，你现在的理想是做个教师。等你以后真的成为教师，可要记得，你可是一个街头教师啊！知道吗？知识不仅来自书本，更源于社会和实践。

爸爸休息时，经常带着你在家里看书，你看你的《格林童话》《天方夜谭》，爸爸看自己的古典小说和现代文学，我们互不打扰，一个上午好像一会儿就过来了。你静心阅读的能力真让爸爸佩服。

记得那天下午，爸爸带你在操场上骑三轮车吗？你跌倒了，歪在地上哭鼻子，爸爸没有拉你，一直没有拉你。你后来一直记恨这件事，多次说爸爸不心痛你。其实，爸爸的心都痛碎了，哪有爸爸不疼女儿的道理？爸爸只是希望你自己爬起来，爸爸只是希望你坚强些。爸爸的苦心，女儿以后会知道的，人生的挫折和困难会很多，爸爸不能永远呵护你！

当然，女儿也有不高兴的时候。三四岁时，你知道生气了。爸爸妈妈哪儿不合你意，你就闷声不响地趴在沙发上生气，谁也不理。爸爸妈妈谁也不理你。等你气消差不多了，多是爸爸替你解围，给你台阶下，爸爸假装不相信你真的会生气的样子，笑呵呵地跑过来，弯着腰看看你是否还在生气。这时，你破涕为笑，乘势直起腰来，举着双手追过来抓爸爸，直到抓着爸爸的脸，你才高兴。于是，冷战最终以你的胜利而告终。

上学之前，舅舅帮你买了一个红书包，没事你就背着，扮作小学生的样子。看来，你对上学读书真够感兴趣的呢，上学后成绩还真不错呢！说真话，你小学毕业时，背诵的古诗词比爸爸高中毕业时会的还多呢！

记得，你和爸爸妈妈分别最长的一次，是你妈妈在北京做手术的时候。那时你上二年级吧？奶奶在家里带着你。奶奶夸你特懂事，从不让奶奶烦心。一天，晚上临睡前，你对奶奶说，你想哭，奶奶知道你想爸爸妈妈了。我们回家那天，你小兔子似的蹦蹦跳跳，跟着奶奶迎到大门口。当着爸爸妈妈的面，你脸红红的，反而显得羞涩和生疏了！还是爸爸打破了"僵局"，把你从地上抱起来的，是吗？爸爸真的太想你了！

你上小学的时候，爸爸早上去上班，正好可以陪你走段路，书包背在你身上显得那样夸张，沉沉的好像比你人还重。你走在爸爸的身后，很难跟上爸爸的脚步，可爸爸从没有帮你背过。爸爸心想，你自己能做的事，爸爸绝不代劳，以此来锻炼你的意志和独立精神。

记得那次逛街，你走累了，赖在地上让爸爸背着。路过你们学校门口时，爸爸背你也累了。爸爸说，老师来了。你吓得赶紧往下崴。至此，爸爸知道，女儿已经长大了。从此之后，你也没有再让爸爸背着，是吗？

后来的事儿，自己可以记得了吧？爸爸就不再多说了。

现在，你已经是个朝气蓬勃的中学生了，许多知识爸爸还需要向你请教才是。知道你小时候什么模样了吧？爸爸是否爱你呢？爸爸在这篇日记里已经回答了你的问题。有句话叫父爱无言，你长大了会理解的。

今天就聊到这儿吧！你马上要放学了，妈妈也要下班了，爸爸也要做饭了。祝你愉快！

今天端午节，祝女儿节日快乐！

爱你的爸爸
2009 年 5 月 28 日星期四

吾儿逗豆

我们意外地怀了你。

爸妈不堪重负，打算放弃。医院检查告知：双胞胎。医生出于敬畏生命的职业本能，奉劝我们三思。

纠结再三，妈妈决定豁出去了。

妈妈身体状况一直不佳。整个孕期，都非常小心，可在四个月检查时，还是被告知，你的那个孪生的不知是兄弟还是姐妹，自然消失了。

爸妈感恩上帝的恩赐，也顺服上帝的安排。爸妈已经有了你的姐姐们，渴望儿女双全的心，期待你是个男宝——将来爸妈老了，你就是姐姐们的娘家！

就在你舒舒服服住在妈妈肚子里的第八个月吧，迫于无奈，你妈妈卖掉了我们居住的家。本来我们和买房人商量好的，等我们租好房子再搬家，或者返租居住，但那段时间房价急涨，买房人害怕我们反悔，一天催促几遍让我们搬家。这时，恰好金港湾一个阿姨租的房子，还有十几天就要到期。我们跟她商量，能不能把我们的棉被衣物锅碗瓢盆先放在她家一下？阿姨是个爽快人，很快就答应了，我们感恩阿姨的谅解，仓仓皇皇地搬了家。那几天，恰好爸爸急需外出学习一周，我就暂住你姑姑家，等回来之后，再从长计议。我带着肚子里的你，住进了你姑姑家。晚上，你姑父喝醉了酒和你姑姑吵架，骂了老许家几代，凭我的性格，实在也听不下去了。我寄人篱下，你也寄人篱下了，这样的感觉很不是滋味，你整晚整晚地在我肚子里捣蛋，更增加了我的负担。晚上下班后，我们娘俩坐公交车，几十里路回西陈集你外婆家，早上再起早坐车到学校上课。此时的你，好沉啊，妈妈实在受不了！感谢公交车上的好心人，在关键时刻，急我所急，给我们让座。你爸爸终于回来了。我们带着你姐姐，一家四口开着车，来回几十里，早出晚归到西陈集你大舅家的房子里住。你外公外婆每天晚上去看我们，我们一家三代其乐融融，度过一段幸福温馨的时光。

阿姨搬走了。我们住进了金港湾的家。此时，正值伏天，酷热难耐，房间里劣质的复合地板味道刺鼻，你爸爸担心我们娘仁受不了这样味道的毒害。连夜拆了地板，买来水泥自己打地坪。卧室里唯一的空调，挂在墙上只是个装饰，输出的风好像比自然风还热。晚上，暴雨哗哗，雷电忽闪，你爸爸带着五百块钱步行到水岸城邦北边的苏果超市，扛了一台样品电风扇回来。你爸爸回到家，被雨淋得眼睛都睁不开了，浑身上下只有嗓子是干的。

产前检查，医生告诫：脐带绕颈。让我们务必注意，发现异常，立刻到医院剖腹生产。提前生产，让你在保温箱里待着？还是继续冒险，让你待在妈妈的宫殿里舒舒服服地成长几天？我们犹豫不决，还有七天的预产期呢。

2017年的今天，一直关心你的戈亚叔叔打电话给你爸，得知我们因为心疼你还在冒险，决然叮嘱我们安全第一，果断到医院提前生产。

午饭后，爸妈带着妈妈精心为你准备的衣物，来到提前联系妥帖的妇产儿童医院住下，准备第二天剖你出宫。

夜晚，高楼林立，万家灯火。

该准备的都准备了，爸妈还是唯恐有所不周。病房里，我们一家人和你大姨紧张地期待着你第二天的隆重到来。

爸爸一向宠溺你姐姐，让姐姐在你的新生儿车上玩耍。姐姐觉得新奇，玩得忘我，车轮一滑，直立立地从半人高的婴儿车上栽倒地上。我们瞬间惊呆了。姐姐被爸爸抱在怀里，好久好久才"哇"的一声，憋出气来，头上随即长出个牛角包，歇斯底里地呼号："我要回家！"

爸爸只好带着姐姐回家。

这一夜，是我们母子俩今生最原始相伴的最后一个晚上。你在妈妈的肚子里收拳蹬腿，辗转舒腰。妈妈既幸福又替你担心，妈妈希望你耐住性子，积蓄精力，安稳等待明天的出生，万万不可给妈妈和你医生阿姨添乱。这一夜，妈妈迷迷糊糊，似梦非梦，似睡非睡，似醒非醒。也不知爸爸和你姐姐睡得怎么样？妈妈估计你这个捣蛋虫也不会睡得踏实。

这一夜，妈妈非常珍惜，非常留恋！

太阳披着晨露，升起来了，湿漉漉的光芒照进了病房。阳光和雨露养育了世间的万物。

感谢上帝的美意！医生阿姨来做术前准备；恰好，羊水已淌；不多会，爸爸也到了。

八点多，一切就绪。妈妈走向手术室。

事后，我问你爸，你知道我当时啥心情吗？你爸说，我亲眼看到了你步伐坚定的背影，感受并见证了一个女人作为母亲的坚韧和伟大！唉！逗豆，其实妈妈哪里有什么坚定？虽然妈妈殷切期待着你的到来，但更多的还是迫不得已、刀山火海、破釜沉舟的无奈呀！正所谓，孩子奔生，娘奔死。生孩子是女人躲不过的关口。你长大了，可要心疼你的妻子，努力做个有责任心的丈夫。

男人永远无法体验女人的痛。妈妈期待逗豆长大以后，用心疼爱你未来的妻。

10 点 14 分，你出生啦！医生报告：男孩一枚，3.8 千克！

我们母子俩被推出手术室时，大姨、二妈、你爸和姐姐，早已恭候多时。事后，你爸说，妈妈的脸是蜡黄的，儿子的脸红扑扑的，你是要把所有的精、气、神都输送给儿子？我想，孩子奔生娘奔死，这也许就是上帝的指令吧！天底下，哪有不疼孩子的娘？

你爸打电话向亲友报告你的平安到来。

得知你是男孩，亲友都为爸妈高兴。

感谢亲友的关爱，尤其你戈叔。你戈叔甚至比你爸还激动，要来医院看你。你爸左推右阻，戈叔带着你周姨还是来了，给你买了礼物和毛毯，就是你现在盖的那个毛毯。你周姨跟你戈叔玩笑说，人家生儿子，你激动啥？你戈叔说，抑制不住地高兴！衷心感谢你戈叔的殷殷关爱。你孙奋叔叔、顾勇叔叔夸赞你爸完成了一项浩大的工程。

你大伯说你奶奶在世时，就希望你爸能有个儿子。你的到来，圆了老人家的心愿，固然你从没见过你的爷爷和奶奶。

你的降临，给爸妈和亲友带来了莫大的喜悦。

你姐姐看的一本小画书上，有个憨头憨脑的豆豆熊，聪明可爱，恰好你生下来也是宽头大脸，憨头憨脑，于是，我们都叫你豆豆熊。你赵阿姨是最好的月嫂，和妈妈一起带你去洗澡，我们叫你豆豆熊，会所里的阿姨都笑坏了，奇怪你怎么会叫这个名字呢？岂不知你的名字，饱含着我们多少浓浓的爱啊？

上帝，会帮我们的。我们迎来了你朱阿姨，现在的干妈。我们全家多了一个好帮手，多了一个知心人，多了一门好亲戚。

你从不上网的妈，无意中浏览了泗洪风情，看到我们现在住的小区有工抵房对外销售。你爸爸正午睡，我逼着他去看看。你爸爸很不情愿，穿着平时烧饭的旧棉袄去看房子，你爸爸一眼就看中了我们现在居住的家。卖房子的现在已经成为我们邻居的陈叔叔，根本就懒得搭理你爸爸，他哪里会认为你爸会有钱买得起这房子？你爸确实掏不出一分钱，是我七拼八凑交完了首付，于是我们才有了这个家。我们搬来时，你恰好一周岁。

我们感恩上天，我们努力进取，我们也顺服命运。

爸妈在给你办理出生证前，颇费了一些脑筋，思来想去给你取名：楠歌。姐姐属马，凌晨出生，起名欣晨，欣，草木旺盛，寓有草吃；楠，寓珍贵，高大乔木；妈妈是月上凤凰，儿子是妈妈的栖靠；因你属鸡，所以取字：歌。凤凰栖玉桂，欣晨骏马催；雄鸡歌楠枝，万物苏复归。多有意境，多有诗意的浪漫一家人啊！

你一天天成长、一天天进步，给爸妈带来无穷的乐趣和无尽的安慰。上班前，看着你挥动稚拙的小手跟妈再见，妈妈既温暖又不忍。爸妈下班回来，你总是假哭，急切期待我们抱抱你。世间哪有比爸妈的怀抱更有安全感的地方？近来，你会爬了，活动范围一天天扩大，还翻箱倒柜、敲敲打打地捣鼓个不停，阿姨怎样拾掇，家里都很乱。我们知道，这是爸妈为你成长所必须付出的成本。

你一天天的成长，爸妈都看在眼里，记在心里。

逗豆，明天你就一周岁啦！好好地成长吧！爸妈鼓励你积极进取，也接受你的平凡和普通。我们不求你大富大贵，只愿你人格健全，体格健壮，做个快乐幸福逗人的小逗豆！

感谢上帝！也感谢你，选择了我们做你的爸妈。今生，我们永远相守在一起！

衷心感谢和祝福帮助我们的亲友，衷心祝福和感谢为妈主刀的蔡院长和接你出生的李娟医生！衷心祝福和感谢曾为你辛勤劳动和付出的赵阿姨、石阿姨和正在带你的朱阿姨！是她们花费了生命的时光，陪伴着你的成长。衷心祝愿亲友们快乐、安康、幸福、美满！

逗豆和你姐姐！未来，我们一起努力，共同进步！加油！

——挚爱你的妈妈

2018 年 10 月 16 日

妈妈口述，爸爸整理

逗豆入园记

　　过完年，儿子两岁半了。考虑疫情下的经济状况，我们慎重决定：不请保姆了，送儿子上宝宝班，这样既可以节省一笔可观的开支，孩子的教育也相对规范。

　　考察了附近几家幼儿园，感觉还是距离最近的哆唻咪幼儿园最合适。孩子没离过家，妈妈领着儿子几次去踩点。

　　疫情没有完全消解，哆唻咪幼儿园做了大量的开园准备工作。开园的前一天，妈妈带儿子试着适应一下，没想到儿子兴奋了不得，这里看看，那里瞧瞧，感觉一切都是那么新鲜，钻进红色的防疫棚里不出来，东一头西一脑，跟妈妈捉起了迷藏。临走时，回到大门口，儿子撒开两腿，毫不隐讳地摆出撒尿的架势，铺铺张张地放了一泡。撒了尿，证明你来过，是表明这儿今后就是你的地盘？抑或刻意记住放学的路？怪不得妈妈骂你狗豆子。

　　妈妈拍了两张照片发过来，感觉儿子入园有戏。

　　早上，妈妈把儿子交到老师的怀里，儿子嚷着要跟妈妈。老师示意大人离开。一上午，妈妈眼泪汪汪，发了三个信息给老师。老师发回照片，说孩子玩得很开心。在学校，儿子只是老师的学生之一，在家可是妈妈的宝啊，哪里舍得轻而易举地交给别人？

　　第一次接儿子放学，具有纪念意义。爸妈约好了一起去，爸爸稍微迟到了点儿。教室里，儿子排在第一个，肩上背着姐姐用过的黄色巧虎小书包，不急不躁，有模有样，可爱极了。老师放开玻璃门，儿子憨头憨脑地走出来，自顾跳台阶，听到妈妈的叫唤，抬眼发现爸妈，疾步冲进了妈妈的怀抱。妈妈感动得掉泪，爸爸赶紧掏出手机拍照，稍微慢了半拍，角度不够合适。

随后两天，儿子每次都不愿上学，老师到大门口接抱，总是昂叽几声。老师说到教室就好了，让我们放心。

爸爸最担心的就是周一早上自己会迟到，单位 8：30 例会，要提前十分钟到场。

儿子入园第一个周一，爸爸早早醒来，闺女睡眼惺忪，要老爸给她讲书。

妈妈前天给她买了一套《你好·艺术》，已经讲了几本，闺女学画画，认识梵·高、毕加索、高更，既是激励，也是素养。昨晚讲了两本，闺女恳求继续，爸爸说口干舌燥，歇一会儿都不行？闺女苦胆着脸，妈妈劝解，才作罢。

闺女 5 月 7 号生日，马上六周岁，自小就是书虫，虽然识字不多，却时常捧着绘本，沉迷书中，其乐无穷。除此之外，自己用爸爸的手机，听了许多《明明讲故事》，天南地北，古今中外，历史地理，物理化学都有，闺女嘴上的遣词用句，小大人似的，不经意间让人眼前一亮。闺女学钢琴快两年了，刚开始兴趣很浓，坐在钢琴前的凳子上，两腿挂老高，够不着地，老师表扬说进步很快。最近，可能到了瓶颈期，让弹琴就磨叽，鸭子上架似的。妈妈作为陪练，瞧着闺女心猿意马、动辄走神的样子，气急了，难免动打。看着闺女泪眼婆娑的可怜相，爸爸又心疼又来气：不学就罢！凡事不能舍本逐末，闺女心理打扭曲了，学钢琴又有多大意义？得不偿失。每当此时，爸爸突然就成了娘仨共同的敌人，闺女眼泪一抹：爸爸，你想让我往下坡跑吗？儿子奶声奶气，同仇敌忾：爸爸，闭嘴！妈妈怨气牢骚：关键时刻拉倒车，你不拔气嘴子，能死吗？好了！好了！爸爸走人不行吗？爸爸一个人外出散步去了，难得一身轻。没事时，爸爸也会背着妈妈，假装征求意见，撺掇闺女说：娃娃，你学这么多，以后还要学奥数，学乒乓，钢琴干脆不练算了？闺女大义凛然：老爸你再讲一遍！看我怎么告诉妈妈。

闺女穿好衣服，爬到床头，拿过一本妈妈刚在网上邮购的童话故事。爸爸说：凡事有始有终，昨天的《你好·艺术》还没讲完呢。闺女递上童话，哀求说：我实在太想听童话了。爸爸说：学会等待。

听到第二本《艺术·你好》，妈妈催着上学，闺女催着爸爸加快速度。没本事的人脾气大，没水平的人好假滋，爸爸板着面孔，一副不容置疑的样子，用很专业的话说：画里有诗，诗里有画，读得太快，能体现出诗情画意吗？

闺女跟妈妈上学去了，她们娘俩在学校吃早饭。

爸爸突然担心送过儿子，自己会迟到，赶紧刷牙洗脸，拧开洗衣机，到厨房热稀饭，煮鸡蛋，给儿子水壶里灌上温开水，心里规划着：最迟七点二十抱醒儿子。

七点十分，到卧室一看，儿子已经睡醒啦，躺在床上玩呢，于是赶紧上床给儿子穿衣服。儿子喊着要妈妈。爸爸说：妈妈已经上班了。儿子哭闹，不肯配合。爸爸心急，对准屁股轻轻啪啪了两掌，借以表明态度。儿子最会看风头，乖乖地选择了服从，要是妈妈在家，肯定会哭着跑到妈妈跟前告状：爸爸打，爸爸打。

穿好衣服，几乎强行给儿子洗脸洗手。不知什么原因，小孩子最怕洗脸。随后，给儿子抱到餐厅放在椅子上，到厨房冲了一杯牛奶。估计儿子刚起床会不想吃饭，没想到食欲超好，一口稀饭，一口鸡蛋，一口牛奶，有条不紊。爸爸问：好吃不好吃？儿子夸张地张开蒲包样的嘴巴，露出口腔里的饭粒，呜声呜气地说：好吃好喝！间隙，爸爸自己也趁空吃了一个鸡蛋，喝了儿子剩下的牛奶和半碗稀饭。儿子吃完，要臭臭。抱到卫生间，儿子拒绝自己绿色的塑料小马桶，要坐大人马桶上臭臭，是不是居高临下，感觉新奇？好吧！为了节省时间，满足了他的要求。在儿子的心里，别人的就是好的，凡事都要体验一下。

到门厅，背起书包，给儿子戴上口罩，出门。电梯里，儿子一直嚷嚷，爸爸心急，也没听懂他说什么，出了楼厅才发现儿子没穿鞋，原来，儿子嚷着要穿鞋。到车里，儿子拿过钥匙，帮爸爸启动了发动机——这是他近来的习惯，上车就帮爸爸发动车子。车子响了，突噜就蹿后面去了，比小狗动作还快。

最近，儿子爬上爬下，家里能翻的都被他翻遍了，你整理得再整齐，人家不费事就给你糟蹋得不成样子。

妈妈说儿子是小狗托生的，抱在怀里动辄哼哼唧唧用舌头舔你，高兴时，用圆圆的脑瓜犹你的脸，让你看不清东西，心里暖洋洋的，有时，半真不假地张着嘴，假装要咬人，爸妈越是避让制止，越是来劲。儿子时常拿着玩具，一个人钻进床底，自言自语，有滋有味，害得老爸每次拖地都要辛辛苦苦往床底钻，努力把床底拖抹得比外面还要干净。儿子自己玩够了，见没人在意，就大喊：尿尿，逗豆尿尿。爸妈来了，人家躲在床底呵呵直笑，你越喊他出来尿尿，人家越是往里钻。爸爸说：还能不要调戏人呢！然后，继续做自己的事。你刚离开，儿子又喊了：逗豆尿尿！如此反复。最后，人家真的要尿尿了，再不搭理，就尿裤子了。过红绿灯，儿子叨咕道：过马路，注意安全。意思提醒爸爸不要抢黄灯。

路上，为了给儿子一个心理准备，爸爸跟儿子叨咕：妈妈好，找妈妈；老师好，上学校。本以为儿子会坚持己见，嚷着找妈妈，到景秀华庭小区北门，儿子示意向南拐，说：上学校，找老师。泊好车，抱着儿子一路小跑往幼儿园去。儿子戴上口罩，圆圆的脑门，派头十足，小大人似的。

小区门口的喇叭里，持续反复地播放着苏康码的使用办法。幼儿园门口，家长们领着孩子，有序地排成长队，相互之间保持距离。早上好！防疫阿姨全副武装，轻言慢语地扫描每个孩子的体温。扫描过后，爸爸急忙放下儿子，掏出手机拨打电话，通知老师出来接抱，同时，有当无地跟儿子说：自己进去好不好？其实在心里，爸爸根本没抱任何指望，因为，前两天儿子每次都要哭闹，只是昨天才稍微好点，冷着脸勉强跟爸爸再见。话音刚落，儿子主动接过爸爸手上的小书包，蹶犹蹶犹进去了，放屁虫似的。保安伯伯夸赞说，乖乖，厉害。院子里孩子多，嘈嘈杂杂，儿子在爸爸的视线里找不到了。爸爸不放心，问保安伯伯：孩子自己能进教室吧？保安说：没事。话刚落音，突然发现董老师跑出来，领着儿子往教室门口去了。

第一天回来，问儿子：老师好不好？儿子说：不好。第二天问儿子，儿子说：不好。第三天，儿子一副心满意足的样子，改口说：老师好，吃东西。意思是老师发东西吃的。

爸爸开着车，赶往单位。高架桥上，保洁工人穿着醒目的黄制服，在车行间穿梭；大街上，老人骑着电动车，带着孩子赶学；行色匆匆的上班族，男男女女，争分夺秒地奔向自己的岗位。爸爸突然感动得泪眼模糊：我们真该怀着一颗感恩之心，来对待生活。

感恩世界；感恩和平；感恩为人类付出努力的所有人；感恩孩子，每一点进步都让你惊喜，让你感动；也感恩自己，职级不高，事情不少。

恰好提前二十分钟到单位，坐下来打开电脑。迟迟不见有人上楼开会，一问：今天不点名。大家分头到社区，检查苏康码去了。看来，这个周末估计又要停休了。最近，国外时有输入性病例，压力很大，有些省份甚至引发接触性传播。防疫，来不得半点轻忽。

家 访

几天前，接到通知说，儿子的老师要来家访。具体哪一天还没确定，所以我们尽可能地把房间拾掇干净，保持整洁。心理上的重视程度和要求标准，不亚于文明城市创建。我也提醒儿子说，孙老师要来家访了，不能乱丢东西。儿子订正说，还有胡老师、露老师、黄老师。在孩子的心里，家访是邀请，是做客，是待遇，一个老师都不能少。

早上，送儿子到幼儿园。黄老师说，晚上有空吧？方便的话，我们去家访。我连忙说，有，有。都准备几天了，怎么会没有空？

下午五点放学，接过孩子，赶紧回家。

儿子平时在家，喜欢过家家，茶几上、凳子上、床头柜上，到处摆着玩具，哪里玩哪里丢。你让他物归原处，他便振振有词：自己的事情自己做。习惯成自然，孩子还小，把收拾玩具当成大人的事了。没有办法，家长只好自己收拾。我们也很纳闷，怎么孩子在学校就跟换了个人似的呢？放学时，从座位上起来，顺手就把凳子推到桌底，看上去整齐划一。全班几十个孩子，班里的物品，样样摆放得有条有理，整齐规范。

先是给儿子的玩具收拾归位，打扫卫生。地板是早就拖过的，再复习一遍吧！油多不坏菜，地勤拖拖也不为坏事。拾掇清了，抓紧做饭，不要等老师来了，一家人正吃饭，让人家不好意思。我正做饭，儿子哗啦一声，箱子里的玩具倒了一地。我说，孙老师快来家访了，玩具拾到箱子里去！我弓下身来收拾玩具。儿子制止说，自己的事情自己做——不让我帮他。这要是在平时，肯定不会搭理我，或者说自己的事情自己做。意思是收拾玩具是我的事，与他无关，今天颠倒过来了。

看来，老师家访还没到，效果就出来了。

刚吃过饭，孙老师的电话到了。我给孙老师发完定位后，加快速度刷锅洗碗，收拾餐桌。孩子妈妈到门厅里换鞋，下去接老师。儿子吐噜一声蹿出来，追着喊着要跟下去。孩子妈说，我去去就来，你还要换鞋，跟前跟后烦人。我说，今天人家是主角，你就让他去呗。儿子如愿以偿，活蹦乱跳跟下楼去。不多会，我手机响了，闺女按电梯，孙老师、黄老师、胡老师都来了。换过鞋子，坐下来。儿子兴奋得有点拿不住，笑嘻嘻的，放屁虫一样穿梭着，一会儿吐噜蹿房间去，一会儿吐噜蹿出来，一会儿吐噜趴胡老师怀里。妈妈搂过来，问：以后能不能好好表现？儿子说，能！能不能瞎胡闹？不能！儿子表决心似的，回答得很干脆。

一个学期下来，我们感觉每个老师都很亲切，自家人似的。孩子在园里，我们做家长的，确实很放心。儿子更有归属感，国庆节那几天，说想老师了，吵着要上学。有时，在家犯点小错误被我们小揍一顿，或者受点委屈，就嚷着要告诉胡老师。家里的状，要告到学校，告到老师跟前了。取得孩子的信任，最不容易，没有长时间的付出是不可能的。孩子的信任和依赖，也是天底下最纯洁、最真诚、最感人的。

虽然跟老师天天接触，儿子在园里的表现到底怎么样，我们还真的不知道，他是安静型的，还是好动型的呢？老师说，很好的，静能静下来，动也能动起来。我内心里，真的希望孩子在小学幼儿园能多动动。洪翔幼儿园的篮球引进，还是我给园长提的合理化建议呢。我感觉孩子在洪翔幼儿园，能把篮球拍起来，在中小学时能把篮球打出点样子来，就够了。现在的家长太功利，只注重孩子的学习，结果孩子的成绩确实不错，也考上了满意的大学，成年了才发现孩子的性格和心理都有缺陷。一个爱运动的孩子，性格怎能不开朗？起码心理出问题的概率会大大降低。孩子在幼儿园的主要活动，我感觉应该是游戏、运动和习惯养成。

孩子在洪翔幼儿园，我们还是很满意的，不仅老师有爱心、责任心，更让我们感动的是，大、中、小六个班级，一两百个孩子的家长，园长都熟悉，园长几乎都能叫出每个孩子的名字。有时送孩子上学时，那么多出来进去的孩子，摇着小手喊：园长妈妈好！园长妈妈好！真的感动得让人掉眼泪。教师工作是繁琐的、辛苦的、责任重大的，但也是天底下最阳光、最朝气、最让人感觉身心年轻的职业。一个合格的老师，在孩子的心里，是仅次于父母的角色，是地位甚至高于父母的亲人。

儿子是很喜欢上学的。放学回家的路上，我经常问他：今天在幼儿园高兴吗？他说，高兴！表现好不好？好！我问：老师怎么表扬的？儿子回答：拍拍手表扬的。有一天放学，我去接他，出了教室门就不高兴，发狠说，我再也不来学校了。这是怎么回事呢？我看他为难的样子，感觉好笑。半路才听懂，原来是因为学校搞亲子活动，他没得到奖状，儿子感觉自尊心受损。我一面开导他今后积极努力，一面让他妈妈跟孙老师联系。最终我们得到了学校的帮助，满足了孩子的心理需求。孩子在幼儿园能积极正确地处理好小朋友之间的关系，跟老师相处得融洽，长大了就能处理好同事关系、上下级关系。为了孩子处理好家校关系，是孩子父母重要的任务。

教育关乎国家的未来，也关乎一个家庭的希望。俗话说，惯子如杀子。有些小朋友在家是小皇帝，出门还是小皇帝，家长甚至要求幼儿园老师也要像伺候小皇帝一样伺候自家的孩子，这是万万要不得的，不仅坑了孩子，也搅和得幼儿园六神不安。孩子在园里，打打闹闹，磕磕碰碰很正常，只要不是校园霸凌，刻意虐待，根本无须大惊小怪。教育好孩子，不仅是老师的义务，更是家长不可推卸的社会责任。有一次，我去接儿子，老师让我单独留下来，郑重其事地告诉我说，我家孩子眼皮被同坐的小朋友抓破了，希望我谅解。我不注意还真没看出来，原来也就破了一点皮，红殷殷的。我说，没事的，小孩子在一起难免抓抓挠挠，磕磕碰碰。老师如释重负，感激不尽。唉！现在做老师，也真不容易。多一份理解，多一份支持吧。

其实，见到孩子的老师时，我还真有点不好意思。孩子到幼儿园报到那天，一看桌子上铺的塑料皮，我忍不住来气，上学期因为塑料皮的问题，跟园长交涉了好长时间才拿掉，这个学期反而换成新的了。没有办法，我找园长、找主任、找分管校长，大家最终取得共识，把塑料皮拿掉。这件事，我觉得对不起老师，总觉得有告状的嫌疑，其实，大家都是为了孩子。家校沟通很重要，感谢洪翔幼儿园采纳了我的个人意见。

欢声笑语中，不知不觉聊一个多小时。

关于给儿子讲故事的困惑，我问了老师：家里那么多可看的书，为什么同一个故事同一本书，儿子都要反复听？每次，我准备给儿子讲故事，拿过新书，儿子就给夺下去，然后拿来一本讲过无数遍的书说：这个不是老一套。于是，父子俩就杠上了，一个不想讲，一个非要讲不可，经常搞得僵持不下。孙老师答疑说：因为孩子理解能力所限，每次都能听出新意，所以，大人感觉重复，孩子感觉并不是重复。我说：怪不得我有读错的地方，儿子还一本正经地帮我纠正。有时，我故意假装卡壳，儿子就很有成就感地帮我补充接下来的词语或下半句。

老师们起身告辞。儿子跟前跟后送到门口，摇着手跟老师再见，还出人意料，结巴啰唆地喊道：老师，下次再来啊！老师在楼道里跟我们再见说：谢谢许楠歌，我们很快就会来家访的。

老师走后，儿子让我给他讲故事。我实在讲累了，跟儿子商量能不能歇歇。儿子说，我想老师了。我说，老师不是刚走吗？儿子说，我还想让老师来家访。我说，老师到别的小朋友家去家访了，家访完了，还有自己的事要做，不能整天都上班。儿子让步说，那你打电话给老师，让老师下次再来。我发了一条语音给孙老师，歇了一会儿，继续讲故事。

不多会儿，孙老师回信息说，许楠歌，早点休息，明天见！

这次家访，让家校得以沟通，增进了了解，增进了信任，增进了情感。

我突然感觉，儿子在幼儿园，真的进步了许多，成长了许多。

感谢辛勤劳动的孙老师、黄老师、胡老师、陆老师！感谢园长！感谢洪翔幼儿园辛勤劳动的园丁们：你们辛苦啦！

（2021年12月25日"新锐散文"公众号）

听　琴

　　邻居家的儿子考上了南京一所很不错的 211 大学，专业选的也很满意，一家人高高兴兴给儿子送到了学校。国庆节儿子回到家，一屁股坐沙发上，一言不发，孩子母亲心里咯噔一下，问儿子：怎么啦？儿子苦着脸叹气说：妈，学生会组织兴趣小组，你看我能干什么？哪一组都不要我，我都混成孤家寡人了。母亲有点愠怒：小和尚，我哪样没给你报名啊？小提琴、篮球、跆拳道……儿子说：那我学了吗？母亲说：我花钱给你送去，你不学怪谁？儿子气愤道：我不学，你就让我不学？我懂什么？你为什么不逼着我学？孩子母亲无言以对。

　　这件事对我们震动很大。孩子大了，单位搞个活动，总不能老坐墙角鼓掌嗑瓜子吧？我们决心让孩子学点拿得出手的爱好。女儿两岁时恰好有音乐老师调往南京，家里一台尚好的钢琴需要处理。方便别人也有利于自己，我们随行就市给买了下来。女儿四岁半时，正式到琴行学琴。

　　开始时，女儿兴致很高，自己主动爬上凳子，逐个琴键逐个琴键地弹，丝毫不允许差错，坐在高高的凳子上，两脚挂着够不着地，每次到琴行复课，总是得到老师的夸奖。不仅要学乐理，还要反复练习，左手按键，右手按键，两手还要合成，随着难度的不断加大，女儿不知不觉产生了畏难情绪，上琴就磨磨唧唧。

　　看来，大人不推一把是不行了。为了能让女儿顺利通过考级，孩子妈送女儿学琴时就在旁边听着，闺女学琴在不在状态？练琴的效果到不到位？复课效果怎么样？孩子妈都尽在掌握中。女儿一步一个脚印，稳扎稳打慢慢练。

在家练琴时，孩子妈拿个椅子在旁边看着，孩子在不在状态，一目了然。时间久了，女儿哪里弹错了，哪里连接不畅，全逃不过她的法眼。女儿来不得半点偷懒。

避重就轻是人的本性，女儿练琴也是，一首曲子哪儿熟练就练哪儿，不熟练的稀里糊涂就想跳过去。人的忍耐性是有限度的，孩子妈由最初的疏导说服，逐步过渡到动手动脚。我小时候是在父亲的棍棒下长大的，物极必反，我最见不得打孩子，就是在大街上见到家长打孩子，我都要说几句，恨不得帮孩子给家长打回去，有时，眼皮拖着忍过去，心里总感觉对不起自己的良心，欠了孩子什么似的。一个打一个护，家长意见不统一，是教育大忌，于是，我们两口子之间因为女儿学琴，经常发生对立，甚至动粗。

女儿天生是个懂事的孩子，可能遗传我的优点，自小就酷爱看书，一本厚厚的课外读物，变魔法似的不知不觉就读完了，生活中的小常识讲得有根有据，头头是道；历史、地理、物理、化学小常识，样样都有兴趣；做出来的手工，有模有样。一天，因为学琴孩子妈又打了女儿。看了女儿鼻涕眼泪一大把的可怜样儿，我心都碎了。趁她们娘俩不在家，我毅然决然地把十几本钢琴教材全部撕碎，顺阳台给扔了下去，我拿过锤子甚至想把钢琴给砸了，彻底断绝女儿学琴的后路，但转念一想，我们家的经济还不宽裕，琴留着起码可以卖钱呐。

我和孩子妈十几天也没有说话。不沟通总是不行的呀，孩子妈说的不是没有道理，孩子已经过了八级，再努力一把也就过去了，何苦半途而废呢？孩子的一生准会遇上比学琴更大的困难，如果都轻言放弃，长此以往养成习惯，一辈子不是一事无成吗？孩子学琴的过程本身就是心性的磨炼，陪着孩子学琴的过程，本身就是做父母的跟孩子共同成长。孩子妈最大的长处就是执行力强，不仅全额补全了教材，还顺带买了一把不长不短的竹质戒尺，闺女练琴，她就拿着戒尺坐在一边的椅子上看着，哪里弹错了，哪里不熟练了，一丝一毫也瞒不过她的法眼。不知是戒尺的威力还是女儿幡然醒悟，孩子练琴的热情和效果水涨船高，大人孩子又进入了积极向上、其乐融融的模式。为了能让女儿体验钢琴的魅力，每次钢琴协会组织讲座或演出，我们都开车前往。有一次，由于路途不熟，导航有误，道路崎岖，我们费尽周折，差点迷路。

二年级暑假，女儿需要考九级，一旦不能通过还将退回一级，全家人战高温斗酷暑，各司其职，全力以赴，力争女儿顺利过关。

从没骑过两轮电动车的我，也抖抖嗦嗦地学会骑车了。一天，我去琴行带女儿，回来的路上，大雨瓢泼。风雨中，我仿佛看到一幅美丽的画卷，这画面特有诗意：狂风暴雨的洪泽湖上，夫妻两人驾着一叶小舟，载着一家老小，在苇荡里出没，在白浪中漂摇，渔夫摇橹，渔妇施网，嬉戏的孩子不时从舱间探出笑脸。啊？！这对老者，不就是我们许氏五百四十年前从歙县老家移民过来的峦祖夫妇么？小时候，峦祖的故事父母给我们讲过无数次了，我们许氏家族到泗洪已经十几代人了，经历了无数次的饥荒战乱和瘟疫，坎坎坷坷，风风雨雨，不是也生生不息地过来了么？

上帝每给你一个孩子，都是给你一次自我完善的机会，看似是对孩子的陪伴，实则也是自我心性的磨炼。

一代人有一代人的作为，一代人要有一代人的担当。我该活成我父母的样子——在最艰苦的计划经济时代，凭着他们勤劳的双手，一个一个把我们兄妹带出农村。父亲读书、当兵、工作、下放，后来撵上包产到户，硬是在近五十岁时学会了用牛耕地，打麦扬场，年近七十还不忍扔下家里的二十亩田地——有钱没钱，抛荒有违良心，是要挨天谴遭人骂的呀。

我不能退缩，不能败坏家风，我该与先人连接，汲取他们的能量，发扬他们的精神，做好自己该做的事。

雷电交加，视线模糊，我丝毫没有畏惧，反而浑身舒畅，精神倍增。孩子天性爱水，女儿在后座嬉闹，给我以无穷的力量和勇气。凡事经历过来的，都不是难事。到家我问女儿：我们勇敢不？女儿说：挺好玩的。

八月十日上午，我们把女儿送进了考场。孩子妈在外面听着。我挺紧张，干脆远远地坐在树荫下看手机。不知不觉，孩子妈轻轻拍了一下我的肩膀，笑笑说：闺女过了。我一惊：结果公布了？她说：没。我失望道：那你怎么知道？孩子妈信心满满：闺女是第四个弹的，我听得出来，其他孩子弹得怎么样，我也有数，反正闺女是过了。我既兴奋又担心，说：你就这么自信？她说：那当然，这要听不出来就白混了，陪闺女练了四年多的琴，这点功夫我还没有？不多会，女儿蹦蹦跳跳地出了考场，我们兴奋地迎上去：难不难？女儿头摇货郎鼓似的：不难！不难！

不多会，结果出来了——女儿十级通过。老师也挺高兴的：你家孩子是我带过的通过十级考试年龄最小的琴童。我们高兴得就要掉眼泪，一千多个日日夜夜的跋涉，我们终于翻过了一座关山。

学习是没有止境的，十级只是进入一道门槛，能弹出自己的情绪、灵感和风格，还有更长的路要走。

教育孩子是个大工程。每一点点进步，看似孩子一个人在努力，其实，背后何尝不是一家人在齐心协力、共同奋斗？外人只看结果，过程中的艰辛、快乐和曲折，酸甜苦辣只有自己去体验。

一个都不能少

女儿高考成绩不太理想，加上志愿填报不当，最后上了一所不大满意的普通本科院校，好在还是女儿理想的师范专业。女儿小时候志向很明确，立志做个优秀的人民教师。

女儿上大学时，第一趟是我们开车送去的。报了名，一个上午都在帮孩子们打扫宿舍，收拾东西。学校宿舍的安排也很特别，学生宿舍分别按照录取分数从高到低，由东到西分排，六人一间。女儿的室友有四个都是征求平行志愿录取进来的，分数都不低。中间休息时，我们跟女儿室友的家长聊天，家长的心情和我们一样，一路走来心有不甘，又不得不面对现实。

女儿的专业是学前教育，小时候学过舞蹈和古筝，所以专业课学起来还比较轻松。一个多月下来，女儿打电话回来说，在学校挺适应的，图书馆里占了个座位，学校里的学习氛围挺浓，好多学姐都在备战考研。女儿深受感染，晚自习就到图书馆看书，也初步有了考研的打算。

我经常因势利导：可以在网上搜索一下本专业考研的科目，凡是考研需要涉及的课程，比如英语、哲学、教育学原理、教育心理学、中外教育史等，一定要认真听讲，为以后的复习打下基础。大一时，女儿的目标初步锁定了华中的一所师范大学。

大二暑假，女儿报名考驾照。我叮嘱说，可以搜集考研资料了，没事浏览一下，提前做个预热。女儿说，备考时间太久，容易疲劳，反而坚持不了，不利于复习。我想也是，没多说什么。女儿大了，自己的事该由自己做主。寒假时，女儿让我送她到大楼驾校，说暑假时路考没有通过，趁寒假期间练习一下，给补考过去。这时，我心里就有点着急了，心想，你寒假着手复习，到十二月份考试，满打满算也就十个月的复习时间啊。去大楼的路上，我忍不住问女儿：你到底是准备考编还是考研？方向一定要明确，因为二者不是一样的。女儿很肯定地回答说要考研。我说，你现在不准备，还等到哪一天？可能女儿的心思还是扑在考驾照上，对我的催促很不耐烦，说，哎呀！你问这些干什么？一般情况下，我对孩子的教育还是比较宽容的，但对于碰触边界的事，绝不含糊。我当时很是生气，把车子停下来靠到路边，气狠狠地对女儿说：下车！我本来就不想送你来的，我有事了。女儿也很生气，气呼呼地下了车，"砰"的一声关门。我车头一调，一脚油门回来了。当时，正是七点来钟，阳光微弱，气温很低，冷风刺骨。回来的路上，我心想，女儿只穿了薄薄的呢子大衣，肯定会冻感冒的，转念又一想，感冒就感冒吧！没有切实的触动是不会有动力的。女儿三天没有跟我联系。第四天，女儿发来一条信息：爸，书到家了。看了女儿的信息，我挺感动的，深深感觉女儿是个懂事上进的孩子，只是关键时刻，需要我们推一把。万事开头难，对于很多事情想做与着手做，还是有一定距离的。我把信息截图保存了下来。

年后开学，我在网上搜索了凯程考研，感觉凯程对教育学考研有独到的优势，尤其是徐影老师，课讲得条理清晰，非常精彩，我推荐给了女儿。女儿感觉挺不错的，于是，报名了凯程网课。

那年春节，我和大哥到杭州游玩，路上开车恰好走到浙江师范大学萧山校区门口。学校靠近钱塘江，校园环境优美，对过就是国家水利博物馆，南面还有几所大学的校区。此时，学校放寒假，我们和门卫商量了一下，进去看看。恰好有个老伯在整理花草，我们聊了起来。原来，老伯是四川人，他儿子博士毕业后留校做老师。我们说，孩子准备报考这个学校的研究生。老伯挺热心的，带着我们到研究生宿舍楼附近转转，又到图书馆前面转转，尽可能详细地介绍了学校的一些情况。当时，我拍了几张照片发给女儿，引导女儿调整目标院校，考虑报考浙江师范大学。女儿跟室友们分享了一下，又分头查阅了相关资料，感觉杭州这座城市很有亲和力，学校的这个专业也比较强势，尤其是院长秦金亮教授，专业造诣很深，在全国具有一定的影响力。同宿舍的四个孩子，击掌相约：浙江师范大学见，一个都不能少！

那年，浙江师范大学除了保送生之外，还有 16 个专硕名额，报考人数 325 人，录取数连零头还不到。女儿以笔试超过国家线近 20 分的成绩进入了面试，但没有明显优势。面试时，老师主要提问有关本科论文的内容，借以考查学生的科研能力，因女儿忙于考研，本科论文没有写完，所以回答问题时显得措手不及和不够沉稳，最后，以微弱劣势惨被淘汰。女儿室友小黄以最后一名的笔试成绩进入面试，超常发挥，一跃进入前几名被录取，笔试分数本来很有优势的小胡，以最后一名的综合成绩被录取。我跟女儿说：你的名次应该仅次于小胡。女儿难过了半天，叹气说：我落榜了，还有机会复习，要是她落榜了，这辈子就没有机会读研了，她爸妈身体都不好，家里经济状况不好。

我真为女儿而感动，在自己失意的时候，竟能想着别人，我很欣慰——女儿是个有爱心的孩子。

紧接着，南京的考编分数也出来了，因和考研的模块相差过大，分数也很不理想。

难道真的毕业即失业了？女儿下一步到底该怎么走？我们都很迷茫，都很郁闷，但表面上，都装着满不在乎的样子，相互关心，相互鼓励。无奈，我背地里给弟弟打电话，询问是不是可以先到他们学校一边代课，一边复习参加明年的考编？弟弟很关切，也很无奈：侄女从小学到初高中，一直都是免费入学，一直都在重点班级学习，大学里拿了各类奖学金，这么懂事的孩子，咋就只能代课了呢？

女儿是个有韧性的孩子。过了一段时间，在双重打击下清醒了过来，自己决定去本科学校复习，参加"二战"。三个女孩一起租了学校的一套公寓房，吃住在校内，专心复习。这一年，浙江师范大学的考研科目有所调整，恰好和南京考编的模块一模一样，女儿考研考编两不误。

春夏秋冬，整整一个学年下来，我和女儿几乎每个星期通一次电话，电话里女儿总是说状态挺好。其实，彼此的压力可想而知，只是心照不宣，相互安慰而已。

在宿迁学院考试的那几天，我送女儿去，回来也是我开车去接。女儿说，考场里一起考浙江师范大学同专业的一共四人，坐在前面的一个女生上午考过就哭着走了，下午就没来，还有两个考试时两脚直搓，可见压力之大。感觉女儿心态平稳，发挥正常，那就静等分数吧。考上考不上都是命，努力了，才不后悔。

分数比第一年提高 8 分，但排名却比上一年还靠后一些。能不能进入面试，真不好说。女儿也很焦虑。我说，今年疫情，说不准会扩招几个名额，有一线希望，你都要尽 100% 的努力去准备。经过一段时间漫长的等待，女儿顺利进入面试。这一轮的面试，女儿正常发挥，顺利过关。女儿的老姨奶奶也是大学教授，打电话过来道喜：说二次投胎也不过分，现在的师范生找工作卷得很，在一二线城市，没有研究生学历你连报名的资格都没有。

好事成双。不几天，南京考编的成绩也出来了，女儿以接近一百分的成绩顺利进入面试程序。女儿说：书还没念够呢，我去读研了。

拿到通知书的那一天，我问女儿：和你一起复习的另外两个丫头怎么样？女儿说，一个考上了江苏师范大学，另一个没考上。我心头一紧，即刻冷了下来，真心为这孩子难过。谁家的孩子不是孩子？都是一样的寒冬酷暑熬过来的啊。我交代女儿要常和她联系，多多鼓励，毕竟同吃同住，共同奋战了一年。一天，女儿告诉我，她室友考编上岸了。天下没有白走的路。我高兴得不得了，真心为孩子们祝福。

金秋八月，丹桂飘香。女儿开学了，我打算开车送她去上学。女儿说，不需要了，所有东西都提前寄到小胡和小黄那里了，她们两个还要到高铁站接我呢。到学校时，女儿给我打来电话报平安，女儿高兴得就跟小麻雀似的：爸，告诉您个好消息，我本科时另一个室友自己在家复习"二战"，也考到了浙江师范大学，我们四个人又可以天天见面啦。女儿还说，小胡和小黄下一步还要帮我们两个选导师呢。我高兴得差点掉泪，你们没有失约：浙江师范大学见，一个都没少。

人一辈子，不一定很优秀，但一定要做个努力上进的人。天下没有一条路是笔直的。一份劳动，一份收获，努力了才会有回报。

人生哪能多如意？万事只求半称心。

适合自己的，就是最好的。值此高考来临之际，祝莘莘学子心想事成，各自考取自己心仪的学校，通过学习努力做一个对家庭、对社会有用的人。

（2023 年 6 月 9 日"新锐散文"公众号）

后　记

　　一段时间，工作上比较闲暇，好像一个长跑的人，突然停下来就不能躺下一样，没事做点什么呢？总不能让时间白白流逝吧？于是，看点书。日子虽不富裕，家里书却不少。有人说，不打牌，不抽烟，不赌钱，这辈子不是白活了吗？再不看点书，估计要得痴呆症了。

　　书看多了点，积累了一些生活经历，于是，滋生了写的冲动。断断续续，或长或短，从散文到小小说、短小说，蹒跚起步。写作的路上并不孤单，一篇篇初稿完成后，放在QQ空间里保存，于是，得到了亲友萧竹、一叶倾城、春天使者、一路有我、长烟一空的点评和鼓励，受益良多。

　　2009年夏天，本人向《大湖徐风》投稿短篇小说《选举》，得到了时任县委宣传部副部长、主编陈平老师的肯定。陈老先生在百忙之中约见了我，鼓励我精益求精，尽心写作，并告知我一些投稿技巧。同年，黑龙江省的小小说刊物《天池小小说》，连续发表了我的作品《二帅奶奶》和《买梨》，让我深受鼓舞。在此期间，我有幸结识了当时《宿迁都市报》的编辑、江苏省作家协会会员董建昌先生。董老师小我几岁，年龄上我们属同辈，在写作上却是我的老师。董老师不厌其烦的引导，使我摸上了一条业余写作的道路，让我大量的空闲时间不至于太过虚度和无聊。

　　2018年秋，经同事孙修军引见，我有幸拜访了泗洪县作协主席、《分金文学》主编曲延安先生。曲主席为人爽直，学识渊博，是典型的学者型作家，是不可多得的良师益友。在此，对曲主席、陈平老师、董建昌老师、孙修军老师及以上众多亲朋好友，表示由衷的感谢。

尤为感激的是我的本家和长辈，中国作家协会、中国戏剧家协会会员许卫国先生，多年来百科全书式的关怀和指导。老人家在百忙中为本书作序，于我来说，更是莫大的鼓舞和鞭策。也感谢原泗洪县书法家协会主席许如林老先生为我题写了书名，特此感谢。

我曾发奋离开的地方，却是我一生走不出去的精神家园。魂牵梦绕的村庄，是我散文写作素材的主要来源。十三岁离家，一直在外读书和工作，随着年龄的增长，老家的人、老家的事，历久弥新。

一段时间，为了专注于小说，我刻意不写散文。随着新农村建设的发展，泗洪城乡社会发生了翻天覆地的变化，双桥老家顺应时代的需要，作了拆迁，让我内心产生记述家乡的冲动。固然我的小说里，难免会有老家的影子，但我不甘于把她放在小说里。近年来，我在业余时间，写了多篇有关老家的散文，以致可以选编成册。有文友说我不适合写散文，小说还将就凑合。这样的评价很中肯，也符合我的心意。随着年龄的增加，我还是坚持要出版这本不完全像散文的散文，借以报答我的家乡，报答我的父母、亲友和庄邻，让双桥老家永远存在我的心里，印在这本书里。

小说也罢，散文也罢，自娱自乐，打发时间，聊以安置乡愁而已。有料有趣有风格，作为一个业余写作者，只能说是目标、追求和理想，真没那个实力。现在流行称家，我不敢，也没那个天赋和学识。

本册收录散文49篇共20余万字，基本属于乡村题材，其中，大部分在各地纸质媒体、网站和微信平台发表过。感谢我的侄女许晓璇同学，腾出时间帮我校对，并指出了其中一些疏漏之处。

由于水平有限、时间仓促，不足之处，恳请读者朋友批评和谅解，并致以歉意。

许　苏

2023 年 10 月 16 日